楊萬里選集

周汝昌　选注

上海古籍出版社

图书在版编目（CIP）数据

杨万里选集 / 周汝昌选注. -- 上海 ： 上海古籍出版社, 2025. 5. -- （中国古典文学名家选集）. -- ISBN 978-7-5732-1648-9

Ⅰ. I214.422

中国国家版本馆 CIP 数据核字第 202530H01T 号

中国古典文学名家选集

杨万里选集

周汝昌　选注

上海古籍出版社出版发行

（上海市闵行区号景路 159 弄 1－5 号 A 座 5F　邮政编码 201101）

（1）网址：www.guji.com.cn

（2）E-mail：guji1@guji.com.cn

（3）易文网网址：www.ewen.co

徐州绪权印刷有限公司印刷

开本 890×1240　1/32　印张 14.5　插页 3　字数 376,000

2025 年 5 月第 1 版　2025 年 5 月第 1 次印刷

印数：1—2,100

ISBN 978-7-5732-1648-9

I·3932　定价：62.00 元

如有质量问题,请与承印公司联系

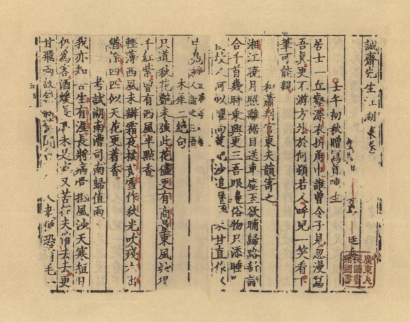

宋刻本《诚斋先生集》书影

（《中华再造善本》据中国国家图书馆藏宋淳熙绍熙间刻本影印）

我社历年各版书影

（1962 年、1979 年、2012 年）

出 版 说 明

　　上海古籍出版社及其前身中华书局上海编辑所一向重视中国古典文学的普及工作。早在 20 世纪 60 年代，在出版"古典文学普及读物"丛书等基础性读本的同时，又出版了兼顾普及与研究的中级选本，该系列选本首批出版的是周汝昌先生选注的《杨万里选集》和朱东润先生选注的《陆游选集》。

　　1979 年，时值百废俱举，书业重兴，我社为满足研究者及爱好者的迫切需要，修订重印了上述两书，继而约请王汝弼、聂石樵、周振甫、陈新、杜维沫、王水照等先生选辑白居易、杜甫、李商隐、欧阳修、苏轼等唐宋文学名家的作品，略依前书体例，加以注释。该套选本规模在此期间得以壮大，丛书渐成气候，初名"古典文学名家选集"。此后，王达津、郁贤皓、孙昌武等先生先后参与到选注工作中来，丛书陆续收入王维、孟浩然、李白、韩愈、柳宗元、杜牧、黄庭坚、辛弃疾等唐宋文学名家的选本近十种，且新增了清代如陈维崧、朱彝尊、查慎行等重要作家的作品选集，品种因而更加丰富，并最终定名为"中国古典文学名家选集"。

　　本丛书作品的选注者多是长期从事古典文学研究的名家，功力扎实,勤勉严谨,选辑精当,注释、笺评深浅适宜,选本既有对古典文学名家生平、作品特色的总论,又或附有关名家生平简谱或相关研究成果,所以推出伊始即获好评。至上世纪 90 年代,本丛书品种蔚然成林,在业界同类型选集中以其特色鲜明而著称:既可供研究者案头参阅,也可作为古典文学爱好者品评赏鉴的优秀版本。

"中国古典文学名家选集"自问世以来,嘉惠学林,广受青睐,2012 年改版重排并稍加修订,以全新面貌展现,获得新世纪读者的肯定。2021 年本丛书中的《杜甫选集》《苏轼选集》入选全国古籍整理出版规划领导小组办公室公布的"首批向全国推荐经典古籍及其整理版本"。为了响应新时代读者的多元化诉求,我社首次推出简体版,并增加两种新品——钱仲联、钱学增的《沈曾植选集》和谭正璧、纪馥华的《阴铿何逊选集 庾信选集》,期待这些由一流专家精选注释的一流作者作品能相伴更多的文史爱好者涵泳讽诵、含英咀华。

上海古籍出版社

2025 年 4 月

致 读 者

一九七九年元旦佳辰，接到了出版社为准备重印此集的工作用书，嘱加处理，心头不免思绪联翩。想在这个特大的好日子里，借此机会，向初次拿到此书的读者谈几点感想。不拟写成一篇官样的"重印说明"，免去浮词套语，让我们亲切地（不拘一格地）"交流"一下思想感情。

这本书，编述于一九六二年，连头带尾，不觉已是十八九个年头过去了——这是些多么非同一般的年头啊！现在它又有了重印的可能。这种可能，是广大人民在党的领导下向恶势力艰苦斗争而得来的。这种可能，是多么令人珍惜！

我从十四岁开始，自己学诗，包括看和写。中间涉猎的研究课题十分庞杂，但和诗未尝真离开过。单就"注诗"一事来说，旧来的各种诗注我看，现代的新注我也看。如何才是对今天的读者特别是青年读者更有助益的注解法？这是我常常考虑的问题之一。想推动这种工作，就拿范石湖作例子，编了《范成大诗选》，想朝着自己的设想向前迈步。事情都是"历史的"，各有各的特定历史条件，当时若想"违离"已有的"规格"太远了，就不易被接受。因此，步子不敢迈得太大。框框不来找人，人也自去找框框，真是"未能免俗"。后来又作《白居易诗选》，自然也想在可能范围内"实现"自己的"理想"。但还是受各种局限。（客观上的，有与人合作的问题，有贯彻领导意图的问题，尽管最后是我一手全部定稿，也不肯将己见处处强加于人。）到了编注这个选集，这才第一次真的按自己的设计进行一切。深深感谢出版社的信任，他们条条框框看来比较少，似乎也不那么怕这怕那地，怕得那等的顾虑重重、约束种种，大胆放手地让我照自己的想法作。这一点，我至今是印象深刻，不能忘掉的。

此书出后，得到了鼓励，一般读者、青年同志、高校教师、研究者，特别是海外的一些教授、学者，都表以好评。有的下语份量极重，我是不敢照原话引录的。

若依这些上述情况而推，岂不是说，我是"踌躇满志"了，正好"再接再厉"了吗？并非如此。第一，我的一切著述写作，没有一种不是在冗杂忙乱中急就赶做而成，从未有够得上真是从容推敲、反复锤炼的惬心之作。第二，作完这本选集，自己估量，待做的其他性质的工作太多，今后精力很难集中在注诗上了。果然，从那以来，再也无法（也不想）做同类的"选注体"了。

当时尚不惬心，何况二十来年之后重加回顾。无奈此道又实是荒废已久，为学不进则退。因此，重印原该细加修改，以至部分重撰才是。可是自觉力已难及。尤其令我叹气的，是双目大坏，重新细读、细改一过，已经是不可能了。

和出版社的同志们为此商量办法，已历一年之久，现在蒙他们决定，不必再改，可先重印，以供需求。对此，我确实是深感惭愧。

计无所出，就只好这样办了，除了向读者表示歉怀，也盼望读者能理解上述情况，把此书的质量当作"历史的"事物来分析看待。

我所以选取了南宋的范、杨二家来作选注，如果我本来认为他们毫无介绍的价值，那自然无此情理，但是也不可误解为我在文学史上是最"崇拜"他们，把他们的作品当作"最好"的东西来推荐。事情不会是那样子的。选取此两家的主要原因是，肯在他们身上花工夫的似乎不多，前人为此而做的扎实工作又几乎没有。这是难度很大的活计，开荒垦土，苦一些，似乎比只在花园里剪枝灌水更有意思。这是从注者讲。如从读者讲，肯拿这本选集来看，也绝不等于这是最喜欢杨万里的风格，或是准备要学"诚斋体"。不应这么推理。但是相信如果能认真读一读，是不会觉得毫无收益的。

通过这一选注本，或者可以体会到，我们要想了解一位作家，起码应知道多少有关的事情。至于杨万里，他的最突出的长处何在？我觉得至少可以指出一点：他有头脑，对事物感受敏锐，能思考，敢发表见解。他是"理学家"兼诗人，学诗不肯死在"黄陈"江西派的篱下，敢于自出手眼。他讲"理学"（听见这个名称，不要怕），他举的话头大抵来自周、孔、程（听见这些人，也不要怕），但是可以看他对他的"先哲"们并不一味膜拜，一味迷信，一味盲从，却颇敢提出异议和新解，有分析，有评论。在他所处的那等历史的、阶级的局限下，他能如此，是值得我们深思的。就这一点，也能启发我们。因此，诗之外，也不妨读读他的散文。连《庸言》这种"语录"式的文字，也未尝不可一看。我觉得杨万里在他那个时代来说，思想确是比较解放，我们今天读他的诗文，应该想到，向历史上的文学家们学习，究竟要汲取什么样的养料。

　　青年读者看见我注得话多了些，也不要怕，不要叫"繁琐"吓住。历史事物本身是异常复杂的，话太少了，有时说不清，简而不明，不一定胜于"繁"而得当，况且繁与不繁，绝不是"字数"上的多寡之分。见到字数多了的地方，更要耐心一些看看究竟，害怕"繁"的，往往助长了懒汉思想，字数略多了一点，便斥之为"繁琐"，满足于浮光掠影，这是很害人的。事实上，这些注解，少数还可以在"工具书"上查知梗概，更多的是无处可查的，我们作注的，为一事一物，常常是要作大量研考，一切弄清了，然后才提炼成为几句话的；每一个这种题目，要写，都可以写成一篇"论文"。我不曾畏"繁"，如果连这么一点提炼成果还嫌"繁"，这种看法，就难以苟同了。

　　此书在一九六三年重印过一次，还是遗留下了一些误字，这次经出版社同志十分细心的核阅，得以改正。我的疏失谬误，虽然此次未能尽数检索，盼望读者一有发现即为指出，积攒起来，还可以在下次重印时纠补。

周汝昌写记

一九七九年一月

引　言

一

亲爱的读者，我先介绍一首小诗给你：

> 小憩人家屋后池，绿杨风软一丝丝。舆丁出语太奇绝：
> "安得树阴随脚移？"

这首诗写的是：夏天行路在真州（今江苏仪征）道上，行人都又热又累，就在路旁人家屋后水边绿柳荫中坐下来，歇歇腿，凉快凉快；可是不能总坐在这里，要走了，真有点舍不得离开这块小小的清凉避暑之地，于是轿夫忽然说出一句"痴语"来："要是这'树荫凉儿'也跟着咱们一块儿走——那该多好啊！"

你看，这首小诗设想多么出人意表。

你一定猜想："这就是你要介绍的杨万里的诗吧？"你猜错了。这是清代郭麐的作品。郭麐，字祥伯，号频伽，著有《灵芬馆诗集》；此篇是其初集卷三《真州道中绝句》四首之一。

这位诗人又在《登吴山望江二首》中写道：

飞鸟欲何去？翼然乘远风。夕阳方在半，——忽堕乱流中！

你看他登吴山、望大江，才见夕阳还在半空，一眨眼，忽已落在江波流荡之中了！写得多么生动，多么活，仿佛如在眼前。别人的诗，多像一幅幅的画面，虽美，可是死的；他的诗，简直像电影，在你眼前动起来了，活起来了，——而且活动得那么妙。

你一定读过不少的诗，可是你有过很多的这样的感觉吗？

你一定说，这郭麐真有点意思；他怎么这么会写诗呢！他的老师是谁？

他的这种诗的"老师"就是杨万里。

杨万里，你对他有些陌生吧？其实，在诗坛传统习惯上很少人直呼诗人之名，例如杨万里，多称之为"诚斋"。提诚斋，听着耳熟的或许就较多了。下面我还是用"诚斋"这个称呼，——显得熟谂些，亲切些。

诚斋的诗，首先给你的印象就是这种奇趣，这种活劲儿，令你耳目一新，令你为之拍案叫绝。

还是举两首看吧。——也看看郭祥伯学诚斋学得怎么样，及不及格。

岭下看山似伏涛，见人上岭旋（去声）争豪：一登一陟一回顾，——我脚高时他更高！

——《过上湖岭望招贤江南北山》之二

> 霁天欲晓未明间，满目奇峰总可观。却有一峰忽然长
> (zhǎng)！——方知不动是真山。
>
> ——《晓行望云山》

> 坐看西日落湖滨，不是山衔不是云：寸寸低来——忽全
> 没，分明入水——只无痕。
>
> ——《湖天暮景》

这种奇趣，这种活劲儿，就是诚斋的首创，也是诚斋的独擅。

奇与活之间，自然时时流露出风趣、幽默。这是读者可以体会得到的。试读这样的诗：

> 稚子相看(平声)只笑渠(他)，老夫亦复小卢胡(笑貌)：一鸦飞
> 立钩栏角，——仔细看来还有须！
>
> ——《鸦》

这不但诗人和他的小孩子在笑，我们读者看了他们笑，也要跟着他们一起笑。

吕晚村(留良)在《宋诗钞》中给诚斋作评传时说过这样一段话：

> 后村(南宋刘克庄)谓："放翁(陆游)学力也，似杜甫；诚斋天分也，似李白。"①盖落尽皮毛，自出机杼。古人之所谓似太白者，入今之俗目，则皆"俚谚"也。初得黄春坊选本，又得檇李高氏所录，为订正手抄之，见者无不大笑！呜呼，不笑，不足以为诚斋之诗！

这个笑,和刚才我们之所谓笑是两种不同性质的笑。我们的笑,是"奇文共欣赏"的笑;他们的笑,是对"俚谚"的嗤笑。

在那些嗤笑者看来,作诗的必须道貌岸然、板起面孔,写出些堂皇冠冕的话言,那才是"好诗"、才是"高格";像诚斋这样子的,就是"俚俗",是"粗鄙",是"恶调",是"叫嚣",是"魔障"——这些词儿都是前人确实对诚斋用过的,并不是我制造的话。

老子说过一句话:"下士闻道则大笑。"吕晚村所遇到的那些人,不敢说就都是"下士";但是他们可能是戴久了"传统诗派"的有色眼镜,乍看到这种新鲜活泼、迥不犹人的诗风,确实有点不习惯,因而就哗然大笑了。然而,"不笑,不足以为诚斋之诗",这话真对。诚斋的诗,假如其独创性不是那么鲜明显著得动人耳目,哪怕是诚斋的前辈诗人们有过一位半位曾经胆敢这样写过诗,那"笑"的程度也就不至于那么"大"、那么哗然了。

试想,在我们来历久远的诗坛上,在诚斋之前,有苏李、有曹刘、有陶谢、有李杜、有高岑、有王孟、有韦柳、有元白、有韩孟、有张王、有温李、有皮陆、有欧梅、有苏黄、有秦晁……那风格特异、偏工独造,真是何啻千变万态!要想在这些大师的脚下来再伐山林、重辟天地,若不是具有大见识、大手眼、大胆气,如何办得到?这见识、手眼、胆气,无怪乎有些"下士"要少见多怪、惊讶哗笑,因为那都是他们无法设想的啊。

明代王构(肯堂)的《修辞鉴衡》引过一段话:"老杜'诗清立意新',最是作诗用力处,盖不可循习陈言、只规摹旧作也。鲁直(北宋黄庭坚)云'随人作计终后人';又云'文章切忌随人后'。此自鲁直见处也。"黄鲁直懂得这层道理,创立了自己的诗派;别人见他获

得成功,也想学步,可是不知道要学他的精神,却去一味学他的死办法和酸习气,结果走入死胡同。诚斋却说:

> 传派传宗我替羞,作家各自一风流。黄(庭坚)陈(师道)篱下休安脚,陶(潜)谢(灵运)行前更出头。
>
> ——《跋徐恭仲省干近诗》之三

他正是以这种不肯傍人篱下、拾人遗唾的精神,达到了"推陈出新"的境界,创造了他的"诚斋体"②,在诗歌史上建立了自己的诗派;连他所最佩服的同时齐名诗人范石湖(成大),有时也要学一学他的诗体和手法③。他的另一诗友张功父(镃)在《南湖集》中说他"自作诗中祖"④,就指出了这一点。

二

讨论诚斋诗的,大都先要谈到他的奇趣和活劲儿,有个名目,曰"活法"。他的这个特色并不待后世人出来表扬揭示,他的朋友在当时就都能见到。张镃一再说过:

> ……今谁得此微妙法?诚斋四集新板开。我尝读之未盈卷,万汇纷纶空里转。⑤
>
> 笔端有口古来稀,妙悟奚(何)烦用力追?⑥
>
> 造化精神无尽期,跳腾踔厉即时追。目前言句知多少,罕有先生活法诗!⑦

葛天民说:

> 参禅学诗无两法:死蛇解弄活鱍鱍;气正心空眼自高,吹毛不动会生杀。⑧

周必大说:

> 诚斋万事悟活法。⑨

略晚些的诗人,如刘克庄说:

> 后来诚斋出,真得所谓活法、所谓流转圜美如弹丸者,恨紫微公(吕本中)不及见耳。⑩

再晚些,元代刘祁则说:

> 李屏山(李之纯)教后学为文,欲自成一家,每日"当别转一语,勿随人脚跟"。……晚甚爱杨万里诗,曰:"活泼刺底人难及也!"⑪

方回评及《南湖集》时也说:

> 端能活法参诚叟。

说诚斋是：

　　　飞动驰掷。⑫

这几乎是有目共睹，众口一词⑬。至于现代人最能欣赏诚斋诗而又善于拈举的，当推钱锺书先生，他说：

　　　以入画之景作画、宜诗之事赋诗，如铺锦增华，事半而功则倍。虽然，非拓境宇、启山林手也。诚斋、放翁，正当以此轩轾之。人所曾言，我善言之：放翁之与古为新也；人所未言，我能言之：诚斋之化生为熟也。放翁善写景，而诚斋擅写生；放翁如画图之工笔，诚斋则如摄影之快镜：兔起鹘落，鸢飞鱼跃，稍纵即逝而及其未逝，转瞬即改而当其未改；眼明手捷，踪矢蹑风：此诚斋之所独也。⑭

这段话把诚斋的"活法"阐发得真是曲尽其妙。

诚斋诗的"活法"，除了包括着新、奇、活、快、风趣、幽默几层意义之外，还有一点，就是层次曲折、变化无穷。陈衍（石遗）曾说过两段话：

　　　宋诗人工于七言绝句而能不袭用唐人旧调者，以放翁、诚斋、后村为最：大抵浅意深一层说，直意曲一层说，正意反一层、侧一层说。⑮

这很对。对诚斋说来,则又不限于七绝一体。

> 夫汉魏六朝诗岂不佳?但依样胡卢,终落空套。作诗当求真是自己语。中晚唐以逮宋人,力去空套。宋诗中如杨诚斋,非仅笔透纸背也,——言时折其衣襟,既向里折,又反而向表折,因指示曰(按此系其门人记录他的谈话,故有此插语):他人诗,只一折,不过一曲折而已;诚斋则至少两曲折。他人一折向左,再折又向左;诚斋则一折向左,再折向左,——三折总而向右矣。生(谓其门人)看诚斋集,当于此等处求之。⑯

这个譬喻更是生动具体,善巧方便,实实有助于我们的了解。

诚斋的五、七言古体诗,笔致尤活,层次尤多。试读一首五古:

> 仰头月在天,照我影在地;我行影亦行,我止影亦止。不知我与影,为一定为二?月能写我影,自写却何似?——偶然步溪旁,月却在溪里!上下两轮月,若个(哪个)是真底?为复水是天?为复天是水?

> ——《夏夜玩月》

再看一首七古:

> 老夫渴急——月更急:酒落杯中月先入!领取青天并入来,和月和天都蘸湿。天既爱酒自古传,月不解饮真浪言;举杯将月一口吞,——举头见月犹在天!老夫大笑问客道:"月

是一团还两团?"酒入诗肠风火发,月入诗肠冰雪泼。一杯未尽诗已成,诵诗向天天亦惊! 焉知万古一骸骨,——酌酒更吞一团月!

——《重九后二日同徐克章登万花川谷月下传觞》

你看,这样的诗,是不是大艺术家的一种"绝活"? 评家说他"笔端有口";其实,"口"又有几个是这般的妙口? 看他横说竖说,反说正说,所向皆如人意,又无不出乎人意,一笔一转,一转一境,如重峦叠起,如纹浪环生。所以讲他的"活法",迅疾飞动是一面,层次曲折又是一面。

周必大跋上面的后一首诗说:

> 韩退之(愈)称柳子厚(宗元)云:"玉佩琼琚,大放厥辞。"苏子瞻(轼)答王庠书云:"辞至于达而止矣!"诚斋此诗,可谓乐斯二者。⑰

这不能不算赏音。可惜仍嫌未能道着真肯綮。能"放"能"达"的文章,古今来指不胜屈;像诚斋这样的"活法",恐怕未必都同时来得吧。

三

上来的这么多话,都讲的是诚斋的"活法"。不讲是说不过去的,因为这是他的重要特色之一;所以大家谈他时也都喜欢讲讲。可是,假如读诚斋诗而只见"活法",不见其他,那就未免又"死"于

"活法"之下。说诚斋不以"活法"见长,固然不可;说诚斋只以"活法"见长,恐怕同样地不可。看了大家都讲诚斋的"活法",于是读诚斋诗,就一地里去寻找"活法",是会出毛病的。

我们或许说,他的诗若不都合"活法",这不足为异:他在"活法"用不上时,在独创性不够时,在学古不化时,在文思不至时……都可以写出"非活法"诗,写出和传统诗风无大差别的诗来,这也是理所当然,就不必再提到话下了。

有这么一想。可是我的意思还不在于此。

讲"活法",又要讲"非活法"(姑且如此妄称),好像"活法"和"非活法"是两种截然不同、两无交涉的事,或者说,"活法"之外,别有一种"法",说不得"活",——当然也说不得"死",但总之是得另立一项名目了。

可以这样理解;但也不可以仅仅如此理解。

真正的问题恐怕在于:要把"活法"只看作是"耍笔头","掉枪花",打一趟子"花拳绣腿",卖弄一路"小聪明",乃至打打诨、抓抓哏,使观者有点眼花撩乱、由不得眉开眼笑,觉得"倒好耍子"——这样是不是正确?

假如只把"活法"如上述那样去理解,自然诚斋诗中就有许多好像不属于"活法"的;假如还不可以那样去理解,还有一些别的道理在作用着,那么看上去不属于"活法"的,却也未尝不和"活法"有瓜葛。

有一则小故事,很耐人寻味。

读过《千家诗》的,都知道那一首为大家所习诵的小诗:

> 梅子留酸软齿牙,芭蕉分绿与窗纱。日长睡起无情思(去

声），闲看儿童捉柳花。

这就是诚斋有名的《闲居初夏午睡起》绝句。粗粗一看，很可能以为这是官僚、士大夫们吃饱了、无事做、闲得不耐烦的作品，根本要不得。我要提醒读者：不了解那个作者彼时彼地的具体处境、时代背景，又不了解他的独特的笔法和用意、思想和作风，这样去看诗，有时是很误事的。当日诚斋的这首诗，被张紫岩（浚。南宋最坚决的抗金爱国的名将兼名相、诚斋平生最服膺的师友之一）看见了，读后喜曰："廷秀（诚斋的字）胸襟透脱矣！"⑱

这句评语，真是出乎我们一般的意想之外。"这不有点风马牛不相及了吗？"

张浚对这首诗的全部理解如何（古人评诗文，往往只就一点一面而借题发挥），我们不得而知，知了也未必全然符合我们今天的认识。此刻要说的是：他那句话却正道着了诚斋"活法"的又一面。这倒不必因为张浚是理学家之一而说他是戴了道学眼镜去评诗，正如同诚斋是南宋时"于道学有分"者，不害其为能懂诗、会作诗的人。

诚斋自己在《和李天麟二首》五言律中曾说：

　　学诗须透脱，信手自孤高。

又说：

　　参时且柏树，悟罢岂桃花？

这后面两句是用了禅宗的两则小故典,其用意也可说就是要阐明"透脱"之义。他又在《蜀士甘彦和、寓张魏公(浚)门馆、用予见张钦夫(杕。浚之子)诗韵作二诗见赠、和以谢之》五言律里说:

> 不是胸中别,何缘句子新?

正说明同一个意思,——也正可以和上引张浚"胸襟透脱"的话相印证。大约甘彦和、杨诚斋、张钦夫等,都和张浚互相讲论过这个道理,所以诚斋这里就写出了"若不是胸襟透脱,怎能得诗句清新"这番意思。

透脱,——什么叫透脱呢? 这是很难讲说的。必不得已,卤莽些说,透脱就是"执着"的反面。禅宗的门徒问师父:"如何是祖师(达摩)西来意?"师父不正面来回答、来说明那个"西来意",却说道:"庭前柏树子(子是语尾虚词,如同"树叶子"的"子")!"笨学生不懂老师是力破他发问中的那一点"意"(拘执于向"意"上去求解,就要离开了所要学的和"意"完全无干的真目标了),因此就随眼随事地指向院中生长着的一棵柏树,意思犹如说:"院子里长了棵柏树! ——这又有甚'意'?"这学生不会师意,就死抱住老师所指的那棵柏树不放松,要向它去"参悟"道理——可是那能参得到什么呢? 结果必然愈"参"愈远。这就是"执着"于柏树,也就是禅家所说的"死于句下"了。

透脱,就是不执着的结果。——为了避免越说可能越"玄虚",不妨简单地说成是:懂得了看事物不能拘认一迹、一象、一点、一面,而要贯通各迹、各象、各点、各面,企图达到一种全部透彻精深的理解和体会(他们能不能做到这一点,那全然是另一问题,我们这里只要知道他们至少在主观愿望上和努力探索的精神上是如此的);能够这样了,再去看事物,就和以前大大不同,心胸手眼,另是一番境界了。这就是他们所说的透脱。(参看第46—49页《和李天麟二首》注释)

在此来谈这些,不是说"禅理"、讲"道学";是说明,要想较比"掉笔头""耍枪花"等等更为深刻正确地了解诚斋的"活法",必须知道他心目中有这样一层道理,而且他自己曾明白地提出来,要作为学诗的一种"法门"。这也就可以说明,他的作品所以具有那种特色,确是和他这种见解有关系的。

了解这层关系,颇有必要,因为这样就不致于把他的"活法"理解为是一种"文字把戏",是一种"油腔滑调",就不致于把诚斋诗误认为仅仅是一种"聪明灵巧"类型的"玩意儿"。这是很要紧的一点。

同样道理,了解了上述关系,也就不致于把"日长睡起无情思"真认作是吃饱了闲得不耐烦的作品,也不致于像禅门学生"参柏树""吃桃花"一样地执着于"捉柳花"了。这点恐怕也很要紧。

再举个小故事。诚斋有一首绝句,说:

> 饱喜饥嗔笑杀侬,——凤凰未必胜狙公。幸逃暮四朝三外,——犹在桐花竹实中!
>
> ——《有叹》

刘后村读了,竟然"不晓所谓";而"晚始悟其微意"。这微意是什么呢？刘后村"悟"得有点道理：原来诚斋从江东漕臣辞官归里，仍领祠禄（宋代优待官僚们，他们和朝廷意见不合的，愿意去职的，有过失的，就给个"祠官"的空衔，不任事，不到班，回家净领官薪，等于养老、退休）；作者自己向自己开了火，大加讥讽：你以为你弃官离职就"清高"了吗？是"凤凰"了吗！你以为你这样就不再像猴子受养猴的"朝三暮四"（喂食时的愚弄手段）的摆布了？可是你这"凤凰"不还是吃人家的"桐花"和"竹实"（传说中凤凰以此二物为食）——要靠祠禄吗？你这凤凰究竟比猴子清高多少？

果然，诚斋在此诗作后不久就连祠禄也谢绝了，真正地、彻底地"挂冠"为民了⑲。

这也是一种"胸襟透脱"的表现。至于作者，本意可以是自喻，如刘后村所解；而在读者衡量，这对当时封建官僚们说来，又有其较普遍的现实意义了。

这种手法（其实也要包括看法），说仍然是传统的"比兴"体，"寄托"义，固可；说是他的"活法"中之一法，也无不可。这样去认识活法，活法乃大；他这样去运用活法，活法乃正。

诸家对"活法"一词的认识，本也并不尽同。例如人都说吕本中才是首倡"活法"这一理论的，但吕本中只说：

> 学诗当识活法。所谓活法者：规矩备具，而能出于规矩之外；变化不测，而亦不背于规矩也。是道也，盖有定法而无定法，而无定法而有定法。知是者，则可与语活法矣。
>
> ——《夏均父集序》，《后村大全集》卷九十五《江西诗派》引

他的主旨是讲作诗的"规矩",如何运用"定法"、变化"定法"之道,而"规矩""定法"是指诗律、句法一类的东西,还没有超出音节、格式、文法、章法的圈子。诚斋的活法,虽然也可以包括着这一层而言(他运用得确很灵活,变态多方),但其真精神却早已跨越了吕本中的范围而指向作品内容方面的事情,关系到作者的认识事物的方法问题,要探本穷源得多了。至于我们初步只看到他的笔致、笔意特别活而不板的现象,那则是他在认识上、表现上都实践了他的理论的结果了。

谈诚斋的活法,应当看到这些区分和联系,庶几不致拘于一隅,也才不致以此为彼地搅乱了。

上面我们说了许多的"旧话",但对于诚斋活法的另一则要义却还没有接触到,就是:对诚斋(和他的学生)说来,活法同时还就是他的浪漫主义。

读者请想,若是我们一般人,在人家屋后池边柳荫中歇了,舍不得走开,要写诗,不过写出些这地方多么好啊! 我是多么舍不得离开啊! 恨不得我不是行路人、就住在这里才好啊! ……等等,而绝写不出"安得树阴随脚移"。道理安在? 就因为我们只执着于上面的那种思路、理路,被我们的"常识"拘管得寸步难移:柳树是木科植物,木科植物是扎根入地、土生土死的,万世不会移动;日光投射在它身上、落不到地面,才成为树阴;树既不会走路,"阴"当然不可能"移"。说树阴要移,那不是捣乱吗? 说梦话吗?

要是都这样来讲死理,就没有什么活法了,——也就没有什么浪漫主义了。

宋代讲活法的不一其人,可是并不能都写出富有浪漫主义精

神的好诗来。这也就是诚斋的活法不尽同于他们的活法,亦即其
独立价值的所在。

四

讲诚斋的"活法",不止是为谈他作品的艺术性,更重要的目的
是要通过他的活法来看其思想性。作品的思想内容之有无、深浅,
固然先是取决于思想内容的本身的存在和情况,但是作者的表现
方式、手法、作风,和我们读者对这一特定方式手法作风的理会的
程度,也会影响到我们的"目力"和"视界",也就影响到我们的判断
和衡量的问题。(至于我们对作品能不能充分掌握其创作背景、其
他条件等等,也同样要紧,但这个问题就不必在诚斋身上特别提出
来了。)

诚斋有一篇《颐庵诗藁序》,说:

夫诗何为者也?尚其词而已矣;曰:善诗者去词。然则尚
其意而已矣;曰:善诗者去意。然则去词去意,则诗安在乎?
曰:去词去意,而诗有在矣。然则诗果焉在?曰:尝食夫饴与
荼乎?人孰不饴之嗜也?初而甘,卒而酸。至于荼也,人病其
苦也;然苦未既,而不胜其甘。——诗亦如是而已矣。昔者暴
公谮苏公,苏公刺之;今求其诗,无刺之之词,亦不见刺之之意
也,乃曰:"二人从行,谁为此祸?"使暴公闻之,未尝指我
也,——然非我其谁哉?外不敢怒,而其中愧死矣!三百篇之
后,此味绝矣;惟晚唐诸子差近之。……

这就说明,诚斋对诗的理解和要求,和对其他文章是迥然不同的。他认为,作诗不能是像作论文一个样的作法。作论文,就是要径直地讲道理、宣意旨,开门见山,单刀直入,有啥说啥,实话实讲。作诗却要用完全不同的表现法了。诗,不能像糖。因为糖得要甜,所以就得让人放在嘴里马上就感觉甜才行,否则人就会不满意,说这糖真糟透了! 哪里还成糖? 而且因为人对糖的要求只是一味"甜"而已,别的不要糖来承担义务,所以糖也用不着在"甜"以外再具备什么奥妙。诗要是这样,那就完了! 那就是令人感觉肤浅的东西了,读者没有多少经验时可能一下子很喜欢这样的作品;有些水平,就会感到不满足了。

照诚斋的意见,诗应该像茶才行。茶并不是让人一下子就得其真味的(小孩子不会喜欢喝茶;却可能把市上薰茶的茉莉花香当作茶香,那当然又是另一问题了),因为茶不是把它的真味摆在最表皮、最浮面上,而是让你"品"而后得,回味而甘的。诗,正应当像茶味那样,不是要把词意径直浅露地摆在表皮、浮面,而要将词意酿化而成一种具有深度的"味道",须使读的人经过涵咏玩味才能领略感受,而领略感受之下却又说不出,道不得,也无法传达给别人。——这才是诗的艺术,诗的力量。

他又举具体的例子说:

> 寄边衣曰:"寄到玉关犹万里,——戍人犹在玉关西。"吊战场曰:"可怜无定河边骨,犹是春闺梦里人。"折杨柳曰:"羌笛何须怨杨柳,春风不度玉门关。"三百篇之遗味,黯然犹存也。近世唯半山老人(王安石)得之。予不足以知之,予敢言之哉?

则可见他所仰慕、祈向之所在了。这才是他说"去词去意而诗有在"的真意旨，并非是真正主张作诗连词句也不要考究、连意思也不要存在的一种"空"物而已。

他的意见正确不正确呢？这是个讨论起来很麻烦的题目，不是几句话所能谈清楚的。不过我们这里并不是要来回答这一问题，而是要说明，由于诚斋的主张是这样，那么他自己的表现手法就不会是与此相反的，而假如我们忽略了这一点，还拿衡量一般论文乃至衡量那些径直显豁的表现方式的诗作的标准来衡量诚斋的诗，自然就会失却了他的那种"遗味"了。——"遗味"之得失，也许还不要紧，要紧的却是这样一来，我们对他那些作品的思想性的强弱深浅也会在认识上有所阻阂了。

关于这点，不得不费些事来说明一下。

诚斋在宋光宗绍熙改元的那一年（1190），在秘书监任上，奉命借焕章阁学士，为金国贺正旦使的接伴使。诚斋此一行，写出了一连串极有价值的好诗，甚至可以说在全集中也以这时期的这一分集（《朝天续集》）的思想性最集中、最强烈。在这一连串诗中，为首的是他第一次要渡长江往北迎接敌使的《过扬子江》两首七律。这两首诗是很有名的，曾获得赏音的：

> 只有清霜冻太空，更无半点荻花风。天开云雾东南碧，日射波涛上下红。千载英雄鸿去外，六朝形胜雪晴中。携瓶自汲江心水，——要试煎茶第一功！

> 天将天堑护吴天，不数殽函百二关。万里银河泻琼海，一双玉塔表金山。旌旗隔岸淮南近，鼓角吹霜塞北闲。多谢江

　　神风色好：沧波千顷片时间。

大家都看到诗是不坏，但是不少人也同时抱憾：这么好的诗，为什么两首的两处结句却是如此的"泄气"？　——因为，这样写，都写"走"了！无论如何得说是败笔了。

　　清代大诗评家纪昀在评前一首时却提出了他自己的看法，说那结句是"用意颇深——但出手稍率，乍看似不接续"[20]。

　　纪昀毕竟是有眼光，看出"似不接续"的问题恐怕不能浅之乎视之，作者于此另有作用，而且其"用意颇深"。这实在有见头。不过，他认为那"颇深"的"用意"是什么呢？他说：

　　　　结乃谓人代不留、江山空在，悟纷纷扰扰之无益，且汲水煎茶、领略现在耳。

这简直糟透了！纪昀这人有时很有些眼力识解，有时却荒谬绝伦，至令人不能置信。

　　原来他说的什么"人代不留""江山空在"，就是在注解原诗腹联"千载英雄鸿去外，六朝形胜雪晴中"两句的。这两句，高明如纪昀，竟会不懂，直如小儿之见，真乃异事。那两句，明明是借古吊今："千载英雄"，指的就是绍兴年代乃至乾淳之际的刘、岳、韩、张诸位大将，国之干城（姜白石所谓"诸老凋零极可哀"的诸老）；"六朝形胜"，就是指"直把杭州作汴州"的南宋小朝廷（因为它也是"偏安江左"）。这意思，不用说看诚斋全集，单是翻一下《朝天续集》本卷，也会见得出是了如指掌。诚斋原句，以表面壮阔超旷之笔而暗寓其忧国虑敌之夙怀,婉而多讽,微而愈显,感慨实深,怎么竟给讲成是"人代不留""江山空在"的滥调了呢?这不是荒谬已极了吗?

纪昀的荒谬并不止此,最谬在于"纷纷扰扰之无益"和"领略现在"。诬人至于此极,只能说明纪昀并未读过诚斋全集,开口乱道。诚斋的思想,和纪昀的思想,可说是"君处北海,吾处南海",千里万里。

诚斋此行诸作中,有一首《雪霁晓登金山》七古㉑。那金山,也就是前面那首七律中的"一双玉塔表金山"的金山。在七古中,他也以表面赞美之词热闹之笔写了金山一顿"金宫银阙起峰头,槌鼓撞钟闻九州"等等,——然后忽然在结尾说出了下面两句话:

——大江端的替人羞!金山端的替人愁!

真可谓石破天惊,雷轰电掣,令人为之变色!只这两句,就把南宋耻辱小朝廷算是挖苦到家了!诚如他所说的:"今求其诗,无刺之之词,亦不见刺之之意……使暴公闻之,未尝指我也——然非我其谁哉?外不敢怒,而其中愧死矣!"

他说:"三百篇之后,此味绝矣;惟晚唐诸子差近之。"于此,我们乃不妨说:"南宋诚斋亦差近之。"

至于是什么具体事件使他如此痛切感愤而出此的呢?也有故事:原来当时金山绝顶建有吞海亭一座,亭名甚壮,"登望尤胜";可是这亭作什么用呢?是"每北使来聘,例延至此亭烹茶"的!——当时亭馆皆极壮丽,专为招待金使,"殷勤"无所不至。

明白了这一故事，然后才明白，诚斋的那"羞"、那"愁"为何会如此深切（原诗上两句明明说出"天风吹侬上琼楼，不为浮玉饮玉舟"），也然后才明白，为何他一渡扬子江，望见金山，便写出了"携瓶自汲江心水，要试煎茶第一功"的话来了！

那是诗人多么深刻沉痛的感慨羞愤啊！——而被不明深意的人看成为"败笔"；看出"用意颇深"的人，又把深意歪曲作"纷纷扰扰之无益，且汲水煎茶，领略现在耳"。这就无怪乎诚斋在评论李咸用的诗时曾有"桓灵宝哀梨"之叹了。

问题是，假如我们不了解诚斋的这种表现方式、手法、作风的话，就会影响到我们的"目力"和"视界"，影响到我们的判断和衡量，而可能认为诚斋诗谈不到什么思想性，他只会描写自然琐碎景物，兴趣不在国计民生，不免有"远离时代社会现实"的缺点——我个人一度就有过这样的看法。

后来愈读愈觉得不是那么回事，没有那样简单。诚斋临卒以前不久，自理诗卷，曾经写道："南窗两横卷，一读一沾襟！只有三更月，知予万古心！……"这位八十岁的老诗人面对着平生呕心之作，流着眼泪，而说出这样沉痛的话来，是什么缘故？假如我们掉轻心、失具眼，把他的千秋万古的苦心密意都给"看没了"，岂不是非常对他不起了吗？

五

诚斋对诗的理论，有一篇正式的文章：《诗论》。我说"正式"，是相对于他的《诚斋诗话》和一些"诗序"类的零言碎语、闲谈琐录而说的。我们如果要考察他的诗的理论，固然不能全丢开他的零碎言论,可也更不能不着眼于"正式"的文章。

《诗论》说:

> 天下之善不善,圣人视之甚徐而甚迫。甚徐而甚迫者:导其善者以之(至)于道,矫其不善者以复于道也。……天下皆善乎?天下不能皆善,则不善亦可导乎?圣人之徐,于是变而为迫。非乐于迫也,欲不变而不得也。迫之者,矫之也。是故有诗焉。诗也者,矫天下之具也。

诚斋认为:诗(本指《诗经》,但意义当然通于一般古典诗歌,故作泛语看正自不妨),不是别的,只是矫正不善的工具。

他说:

> 而或者曰:"圣人之道,礼严而诗宽。"嗟乎! 孰知……诗之宽为宽之严也欤?……盖天下之至情:矫生于愧,愧生于众。愧,非议则安,议,非众则私。安,则不愧其愧,私,则反议其议。……圣人……于是举众以议之,举议以愧之。则天下之不善者,不得不愧。愧,斯矫,矫,斯复,复,斯善矣。——此诗之教也。诗果宽乎? 耸乎其必讥,而断乎其必不恕也! 诗果不严乎?

他认为:诗是群众的意见,有过必讥,断不宽恕。是一种最严厉的批评。

他说:

　　诗人之言，至发其君宫闱不修之隐慝，而亦不舍匹夫匹妇
"复关""溱洧"之过；歌咏文武之遗风馀泽，而叹息东周列国之
乱哀穷屈，而憎贪谗。深陈而悉数，作非一人，词非一口，则议
之者寡耶？

他的例证说明了讽刺讥议是古代诗歌的主要任务。

　　今夫人之一身，暄则倦，凛则力；十日之暄，可无一日之凛
耶？《易》《礼》《乐》与《书》，暄也；《诗》，凛也。人之情，不喜暄
而悲凛者，谁也？不知夫天之作其倦、强其力而寿之也。

诚斋认为，这种群众的讥议，好比冷天气对人的刺激，可以使他振
作、强健起来，活得更久些。
　　像这样的认识，在我国的诗歌文艺理论批评史上，称得起是卓
见；比起最著名的白居易的"讽谕诗"的理论来，至少并无逊色。
　　在《和李天麟二首》中他写道：

　　句中池有草，字外目俱蒿。

就是说，作诗，词采诗风，要像六朝大诗人谢灵运因梦谢惠连而写
出"池塘生春草，园柳变鸣禽"那样的清新自然的佳句，而内涵意
旨，要"蒿目而忧世之患"（《庄子·骈拇》），——关切国家社会、世
道民生。
　　他在《和段季永左藏惠四绝句》中说：

　　道是诗坛万丈高,端能办却一生劳。阿谁不识珠将(和)玉? 若个(谁人)关渠风更骚?

风骚就是《诗经》《楚辞》中"缘政而作"、批判现实的那种现实主义和浪漫主义的优良传统。空有"珠玉"般的美好字面而无关"比兴""美刺"之道,诚斋对这种诗表示了他的不满。

　　这些,是他的创作理论。我们想要认识诚斋的诗,自然不能无视于这些地方。

　　当然,光"说"不算,还要看"作"。我们应当看看他的实践和言论合不合套。

　　清人潘定桂有《读杨诚斋诗集九首》七律②,对诚斋诗颇致赞赏,其第二首说:

　　一官一集记分题,两度朝天手自携。老眼时时望河北,梦魂夜夜绕江西;连篇尔雅珍禽疏(去声),三月长安杜宇啼:试读渡淮诸健句,何曾一饭忘金堤?

腹联两句以下,尤为能相赏诚斋于"牝牡骊黄之外"。他这里的提法是极有见地的。只是他既然还是就诚斋的《朝天续集》那一部分而举例(这一部分诗,如前所说,是诚斋奉命作迎接金国来使时所写,由杭州出发,远渡江淮,一路所见,触目伤心,悲羞忧愤,成为他诗集中思想性最突出、最集中的一部分),就可能使不善读者仍旧误会为诚斋只有这一集中写出了些爱国诗。

　　我们不妨试先就开卷第一集《江湖集》来看看情况。

　　宋高宗的耻辱"小朝廷"，延续了三十五六年之久，好容易盼得他传位给"有志恢复"的孝宗，一上来就掀起了二十年来所未有的北伐抗敌之战，人心振奋已极，不幸连胜之后，忽遇一小挫折，致成"符离之溃"，孝宗马上罢撤爱国抗战派，进用投降求和派，割地请和，并下诏"罪己"，以北伐为犯了"大错误"，自打嘴巴。诚斋有《读罪己诏》三首五言律，谆谆劝告孝宗万不可惩此小失就中途变策，必须发奋自强，定有后效可图。清代翁方纲最看不上诚斋诗，把它当作"魔障"，也不能不承认这三首诗是"极佳"的好诗（不过他以为诚斋好诗只有这三首，别的一笔抹杀了，那份"势利眼"可真够瞧的）㉒。

　　《路遇故将军李显忠、以符离之役私其府库、士怨而溃、谪居长沙》诗，也就这一败役发抒了他的感慨。

　　《道逢王元龟阁学》，对皇帝任用奸党，忠臣一个一个被排挤离去，致其叹愤。《纪闻》，对朝廷新除授的非材，加以婉讽。《跋蜀人魏致尧抚干万言书》，太息国人进献长策之徒然枉费、毫不见采。《故少师张魏公挽词》，对爱国宿将名臣张浚的赍志以殁，深表悲痛。《读张忠献公谥册感叹》，叹张浚，也就是叹国计之日非。《虞丞相挽词》，挽吊采石抗战的虞允文，至比之为诸葛。……

　　《立春日有怀二首》，警劝翰林词臣们，应该懂得点规谏之道，不要再以绮语艳词来"启导"皇帝了。《又和（萧伯和）风雨二首》，完全是借春光来讥讽朝政。《济翁弟赠白团扇子一面、作百竹图、有诗、和以谢之》是借扇子来比喻国家半壁河山为人断送。《豫章江皋二首》则也是寄托家国之怀……这些诗就有比较明显的，有十分深隐婉蓄的了。其馀很多写愁怀的，分明也不是"闲愁闲恨"。

　　至于关念民生的,如《视旱遇雨》,如《悯农》,如《农家叹》,如《悯旱》,如《旱后郴"寇"又作》,如《宿龙回》,如《旱后喜雨》,如《过西山》,如《辛卯五月送丘宗卿太博出守秀州》之一,如《观稼》,如《农家》,如《秋雨叹》……

　　诗也许有高有次,但总不能否认它们的具有内容、不是和社会现实距离很遥远的。

　　秦桧,这个彻底投降卖国的大汉奸,不但生时凶焰万丈,人人畏之赛过豺狼神鬼,谈虎色变(宋人笔记载有一则:某人狂放自负胆量气节,人谓曰:"你若敢讲一个人的话,我即服你。"他问是谁,其人附耳,方说得一个"秦"字,他变色掩耳急走,口内连呼:"放气!放气(放屁)!"人传以为笑。我看这倒不是此人堪笑与否的问题,正足见彼时之"空气"是多么可怖了!),即在死后,因他关系太巨,也很少人敢于触犯时讳,在诗中评议他。可是诚斋却在《宿牧牛亭秦太师坟庵》中写道:

　　　　函关只有一穰侯,瀛馆宁无再帝丘!天极八重心未已,台星三点坼方休。请看壁后新亭策,恐作桁中属国羞!今日牛羊上丘垅,不知丞相更嗔不(fōu)?

这诗一上来就提出:为国柱石、兴亡所系的贤相只有一个,可是横加诬陷放废送死完事;而像唐朝许敬宗样善媚"人主"的巨奸却不难再遇——秦太师果然"遭际明君"了(推之,他的门徒们〔像汤思退之流〕也岂难继掌国柄!)。三、四两句说:"太师爷"若不"寿终正寝",是不甘于仅仅"位极人臣"的——他阴蓄异志,要作金国牵线

的傀儡皇帝(像刘豫)。五、六两句对太师爷死前还要图谋把已然
在他残酷迫害之下的全国忠义爱国人士五十馀位一网打尽的"伟
大计划"进行了尖刻的讽刺!

　　宋高宗的居心是有其不可见人的隐微的,正如明代文徵明的
词所说:"叹区区、一桧亦何能?——逢其欲!"和清代郑板桥的诗
所说:"金人欲送徽、钦返,其奈中原不要何?"他为了保持他自己的
"中兴事业",不惜任何代价,而他又要顾全"面子",他的被金人掳
去的皇帝父亲和皇帝哥哥既然"不宜"回国,而他又要尽"孝道",怎
么办呢? 妙得很! 他决意既不接还他父亲,也不接还他哥哥,他却
装得哭哭啼啼的,口口声声想他的"庭帏"——生母韦后(史称显仁
太后),死也要接还她。他的愿望实现了,——可他付了一笔可观
的"接母费"! 这笔费用计开:称"臣"于金,受金人的"册封",自居
"藩国",皇帝要向金人叩头行礼;每年向金国纳"贡",银、绢各二十
五万(两、匹),其馀礼物不可胜计;以淮水、大散关为界,半壁山河
亿万人民送给敌人;割唐、邓二州,商、秦之半给金国;——最重要
的,还要自己杀死敌人最怕的岳将军,因为金人表示过:不杀岳飞,
金、宋是不能言和的。他用这样高的代价,换回来一个六十岁的老
太婆,算是唯一的"胜利"和"遮羞布",大事铺张庆贺。对这事情,
诚斋却发表了一点意见。

　　他写了一首《题曹仲本出示谯国公迎请太后图》。

　　诗的起头,说:"德寿宫前春昼长,宫中花开宫外香(全是讽
刺);太皇(高宗)颐神玉霄上,都人久不瞻清光。"——忽然又有机
会见着他了:原来是在这幅迎母图的画里他出现了。接着写画中
景象。然后点破题。然后就说:

　　　　向来慈宁(指韦后)隔沙漠,倩雁传书雁难托。迎还銮驭彼何人:魏武子孙曹将军(曹勋)。将军原是一缝掖(书生),忽攘两臂挽五石(弓);长揖单于(指金国皇帝)如小儿,奉归慈辇如折枝。

夸奖了曹勋(他是当日的奉迎使臣)一顿功劳以后,乃说:

　　　　功盖天下只戏剧,笑随赤松(仙人)蜡双屐,飘然南山之南、北山北。

这是为何呢?原来——

　　　　君不见:岳飞功"成"不抽身,却道秦家丞相嗔?

真好结尾!这才叫"曲终奏雅"。若只为了比喻"功成身退",或功成不退而被祸,举多少例子举不出?(例如韩信,不好么?)为何单单要举岳飞?他分明带笔点明了从金国接回韦后的真"价钱",把问题提到尖端了。

　　他有一首《过石磨岭、岭皆创为田、直至其顶》绝句,说道:

　　　　翠带千镮束翠峦,青梯万级搭青天。长淮见说田生棘,此地都将岭作田!

他看到山岭地区,耕地稀罕,都在山坡一层层地开为"梯田",于是想到,淮河沿边,千里荒芜,弃而不耕,却挤得此地只好耕山岭了！——不消说，长淮以北半壁河山若仍属自家，不知可抵多少梯田耕用！？这所谓"大道上洒香油，小路上拣芝麻"了。把两件事结合起来，一经拈举，精彩百倍。这是多么深刻的讽刺！

这样写诗，不愧是实践了他自己的"耸乎其必讥，而断乎其必不恕"的理论。

六

上面只就他的诗来说话。若谈到他的文，那么看看它有无内容及思想性，对了解这个作家，也是有帮助的。

这里说文，是较广义的，包括诗、词以外的各体文字而言，里面有赋。赋是一种介乎诗、文之间的体制，它的章法、叙致，近乎文，而用韵、修辞，有时近乎诗；叙述故事，和后来兴起的传奇、小说又有些渊源。早些的，很多是张皇铺叙京都宫室的大篇，写山川、动植、物产、珍宝……简直像类书；较晚的，变为咏物、抒情的小赋，但也多数逃不出堆砌典故、罗列名物、考究词藻的风气。总之，要讲思想性、人民性，是不太多的。下面我们选了诚斋的两篇赋：《海鰌赋》和《浯溪赋》。

《海鰌赋》是写采石之役，宋朝以海鰌船大破要想渡江南侵的金兵，建立奇功，化险为夷的主题，由金国完颜亮的骄气十足写起，写出海鰌船的神妙，敌人的愚蠢和惊慌失措、大败而逃，最后死于瓜步；赋尾凭吊遗迹、感激战功，而表示天险不可恃赖，必须修仁政、重人材、收民心，国家才有希望。

《浯溪赋》借着剥薛读碑——唐代元结的《中兴颂》——为引子，以唐玄宗、肃宗的往事为影射，把宋徽宗、高宗两个皇帝毫不客气地批评了一通。诚斋特别指出：皇室骨肉寡恩，人伦败坏，弃贤用奸，天人并怒，"水蝗税民之亩，融坚椎民之髓"，人心失尽，纵无外患，岂得不亡？高宗不顾一切，亟亟自己做上了皇帝，何其急切？岂不可讥！不过，即使"耄荒"的徽宗真能回来，又有谁还拥护他、为他效命？大家恐怕是要"掉臂"而去的了。然则怎么办？——那问题就在：高宗自己做了皇帝，也尚不妨，只是你如果不自长进，也变为"耄荒第二"，那人们也是会照样子"掉臂"的！

这样的赋，才显得赋之为体，完全可以很好地利用，写出极有价值的作品来。

至于他的上于皇帝的许多"书""札子""策"，份量很大，篇篇都是慷慨流涕、极言时事，尽抉国家之利病，力攻投降之非策。这些文章，见地警辟，说理周彻，文笔条达，感情痛切，读去都深深使人感动。其用笔之活，也如他的诗一样，引人入胜，一点也不使读者感到枯燥沉闷。

就中以《千虑策》三十道，尤为难得。这些策，包括了"君道""国势""治原""人才""论相""论将""论兵""驭吏""选法""刑法""冗官""民政"等十几项，每项又分为上、中、下等篇目。当时的罗大经，曾记下一段掌故，值得我们引一下：

　　虞雍公（允文）初除（刚刚授官）枢密，偶至陈丞相应求（俊卿）阁子内，见杨诚斋《千虑策》，读一遍，叹曰："东南乃有此人物！某初除，合荐两人，当以此人为首！"应求导诚斋谒雍公，一见握手如旧。诚斋曰："相公且子细（仔细）：秀才子、口头言语，岂可便信？"雍公大笑。——卒援之登朝。……㉔

虞允文在此以前与诚斋了无交谊,固是求贤若渴、爱才如命,然而假如诚斋的策文不是真能餍心切理、感人深至,怎么能使虞允文那样佩服?

诚斋还有些篇"论";还有若干的"传""墓志""神道碑""行状",传写当时的许多忠义爱国之士的生平事迹,其中心思想也无不是贯穿着他的一向的政治态度的。只要翻一翻他的全集,这种印象不会不深深地印在读者的心目中。

诚斋肯为人民讲话,也敢为人民讲话。

他在《转对札子》中说:

> 臣闻保国之大计,在结民心;结民心,在薄赋敛;薄赋敛,在节财用。

他指出南宋统治者肆意压榨小民,穷极残酷,剥夺来的民脂民膏,百般浪费;他指出根本问题在于皇帝,他说:

> 而议者乃曰:"有司(该管官员)不能为陛下节财也。"不知有司安能节财? 节财在陛下而已!

他在《民政》中说:

> 臣闻民者,国之命、而吏之仇也;吏者,君之喜、而国之忧也:天下之所以存亡,国祚之所以长短,出于此而已矣。
> 且吏何恶于民而仇之也? 非仇民也,不仇民、则大者无

功,而其次有罪：罪驱之于后,功唊之于前,虽欲不与民为仇,不可得也。

吏所以赞上(皇帝)之决、而先上之行者,非赞其便民者也,赞其不便民者尔。曷为不赞其便民而赞其不便民者耶？赞其便民者无功,而赞其不便于民者则有功也！

他一语道着了要害：封建统治集团,上起皇帝,下包官吏,是人民的死对头,人民的仇敌。凡是害民的,皇帝就喜、就有功；相反的,就不喜、就有罪。

他揭发出官吏的黑暗：

朝廷将额外而取一金,以问于其土之守臣,必曰："可也。"民曰："不可。"不以闻矣。——不惟不以闻也,从而欺其上曰："民皆乐输(纳)。"又从而矜其功曰："不扰而集。"

江西之郡,盖有甲郡以绢非土产而言于朝,乞市之于乙郡者。此何谓也？民所最病者,与官为市也：始乎为市,终乎抑配(强派)。……今乙郡之诸邑,已有论税之高下而科之者矣,无一钱偿民也；民之不愿者,官且治之。……且有所谓"和买"者,已例为正租矣；又有所谓"淮衣"者,亦例为正租矣；今又求邻郡之绢：是三者之绢,与正租之绢,为四倍而取之矣！民何以堪？而吏不以闻！

且甲郡欲市乙郡之绢,何不遣吏私市之？何必假朝命而官市之哉！？此必有奸焉。甲郡则出大农(户部)之钱,且书之曰："某日出某钱以市某郡之绢也。"——然某钱不及乙郡之民也。

32

此必有私之者矣！民何从而诉哉？盖民诉于朝廷，朝廷下之
于州县；州县执诉者笞之，以诬其服；又呼其民，强使之书于纸
曰："官有钱偿我矣。"州县以诉者之所服，与民之所书，而复于
朝廷，无以诘也。罚一惩百，谁敢复言者？

看这里面种种内幕的奥妙！多么令人发指！谁来替人民说句话？
诚斋说了。

他最后警告封建统治者，说：

> 唐赵赞为一切聚敛之策，德宗尽用之。及泾卒之变，都民
> 散走，而贼大呼曰："汝曹勿恐：不夺汝商货僦质矣！不税汝
> '间架''陌钱'矣！"德宗亦闻此也乎！？

这个问题在我们今天看来提得如果还不算全好，在当时说来也就
算尖锐到顶了！

合诗文而看，像诚斋这样的一位作家，实在并不是只讲技巧形式
而并无思想内容的，相反，他的作品和时代现实结合得非常之密切。

诚斋因为对人民喜爱得很，也写出了很多塑造人民种种可爱
形象的小诗，还十分注意吸收民歌的优点，借以反映人民生活。本
书选入了不少这种作品，读者具眼，这里就不再一一罗列介绍了。

七

诚斋作品有思想性时，我们不应视而不见，对其价值加以贬

低、缩小;因为谈到这点的还不多,所以不能不为之稍事表白。然而既属"矫枉",就可能令人感觉"过正"。诚斋作品无思想性时,我们也不应代为"制造",对其价值加以增饰、夸扬。诚斋诗并不是全无缺点的。较为明显的,就是应酬诗很多,"急就章"不少,混在全集里,就把好诗的比例相对减弱了,假如他编集时勿贪"四千二百首之多",肯于割爱,痛加芟汰,就更好了。——提到这点,其实别位诗家又何尝不是如此。(至于质量较差的诗往往有史料价值,删之也很可惜,那则是另外一个问题了。)

诚斋的长处,已如上述,是在"活法"。他的短处,说来好笑,也还是在"活法"。——不是在于"活法"本身,而是在于他对自己的"活法"有点过于自喜、自负、自恃。一题到手,不管值不值得费墨汁,摇笔即来,横说竖说,反说正说,说上一顿,很为热闹,看上去像个"玩艺儿",细按下去,究竟又没甚么。例如题某人某某楼、某某阁,咏某某花、某某草,就常常犯这个毛病。"活法"本来是好东西,可是过于仗恃它,意识它,用滥了,写滑了,张口它就来,下笔它就在,于是本来是很活的活法,有时却也"物极必反"地变而为死的窠臼。诚斋的毛病就是既破了旧的窠臼,又有点爱往这个新的窠臼里跳。归根结蒂:只要一刻脱离了内容而追求形式和技巧,不管是什么形式技巧,都必然会失败。

他的作品情况不平衡,有的极为沉婉深至,有的又很滑快浅率。纪昀在《四库提要》里一再评他是"颓唐",大约就是只看见了后者一面。他的评语极不全面,但也道着了诚斋的一病。

附带说明一下,这"颓唐"一词,不指人的品行态度,是指文笔的率意。全祖望在《鹧鸪先生神道表》里所说的"生平作诗几万首,沉冤凄结，令人不能终卷；晚更颓唐，大似诚斋"；亦即此意，以他的《史雪汀墓版文》所说的"……一变而为玉川，晚乃信笔，不复作意，遂为诚斋，——然其实学诚斋而失之者"来合看，尤为清楚；我们不可误会。

因为选集里不是要选十分坏的反面作品，所以这里只将几点指出就够，就不更作详尽的罗举和分析了。

八

诚斋生活的时代，就是陆放翁、辛稼轩生活的时代，读者已了解其概况，我想这里就无庸重述，只简单地介绍一下诚斋的生平和为人吧。

杨诚斋，名万里，字廷秀，自号诚斋野客；吉州吉水湴塘人。生于建炎元年(1127)㉕，小于陆放翁两岁，小于范石湖一岁。家世没有做官的，很清寒；诚斋做了官，始终保持俭苦的家风；他的肖子长孺(东山)也不坠门风。诚斋是"清得门如水，贫唯带有金"㉖。东山到临死时连衣衾都没有㉗。

诚斋在绍兴二十四年(1154)中了进士，时年二十八岁，和他的齐名诗友范石湖是同年登第。初授赣州司户，继调永州零陵丞。绍兴三十二年(1162)，自焚其少作诗篇千馀首，决意抛弃从前专学"江西派"的道路，诗格至此一变，始存稿为《江湖集》。是年秋，离零陵任。在永州日，得见谪居在此的张浚，张浚加以勉励，对他持身立节，发生了很大的影响；此后诚斋终身奉之为师；"诚斋"之名，也就是因张浚曾勉以"正心诚意"之学而取的。

宋高宗传位给孝宗，政局上发生了一次巨大的变化，孝宗即位,锐意恢复,张浚得以起用,入相后,即荐诚斋,除临安府教授。诚斋才入京(杭州),旋即丁父忧,在家守服。服满,知隆兴府奉新县,初次实践了他的不扰民的政治志愿,和人民关系很好,获得治绩。

乾道六年(1170),上《千虑策》,大为枢密虞允文和宰相陈俊卿所重,荐为国子博士,开始作京官。次年,孝宗欲用佞幸外戚张说为签书枢密院事(军国要职),物议哗然;张栻时为侍讲,力争不可,并向虞允文严词质问,却因此被挤出守袁州。诚斋抗章争张栻之不当去位,又致书虞允文规以正理。这种为公忘私的精神,真是难得之至。

此后迁太常博士、升太常丞,兼礼部右侍郎,转将作少监。一直在杭州。

淳熙元年(1174),被命出知漳州,旋改为知常州。编诗为《荆溪集》《西归集》。

六年,提举广东常平茶盐。在任上,因"盗"沈师进入广东境,他率兵前往镇压,做了一件和反抗南宋政府的人民为敌的坏事,正如辛稼轩镇压"茶寇",范石湖镇压"水贼"一样。因此升广东提点刑狱。

淳熙九年(1182)七月,以丁母忧去任。编诗为《南海集》。

十一年冬初服满,召还杭州为吏部员外郎。次年,升郎中。五月,应诏上书,极论时事。又次年,以枢密院检详官兼太子侍读,历守尚书右司郎中,迁左司郎中,兼侍读如故。宰相王淮问为相之道,答以人才为先;又问当今谁为人才,即举朱熹、袁枢等六十人,多系正人端士。今集中存有《荐士录》。

十四年,夏旱,应诏上书,迁秘书少监。高宗卒,以力争张浚当配享庙祀,指洪迈不俟集议、专辄独断,无异"指鹿为马",惹恼了孝宗(因为这等于比他为秦二世),乃出知筠州。编诗为《朝天集》《江西道院集》。应该说明一下,这场争论,其实质还是抗敌派和主降派之争,并非在"礼"上的无谓的门户之见。

十六年(1189),光宗受禅,召为秘书监。

绍熙改元(1190),借焕章阁学士,为金国贺正旦使接伴使,兼实录院检讨官。后值孝宗《日历》修成,以职任的关系,例应由他作序,而宰臣却教别人作序,乃自以"失职"力请去朝,光宗挽留。旋又因要进孝宗《圣政》书,宰臣以他为进奉官,孝宗对他犹怀旧恶,见其名列为进奉官,大不痛快,说:"杨万里为何还在这里?"光宗不懂,孝宗说:"他在策文中比我为晋元帝!甚道理?"⑱遂出为江东转运副使。编诗为《朝天续集》。

朝议要行铁钱于江南诸郡,诚斋疏其不便,不奉诏,因此忤宰相,改知赣州,不赴,乞祠官而归。编诗为《江东集》。

从此以后,就再不出山了。宁宗庆元元年(1195),有召赴京,辞不往。五年,遂谢禄致仕。嘉泰三年(1203),进宝谟阁直学士,给赐衣带;开禧元年,召赴京,复辞;二年(1206),升宝谟阁学士——这都无非是些虚官衔罢了。是年卒,年八十整;赠光禄大夫,谥"文节"。其最晚的诗,编为《退休集》。

综计一生存稿:诗四千二百首之多,诗文全集一百三十馀卷,今全存。

他一生除了做地方官,只做到秘书监,是文学"清秘"之职,和政柄挨不上边。因为孝宗憎厌他,终不得大用,无法抒展抱负。

皇帝为什么憎厌他？只因他秉性刚直，遇事敢言，不给任何人留情面。

倪思在他将要被外放为江东漕臣时，上书谏留，说："孔子曰：吾未见刚者。……为其挺特之操，可与有为，贤于柔懦委靡、患得患失者远矣！若朝廷之上，得如此三数辈，可以逆折奸萌、矫厉具臣，为益匪浅。窃见秘书监杨万里：学问文采，固已绝人；乃若刚毅狷介之守，尤为难得！夫其遇事辄发，无所顾忌，虽未尽合中道，原其初心，思有补于国家，至惓惓也！"㉙周必大也曾说他"立朝谔谔，知无不言，言无不尽"，"有折角之刚"㉚。诗人葛天民则说：

> 亦不知他好官职，但知挤得忍饥七十年，脊梁如铁心如石；不曾屈膝不皱眉，不把文章作出诗。㉛

连孝宗那样厌恶他，也不得不承认他是"有性气"㉜。

晚年因见权奸韩侂胄当国，誓不出仕，韩筑南园，要请他作一篇"记"，坚决峻拒。知道韩专僭日甚，忧愤怏怏成疾，家人知道他忧国心重，凡一切时政消息俱不敢报知。忽一日有族子从外而至，不知其情，遽言侂胄出兵之事，诚斋痛哭失声，呼纸大书其罪状，愤恨笔落而逝㉝。

他一生视仕宦如敝屣，随时准备唾弃，正和倪思所说的"患得患失"之辈成为对照。在京日，估计好了由杭州回家的盘缠，装入一只箱子里，经常锁置卧处；戒家人不许买一物，恐怕一旦回家时行李累赘，"日日若促装"待发者㉞。由这一件事，也可想见其为人了。

诚斋的太太罗夫人也是值得一提的，年七十多时，每寒天腊月亦必早起，先熬一锅热粥，给仆人吃，说："奴婢亦人子也。"八十多高龄时随儿子在官，犹亲自种麻纺绩；生四子三女，都自乳，说："饥人之子，以哺吾子，是诚何心哉！"一生俭朴刻苦⑥。

在诚斋教养下成长起来的长子伯孺，也是名诗人，人称东山先生。为湖州守时，弹压豪贵，爱养小民，极有治声，郡人至肖其像，祀于学宫⑥。这和陆放翁的儿子陆子遹宰溧阳，以田六千亩献权贵，权贵酬以田价，陆子遹反而逮捕田主、焚其房屋、灌以粪尿、逼写"献契"、一钱不给的罪行相较⑥，真是一天一地之比了。

诚斋父子，视金玉如粪土。诚斋满江东任，应有馀钱万缗，弃于官库，不取而归。东山帅广东，自以俸钱七千缗代贫户纳租。自家老屋一区，仅避风雨，三世不加增饰。史良叔到其家，所见无非可敬可师之事，至绘图而去⑥。

由这种种事迹看来，诚斋实在是叫我们佩服敬爱的一位大诗人。

九

我初次知有诚斋这个名字，是由于先述堂师的文评中引了他的一首绝句，当时就很想读他的集子，可是贫居无书，只有想望。后来忽然在家门口往西不远的小集市上遇到三册日本选刊的诚斋诗残本，月蓝布面、白棉纸，很可爱，一见之下，大喜望外，急为收得，如获至宝。兴奋地抱回来，马上就爱上它了。这已是二三十年前的旧事，至今记忆如新。

当时本没有读过几首诗，可是深觉诚斋的风格和别人迥然不同,有如珍品异味。这缘法,一结而不可解;以后乱读几本书,知道得多些了,而始终爱诚斋之心不少减(这也许是所谓"嗜痂之癖"吧)。后来特别注意南宋诗人,这兴趣也还是由诚斋引起的。

因此之故,做学生时在课馀对他作了些研读的工夫,以至今天来给诚斋作注,也还是得力于那一段时间。这说来是够惭愧的,这么多年来,学力水平,很少长进。

过去给诚斋诗作注的,我只见有一种,是商务的"学生国学丛书"本,夏敬观选注(文,未见有选注本)。可惜那种注释太简略了,每首诗不过寥寥数条,每条不过寥寥数字,不解决任何重要问题,完全不能满足我们的需要(这次我作注,因手边并无此书,也未加以参考)。今天要注他的诗,全部是艰巨的草创工作。

唐代大诗人韩退之曾说过:"尔雅注虫鱼,定非磊落人。"这却使作注的见了未免有点儿"触目惊心"! 真的,磊落人也许正是不耐烦来理会这些"张长李短""米盐琐屑";可是肯来做这个工作的,却讲不得,实在无从"磊落"起,——若太"磊落"了,那就虽然不受韩愈的奚落,可要挨读者的埋怨了。而且,这种注释又不止"虫鱼"而已,简直是天文地理、三教九流,无所不包,无所不有。再说,像诚斋这样的宋儒,他们肚子里的书册都是富极了,说句大白话,都"埋伏"着一些典故在内。凭着个人的这一点点知识,要来尝试这种"不磊落"的工作,实在是一件"痴事"。——例如,前文第三节里曾引过他"饱喜饥嗔笑煞侬"的诗句,一向以为不过是"大白话",羌无故实;谁知不然,直到此刻写引言,才知道"王者治心治身,乃治家国;今陛下尚未能去饥嗔饱喜,何论太平"乃是道士王栖霞答对南唐李昪的话:就可以说明,这种"痴事"怪不得"磊落人"是不肯也不屑做的,而肯来做的是多么"胆大妄为"了!

对青年读者来说,我可以把作注比拟为一种"教学"工作,这二者都是具有三方面的关系的:授课者——课本——听课者。授课者必须对主题精通,才能谈到教人。但仅仅精通还不行,他还必须"会教"——善于了解听课者,善于发现问题、估计问题、分析解决问题,而且还得要会运用表现方法、传达方式。这些条件,缺一不可。许多饱学的老师,课堂效果却并不一定都理想,问题就在于此。而我个人,这些条件都很差,勉强来从事这种复杂的工作,是有些不自量力的。

好注释,应该密切结合作品,透辟、中肯、详而不烦、简而不陋、恰如其分,既要富于启发性,又要给读者留有独自寻味、思考的余地,亦即要"应有尽有,应无尽无"。文字本身也应该有些味道,不但读作品是享受,读注文也应该不致相反。从这些点来称量,我都太不够标准了。

这个选集的正文,诗的部分是依据《四部丛刊》影宋写本和《四部备要》据乾隆吉安刻本重排本相互校勘写定的。前者可据性较大;后者异文,多出于不学者(不懂诚斋的特殊字法句法)的妄改或传刻讹误;但因前者是手写本,亦时有讹夺,又赖后者得以救正,问题大致都获得解决;凡属这种,书中一概不列校记,以避烦碎。其他书中(如宋人笔记)引文或有异字,则有时引录以备参考。文的部分只有《丛刊》本可据,偶有写误,如"北"误"比"之类,从上下文可以确切判断,即径行改定,亦不再列校记。疑有漏文处,以括弧增字表示之。

选目方面最费了斟酌,前后逐篇审慎抉择,从各种不同的角度、关系来衡量、考虑,反复不下十馀次,我的这部《诚斋集》上画满了各式各样的取舍记号。虽然如此,要说全部选得妥当,当然未必。对于诗,选七绝最严,因原集此体最多,真是选不胜选,我是偏重思想性和写得比较深婉味厚的,许多有奇趣妙语但究竟意味不深长的,大都在割弃之列。文虽好而篇幅太长的,一概未选。

再回来说到注,我的毛病,在于心太切,因此有时不免失于说得太多、太尽。学识不够,工作条件也差,起码的参考书也多不具备(地方志书之类尤其缺乏)。病体又限制我去乞助于公私藏书家和博采通人、广求教益。只好因陋就简。有时不得原书,势须转引。恐怕也难免讹误。

几年以前承中华书局来邀我选注黄山谷的诗文,以当时的精力、条件来考虑,实在不敢答应,恐怕轻诺失信,于是商量,可否改作诚斋,因为我早先应了一处出版社,要作诚斋的稿子,曾铺下一个荒草;后来出版社计划改变了,我的荒草就丢下来;现在拾起来还比较容易些。蒙中华书局不弃,就让我这样作了。

但因健康关系,这工作始终进行不快。最后还是得到讱兄的大力帮忙,特别是他牺牲了两个暑期的休息,帮我收拾整理并补苴弥缝,才算是勉强完成了。我的三个孩子,分担了抄录工作。没有这些助手,我是很难交卷的。借此机会,向他们致谢。在解决一些疑难问题上,政扬兄始终是我的热心的"顾问",在病中仍然替我解答查考;他卧病不能到图书馆,至恳其夫人代为借书;他的淹贯精通,有问必复,使我又感激又佩服。对政扬,我的谢意是难以一言半语来宣喻的。

此外,为了查两句唐诗,蒙静希师和一两位同志帮忙。中华书局上海编辑所的同志们提出许多宝贵意见,给我以种种协助。也在此深致谢意。

虽然如此,稿中缺失错误,由于我的谫陋,一定还很多,盼望读者给我指教,这样,我就有了更多更好的"助手",可以把有缺点的书逐步改进得好一些。

最后,在插图方面,承吉水县文教局、文化馆大力协助,获得遗像、故居、墓址的照片,并极可贵。谨志于此,以铭高谊。

周汝昌

一九六二年十一月

① 见《后村大全集》卷一百七十四《诗话》前集。参看同书卷九十七《茶山诚斋诗选序》:"汤季庸评陆、杨二公诗,谓诚斋得于天者不可及。"
② 名目见严羽《沧浪诗话·诗体》。原文是"杨诚斋体"。
③ 可看《石湖居士诗集》卷二十九《同年杨廷秀秘监接伴北道、道中走寄见怀之什、次韵答之》七古,卷三十三《枕上二绝效杨廷秀》七言绝句。
④ 见卷四《杨伯子(东山)见访、惠示两诗、因次韵、并呈诚斋》。
⑤《南湖集》卷三《杨秘监为余言初不识谭德称国正、因陆务观书方知为西蜀名士、继得秘监与国正唱和诗、因次韵呈教》。
⑥ 同书卷二《诚斋以南海、朝天两集诗见惠因书卷末》。
⑦ 同书卷七《携杨秘监诗一编登舟因成二绝》。
⑧《南宋群贤小集·葛无怀小集》叶一。
⑨《平园续稿》卷一《次韵杨廷秀待制寄题朱氏涣然书院》。
⑩ 刘克庄《江西诗派小序·总序》。
⑪ 见《归潜志》卷八。
⑫《南湖集》卷首方回《读张功父南湖集》诗并序。

⑬ 惟清人全祖望《宋诗纪事序》却说："东夫之瘦硬,诚斋之生涩,放翁之轻圆,石湖之精致,四壁并开。"颇异众人。

⑭ 钱锺书《谈艺录》"放翁诗"条。

⑮《石遗室诗话》卷十六。

⑯《陈石遗先生谈艺录》叶一。

⑰《省斋文稿》卷十一《跋杨廷秀饮酒对月辞》。

⑱《鹤林玉露》卷十四。

⑲ 见《后村大全集》卷百七十四《诗话》前集。

⑳ 见《瀛奎律髓刊误》卷一"登览类"叶十五纪评。

㉑ 本书已选入,请检看,见第 206 页。

㉒《楚庭耆旧遗诗》后集卷十九。

㉓ 见《石洲诗话》卷四。

㉔《鹤林玉露》卷十。

㉕ 旧说多谓杨氏生于宣和六年(1124),实误;唯于北山先生《陆游年谱》所论最确,可看其书第 14 页。此不具列。

㉖《鹤林玉露》卷十四引徐灵晖赠诗,按全诗见《二薇亭诗集》卷上。

㉗《鹤林玉露》卷四。

㉘ 见张端义《贵耳集》卷下。原文叙事有误。

㉙ 见周密《癸辛杂识》前集引。

㉚《省斋文稿》卷十九《题杨廷秀浩斋记》及《书稿》卷七(庆元二年第二书)。

㉛ 同注⑧。

㉜《鹤林玉露》卷五。

㉝ 此事见《宋史》本传,系据诚斋子东山所叙而云然。然有人怀疑,诚斋一生力主抗战,不会反对北伐。东山当时或因韩事败被谤,舆论汹汹之际,有意为此饰词,非实录也。

㉞《鹤林玉露》卷七。

㉟ 同书卷四。

㊱ 同书卷七。

㊲ 事详俞文豹《吹剑录》外集。

㊳ 参《鹤林玉露》卷四、卷十四所记合叙。

目　录

11

诗　选

和萧判官东夫韵寄之^①

　　湘江晓月照离裾^②，目送车尘至欲晡^③。归路新诗合千首^④，几时乘兴更"三吾"^⑤？眼边俗物只添睡^⑥，别后故人何似臞^⑦？尚策爬沙追历块^⑧，未甘直作水中凫^⑨！

① "和"某人"韵"，按照其人来诗的用韵而作诗答和；和，读去声；首作为"倡"，答作为"和"。例如原倡用"一东"韵，和诗也用"一东"韵，叫"用韵"；全用原倡的几个韵脚字而不必拘原次序，叫"依韵"；连次序也依照的，叫"次韵"或"步韵"：三者都是"和韵"。但宋人所谓"和韵"实际多指"次韵"而言了。"萧东夫"，名德藻，号千岩老人；福建闽清人；绍兴三十年(1160)进士。"判官"，在此是地方官的属僚名称；此指何处判官，未详。

② "湘江"，源出广西兴安阳海山，入洞庭湖，长二千馀里，为湖南名川。其水自西南来，流到零陵以北十里的湘口，与潇水相会，名为潇湘。"离裾"，犹言离襟，亦即离怀、离情。这句写零陵晓别。

③ "晡(bū)"，申时(下午三时至五时)，泛言则指日跌时、晚饭时。这句接说，早来别后，去车已远，天色渐晚，犹自伫立望其踪影。力写惜别之情。

1

④ "合",该当;是揣想意料之词。"合(入声字)千首"三字,本应作"平仄仄"的格律,此处变为"仄平仄",叫作"拗格",偶一变用,取其声调新颖峭健。这句说萧德藻归去,一路上定有很多新诗句。萧当时本和尤袤、范成大、陆游有"南宋四家"诗人之目(后来萧为杨万里所替代,而成为"尤、杨、范、陆"四大家)。

⑤ "乘兴",晋朝王徽之的故事:徽之弃官,居山阴(今浙江绍兴);一天,夜大雪,他醒来开户酌酒,四望皎然,因起而彷徨;忽然想念戴逵(其时戴在剡溪),即便夜乘小船去访他。经宿才到。可是既已到门,不入而返。人问他是何缘故,他答道:"吾本乘兴而行,兴尽而返,何必见戴?"(见《世说新语·任诞》)"三吾",作者原注:"浯溪、峿台、庼亭,永人语为'三吾'。"作者时任永州零陵县丞,零陵当时即为永州州治所在地(今湖南零陵);浯溪,在永州祁阳县南五里,山溪汇流,风景奇胜,唐元结爱其山水,遂在此卜居;有《中兴颂》摩崖碑遗迹。又在其南建亭(名庼亭),在其北筑台(名峿台)。永州人因这三个名字各含有一个"吾"字,所以有"三吾"的称呼(按祁阳县东有三吾驿);此处即用以代指永州。这句问萧:何时乘兴再来访我?

⑥ "俗物",用晋朝阮籍的故事:嵇康、阮籍、山涛等在竹林酣饮,王戎后至,阮籍便说:"俗物已复来败人意!"(见《世说新语·排调》)杜甫诗:"眼边无俗物,多病也身轻。"此间多是些庸俗利禄之辈,以此见得越发思念诗友萧德藻。

⑦ "故人",指萧。"癯(qú)",瘦。"何似癯",瘦到什么样子了?据《本事诗》云(其事未必可靠):李白才气高逸,不屑作律诗,因此戏嘲杜甫(因为他多作律诗,而且"律切精深")说:"饭颗山头逢杜甫,头戴笠子日卓午(正午);借问别来太瘦生(生,语词无义)? ——总是从前作诗苦!"这句说"别后故人何似癯",正就是指"别来太瘦生"而言,是打趣的话。这一联"只""何"二字"平""仄"对调为"仄""平",也是一种"拗格"。

⑧ "爬沙"，爬，一作杷，形容螃蟹行走很迟钝。唐韩愈诗"爬沙脚手钝"；参看张宪诗"爬沙夜蟹行"。"历块"，说良马行走神速，"过都、越国"之时，仅如经历"一块（土块）"而已；汉王褒《圣主得贤臣颂》："纵驰骋骛，忽如景（影）靡，过都越国，蹶如历块，追奔电，逐遗风，周流八极，万里一息。"杜甫的论诗绝句说："龙文虎脊皆君驭，历块过都见尔曹。"这句说自己的才力远不能和萧相比，尚不自量，要鞭策钝材来强追骏足。是谦词，又是壮语。

⑨ "直"，只，仅。"水中凫"，用《世说新语·排调》："王子猷（徽之）诣（造访）谢公（安），谢曰：'云何七言诗？'答云：'昂昂若千里之驹，泛泛若水中之凫。'"两句话本是《楚辞·渔父》里写屈原被放后，请问渔父，此后做人做事的态度将以何者为是：昂昂如驹乎，还是泛泛如凫乎？作者此处引用，说不甘消极自弃，表面仍是扣住作诗而说，但实际当然还是包括着做人而言，即当时封建士大夫的人生观的问题。

据作者《千岩摘稿序》说："吾友萧东夫，余初识之于零陵，一语意合，即襆被往其馆，与之对床。时天暑，东夫诘朝欲蚤（早）行；五鼓，东夫先起，吹灯明灭，搔首若有营者。余亦起，视之，盖东夫作诗一章以赠余别也。余即和以答赋。东夫喜曰：'定交如定婚：吾与子各藏去一纸。'自是别去，各不相闻者十有六年。"其事当在绍兴三十二年（1162）夏天。但本篇并不就是临别时的和诗，而是别后又有和作而寄给萧德藻的。萧的诗格，有和作者相近的地方。南宋刘克庄曾指出："萧千岩：机杼与诚斋同，但才悭于诚斋而思加苦……同时独诚斋奖重，以配范石湖、尤遂初、陆放翁，而放翁绝无一字及之。……真诚斋敌手也。"（见《后村诗话》）作者此时正在经历着他平生第一次的诗歌创作方面的重大变化（包括主张和作风而言），开始摒弃江西派。除了生活实践上的首要原因，可能也和认识萧德藻有关系。

题 湘 中 馆

清境故应好，新寒殊不胜^①。征衣愁着尽，凭槛喜犹能^②。乱眼船离岸，关心山见棱^③。个中有句在^④，下语更谁曾^⑤？

江欲浮秋去^⑥，山能渡水来。姬隅蛮语杂^⑦，欸乃楚声哀^⑧。寒早当缘闰^⑨，诗成未费才^⑩。愁边正无奈，欢伯一相开^⑪。

① "胜"，读平声如"升"。"不胜"，禁当不得。

② 上句写久客在外，下句写筋力、心情，犹能登高望远，包含着尚有志为国的意思。"凭"，同"凭"。"槛"，栏干。

③ 上句写见别人的归舟，动一己的乡思。下句写见山之显峰棱，念人之有骨气。

④ "个中"，犹言此间；个，相当于现代语的"这个"。"句"，特指诗句而言；"有句"，有"诗"。"在"，古代语尾虚词，略相当于平声的"哉"字（现代的"啊"字）；禅宗语录记载当时僧人问答语，最多此例，如《传灯录》记五祖问六祖说："米熟未？"对曰："米已熟，——尚欠筛在！"诗中如杜甫"诗酒尚堪驱使在"、苏轼"诗老不知梅格在"等皆其例，多易误会为"存在"义。

⑤ "下语"，略如说"着语""出语"。说这之间大有"诗"啊，可是怎么无人写出过一句——道着过一句呢？

⑥ 比较同时词人辛弃疾《水龙吟》："楚天千里清秋，水随天去秋无际！"（水天无际，广阔的碧空、江水，不啻是"秋"的代表体，越显得秋的高远

4

空爽。)这句说江好像要把"秋"漂走了,极写秋水江天之浩荡。下句则写隔江山色如过水而来。

⑦ "姬(jū)隅",《世说新语·排调》的故事:郝隆为桓温南蛮参军,三月三日会饮,要作诗,郝作一句云:"姬隅跃清池。"桓问:"姬隅是何物?"答曰:"蛮名鱼为'姬隅'。"此处题湘中馆而说"蛮语",可参看《国语》注:"蛮夷,楚也。"一义,楚在南方,古时亦称"荆蛮",是当时中原人自以为文明文化都高,看不起南方发展较晚的地方,所以有这种轻视侮辱性的称呼。

⑧ "欸(ǎi)乃",如唐柳宗元诗"欸乃一声山水绿",其义为橹声;这里则是指船夫打"号头"(棹歌)时的唱和声。《演繁露》:"元次山(唐元结)《欸乃曲》五章(按系在湖南道州所作),全是绝句,如《竹枝》之类。其谓'欸乃'者,殆舟人于歌声之外,别出一声,以互相(相,去声,动词,即"和"义)其歌也。"黄庭坚诗序说:"……予戏作《林夫人欸乃歌》二章与之;《竹枝歌》本出三巴,其流在湖湘耳;欸乃,湖南歌也。"所以说"楚声哀"。《云麓漫钞》写吴中棹歌:"每于更阑月夜,操舟荡桨,抑遏其词而歌之,声甚凄怨。"可以参看。湘中棹歌,当亦相类,这是当时劳动人民经常受压迫忍饥寒的怨歌。欸乃,一说音(ǎo ǎi)。

⑨ 是年绍兴三十二年(1162),闰二月。因有闰月,所以秋凉在月份上显得早了。

⑩ 犹如说我岂是只会作诗而已,言外见不甘只作诗人。可参看唐李商隐诗"江令当年只费才",屈复《玉谿生诗意》云:"只费才,可惜空费其才也。"与作者此句是相反相成的语式。

⑪ "愁边",犹言愁中。"欢伯",酒的别名,《易林》:"酒为欢伯,除忧来乐。""开",开解,宽慰。

《随园诗话·补遗四》:"'白水遥连郭,青山直到门。'畏垒山人诗也;'野水白连郭,乱山青到门。'王子乘诗也。二诗各臻其妙;然观杨诚斋：'江欲浮秋去，山疑渡水来。'则又瞠乎后矣！"

明 发 石 山^①

　　明发愁仍集，寒云又作屯^②。悬知今定雨^③：正坐夜来暄^④。便恐禾生耳^⑤，宁论客断魂^⑥！山深、更须入，——闻有早梅村。

① "明发"，本义是天色刚发亮；此处变其义，用作早晨启程的意思。
② "作屯"，聚集。"又"，见前此阴雨已很连绵了。
③ "悬知"，预知，早知。"悬"有凭空揣料的意思。
④ "坐"，由于。"夜来"，昨天；也说作"夜来个"或"夜个"，今口语犹存。"暄"，暖。
⑤ "禾生耳"，指雨涝庄稼霉烂生黑穗病。《朝野佥载》记谚语："秋雨甲子，禾头生耳。"
⑥ "宁"，哪用。"断魂"，言愁甚。唐杜牧诗："清明时节雨纷纷，路上行人欲断魂。"这一联两句说涝雨对农田关系最大，客途行路的一点困难愁闷，哪里提得到话下呢。

普 明 寺 见 梅

　　城中忙失探梅期^①，初见僧窗一两枝。犹喜相看那恨晚？——故应更好半开时②！今冬不雪何关事，——作伴孤芳却欠伊③。月落山空正幽独④，慰存无酒且新诗⑤。

① "城中"，古代诗人用此词多含憎厌之意，用它来指争名夺利、红尘喧嚣之地。"探梅期"，探看梅花的时期——梅花是否将要开放，何时是看梅花最好的时光。

② 这一联两句，意思几层曲折，笔意十分灵活圆转。律诗中对仗工整的各联，容易作得呆板，作者却善于化板为活。有人指出他这种句法，是由于最善学杜甫的"东阁官梅动诗兴，还如何逊在扬州。此时对雪遥相忆：送客逢春可自由？幸不折来伤岁暮，——若为看去乱乡愁！江边一树垂垂发，朝夕催人自白头"（《和裴迪登蜀州东亭送客逢早梅相忆见寄》）。学得好这种笔意的人并不多（参看第 335 页《唐李推官披沙集序》注⑯）。"看""那"，读平声。

③ "何关事"，有什么关系，——犹言"倒不要紧"。"欠伊"，欠他，指欠雪——来和孤芳（梅花）作伴。作者在他的诗里屡次表示梅和雪必须同伴，那么它们二者的清高品格就更能相得益彰。

④ 暗用《龙城录》的神话故事："隋开皇中，赵师雄迁罗浮。一日，天寒日暮，在醉醒间，因憩仆车于松林间酒肆傍舍。见一女人，淡妆素服，出迓师雄。时已昏黑，残雪对月，色微明。师雄喜之，与之语，但觉芳香袭人，语言极清丽。因与之扣酒家门，得数杯，相与饮。少顷，有一绿衣童来，笑歌戏舞，亦自可观。顷醉寝，师雄亦懵然，但觉风雨相袭。久之，时东方已白。师雄起视：乃在大梅花树下，上有翠羽，啾嘈相顾，月落参（星宿）横，但惆怅而已！"意思说淡妆女人是梅树所化，绿衣童子即翠羽鸟也。"幽独"，略如说孤寂，但更含清高之义。参看《九歌》："幽独处乎山中。"

⑤ "慰存"，相互安慰存问，怜恤。"无酒"，反用上引赵师雄与梅花"相与饮"的典故。

立春日有怀二首

　　飘蓬敢恨一年迟^①，客里春光也自宜^②：白玉青丝那得说？一杯咽下少陵诗^③！

　　玉堂着句转春风^④，诸老从前亦寓忠^⑤。谁为君王供帖子^⑥？——丁宁绮语不须工^⑦。

① "敢"，岂敢，哪敢。本篇作于绍兴三十二年(1162)年底，是年腊月内立春，岁将尽，春已来，犹客宦在外，故有此句。

② 古代风俗，立春日写"宜春"二字，贴于门庭楣柱之间，叫作"宜春帖"，取节令"吉利"的意思。本句的"宜"字即暗用此一风俗故典。

③ "少陵"，指唐代大诗人杜甫。少陵原，在陕西西安之南，杜甫家居在此，故取为号。杜甫《立春》诗："春日春盘细生菜，忽忆两京梅发时：盘出高门行白玉，菜传纤手送青丝。……"是追忆当年太平时在长安立春日吃春盘生菜的诗句，盘为白玉，菜似青丝，极言其美好。据《摭遗》，东晋时李鄂于立春日以芦菔、芹芽为菜盘，以相馈赠；《四时宝鉴》说：唐人在立春日作春饼、生菜，号为"春盘"；《齐民月令》说，食生菜是取"迎新"之义。据《宋史》，宋时犹存这一风俗。这里作者说，在客中，哪有家乡的春盘可享，只好一杯淡酒，把杜少陵的这首诗当生菜"吃"了吧！上引杜诗接云："……巫峡寒江那对眼，杜陵远客不胜悲！此身未知归定处，呼儿觅纸一题诗。"作者的四句诗，正是曲折而生动地表达了这种国危家远、客里逢春的情绪。"那"，读平声如"挪"。参看苏轼诗："吾诗堪咀嚼，聊送别酒咽。"陈师道诗："酌我岩下水，咽子山中篇。"

④ "玉堂"，翰林词臣的官署，宋时学士院的正厅。"着句"，犹言作诗。"转春风"，能使风光流转的意思。这句说翰林词臣们正在"玉堂"给皇帝撰作"春帖子"词。参看下注。

⑤ "诸老"，指北宋欧阳修、苏轼等老辈诗人。"寓忠"，作品中寄以规谏之意。《宋史·欧阳修传》："在翰林日，仁宗（赵祯）一日见御阁'春帖子'，读而爱之，问左右，对曰：'欧阳修之辞。'乃悉取宫中诸帖阅之，叹曰：'举笔不忘规谏，真侍从之臣也。'"可作参证。苏轼《内制集》中如元祐三年"春帖子"词，皇太后阁六首之五："宫中侍女减珠翠，雪里贫民得袴襦。"这对统治者说来都是非常"煞风景"的话，但也正是规谏"寓忠"的好例子。馀不多引。

⑥ "帖子"，指"春帖子"词。宋制，不但立春日翰林要作"春帖子"，一年八节，都要有新帖子词。不但皇帝阁要张贴，太后、太妃、夫人等阁也要有。但这不过是应景的故事，不是真有人定要去读这些照例云云的应制之作。其体都是五言、七言小绝句诗。"君王"，此指新即位的孝宗赵昚。

⑦ "丁宁"，嘱咐。"绮语"，华美浮艳之词。"工"，凡是善于一件事的，都可称"工"，如言"工诗善画"。这是向当时的词臣们进一言：向老前辈的为民敢谏的精神学学吧，不要只把些好听的谀词去献媚皇家了，——前一任皇帝的荒淫享乐，已经够可观了。两首立春小诗，由自身的卑吏生活转想到皇帝宫中的奢侈，叹息词臣文风之不振，而官场之谄媚，民生之疾苦，国势之阽危，都含词隐约。

　　按南宋从建炎以来，"春帖子"的制度早已间断，到绍兴"和议"既成，十三年立春，学士院才又恢复呈撰帖子词的故事。刘克庄《后村大全集》（卷百七十五）论及"春端帖子"，引作者此题第二首，而说："使此老为之，必有可观。"又周辉《清波杂志》（卷十）亦云："'春端帖子'，不特咏景物为观美；欧阳文忠公尝寓规讽其间，苏东坡亦然，司马温公自著日录,特书此四诗,盖为'玉堂'之楷式。自政(和)、宣(和)以后,第形容太平盛事,语言工丽以相夸:殆若唐人宫词耳!近时杨诚斋廷秀有(亦引第二首)之句,是亦此意。"可参看。

晓立普明寺门时已过立春去
除夕三日尔将归有叹①

　　萧萧淅淅荻花风,惨惨淡淡云物容②;欲雪不雪关得侬③?得归未归一莞中④。年华纵留春已换,半生作客今何恨?夜来飞霰打僧窗⑤,便恐雪真数尺强⑥。催科不拙亦安出⑦?吾民沥髓不濡骨⑧!边头犀渠未晏眠⑨,天不雨粟地流钱⑩!

① "去",距离。"除夕",此仍指绍兴三十二年(1162)除夕。"尔",而已。
② "云物",本指日旁云气,古时在重要节日观察云物,占验年景(语出《周礼》《左传》)。此处只泛指云容天色。
③ "侬",我。"关得侬",关我何事?其实是反语,诗意正说阴天增加愁怀。
④ "一莞(wǎn)",一笑。"莞尔",小笑貌。
⑤ "霰(xiàn)",又名米雪,雪珠,雨点下降时遇冷凝结而成的小冰粒,多在雪前出现。《诗经·小雅·颛弁》:"如彼雨(降,去声,动词)雪,先集维霰。"
⑥ "数尺强",比数尺还多,这句极力模拟将有大雪。"强",同"彊",有馀的意思。参看杜甫诗:"一夜水高二尺强。"上句说夜来已然落霰了,是

下雪的兆头。

⑦ "催科"，官吏向人民催讨租税。韩愈《顺宗实录》记载唐阳城(字亢宗，北平人)作道州刺史时，爱惜百姓，赋税不登；上司观察使屡次诮责。后当考课(评比官吏的"成绩")，阳城就自写考语，道："抚字(爱养百姓)心劳，催科政拙：考'下下'!"后来观察使派人去按治他，他就载了妻子高飞远走了。"亦安出"，计将安出? 说催科不落个"拙"字的考评，又有什么办法呢?

⑧ "沥髓不濡骨"，将骨髓挤干了也湿润不了骨头，换言之，髓已无馀——人民脂膏已被榨尽了! "沥"，饮酒到完时的杯底馀滴；此用为动词，犹言榨干、罄竭。"濡"，沾湿，泽润。

⑨ "边头"，犹言边境，国界线上。"犀渠"，指甲或楯等戎装兵器而言，此处则用以指被甲持楯的守边战士。参看隋卢思道诗："犀渠玉剑良家子。""晏眠"，安眠。守边战士尚未能高枕安眠，可见国家尚在危急之中，强敌伺隙即来。

⑩ "雨(去声)粟"，天上往下落粮食，借用《淮南子·本经》"昔者仓颉作书，而天雨粟"的话。(其他书中亦屡有"天雨粟"之语，不具引。)"地流钱"，《新唐书·刘晏传》："四方货殖低昂及它利害，虽甚远，不数日即知：是能权万货重轻，使天下无甚贵贱而物常平。自言如见钱流地上。"字面是善于理财通货，但实际意义是封建统治集团聚敛苛重，靡费、佚乐无度。天上不往下掉粮食，而地上尚要钱如水流，当然就只有沥民之髓了。比较同时诗人范成大诗："但得田间无叹息，何须地上见钱流!"辛弃疾词："莫管钱流地，且拟醉黄花。"

案本年夏天，金发兵数万围海州，镇江都统制张子盖，听从张浚的指示，大败金兵于石湫堰，溺死的几达半数，其馀的也败逃了。冬天，金以十万兵屯河南，声言将进窥两淮。张浚以大兵屯驻盱眙、泗、濠、庐州等地，金兵不敢动，但仍以文书索割海、泗、唐、邓、商等州及岁币以为威胁。诗中"边头"句所指即在此。

除夕前一日归舟夜泊曲涡市宿治平寺

江宽风紧折绵寒①,滩多岸少上水船。市何曾远船不近②,意已先到灯明边。夜投古寺冲泥入,湿薪烧作虫声泣③。冷窗冻壁更成眠?——也胜疏篷仰见天④!市人歌呼作时节⑤,诗人两膝高于颊⑥:还家儿女问何如,明日此怀犹忍说?

① 晋阮籍诗"海冻不流绵絮折";梁庾肩吾诗:"劲气严凝海,清威正折绵。"宋惠洪诗:"霜威折绵寒入颊","折绵寒",言寒甚,丝绵所不能抵御。这句写天恶,下句写路艰。
② "近",靠近,行近。动词。说此间离市集并不远,可惜船不能靠拢而入市。所以下句说心意因盼望人烟所在,已经先神驰向往于市中灯光亮处去了。
③ "虫声泣",比喻湿柴不易燃烧,着火时发出吱吱唧唧的声音,好像虫鸣一般。
④ 上句说古庙中冷屋冻壁,哪里还睡得着?"更",哪更的语意。但接着说,这比起刚才在船里挨冻的滋味已经强多了!宋陈师道《谢人送炭》:"冷窗冻壁作春温。""壁",一作"笔",非。
⑤ "作时节",犹如现在说"过年""过节"。
⑥ "诗人",作者自指。"膝高于颊",夸张形容冻得身子蜷曲起来,膝盖都快比脸"高"了。

按以上系（宋高宗）绍兴三十二年（壬午·1162）所作,作者时任零陵丞。

过百家渡四绝句

出得城来事事幽,涉湘半济值渔舟①。也知渔父趁鱼急②,——翻著春衫不裹头③!

园花落尽路花开,白白红红各自媒④。莫问早行奇绝处,——四方八面野香来。

柳子祠前春已残⑤,新晴特地却春寒。疏篱不与花为护,只为蛛丝作网竿。

一晴一雨路干湿,半淡半浓山叠重⑥。远草平中见牛背,新秧疏处有人踪。

① “涉”,徒步涉水;此处是泛义,即渡水。“半济”,渡到半途。
② “渔父”,渔民,渔夫。“趁”,追赶捕捉。
③ 这句省去“不道”“不料”一类的话,和上句的“也知”相呼应。意思说,不是不知道渔父赶逮鱼忙得紧,但不至于穿翻了衫子、光着脑袋呀!“裹头”,即戴帽。古时男人也留长发,裹头戴巾。起初以幅帛临时裹头,为头巾;后来巾变为软胎定型的帽子,而语言中仍旧沿用“裹”字。变为名词时,也就叫作“巾裹”(犹如“着衣”,变为名词即说作“衣着”)。古时人正式装束少有不裹头戴巾的,光着脑袋被认为是很不礼

13

貌、很不"体面"的样子。但此处作者并不是以此来指嫌渔父的"仪表不整",相反,语气正是十分欢喜劳动人民的这种随随便便、不为封建礼教所拘的风格,不像士大夫那样虚伪造作。

④ "媒",介绍。这里指各种颜色的野花都自以其美丽来引人喜爱。

⑤ "柳子祠",唐柳宗元曾贬官为永州司马,当地有祠庙纪念他。"春已残",春天已将尽了。

⑥ 这首起二句以对仗的形式来写,和从第一句就押韵的格式不同。"路""山"二字把定格的"平""仄"对调为"仄""平",是拗格。

负丞零陵更尽而代者未至家君携老幼先归追送出城正值泥雨万感骤集①

吾父先归吾未可②,我母已行犹顾我③。儿女喜归未解悲④,我愁安得似儿痴⑤?墙头人看不须羡,居者那知行者叹!昨日幸晴今又雨,天公管得行人苦⑥!吾母病肺生怯寒⑦,晚风鸣屋正无端⑧。人家养子要作官,——吾亲此行谁使然⑨?

① "负丞",就是作县丞的意思。唐韩愈《蓝田县丞厅壁记》里叙崔立之作蓝田县县丞:"始至,喟(叹)曰:'官无卑,顾材不足塞职(能力不能胜任)。'既噤不得施用,又喟曰:'丞哉丞哉!余不负丞,而丞负余。'"因此后人往往以"负丞"为"作丞"的谦语,犹言材不足作丞。"更尽",指官限期满(语出《汉书》)。代者,指继任者。"家君",称自己的父亲。

② "吾未可",我尚不得归。

③ "顾"，回顾，顾念。

④ "未解悲"，还不懂得悲愁的事。参考杜甫诗："遥怜小儿女，未解忆长安。"

⑤ "安得"，哪能得？

⑥ "管得"，犹言"哪里管"，是反面语式，感叹语气。

⑦ "病肺"，患肺疾，如喘嗽。生怯，生怕；生，助词。

⑧ "无端"，没道理，换言之，即很猖狂。

⑨ "然"，如此，像这个样子——指受此风雨行途之苦。

和仲良春晚即事五首①（录二）

贫难聘欢伯②，病敢跨连钱③？梦岂花边到？春俄雨里迁④！一犁关五秉⑤，百箔候三眠⑥。只有书生拙：穷年垦纸田⑦。

笋改斋前路⑧，蔬眠雨后畦。晴江明处动，远树看来齐。我语真雕朽⑨，君诗妙斫泥⑩。殷勤报春去：恰恰一莺啼⑪！

① "仲良"，姓张，名材，山东人，是作者在零陵时的同僚，零陵县的司法参军。作者另篇和张仲良诗原注说："仲良抗章极言时事，不报。"可知也是爱国有志之士。"即事"，就眼前的事物情景而写为诗的意思。

② "欢伯"，见第 5 页《题湘中馆》注⑪。

③ "敢"，哪敢。"连钱"，毛色青白相杂成斑的马。《尔雅》注："色有深浅，

班驳隐辚,今之连钱骢。"白居易诗:"连钱嚼金勒。"起两句说,贫难置
酒,病不能骑:无法出游。

④ "俄",俄顷,犹言转眼,不久。这两句说,有花盛开的好地方梦亦未曾
一到,而春光在一场雨中已经逝去了(兼指花因一雨已凋零殆尽了)。
"迁",变,逝。

⑤ "一犁",指春雨,一犁是指雨量大小,浸润度恰到犁头入土的那么深。
参看宋田昼诗:"夜来春雨深一犁。""秉",古量名,十六斛为一秉。《论
语·雍也》:"冉子与之粟五秉。"这里指庄稼的丰收。全句略如俗语所
说"春雨贵如油"的意思。

⑥ "箔",蚕帘,亦作蚕薄,以萑苇编成。《齐民要术》:"蚕比至再眠,常须
三箔:中箔上安蚕,下箔障土气,上箔防尘埃。"蚕蜕皮前,不食不动,
称为"眠",共经四眠:初眠,二眠,三眠,大眠。每眠蜕皮一次。大眠
后才上簇作茧。"候",动词,按时、及时安排的意思。这说此时正当蚕
三眠之季。"百箔"统指养蚕诸户而说,言其盛多。

⑦ "穷年",犹言一年到头,整年整月的。穷是穷尽义,说把时光都花费于
某事上。"纸田",大略同于"砚田"的譬喻,见苏易简《文房四谱》引《语
林》:"以洪笔为锄耒,以纸札为良田,以玄墨为稼穑,以礼义为丰年。"
但作者意思是说文人只会以文字为事,因此"纸田"便含有空而无实的
语气。这是作者自愧于不能农桑生产,无裨世用的话。

⑧ 春晚夏初,竹子不规则地出生新笋,占去地方,把书斋前面的人行路给
改了样子。

⑨ "雕朽",《论语·公冶长》:"宰予(孔子弟子)昼寝,子曰:'朽木不可雕
也……'"说宰予不可造就。此处是作者用以自谦诗之不佳。

⑩ "斫泥",用宋陈师道诗:"平生斫泥手,斤斧恐长休。"陈诗意系用《庄
子·徐无鬼》"郢人垩(泥)漫(污)其鼻端,若蝇翼,使匠石斫之;匠石运
斤(斧)成风,听而斫之,尽垩而鼻不伤"一段故事。此处犹言"大匠"。
(按黄庭坚诗先云:"应怀斫泥手,去作主林人。")

⑪ "恰恰"句,用杜甫诗:"自在娇莺恰恰啼。"《石洲诗话》(卷一):"杜诗:
　'自在娇莺恰恰啼。'今解恰恰为鸣声矣,然王绩诗'年光恰恰来';白公
　《悟真寺》:'恰恰金碧繁。'疑唐人类如此用之。"按解为鸣声者,恐误。
　此似仍为恰好、恰巧义。参看王庭珪诗"火炉恰恰帘垂地";陈造诗:
　"小杏惜香春恰恰,垂杨弄影午疏疏。"又为融和适意之义。然则此词
　意义复杂,未易确指。姑列众说备考。

夜离零陵以避同僚追送之
劳留二绝简诸友①

　　已坐诗癯病更羸②,诸公刚欲饯湘湄③。夜浮一叶逃
盟去④,——已被沙鸥圣得知⑤!

　　思归日日只空言,一棹今真水月间⑥。半夜犹闻郡楼
鼓⑦,明朝应失永州山⑧。

① "同僚",指同在零陵作官的。"绝",绝句的简称,绝句是格律齐整、四
　句成篇的小诗。"简",动词,犹言寄致。
② "坐""诗癯",见第 2 页《和萧判官东夫韵寄之》注⑦。"羸"(léi),瘠瘦。
③ "刚欲",硬要,偏要。饯行必置酒,为病羸者所不能胜饮,所以说"刚
　欲"。"湘湄",湘水之滨。
④ "浮一叶",驾一叶小舟。"逃盟",脱逃约会,不践诺言。
⑤ "圣得知",圣是唐宋时代俗语,义为乖觉、伶俐、刁钻、精灵,这说沙鸥
　偏很伶俐,已被它先得知了。韩愈诗:"泥盆浅小诇成池,夜半青蛙圣
　得知。"

⑥ "一棹",亦指小舟。棹,亦作櫂,拨水行船之具。

⑦ "郡楼",指永州郡楼。"鼓",古代报时刻用敲击钟鼓的办法。

⑧ 这句说到天明就再看不到永州的山色了。作者因官满脱身而去,很高兴,可是三年的时间,和永州地方也有了感情,所以又有惜别的意思。

读 罪 己 诏时有符离之溃①

莫读"轮台诏"②,令人泪点垂③!天乎容此虏④?帝者渴非罴⑤。何罪良家子⑥?知他大将谁⑦!愿惩"危度口"⑧,倘复雁门蹄⑨!

乱起吾降日⑩,吾将强仕年⑪。中原仍梦里⑫,南纪且愁边⑬。陛下非常主⑭,群公莫自贤⑮!"金台"尚未筑⑯,乃至羡强燕⑰?

只道六朝窄⑱,渠犹数百春⑲。国家祖宗泽,天地发生仁⑳。历服端传远㉑,君王但侧身㉒。楚人要能惧,周命正维新㉓。

① 绍兴三十二年(1162)夏六月,宋高宗赵构在做了三十六年的卑辱无道的皇帝以后,传位给他的养子赵睿(慎),是为孝宗。赵睿在做皇太子时很有志气,人们对他都寄以极大的希望,以为恢复可期。即位后,立即起用一些因为反对秦桧卖国而为赵构贬谪的老臣宿将,手书召见张浚(时判建康府),张浚力陈"和议"之非,劝他坚意以图恢复。赵睿于是加张浚以少傅官爵,封魏国公,除江淮宣抚使,节制屯驻军马。次年

改元隆兴,正月,进张浚为枢密使,都督江淮东西路军马,开府于建康
(今南京)。四月,召见,二三十年来未曾有的北伐大计由此划定,决意
不通过三省、枢密院(因为主和派竭力反对),出师渡江。适值李显忠、
邵宏渊二将来献进取之策,张浚遂遣显忠出濠州,指灵璧;宏渊出泗
州,指虹县。一月之内,连复灵璧、虹县、宿州三城,金兵大败。一时人
心振奋已极,义兵、降卒,纷纷来归。既而金以十万兵来攻宿州,显忠、
宏渊二将因私憾不合,致宿州复陷,宋兵大败于符离集(今安徽宿州以
北),金人乘胜斩首四千馀级,获甲三万,宋兵赴水死者不可胜计。这
一战役,关系宋朝国运极大。爱国人士无不痛惜至极,而投降主和派
则以为借口,大肆攻击张浚。赵眘遂动摇,罢张浚都府,进用秦桧馀党
汤思退作宰相,尽撤边防,主动割地求和,南宋由此一蹶不复再有重振
的希望了。赵眘以为北伐是自己犯了大“错误”,所以下诏责备自己,
这种诏书称为“罪己诏”。事在当年六月十四日。

② “轮台诏”,用汉武帝的“哀痛诏”来比拟宋孝宗的罪己诏。《汉书·西
域传·赞》略谓:孝武之世,图制匈奴,乃通西域以断匈奴右臂(比喻
之词),匈奴果因此远遁;后经五世,聚养生息,天下殷富,于是开边通
远,聚珍奇,兴土木,种种奢侈、享乐,不可尽述,以此用度不足,遂行一
切取财聚敛剥削之道,民力大竭,加以凶年,“寇盗”(人民反抗)并起,
“是以末年遂弃轮台(西域地名)之地,而下哀痛之诏,岂非仁圣之所悔
哉!”“轮台诏”,指此。但汉武帝是后悔开边扩张,而宋孝宗是欲图抗
仇复国,二者是不可同日而语的。作者用这个典故,不过是替自己的
国家和皇帝赵眘作门面话,只是一种饰词而已。

③ “令”字,读平声。

④ “天乎”,呼天,问天,表愤慨。“虏”,古时称敌人为虏,往往特指来自北
方入侵的敌人。自六朝称北人为“虏父”,宋时蜀人犹呼中原官为“虏
官”,中原方言为“虏语”。

⑤ “渴非罴(pí)”,指封建帝王渴望贤者辅佐他来统治全国,《史记·齐世

家》:"西伯(周文王在殷时为西伯)将出猎,卜之,曰:'所获非龙非彨,非虎非罴;所获霸王(去声)之辅。'"《宋书·符瑞志》:"文王将畋,史遍卜之,曰:'将大获,非熊非罴,天遣汝师,以佐昌(周文王名昌)。'……王至于磻溪之水,吕尚(姜太公)钓于涯,王下趋拜曰:'望公七年,今乃见光景于斯!'"作者此句隐指当时的宰相史浩(尚书右仆射平章事,兼枢密使,操军政大权者)竭力阻挠北伐,不足以为"辅佐中兴"之材。语式极其婉蓄。

⑥ "良家子",指战士们。《汉书·赵充国传》:"始为骑士,以六郡良家子善骑射补羽林(汉代禁军名称)。"同书《地理志》如淳注"良家子",云:"医、商、贾、百工,不得豫(参预)也。"封建时代竟把技艺、商贾、工匠等人都划在"良家"之外;"良家子",犹言"家世清白"的人。参看杜甫《悲陈陶》:"孟冬十郡良家子,血作陈陶(地名)泽中水。"作者说,此一战役之溃败,于士兵何罪?意即不是战士们不用力,没打好,而是怨将官李、邵二人。

⑦ 《汉书·高帝纪》二年八月:汉王(刘邦)至荥阳,命郦食其(yì jī)去游说魏王豹,豹不听。汉王以韩信为左丞相,与曹参、灌婴共同攻打魏王豹。及郦食其回来,汉王问:"魏大将谁也?"郦答云:"柏直。"汉王说:"是口尚乳臭(言其犹如小孩子),不能当韩信。……吾无患矣!"九月,果将魏王豹虏获,遂定魏地。杜甫《后出塞》:"悲笳数声动,壮士惨不骄。借问大将谁?恐是霍嫖姚(此大将指安禄山)。"作者此处说,以双方大将来比,张浚可当宋朝的韩信,完全不弱于金国,乃竟取败,所以尤堪痛愤。此役金方为左副元帅赫舍里志宁和大将字撒。

⑧ "危度口",作者有原注,说:"见《光武纪》二年注。"按《后汉书·光武帝纪》,更始元年故赵缪王子林诈以卜者王郎为成帝子子舆,并立之为皇帝,都于邯郸。二年正月,光武(刘秀)北至蓟县,而故广阳王子刘接起兵蓟中以响应王郎,蓟城内纷扰惊恐,传言邯郸使者方到;于是光武赶紧坐车南逃,晨夜不敢入城邑,在道旁野宿进食,至饶阳,又乏食,乃自

称邯郸使者入驿舍以骗饮食，几乎被识破受捕。后逃出南门，"晨夜兼行，蒙犯霜雪，天时寒，面皆破裂。至呼沱河，无船，——适遇冰合，得过，未毕数车而陷"。这是汉朝破王莽而"中兴"的新皇帝在"即位"以前的一段艰危狼狈的经历。"呼沱河"下注云："在今代州繁畤县，东流经定州深泽县东南，即光武所度处，今俗犹谓之'危度口'。"作者此处引这个典故，是以后汉光武来影射南宋"中兴"的高宗赵构。建炎三年二月赵构南逃途中，金兵攻至长江北岸的瓜洲，于是仓皇渡江继续南遁，狼狈万状，所以相比于"危度口"。"惩"，戒鉴于往事前例的意思。

⑨　"雁门踦"，见《汉书·段会宗传》：段会宗为西域都护，西域服其威信。及三年官满，还为沛郡太守，又徙为雁门（郡名，有今山西西北部分地）太守，数年，坐法免官。西域诸国上书皆愿仍得会宗以为官，阳朔（汉成帝年号，始公元 24 年）中，乃复为都护。其为人好大节，矜功名，谷永怜其年老，以书戒告他，略云："方今汉德隆盛，远人宾服……愿吾子因循旧贯，毋求奇功，终更（官限满了）亟还，亦足以复雁门之踦（jī）。万里之外，以身为本，愿详思愚言。"本是劝他不要贪功、晚节保身的意思。但段会宗没有听他，晚年又建过一次功。踦，指"命运"不佳，遭遇挫折。此处用此以望张浚，不要气馁，将来成功，以挽回这次的失败。参看宋陈师道诗："得无鱼口厄，聊复雁门踦。"

⑩　"吾降"，原注降"音烘"，系用《离骚》"唯庚寅吾以降"的话，指出生、降生。作者生于高宗建炎元年（1127），是年金人立张邦昌为"楚"帝，掳徽宗、钦宗北行，北宋亡。故云。

⑪　"强仕年"，用《礼·曲礼》"四十曰强而仕"的话，指四十岁。强仕，意谓士大夫到四十岁志气已坚强，不为利害祸福所动，可以出仕了。作者作此诗时年已三十七岁，故云。

⑫　"中原"，指沦陷于金的河南故土。"仍梦里"，仍旧是在梦中才能一到之地，言四十年尚未恢复。

⑬　"南纪"，用《诗经·小雅·正月》："滔滔江汉，南国之纪。"《笺》谓以江

21

汉喻吴楚之君。南宋以淮水与金为界,偏安于南方,所以用此为喻。"且愁边",且,上声,方在如何,距完结尚远的表进行语意的词;愁边,犹言愁里。这说,不要讲中原故国,连南纪半壁江山也日在岌岌不保之中!

⑭ "陛下",封建专制时代,臣僚们称指皇帝之词,陛,阶。陛下,指皇帝殿阶下侍卫之臣等,意谓皇帝地位太"高",不敢直指,只能向其阶下诸人告语,求其转达。这句是颂扬宋孝宗的话头;当时都认为孝宗不同于高宗投降卖国,有意恢复,寄以很大的期望。

⑮ "群公",指"政府诸公",执政大臣们。这个词往往带有讽刺意味。"自贤",犹言"身谋",只为个人利益打主意,置国家人民于不顾。当时自高宗朝以来的大官僚,除少数铮铮者,大多是"自贤"之辈。孝宗下罪己诏后,奸臣尹穑,依附汤思退,立即劾张浚。贤者相继引去。不但真正的投降派,即如陈康伯、周葵、洪遵等,亦误信金人的要索诡计,以为当和。群公,指汤思退党及误信金人的臣僚们。

⑯ "金台",指黄金台,战国时燕昭王在易水东南建台,置千金,招延天下士,号黄金台。昭王是燕王哙的儿子,名平。燕为齐国所破,所以昭王厚礼以求贤士,后来乐毅、邹衍等都来投他。乃以乐毅为上将军,伐齐,齐地几尽为所得,燕国自此复强。

⑰ 这句并不是说南宋尚未能如昭王厚礼求贤兴国,哪里有羡慕燕国复强的资格;而是说:金人尚未能如燕国筑台求贤那样懂得治国,可以成大事;以南宋之力,何至于竟羡慕起它来——畏而求和乎?"乃至",宁至,哪里至于。燕,凡作国名、地名时,都读阴平声如"烟"。

⑱ "六朝",吴、东晋、宋、齐、梁、陈,六个朝代,都在江南建国,为"偏安"之局,故云"窄"。约略同时,北方则为鲜卑族的北魏、北周等国家。

⑲ 自吴孙权称帝(吴大帝)计起,至隋统一,约得三百六十年(229—589),故云"数百春";春,年。"渠",他,统指六朝。

⑳ 这两句一联,要一气连读,即本是一句话,中间不过一逗,和把两个整

句并列为一联的不同,叫作"流水对"。意思说,宋朝历代皇帝的"恩泽",可拟于春天的生养万物。"祖宗",古代祀法以庙号不迁、最尊者为祖,其次有"德"而宗之者为宗,祖只一个,宗可无数,皆指帝王庙号而言,如宋代皇帝,始宋太祖,其下太宗、真宗、仁宗……等相继,即其例。"发生",春天的别号。《尔雅·释天》:"春为发生。"据《礼·乡饮酒·疏》说:"五行,春为仁。"春天能使万物发生,故为仁。《礼》经文又云:"天地温厚之气,始于东北,而盛于东南,此天地之盛德气也,此天地之仁气也。"仁统指春夏而言,故下文又以春为圣,夏为仁云云。把宋朝历代皇帝说成有很大的"恩泽",乃至比为"春仁",是作者身为封建士大夫的看法,但也由于这是出于爱国之心,所以说宋朝对人民有"好处",尚有一定的人民基础,人心向宋,不会亡国。

○21 "历服",见《尚书·大诰》:"弗吊,天降割于我家不少,延洪惟我幼冲人,嗣无疆大历服。"《正义》云:"嗣,训继也。言子孙承继祖疆境界,则是无穷大数长远。卜世三十,卜年七百,是长远也。"这本是周武王死后,管、蔡、武庚、淮夷等皆叛,周公相周成王(幼冲人)的话。作者用来以比喻宋朝"运数"一定会传之久远,不会灭亡。"端",端的,真个,果然。

○22 "侧身",《诗经·大雅·云汉·序》:"宣王承厉王之烈,内有拨乱之志,遇栽(灾)而惧,侧身修行,欲销去之。天下喜于王化复行,百姓见忧,故作是诗也。"《疏》云:侧为"反侧"义,"忧不自安,故处身反侧,欲行善政,以消去此灾也"。所以作者用此语义来规谏孝宗,别无他途,只有侧身修行,以行善政,外患才能销弥。

○23 东周时自庄王历僖王、惠王,至襄王初年,齐国诸侯为桓公,任用管仲为相,成霸业,倡"尊王(周室)攘夷"的政策,以"九合诸侯,一匡天下"著称,为当时尊奉周朝天子的诸侯盟主。其间唯楚国三年不贡,不尊王室,齐率诸侯伐之,盟于召陵。《诗经·大雅·文王》:"周虽旧邦,其命维新。"周在殷代时早自(公元前 1327)古公亶父徙于岐(陕西岐山),即号周,所以是"旧邦"。"维",乃。言此旧国,至周文王时乃一

"新"其"国命"。后来以"维新"指皇帝行改良新政。这里以楚指金人，以周比宋朝。其意则在说，只有幡然改变以前的屈辱求和的投降政策，力图自强，才能使敌人畏惧，不敢来侵犯；动摇这一信念，反而下诏罪己，改用汤思退党以代张浚，是不能挽救国难的。一说，"楚人"句不指金国，系用《左传》宣十二年"栾武子曰：'楚自克庸以来，其君无日不讨（治）国人而训之，于民生之不易，祸至之无日，戒惧之不可以怠……'"，仍是指宋朝自己，要时刻警惕戒惧的意思。

路逢故将军李显忠以符离之役私其府库士怨而溃谪居长沙①

贪将如中使，兵书不误今②。只悲"熊耳甲"③，谁怨裹蹄金④？贾傅奚同郡⑤？朱游独折心⑥。书生何处说？诗罢自长吟⑦！

① 符离之役，见前首注①。李显忠，清涧人，自幼有奇男子之称，十七岁即随父亲李永奇在行阵立功。后陷于金。永奇教以用计收复延安归宋，为金人所觉，家属二百口皆遇害。显忠不得已仅以二十馀人奔夏国。后又谋归宋，夏兵不从，遂大破夏兵，终归祖国。金来侵，屡立奇功破敌，忠勇过人，威名远震。而符离一役，不幸为邵宏渊掣肘，致大溃败。馀见下注。"故将军"，犹言前将军（语出《史记·李广传》）。
②《唐书·侯君集传》："夫将帅之臣，廉愤少而贪没多。军法曰：使智、使勇、使贪、使愚。故智者乐立其功，勇者好行其志，贪者邀趋其利，愚者不利其死。"首二句用此语，意谓贪帅不可使。"中使"，犹言堪使。

（《心书·将弊》："夫为将之道,有八弊焉:一曰贪而无厌。"此贪似为另一义。)

③《汉书·刘盆子传》:樊崇为将,刘盆子肉袒投降,积甲于宜阳城(在河南洛阳西南)西,高与熊耳山齐。据《宋史》,符离一役,宋军大溃,金人获甲三万。南宋开国以来多年积累的军资器械,丧失殆尽。"熊耳甲"指此。

④"裹蹏(niǎo - tí)金",即俗称马蹄金。裹,要裹,古骏马名;蹏,同蹄。汉武帝好"祥瑞",因铸黄金为麟趾、裹蹏之形。见《汉书·武帝纪》。此泛指钱财。《清波杂志》据《符离记》,记载说:"隆兴改元夏,符离之役,王师入城,点府库,有金一千二百两,银二万两,绢一万二千匹,钱二万五千贯,米豆共六万馀石,布袋十七万条。"可见数目之巨,为人瞩目。据《宋史·李显忠传》,李、邵二将初收复宿州,邵宏渊欲发仓库犒赏士卒,显忠不许,移军出城,只以现钱犒士兵,士兵皆不悦。可见"谁怨"句实有所指。然显忠不许擅动仓库,可能是出于保护国家财产的用意,不一定就是要自饱私囊,当时必有借此中伤显忠者,故流言甚盛。如《续宋中兴编年资治通鉴》即说:"宏渊与显忠不相能(不和),而显忠又私其金帛,不以犒士,士愤怨,遂溃而归。"即其一例。

⑤"贾傅",汉贾谊,洛阳人,汉文帝召用;后欲任以公卿之位,而周勃、灌婴、冯敬等人都嫉妒谗害他,遂出为长沙王太傅,过湘水时作赋以吊屈原,隐以被谗远谪自比。世人因称之为"贾长沙"。按显忠军败,还见张浚,纳印待罪;责授果州团练副使、筠州安置(贬谪),改潭州(长沙)安置。所以有为何与贾谊谪地相同之问。"奚",何。

⑥"朱游"句,汉朱云,字游,鲁人;成帝时,为槐里令,上书言愿借上方剑,斩佞臣一人。盖指丞相张禹。成帝大怒,下令欲杀之,将被御史拖下殿,犹手攀殿槛力争,致槛为之折。以辛庆忌救免。其后当修整殿槛,成帝特命勿易新槛,留此痕迹以旌表敢言直谏之臣。按此以喻胡铨。作者《胡公行状》(本集卷百十八)云:"隆兴元年六月忠献张公(张浚)自建康入奏,图恢复计,侍御史王十朋力赞之,于是忠献公督师进讨金

25

人。既克宿州,以大将李显忠欲私其金帛,且与邵宏渊私愤,复败于虏。上忧甚,十朋亦自劾(实在是仍旧反对议和),上愈怒。公(胡铨)言:近者淮上之衄……愿益强其志,毋以小衄自沮。……公言宿州之败,误国之将,厚赂权贵,游说自解,安处善地,诛戮不加;祸乱之渐,间不容发。愿毋忽诸!"是隐有请斩败将之意。所以作者以朱云的请斩佞臣为比。"折心",犹言痛心。

⑦ 此句用杜甫"新诗改罢自长吟"句法而变其意。一层意思是,书生于这等国家得失大事全然无法救助,只能作首诗来抒写一下感慨;又一层意思是,诗已无济于用,可是如果闻风足采,亦不为虚费,如今则无人听取,唯有自作自吟而已。是沉痛语。

按李显忠事,当时议论不一。《宋史·李显忠传》,叙符离之役,邵宏渊一力破坏,显忠苦战到底的情形,应参看。其略云:"显忠躬率将士鏖战……遂复灵璧,入城宣布德意,不戮一人,中原归附者踵接。时邵宏渊围虹县,未下,显忠遣灵璧降卒开谕祸福,金贵戚大周仁及蒲察徒穆,皆出降。宏渊耻功不自己出,又有降千户诉宏渊之卒夺其佩刀,显忠立斩之(指斩邵宏渊之卒。可见显忠军纪之严明)。由是二将益不相能(不和)。(中叙显忠攻取宿州城,宏渊不过在后跟随而已。)宏渊欲发仓库犒士卒,显忠不可,移军出城,止以见(现)钱犒士,士皆不悦。金帅孛撒自南京(指汴京)率步骑十万来,显忠亲帅军遇于城南,战数十合,孛撒大败,遂退走。……翼日,敌益兵至。显忠谓宏渊并力夹击。宏渊按兵不动。显忠独与所部力战百馀合,杀左翼都统及千户万户,斩首虏五千馀人。俄增兵复来逼城,显忠用克敌弓射却之。宏渊顾众曰:'当此盛夏,摇扇于清凉,犹不堪,况烈日中被甲苦战乎!'人心遂摇,无斗志。(中叙诸统制、统领多逃遁而去。)金人乘虚复来攻城,显忠竭力捍御,斩首虏二千馀人,积尸与羊马墙平!城东北角敌兵二十馀人已上百馀步,显忠取军所执斧斫之,敌始退却。显忠曰：'若使诸军相与掎角，自城外掩击，则敌兵可尽，金帅可擒，河南之地指日可复矣！'宏渊又言：'金添生兵二十万来，觉我军不返，恐不测生变。'显忠知宏渊无固志，势不可孤立，叹咤曰：'天未欲平中原耶？何沮挠若此！'是举所丧军资器械殆尽。幸而金不复南。"则自始至末，邵宏渊之丧心误国可见。犒士之事，诬显忠私饱，出宏渊之挑唆亦明。又作者所撰《丞相太保魏国正献陈公（陈俊卿）墓志铭》曾说："大将李显忠、邵宏渊连下虹、灵璧二县，禽其大将大周仁、萧琦，缚至麾下，将乘胜长驱。……而显忠等已进破宿州，虏亦大发河南之兵以来。显忠鏖战城下，自朝及昃，杀伤过当，虏气熸焉。中兴以来，王师之捷，鲜（少）有此举！会夜雨不相知而惊，虏溃而北，我师溃而南。而流言以为我师'大失利'、虏且乘胜而至；主和议者又侈其说以摇众。……其实所亡失财（才）数千人。"则这一战役的失败内幕与真相，以及爱国名将显忠的屈枉，大概可见。作者写此诗时，了解尚未必清楚，还受有流言的影响。（后来朝廷知其故，将显忠自潭州移抚州，乾道元年还会稽，复防御使等官，赐银三万两、绢三万匹、绵一万两，进上将军，并赐第于杭州。淳熙四年七月卒，谥忠襄。宋季周密《齐东野语》有论显忠一则，可代表不同意见。文繁不具引。）

道逢王元龟阁学①

秋日才升却雾中②；先生更去恐群空③。古谁云远——今犹古④；公亦安知世重公⑤？轩冕何缘关此老⑥？江山所过总清风⑦！我行安用相逢得⑧？不得趋隅又北东⑨！

① "王元龟阁学",名大宝,元龟是字,潮州人。爱国老臣赵鼎谪居潮州,人无理睬者,大宝独敢与之相来往,赵鼎叹为"过人远矣!"后知连州(今广东连州一带),主战老将张浚亦谪居在此,命其子张栻从之讲学,张浚谪居困窘,大宝并时加资助。南渡后,孝宗即位,除礼部侍郎。张浚起复为都督,将兴兵北伐,收复中原,大宝竭力赞助;及符离溃败,诽谤百出,大宝说:"危疑之际,非果断持重,何以息横议?"宰相汤思退欲罢退张浚,力主投降"和议",大宝奏:"今国事莫大于恢复,莫仇于金敌,莫难于攻守,莫审于用人!"并指出汤思退以节财为名,要核减军籍、月饷,实际是撤销国防力量,"臣恐不惟边鄙之忧,而患起萧墙(内乱)矣!"始终不屈不挠,坚决主战。起居郎胡铨奏说:"近日王十朋、王大宝相继引去,非国家之福!"随即以敷文阁直学士提举太平兴国宫(即"领祠禄",做挂空衔的不任事的祠官,宋朝用这一办法来处置与"朝廷"意见不和的臣僚)。后来汤思退误国流窜,中外皆以大宝前言不得见用为恨。《宋史》卷三百八十六《王大宝传》,可参看。

② 这句明写天气,暗喻孝宗赵昚初即位好像很有志气有作为,旋即动摇,任用奸臣,打击贤者,如日在雾中。参看《史记·龟策传》:"日月之明,而时蔽于浮云。"陆贾《新语》:"邪臣蔽贤,犹浮云之障白日也。"李白诗:"总为浮云能蔽日,长安不见使人愁!"略同此意。

③ 韩愈文:"伯乐(善相马者)一过冀北之野,而马群遂空。"本谓识人者能网尽群材;此处借用,谓贤良之"群"已"空",稍变其意。参看胡铨奏疏所说:"陛下自即位以来,号召逐客(为高宗所罢斥的忠臣义士)。与臣同召者:张焘、辛次膺、王大宝、王十朋。今焘去矣,次膺去矣,十朋去矣,大宝又将去!唯臣在尔。"正是所谓"群空"了。

④ 这句说王大宝有古人忠烈之风,今人而无异古人。

⑤ 这句表面是说大宝尚不能充分体会世人敬重他自己的程度,实则其意在说,皇帝昏愦,不顾全国人民爱国抗战的愿望、反对和议的愤慨,任用奸臣汤思退,要走投降的道路。

⑥ "轩冕",古时大夫以上的官才得乘轩(坐车)服冕(戴冠),因此以轩冕代表高官贵爵。这说大宝岂是以利禄名位为怀的人。

⑦ "清风",即指王大宝的清风亮节,高尚的品格。也可能是用《南史·谢谌传》:"入吾室者,但有清风;对吾饮者,惟当明月。"以指其交游之严,不与奸佞同流。

⑧ "安用",哪用。"安用……得",是"安用得……"的倒装,作者惯用这类句法,以见警峭。

⑨ "趋隅",犹言追陪末座。《礼记·曲礼》:"毋践履,毋踏席,抠衣趋隅,必慎唯诺。"说在长者面前,当提衣从席之下角而升席就座,表示恭敬。"又北东",指作者此时正在赴杭的路上,向北东的方向走("北东",语出《书经》)。时张浚作相,荐杨万里,除临安府教授。本篇末二句是倒装,意谓,恨不能一同高蹈引退,那么道途相逢,徒令人转增感叹,倒不如不遇见为得了。

过 下 梅

不特山盘水亦回①,溪山信美暇徘徊②?行人自趁斜阳急③,关得归鸦——更苦催④!

① "不特",不仅,不只。"盘",盘曲;"回",萦回:都是说景物的不径直、不平板。

② "信美",诚然优美——美倒是美。语出王粲《登楼赋》:"虽信美而非吾土。"下面要接"可是""无奈"一类语气的话了。"暇",岂暇,何暇的意思,不是正面话。

③ "趁",追赶。这说天晚要赶路,唯恐日落,好像和太阳赛跑,先要赶到站,寻着店头,所以很"急"。

④ "关得",哪里关得;"关得归鸦",却干碍归鸦什么事?天快黑了,在路者都要有个归宿之处,鸟和人原不一样;诗人本意亦即在此。可是话说得别致,偏要埋怨归鸦,说它是有意来催人,人本已够"心急"了,哪里禁得再加上归鸦叫得人心慌意乱呢!这样遂见诗趣。

宿度息

薄云翳佳月①,风为作金篦②。我行以事役③,云行亦忙为④?如何今夕寒,只与客子期⑤?忘情岂我辈⑥,能禁秋兴悲⑦?短檠不解事⑧,唤我哦新诗⑨!

① "翳(yì)",蒙蔽。

② "金篦(bì)",亦作金鎞,印度治眼病、涂眼药的金制具,两头涂药处圆滑,中细,如小杵形。《涅槃经》:"如目盲人,为治目故,造诣(往访)良医,是时良医即以金鎞决其眼膜。"杜甫诗:"金鎞空刮眼。"按上句用"翳"字为动词,而翳适又为目病之名(如生瞖),所以又暗把月喻为目、云视为翳,而风遂成"金篦"。这是诗人的修辞手法。

③ "事役",系为事所役使,非主动愿望。

④ "为",问句的语尾助词,无义。

⑤ "期",会。这说今夜的寒气,好像只和作客的旅人有约会,单单来找他。——客子易感,而居人不觉。

⑥ "忘情",不动情,好像把它遗忘了。《世说新语·伤逝》记王戎说:"圣

人忘情,最下不及情：情之所钟,正在我辈!""我辈",上不能比"圣人",下不至于愚痴的人——当然是指封建士大夫一流人。

⑦ "秋兴悲",晋潘岳曾作《秋兴赋》,内容是叹老悲穷。至杜甫作《秋兴》八首,则寄托了深厚的家国之感。本篇所说,所不能忘情的秋兴之悲,正指国家民族之忧。李白诗："谁云秋兴悲。"

⑧ "短檠(qíng)",指矮灯,贫士所用以照读的。韩愈诗："长檠八尺空自长,短檠二尺便且光。"写寒士苦读的情景。"不解事",不晓事,不体谅人的心绪。

⑨ "唤我",招呼我——引诱我。"哦",吟。古人作诗时,是自己"拿"着腔调反复地吟唱(即所谓"美读"法)所构思而未定的诗句(亦即推敲咏味的过程),所以哦诗、吟诗、就是作诗。本是诗人有所感而要作诗,来借灯光,却偏说是灯来找他叫他作诗。

见澹庵胡先生舍人

澹翁家近醉翁家①：二老风流莫等差②。黄帽朱耶饱烟雨③,白头"紫禁"判莺花④。补天老手何须石⑤？行地新堤早着沙⑥。三岁别公千里见,端能解榻瀹春芽⑦!

① "澹翁",指胡铨。是当时爱国人士中最称铮铮者,作者平生所钦佩的前辈之一。详见第390页《跋忠简胡公先生谏草》注①。"醉翁",指北宋欧阳修(自号"醉翁"),修亦庐陵人,故云。

② 杜甫诗："与子成二老,来往亦风流。"("二老"语本《孟子》)此句用其语。"莫等差",犹言没差别,相去不远。

③ "黄帽",古代刺船郎戴黄帽,故以代称。"朱耶",唐、五代时西突厥沙陀部姓朱耶(亦作朱邪)。沙陀本在今新疆北境;此以泛指胡铨所流谪的极远之地——历贬广州、新州、吉阳军,秦桧死,才量移衡州。绍兴三十一年得"自便"——不再被"编管"。

④ "紫禁(jìn)",本指皇宫,此特指中书省,唐代曾名"紫微省"。"判莺花",指胡铨在孝宗即位后召对,旋为中书舍人。中书舍人主文翰之事,草制诰,签判诸房文件。"莺花",本指春日花鸟景物,在此隐有讽刺意味。

⑤ "补天",用《淮南子·冥览》所记"女娲氏炼五色石以补苍天(因"天柱"折,所以西北方的天缺坏了)"的神话故事;此处暗喻治危邦、扶乱世的意思。

⑥ 唐代宰相初拜官,京兆府就派人运沙铺路,从其住宅铺到长安城东街,叫作"沙堤"。这句是承上文"判莺花"而来,意谓教胡铨作中书舍人有何意义? 这样爱国老臣应当作宰相,来挽救南宋全国的危局。

⑦ 胡铨自绍兴三十一年得自便归里,作者和他会见;到此时隆兴元年,为时三载;两人都是江西人,却在杭州又会了面。作者此时刚到杭州,所以胡铨作东道主人,留他话旧喝茶,又感慨又快慰。"解榻",用《后汉书·徐稺传》所记:南昌太守陈蕃不接宾客,惟徐稺来,特设一榻,平日悬挂,来时则解下来给他坐卧。"瀹(yuè)春芽",烹茶。茶以嫩芽为上品,唐秦韬玉《采茶歌》"天柱春芽露香发";宋欧阳修诗:"共约试春芽。"

同君俞季永步至普济寺晚泛西湖以归得四绝句①(录二)

阁日微阴不碍晴②,杖藜小倦且须行③。湖山有意留侬款④,约束疏钟未要声⑤!

烟艇横斜柳港湾,云山出没柳行间。登山得似游湖好⑥?却是湖心看尽山。

① "君俞""季永",皆人名,前者姓符,后者姓胡。
② "阁日",犹言遮日、阻日,而语意较轻。
③ "杖藜",杖,动词,谓持杖。藜,藜杖的省称,但多属泛词,不一定即藜木所作。
④ "侬",我。"款",款曲、款洽——流连、亲热。
⑤ "约束",拘管、叮嘱等义。"钟",古时报时的铜钟,敲击发声;此特指晚钟,打晚钟后即城门下钥,不得通行。"声",动词;"未要声",且莫鸣,且慢响!
⑥ "得",岂得、哪得的省语,勿作正面语气解。

同岳大用甫抚干雪后游西湖早饭显明寺步至四圣观访林和靖故居观鹤听琴得四绝句时去除夕二日①(录二)

紫陌微干未放尘②,青鞋不惜涴泥痕③。春风已入寒蒲节④,残雪犹依古柳根。

冰壶底里步金沙⑤,真到林逋处士家⑥。未办寒泉荐秋菊⑦,且将瘦句了梅花⑧。

① "抚干",这里当指京城抚谕使下所设的干办官(非由政府正式任命,本官自己委派的,供差遣之用)。"饭",上声,动词;饭某处,在某处用饭。"步",动词,步行。"林和靖",指北宋林逋,字君复,隐居西湖孤山,二十年足不入城市,不娶,种梅养鹤为伴,人因目之为"梅妻鹤子"。卒后宋仁宗赐谥"和靖先生",工诗书画。

② "紫陌",指京城的街道,或京城郊野之路,此当为后一义。唐刘禹锡诗:"紫陌红尘拂面来,无人不道看花回;玄都观里桃千树,尽是刘郎去后栽。"即此所本。"未放尘",犹言未让尘土飞起,指雪后新晴未久。

③ "青鞋",和"布袜"连称,指野人所穿,杜甫诗:"吾独何为在泥滓? 青鞋布袜从此始!"苏轼诗亦云:"布袜青鞋弄云水。""浣(wò)",沾染。

④ "寒蒲节",蒲于初春即生芽,此时已交立春,故云。

⑤ "冰壶",指雪后的世界寒凉洁净,如一冰壶。"底里",最深隐处,这里只如口语"底儿上"。"金沙",指雪后土地被日光照耀反射的景色。

⑥ "处(chǔ)士",隐士。

⑦ 苏轼《书林逋诗后》:"(上略)我笑吴人不好事,好作祠堂傍修竹;不然配食水仙王,一盏寒泉荐秋菊。"说林逋是"神清骨冷无由俗"的高人,所以祭品也只当是一盏寒泉一束秋菊即够了。作者用此。"办",置备。"荐",进献食品。

⑧ "瘦句",清瘦的诗句,指不丰丽,含有不媚不俗的意思。"了",犹言"料理""打点""处置"。

　　按以上系(宋孝宗)隆兴元年(癸未·1163)所作,作者是年秋离零陵任,赴调至杭州。

甲申上元前闻家君不快
西归见梅有感二首^①

　　官路桐江西复西^②,野梅千树压疏篱。昨来都下筠篮底^③,三百青钱买一枝^④!

　　千里来为五斗谋^⑤,老亲望望且归休^⑥。春光尽好关侬事^⑦?细雨梅花只做愁。

① "甲申",古代用干支纪年、月、日,此处甲申指宋孝宗隆兴二年(1164)。"上元",正月十五,元宵灯节。"不快",不适,患病的婉语。
② 作者从杭州回家乡江西,沿浙江往西走。浙江到桐庐县南,和桐溪汇合后,称为"桐江"。
③ "昨来",昨日,也可泛指前几天。"都下",指南宋的行都,杭州。"筠(yún)篮",竹篮,此指卖花者所携。
④ "青钱",铜钱,古时的货币。铜色青。三百钱,当时约可买米三四斗之多。
⑤ "五斗谋(móu)",犹言"糊口之计"。晋陶潜曾耻为五斗米向乡里小儿(小人)折腰(行礼,低声下气),弃官而去。旧解多以为五斗米是指作县令的微俸,实则古时县令俸禄比五斗米高出不知多少倍;五斗米实指普通人每月的食米量而言(此依缪钺先生《陶潜不为五斗米折腰新释》说)。
⑥ "望望",瞻望的形容。"休",语尾虚词,无义,略如"了""吧"之类。不作"休止"解,这里"归休"二字不连词。参看作者"暑天寒果飣来馊,水果清于木果休"的句法。
⑦ "关侬事",干我甚事?

晚春行田南原

　　西畴前日尘作雾①,南村今日波生路②。云子从来疏广文③,冲雨学稼当辞勤④?农言:"秧好殊胜麦,其如绿针未堪吃⑤!"吾生十指不拈泥⑥,毛锥便得傲蓑衣⑦?只愿边头长无事⑧,把耒耕云且吾志⑨。不愁官马送还官⑩,借牛骑归不用鞍!

① "西畴",用陶潜《归去来辞》:"农夫告余以春及,将有事于西畴。"谷田为田,麻田为畴,泛言无别。"尘作雾",言干旱。

② "南村",当指作者故乡南溪村。"波生路",言雨足,路上都是水。

③ "云子",本一种白色小石,细长而圆,状似饭粒;杜甫诗"饭抄云子白",比喻米饭佳美。"疏广文",广文本指郑虔,此系作者自比。杜甫《醉时歌(赠广文馆博士郑虔)》:"诸公衮衮登台省,——广文先生官独冷;甲第纷纷厌粱肉,——广文先生饭不足!"此言米饭疏远广文,即杜诗广文先生单是饭都吃不饱之意。

④ "学稼",用《论语·子路》"樊迟请学稼"之语,稼,种谷;泛言农事。"当",岂当,哪当。"勤",辛苦,勤劳。

⑤ "其如",其奈,无奈。"绿针",即指上句的"秧",稻秧新栽,仅如针尖出水面上,故亦名"秧针"。这句说雨足秋稻虽宜,无奈春夏旱灾已不及救,目前怎么办?即"远水不解近渴"的意思。

⑥ "不拈泥",指不曾干过一点庄稼活儿。

⑦ "毛锥",指笔,《五代史·史弘肇传》:"安朝廷,定祸乱,直须长枪大戟;若毛锥子安足用哉?"这里以文士不知稼穑、不曾略事劳动自愧于农

民。地主阶级的士大夫，有时能这样想，要算是难得的。比较同时诗人范成大诗："嗟余岂能贤，与彼（农民）亦何辨？……不知忧稼穑，但解加餐饭。""便得"，岂便得？"傲"，他动词。"蓑衣"，以代指田中的农民，因系雨后作诗，故云。

⑧ "边头"，见第 11 页《晓立普明寺门时已过立春去除夕三日尔将归有叹》注⑨。

⑨ "把耒"，持农具耕作。耒（lěi），锄类的木柄。"云"，指庄稼成片，一望如云。宋黄庭坚诗"黄云喜麦秋"；王安石诗"割尽黄云稻正青"：都指麦田说。"且吾志"，且从吾志，且遂我的心愿。

⑩ 将官马送还不骑——辞官不作。

送傅山人二绝句①

　　江山有约未应疏②，浪自忙中白却须③。我昔属官今属我④，子能略伴瘦藤无⑤？

　　谈天渠外更谁先⑥，聊复怜渠与酒钱⑦。富贵不愁天不管⑧，——不应丘壑也关天⑨！

① "傅山人"，是一位走江湖、谒仕宦的算命先生。当时以此为业的很多，走谒官僚士大夫之门，骗吃喝、打抽丰。

② "江山有约"，和山水有盟约，即指归隐不仕。"疏"，忽略、忘记、疏远。

③ "浪自"，徒然、枉自、白白地。"忙中"，指争名夺利之中。"白却"，犹言白了。白却须，这样"忙"到老，度过一生。

④ 这说当初身子属官，现在是自己的了，已脱卸了名缰利锁，自由自在。

⑤ "子",你。"瘦藤",指游山逛景时所携的细藤杖。"无",问词,略同 "否""么"。说:"你能来陪我一同徜徉于山水之间,自乐其乐吗?"言外 已否定了他的"职业"——他是专门给人看"富贵"的。

⑥ "谈天",战国时齐人邹衍善谈能辩,国人称为"谈天衍";今借用指谈 "命理",过去有"批八字"的一类迷信办法,即属此种。"渠",他。"渠 外",除他以外。这句表面夸说傅山人"命理"的"造诣"是首屈一指了。

⑦ 这句随即表示了不信这些迷信东西,给他些酒钱,不过看他可怜—— 他不过也是借此骗人糊口罢了。比较范成大诗:"呼号(平声)卖卜谁 家子?——想欠明朝籴米钱!"皆一语道破究竟。

⑧ 说"富贵"自有"天"管——因为迷信宿命论的说法以为富贵都是"命 运""注定"的。语气则实是这样:若说富贵之事是"天管",倒也罢了, 那就任他去管吧——干我何事?所以下面紧接末一句:可是难道山 水之乐也关着"天"的事——也要算命打卦吗?小诗一句一转,尖刻讽 刺,充分表示了反对迷信、否定"命运"、鄙夷富贵的精神。

⑨ "丘壑",即"山水"。《汉书·叙传》"渔钓于一壑","栖迟于一丘"。《晋 书·谢安传》:"放情丘壑。"皆指隐者所居。

悯　　农

　　稻云不雨不多黄①,荞麦空花早着霜②:已分忍饥度 残岁③,——更堪岁里闰添长④!

① "稻云",见第 37 页《晚春行田南原》注⑨。此句言水田遇旱灾。
② 此句言旱田遇冻灾。

③ "分",读去声,音"份",甘愿、认可——俗语"认头""认了"的意思。"残
　岁",残馀日月,指一年的期末,冬景。

④ "更堪",哪里更堪。"闰添长",夏历置有闰月的年,比常年长出一个月
　的日子来,穷苦人民更觉难度。此诗作于隆兴二年,这年闰十一月。

　　按以上系(宋孝宗)隆兴二年(甲申·1164)所作,作者因父病由杭
返家。

寒 食 上 冢①

　　径直夫何细②！桥危可免扶？远山枫外淡,破屋麦边
孤。宿草春风又③,新阡去岁无④。梨花自寒食,时节只
愁予⑤。

① "寒食",节名,《荆楚岁时记》:"冬至后一百五日,即有疾风甚雨,谓之
　寒食,禁火三日。"一说,在冬至后一百六日。应在清明节前一二日。
　古时风俗这一天不得举火做饭,须冷食,故名。人家皆在是日拜扫坟
　墓。参看第 87 页《清明雨寒》注②。"上冢",犹口语"上坟"。此寒食
　指乾道元年(1165)的寒食节。

② "径",小路。"夫",阳平声如"扶",语助词。"夫何细",怎么这么窄!

③ "宿草",指旧坟上隔年的野草,其根已陈,故云宿草。《礼·檀弓》:"朋
　友之墓,有宿草而不哭焉。"这句说坟草陈根经春风一吹,又都重生发
　绿了。"又",动词。唐白居易《咏春草》:"野火烧不尽,春风吹又生。"
　此处暗用。

④ "新阡",新坟。阡本指墓道,这里即以代指墓。杜甫诗:"几处有
　　新阡。"
⑤ "愁予",此处是使我生愁的意思。

　　按作者去年遭父丧,丁忧在家,上冢诗当是为亡父上坟、牵连感
触而作。但应注意,作者的诗意却绝不是只在伤悼个人的亡亲(如果
是那样,则诗的措词、语气都要大不同了)。作者所悲痛的还有去年
逝世的忠义爱国老臣张浚,这是作者平生最敬爱、最知己的师友。作
者为他作了挽诗、祭文和传记。"新阡去岁无",就是泛包这些感触而
说的。"时节只愁予",也不是一点"时序惊心"的俗滥意思,而实是指
的家国之感。

农　家　叹

　　两月春霖三日晴,冬寒初暖稍秧青①。春工只要花迟
着②,愁损农家管得星③!

① "稍",已然。不是"少""微"一义。
② "春工",把春天拟人格化,称为春工,略如"东君""春神"之类,但没有
　　那种"神"味。"着",是"着花"的着(开花)。
③ "愁损",犹言愁坏了。"星",极小之量,如"一星半点"之星。"管得
　　星",代"春工"拟言,犹如说"管得屁事!""活该!"讽刺语,极沉痛。

旱后郴"寇"又作

　　自怜秋蝶生不早^①，只与夜蛩声共悲^②；眼边未觉天地宽^③，身后更用文章为^④？去秋今夏旱相继，淮江未净郴江沸^⑤。饿夫相语："死不愁，今年官免和籴不^⑥？"

① "秋蝶"，生不逢辰的譬喻，蝴蝶是在春天活动的，因为那时节有花；若生在秋季，就不对头了。这是作者自叹不生在太平时代。唐李商隐诗："秋蝶无端丽，寒花只暂香。"

② "夜蛩(qióng)"，秋夜鸣吟的蟋蟀。蟋蟀一名"吟蛩"，诗词中的蛩，都是指此。（单言蛩，本义是蝗虫。）秋蝶不能像春蝶在花间快活，只有和蟋蟀一样，在秋夜发出悲吟。

③ 唐岑参诗"九州天地宽"；唐王建诗"愁尽觉天宽"；这里诗人说，愁时则觉天地宇宙都窄闷。参看唐孟郊诗："出门即有碍，谁谓天地宽？"

④ "身后"，身死之后。"更用文章为"，说人愁死了空作些文词留下又有什么用？此系用白居易《编集拙诗成一十五卷因题卷末》诗"世间富贵应无分，身后文章合有名"句意。

⑤ 本篇作于乾道元年(1165)，是年两淮地方灾伤极重，饥民纷纷起而反抗官府。二月，皇帝下令蠲免两淮灾伤州县的身丁钱绢，并速决系狱犯人，借以缓和阶级矛盾斗争。湖南也大旱，五月，郴(chēn)州(治所在今湖南郴州)宜章县李金领导的人民反抗复起。统治集团派刘珙为湖南安抚使、兼知潭州，进行镇压。

⑥ "和籴"，当时官府害民虐政之一，一名"助军粮草"，是官府以筹助军饷官民商量交易为名而实际向民硬派数额、强买食粮的毒辣办法，起初

还定价给钱,后来则低作价、多要粮,甚至朝廷发下的购粮钱帛等物都被历层官府扣留自饱私囊,不发给售粮户,成为白抢人民的粮食,更有的干脆令农民按官价出售了,要钱要物,不要粮,种种"折变"名目,弊窦百端。所以诗人记录饿夫的痛语:死倒不要紧,今年的和籴免不免呢? ——看来,人饿死不在话下,和籴的罪难还是逃不掉的!"不",义同"否"字,只是读"否"的平声。

按和籴的弊政,不自宋始,从唐代就有了,白居易有《论和籴状》,其中说:"臣伏见有司以今年丰熟,请令畿内及诸处和籴,令收贱谷以利农人。以臣所观,有害无利。何者? 凡曰和籴,则官出钱,人出谷,两和商量,然后交易也;此来和籴事则不然:但令府县散配户人,促立程限,严加征催,苟有稽迟,则被追捕,迫蹙鞭挞,甚于税赋;号为'和籴',其实害人。……况度支比来所支和籴价钱,多是杂色匹段,百姓又须转买,然后将纳税钱;至于给付不免侵偷,贸易不免折损,所失过本,其弊可知。"可以参看。宋代的弊病,大概相类,只是比唐代变本加厉了。作者的《千虑策·民政》说:"往岁郴'寇'之作,亦守臣和籴行之不善之所致也。"又:"朝廷旧岁免和籴,而江西之州,有因秋租而每斛敷和籴十之二者。"都可见当时封建统治者残酷剥削掠夺、逼民为盗的事实,作者虽然站在统治阶级立场而称呼饥民为"寇",可是已然抉出了那种官逼民反的阶级压迫、斗争的实质。

按以上系(宋孝宗)乾道元年(乙酉·1165)所作,时作者丁忧家居。

又和风雨二首①

东风未得颠如许②,定被春光引得颠。晚雨何妨略弹压③？不应犹自借渠权④！

　　风风雨雨又春穷⑤，白白朱朱已眼空⑥。拚却老红一万点⑦，换将新绿百千重⑧。

① 题目是承接集中前一题《和萧伯和韵》而言。
② "东风"，春风。"未得"，未到得，本不致于。"颠如许"，颠狂到这等地步。下一句的"定"字，是以意判断之词。
③ "弹（tán）压"，压服，制服。
④ "借渠权"，假借他以权势，即纵容、助虐。
⑤ "春穷"，春尽，春天又算完了。
⑥ "白白朱朱"，指各色的花。韩愈诗："同游百花林，朱朱兼白白。""眼空"，已绝迹于视界之中。
⑦ "拚（pàn）却"，豁除了。"老红"，表面指开久将谢的花。"万点"，用杜甫诗："一片（瓣）花飞减却春，风飘万点正愁人！"犹言落花万片。
⑧ "换将"，换来，换取。"重"，平声。

　　这两首小诗意在暗讽当时在朝诸臣僚的朋党盘结、交相为恶，正人渐被排挤而去，都换了一色的佞幸之辈。

又和二绝句①

　　一冬寒不到深山，岂有春来更会寒。幸自趁晴行脚好②，却嫌沙入破鞋间！

剪剪轻风未是轻③，犹吹花片作红声④。一生情重嫌春浅，——老去与春无点情⑤！

① 承集中前一题《又和〈萧伯和〉闻蛙》而言。
② "幸自"，原自，本来是。"行脚"，本指僧人远出、脚行天下、访师求法而言。此处借为散步之意。
③ "剪剪"，形容春风嫩寒刺面。参看唐韩偓诗："侧侧轻寒剪剪风。"
④ 唐刘长卿诗"闲花到地听（去声）无声"，作者反用，说落花有声可闻。红言花色，"红声"连文，铸词极新颖。
⑤ "老去"，自从老大以来，老来。"无点情"，没有一点情了。是愤激语，不是正面如实语。

三月三日雨作遣闷十绝句（录二）

荒馀只怪不愁声①，好语烦君细细听②：——秧旱不由田父懒，蚕迟端待柘阴成③。

却是春残景更佳，诗人须记许生涯④：——平田涨绿村村麦⑤，嫩水浮红岸岸花。

① "荒馀"，荒年之后。"只怪不愁声"，奇怪为什么却听不到人们的愁叹之声。
② "好语"，喜语，令人听来高兴的消息。宋苏轼诗："辇路归来闻好语。"
③ 这两句正面写喜雨。秧因得雨而生长得快，不由农夫不赶快处置；蚕

事嫌迟，也正待桑柘快长好叶子来喂养：一下雨都不成问题了。柘
（zhè），木名，多丛生山中，叶可饲蚕，故常与桑连称桑柘。在诗里，要
说桑而苦于格律当用仄声，即径以柘字代替（此等平仄互代的例子很
多，如郭代城、荻代芦、莎代草等都是）。在此即泛指桑。
④ "许生涯"，这般的生活、如此的景象。
⑤ 南宋时期，北方人民纷纷渡江南迁，小麦的市场骤然扩大，种植随之而
日益普遍。《鸡肋编》："建炎之后，江、浙、湖、湘、闽、广，西北流寓之人
遍满，绍兴初，麦一斛至万二千钱，农获其利，倍于种稻，而佃户输租只
有秋课（米），而种麦之利独归客户，于是竞种，春稼极目，不减淮北。"

闲居初夏午睡起二绝句

　　梅子留酸软齿牙①，芭蕉分绿与窗纱②。日长睡起无
情思③，闲看儿童捉柳花。

　　松阴一架半弓苔④，偶欲看书又懒开⑤；戏掬清泉洒蕉
叶，儿童误认雨声来。

① "留酸"，言尚未熟透的梅子，食后尚有馀酸。"软齿牙"，因食酸而牙齿
　　觉软，俗称"倒牙"。别本作"流酸""溅齿牙"，恐未可据。
② "与"，别本作"上"。窗纱大都是绿色的，但日久易成黯淡，芭蕉又把新
　　"绿"分给了窗纱，就显得更绿了。写初夏景象很得神。
③ "思"，读去声，名词。
④ "半弓"，"方弓"是丈量土地面积的一种单位名称，简称为"弓"，旧时以
　　五尺为一弓（长度），也叫一步，二百四十方弓为一亩。诗句说松荫覆

罩的小块地上生满了绿苔,才半弓地,极言庭院之小。

⑤ "看",读平声。

罗大经《鹤林玉露》说:"杨诚斋丞零陵时(按此说误),有春日绝句云:'梅子流酸……(略)',张紫岩(按指张浚)见之,曰:'廷秀胸襟透脱矣!'"又周密《浩然斋雅谈》说:"诗家谓诚斋多失之好奇,伤正气,若'梅子流酸……(略)',极有思致;诚斋亦自语人曰:'工夫只在一"捉"字上。'"然此实用白居易"谁能更学孩童戏,寻逐春风捉柳花"语,周说未可尽凭。

和李天麟二首

学诗须透脱①,信手自孤高②。衣钵无千古③,丘山只一毛④。句中池有草⑤,字外目俱蒿⑥。可口端何似:霜螯略带糟⑦。

句法天难秘⑧,工夫子但加⑨。参时且柏树⑩,悟罢岂桃花⑪? 要共东西玉⑫,——其如南北涯⑬! 肯来谈个事⑭? ——分坐白鸥沙⑮。

① "透脱",指识度、胸襟的通达超豁,不缚于世俗情见,心境活泼,机趣骏利,不执着,不黏滞。这是宋儒的一种理想,希望在生活体验中对事物认真探索、通晓以后而能达到的一种修养境地。参看《扪虱新语》:"读书须知出入法。始当求所以入,终当求所以出:见得亲切,此是入书

法;用得透脱,此是出书法。"但这只是就读书一点而论。

② "孤高",孤,犹言一空倚傍、不拾人牙慧、随人作计,而自有树立。高,谓超妙。这种"信手"而能拈来的能力,是心胸"透脱"的结果,不是主张随意乱写、信口乱道的意思。参看《沧浪诗话·诗法》:"学诗有三节:其初不识好恶,连篇累牍,肆笔而成;既识羞愧,始生畏缩,成之极难;及其透彻,则七纵八横,信手拈来,头头是道矣。"《养一斋诗话》(卷二):"先爱敏捷,次必艰苦,终归大适:学诗之三境也。"并参看作者《荆溪集序》。

③ "衣钵",佛门师徒传授法统的两件生活用具:袈裟和饭钵(形略如盂、碗)。例如《传灯录》:"池州使君问五祖(弘忍)曰:会中有五百僧,不传衣钵,为甚却付与卢行者(六祖慧能)?"这句是反对当时诗家(特别是江西派)立宗派、争门户、讲传统的风气,而说:没有不断的法统——谁都可以起来自作开山祖师。

④ "丘山"句,意谓丘山至重,一毛至轻,而不迷信偶像,工夫到了家,就能举重若轻,无不如意。

⑤ 指六朝诗人谢灵运的一则故事,《南史·谢惠连传》:"……惠连十岁能属文,族兄灵运加赏之,云:'每有篇章,对惠连,辄有佳语。'尝于永嘉西堂,思诗竟日不就;忽梦见惠连,即得'池塘生春草',大以为工,尝云:'此语有神功,非吾语也。'"此言作诗文采风格要清新自然,如谢的佳句那样。"池塘生春草,园柳变鸣禽",见其《登池上楼》诗。

⑥ 《庄子·骈拇》:"蒿目而忧世之患。"注云:蒿,目乱也。《尔雅翼》以为蒿细弱而阴润,最易栖尘,蒿目云云即"眯眼尘中而忧世"之意,与"目乱"义近。此言作诗不但要有艺术性,还要有思想内容,须有关系忧世爱民的寓意。"字外",犹言表面意义之外。由此可见作者是不主张用很浅露、很径直的表现手法的。

⑦ "霜螯",秋蟹。糟蟹最鲜美,别有风味。作者以此来比喻:诗须有特殊的味道,才能"可口"——叫人爱读。

⑧ "句法",作诗的法度——不指一般的硬格律、死规矩,指自己深造有得的独创、妙契。杜甫诗:"佳句法如何?"

⑨ "子",君,你。

⑩ 《传灯录》:僧问赵州从谂禅师:"如何是祖师(达摩)西来意?"答曰:"庭前柏树子!"(子,语尾虚词,不作"种籽"解。)徒弟问"意",是要求"解",而禅家所学的道是不能像嚼饭喂人、靠言语说解来学的(必须亲自去实行、体验才行),师父为了破他的"意障",所以随口举所见院中柏树来答对他。这种特别的教导的方式是禅家独创的。一般人不了解,以为是弄玄虚,以河汉之言、奇特之语来欺人;而误会的又死抱了答语(如"柏树")去求解。"参(cān)",参究道理;参本"参会""参与"义;后单用为"寻究"义。

⑪ 《神仙传》:志勤禅师在沩山,因见桃花而悟道,作偈语曰:"自从一见桃花后,三十年来更不疑。"按以上两句并非谈禅,也不是以诗为禅,只不过以参禅的历程来比喻学诗的工夫。能够下工夫、不断地参究,自有达到"透脱"的时期。

⑫ "东西玉",即"玉东西"的倒语,指酒杯。《梦粱录》和王安石诗李壁注都有明文;一说指酒,误。黄庭坚诗:"美酒玉东西。"这句说,想和你聚会、樽酒论文。

⑬ 这句说,怎奈各在一方,不能如愿。"南北涯",如水之两边、两岸。

⑭ "个事",即现代语"这事",——学诗。

⑮ "白鸥沙",野水荒涯,与鸥鸟为伍的地方。水边、水中之地皆可泛称为沙,非"沙碛"义。王安石诗:"坐占白鸥沙。"此暗用其语。

按这两首诗写得并不算好,但较全面地反映了作者对学诗下工夫的看法,对好诗的几点要求;所以几经斟酌,还是选录在此。他的以禅喻诗的办法,虽是受了江西派前辈的启发,却又给后来反江西派的诗论家(如严羽)以影响。但如严羽的《沧浪诗话》,全从艺术风格立论,避开内容不谈;而作者明白地提出了"蒿目时艰"是主要条件之一。这是个很重要的区别。至于禅学本身,禅和道学家的关系,禅家的表现方式和唐、宋以来某些艺术上的手法问题的关系,这几个不同的复杂的课题,都不是简注所能说得清楚的,只好从略(其实,就连什么是禅宗的"道",什么是"悟",怎样才是"透脱",也不是简注所能说得清楚的)。

分宜逆旅逢同郡客子①

　　在家儿女亦心轻②,行路逢人总弟兄;未问后来相忆否,其如临别不胜情③!

① "分宜",县名(今江西分宜),宋时置,其地分自宜春县(在宜春之东),故名。"逆旅",旅店,客舍。"客子",离乡作客的人,与旅人、游子等义同。
② "心轻",没放在心上。
③ "不胜情",言惜别之情甚深。胜,平声,任、堪之义。

宿　龙　回

　　大熟虚成喜①,微生亦可嗟②。禾头已生耳③,雨脚尚如麻④。顷者官收米⑤,精于玉绝瑕⑥。四山云又合⑦,奈尔老农家!

① "大熟",庄稼大丰收。"虚成喜",喜事已成空,白白欢喜了一阵、盼望了一回。

② "微生",犹言百姓的"不值钱"的性命。"嗟",叹。(可改读 jiā 以协韵。)

③ "禾头已生耳",见第 6 页《明发石山》注⑤。

④ 雨落如线状,叫作"雨脚",亦称"雨足"。"如麻",言雨之密。

⑤ "顷者",用法不一,或指过去,或指近今,这里是过去义(宋人用法皆如此),说上次的经验如何。

⑥ "精",本义即是择选米之精美者。"绝瑕(xiá)",无瑕;玉往往夹石夹杂质杂色,叫作瑕,纯净如一者难得,故玉以无瑕为最可贵。此言官府收租米,挑剔极端苛细,都要上好的精米,有一点不合也缴纳不上。

⑦ "合",聚。俗语说:"一块云彩下不成雨。"阴云四合,天黑成一色,久雨不晴之象。

纪　闻

人道真虚席①,心知必数公②。宾王欺钓筑③,君实误儿童④。天在升平外⑤,春归小雪中⑥。"何曾忘诸老,——渠自爱松风⑦!"

① "虚席",席是座位,虚席即是虚其位以待贤能的意思。"人道",人说如此,可见只是揣度、传闻;"真",只此一字已含有"这回是真的了"的语意,可见以前都假。——何况这回的真也保不定。

② "数公",语含讽刺,——反正不出这几位人物之中! 一解,"数"字应读

上声,所指系某一人。

③ "宾王"句,唐初马周,字宾王,茌平人;家贫嗜学,不谨细行,乡人薄之,又数为人所辱,作客依人为活;因论天下事,得唐太宗召对,太宗大悦;后官至中书令,始终得皇帝宠任甚厚。《新唐书·马周传·赞》:"周之遇太宗,顾不异哉! 由一介草茅,言天下事若素宦于朝、明习宪章者,非王佐才,畴能以及兹? ⋯⋯然周才不逮傅说、吕望,使后世未有述焉,惜乎!"筑岩,指殷相傅说,出身于版筑贱役中;钓渭,指周相吕望(姜太公),得之于钓屠野人中。这句说:今天的"马周"也自以"钓筑之才"来欺人。

④ "君实"句,北宋司马光,字君实,是名宰相之一,虽然是反对王安石变法的主要保守人物,但也做了不少对人民有利益的事,因此在人民中间很有声望。《宋史·司马光传》:"凡居洛阳十五年。天下以为真宰相,田夫野老,皆号为'司马相公',妇人孺子,亦知其为'君实'也。帝崩,赴阙临(哭吊),卫士望见,皆以手加额,曰:'此司马相公也!'所至民遮道聚观,马至不得行,曰:'公无归洛,留相天子,活百姓!'"苏轼诗:"走卒知司马,儿童诵君实。"作者则说:今天的"君实"相公,却骗了儿童,误赚他一场欢喜。以上两句皆指当任宰相盗名欺世。

⑤ "升平",太平盛世——讽刺语。一解,此句乃"升平在天外"的颠倒隐讽语。

⑥ "小雪",一场小雪。不指"小雪"节气。以上两句宕开正题,以闲语微词寄慨寓讽,实谓升平无望。

⑦ 末两句是诙谐、讥讽而感慨的口吻:"诸老",相对于"数公"而言,指爱国的、有才干的老臣。——朝廷上何曾把诸老忘掉了不加任用,但只他们自爱松风(指高隐闲居,听松风之音),不肯出山罢了! 其实是反面话。南宋的政治特点之一,就是专门排挤正人忠义之士而宠信汉奸、投降派、佞幸小人之辈。《南史·陶弘景传》:"特爱松风,庭院皆植

松,每闻其响,欣然为乐。"

按本篇编于乾道二年除夕之前,是年十二月,以叶颙为尚书左仆射,魏杞右仆射并同平章事,蒋芾参知政事,陈俊卿同知枢密院事并兼参知政事,可谓一时之选,多为反对主和派的正义爱国人士,和作者诗中所讥讽的殊不相合。而去年秋,参知政事虞允文罢,冬十二月,以洪适为尚书右仆射同平章事兼枢密使,一人而握两府大权,洪适曾为太学生等七十馀人劾论为投降派汤思退党,是作者心所不喜的人物。颇疑此诗乃去年冬作,而编集时误入本年者。

按以上系(宋孝宗)乾道二年(丙戌·1166)所作,作者家居,一度至湖南。

丁亥正月新晴晚步二首

嫩水春来别样光,草芽绿甚却成黄:东风似与行人便:吹尽寒云放夕阳①。

急下柴车踏晚晴②,青鞋步步有沙声。忽逢野沼无人处:两鸭浮沉最眼明。

① 这句正写题目中所说的晚晴,而第一、二两句,便是夕阳照映之下的景色。
② "柴车",弊陋粗简的坏木车子。

都下无忧馆小楼春尽旅怀二首①（录一）

不关老去愿春迟②，只恨春归我未归。最是杨花欺客子③：向人一一作西飞④！

① "都下"，指杭州，南宋初年，尚在语言间称杭州为"行在""行都"，心中犹存故都汴梁；后来直称杭州为首都，把旧京故国忘净了。"无忧馆"，作者自名其寓所。
② "愿春迟"，希望春天慢点过，不要一下子到春尽。下句"春归"，指春天完了，四季循环，来而复去，故曰"归"。
③ "杨花"，柳絮。"欺"，故意恼人，所以是欺。"客子"，见第 49 页《分宜逆旅逢同郡客子》注①。
④ 春天东风向西吹。作者故乡江西，在杭州之西。所以妒羡杨花一个一个地都因风向西飞去。杨花飞时，是春尽的"警报"，关合上文春归而我不得归的意思；杨花以飘泊著称，而此处却羡慕尚不如杨花都能西飞——好像有所归宿。可比较高士谈（宋人而陷于金国）诗："来时官柳万丝黄，去日飞球满路旁。我比杨花更飘泊！——杨花只是一春忙。"用意不同，构思皆巧。好在巧而不纤，感情真挚。

跋蜀人魏致尧抚干万言书①

雨里短檠头似雪②，客间长铗食无鱼③。上书恸哭君何苦④,政是时人重《子虚》⑤。

① "魏致尧",其人未详。"抚干",见第 34 页《同岳大用甫抚干雪后游西湖早饭显明寺步至四圣观访林和靖故居观鹤听琴得四绝句时去除夕二日》注①。"万言书",写给皇帝、议论国策的长篇奏疏,当时多称为万言书(写给公侯的,则别名为"长书")。

② "短檠",见第 31 页《宿度息》注⑧。"头似雪",言发白。此用韩愈《短灯檠歌》:"长檠八尺空自长,短檠二尺便且光。……太学儒生东鲁客,二十辞家来射策;夜书细字缀语言,两目眵昏头雪白。"短檠是贫士照读所用的灯。

③ 战国时冯谖(一作"驩")为齐国孟尝君的门下客,孟尝君以常礼待他,乃弹其剑铗(音"颊",剑把)而歌曰:"长铗归来乎——食无鱼!"这里比喻魏致尧生活贫苦、不受人重视。

④ "上书恸哭",用贾谊的故事。贾谊,已见前,他给汉文帝上书,极论天下事,有"窃惟今之事势,可为痛哭者一,可为流涕者二,可为长太息者六,若其他背理而伤道者,难遍以疏举"的话。

⑤ "政",同"正"。"《子虚》",赋名,汉司马相如所作。赋中托名为"子虚公子""乌有先生""亡是公"三人的言词,"子虚""乌有""亡(无)是",都是根本没有这个人、这回事的喻意。这里是双关语,指没有一点实际意义、价值的浮靡文词。按当时爱国有志的人士,为了抗敌救国,多给皇帝上书,切论国家大事,盼他努力救弊图强;可是言之谆谆,听之藐藐,一点也不被重视,等于白费。所以作者有此愤慨。

按以上系(宋孝宗)乾道三年(丁亥·1167)所作,作者一度至杭。

人日诘朝从昌英叔出谒①

　　四序各自佳②，要不如春时③。何必花与柳、始爱春物熙④？今晨驾言出⑤，从公南山西：泥软屦自惬⑥，风嫩面不知⑦；寒草动暖芽，晴山馀雨姿；水日亦相媚⑧，縠纹生碎晖⑨。鸟声岂为我，我听偶自怡。出门初惮烦⑩，载涂乃忘归⑪；但令我意适，岂校出处为⑫？路人见我揖⑬，属我有所思⑭；我不见其面⑮，信口聊应之。——徐悟恐忤物⑯，欲谢已莫追⑰！我率或似傲⑱，彼愠独得辞⑲？

① "人日"，夏历正月初七日。"诘朝(zhāo)"，平旦，天明时。语出《左传》。"昌英叔"，名辅世，号达斋，和作者是族叔侄，是进士同年，又是诗友，唱和很多。"出谒"，去拜望人；此当指贺年节。
② "四序"，四季。
③ "要"，总之。
④ "春物"，春日景物。"熙"，和乐的样子。
⑤ "驾言出"，指出外游走。《诗经·邶风·泉水》："驾言出游，以写我忧。"言，语助词，无实义。驾，指驾车马。
⑥ "屦(jù)"，麻鞋。"惬"，舒服。
⑦ "面不知"，所谓"吹面不寒杨柳风"，尚知吹面；现在则连知都不知：极言风柔。
⑧ "媚"，爱悦。引伸为两相投合、相得益彰、互为发挥的意思。
⑨ "縠(cù)纹"，皱纹，指春水微波，漾成细纹。参看唐刘禹锡诗："瀼西春水縠纹生。"

55

⑩ "惮烦",嫌麻烦,怕费事。

⑪ "载涂",犹言上了路。(语出《诗经》)"忘归",乐而忘返。

⑫ "校",同"较";计较。"出处(chǔ)",出外、家居;往往是双关出仕、退居
而言,这里正如此。"为",反面句、疑问句末尾的语词,无义。

⑬ "见我揖",见了我给我作揖为礼。

⑭ "属(zhǔ)",适值、正在某时。

⑮ "不见其面",没有注意去看清是谁。这两句可比较杜甫诗:"仰面贪看
鸟,回头错应人。"

⑯ "徐悟",随后才想到。"忤物",得罪于人。物,人、事等都包在内,是和
"我"相对待的称呼。

⑰ "谢",谢罪,道歉。"莫追",来不及了。

⑱ "率",坦率,简率,不拘细节。和傲慢表面有时相似,而实大异。但往
往因此得罪"在乎""介意"的人。

⑲ "愠(yùn)",恼怒。"独得辞",哪得免其咎。说,得罪了人,其过在我,
又怎么能免得了使人家不痛快呢? ——无怪人家要恼了。言外还有
这样意思:既然恼了,怎么办呢? ——那就随它去吧! 此诗借此以写
封建社会里没有机心、没有城府的善良人反要到处碰壁。

次 日 醉 归①

日晚颇欲归,主人苦见留②;我非不能饮,老病怯觥
筹③;人意不可违,欲去且复休;我醉彼自止④,醉亦何足
愁? 归路意昏昏,落日在岭陬⑤;竹里有人家,欲憩聊一
投;有叟喜我至,呼我为"君侯"⑥;告以"我非是",俛笑仍

掉头⑦。机心久已尽，犹有不下鸥⑧；田父亦外我⑨，我老谁与游？

① 此题系接承集中前二题《人日诘朝从昌英叔出谒》《暮宿半涂》而来。
② "主人"，指作者在新正初七日出外贺年所到的那一家。"见留"，犹言相留。"主人苦见留"，主人苦苦地相留。
③ "觥（gōng）筹"，觥，本是兕牛角所做的饮酒器，筹，指行酒令所用的酒筹。欧阳修文云"觥筹交错"，形容聚饮欢哗，很热闹。
④ "彼"，指主人。"止"，指不再苦留劝酒。
⑤ "陬（zōu）"，隅。
⑥ "君侯"，汉时对列侯的尊称。后来泛称"尊贵"者亦偶用之。此句描摹老农民见了士大夫、官僚的称呼口吻。
⑦ "俛"，同俯；低头。"仍"，更，并，兼。不是"仍旧"义。"掉头"，摇头，表示不同意、不相信。
⑧ "机心"二句，《列子·黄帝》："海上之人有好（去声）沤（鸥）鸟者，每旦之（往）海上从沤鸟游，沤鸟之至者百住而不止。其父曰：'吾闻沤鸟皆从汝游，汝取来，吾玩之。'明日之海上，沤鸟舞（盘飞于空中）而不下也。"机心，指心有图谋、打算；此处借为"分别心"之义。"不下鸥"，不落下来和人亲近的鸥鸟，指上文的农家老叟。
⑨ "田父"，老农民。"外我"，见外于我，把我和他区别开来，不作"一家人"看待。

　　封建时代的士大夫，逢仕途不得志而家居时，偶然和农民接触一下，便自以为是和农民一样了，把自己说成"老农""田夫"之类，例子很多。可是农民是不会把他们这些统治阶级的人物当"自家人"看的，阶级界限是分明的。这首诗反映了这一情况。作者因此感到怅惘，并以为这只是"机心"的问题，他是不能理解农民所以"外"他的道理的。就本篇而论,全诗分为两段:自"醉亦何足愁"以上,全写所"谒"之家,可断为官僚仕绅人物,作者对之无一字贬语,而心下不喜、勉强酬应之情溢于言表;自"归路意昏昏"以下,全写投宿老农之家的情景,无一字赞语,而欣喜之意亦见于言外。两相对照,抑扬显然。诗意之可取,在于这一点。

上元夜里俗粉米为茧丝书古语置其中以占一岁之福祸谓之茧卜因戏作长句①

去年上元客"三衢"②,冲雨看灯强作娱。今年上元家里住,村落无灯惟有雨。隔溪丛祠稍箫鼓③,不知还有游人否④?儿女炊玉作茧丝⑤,中藏吉语默有祈⑥。小儿祝身取官早⑦,小女只求蚕事好。先生平生笑儿痴⑧,逢场亦复作儿嬉⑨:不愿着脚金华殿⑩,不愿增巢上林苑⑪;只哦少陵七字诗,但得长年饱吃饭。心知茧卜未必然⑫,醉中得卜喜欲癫⑬!

① "里俗",乡里风俗。"粉米为茧丝",粉,动词,磨米为粉;为,制作。茧丝,其状未详。据《天宝遗事》载:都中上元日造面茧,馅中置纸签或削木书官品,人自探取,以为占卜。当是一种粉团类食品,正月节间借以为游戏的性质。不过南方是以米粉代面,而作者家乡风俗所卜又不限"官品",此为小异。

② "三衢",指衢州,今浙江衢州。此诗乾道四年元宵节所作。去年此际

作者由江西赴杭道中过此地,其《上元日晚过顺溪》绝句云:"恰恰元宵雨脚垂",可与本篇所叙参证。

③ "丛祠",语出《史记·陈涉世家》,丛字解释不一(如《后汉书》"丛亭"注引《博物记》云:次睢有"大丛社",即次睢社,盖睢水之旁有妖神,民社祀之。此丛亭、丛社、丛祠,义皆同,丛字义则始终未明。又如"丛台"之解,或以为台构"丛连",或以为有嘉禾"丛生",其望文生义,略同此类。故或说此丛祠乃"丛木"中之神祠,或以为乃荒祠,疑亦未必可据。又有为"丛鬼"所"凭"之祠叫"丛祠"的说法)。后来沿用以指祠庙之地。

④ "否",协韵读音如"斧"。

⑤ "炊玉",指蒸煮米茧。韩愈诗:"白玉炊香粳。"

⑥ "默有祈",说卜者心中叨叨念念,暗自祝祷,有所求请——希望得个"好兆头"。

⑦ "身",我,自己。

⑧ "先生",作者自谓。"平生",本义是"夙昔",普通往往用为"平素"的意思。

⑨ "逢场""作儿嬉","逢场作戏"的变用。语出《传灯录》,场,本指技艺表演的场地,后来借用此语为遇事聊复随喜之意。

⑩ "着脚",犹言立足、插脚。"金华殿",汉代未央宫中殿名,成帝时郑宽中、张禹等人在此讲说《书经》《论语》。着脚金华,指做文学侍从一类的臣僚而言。

⑪ "增巢",即橧巢、榛巢,巢居之义。"上林苑",汉武帝所增修的秦代旧苑,在长安之西,周三百里,离宫七十所,极侈丽,司马相如有《上林赋》。又东汉洛阳也有上林苑,为皇帝校猎之所。这句说不愿做皇帝的弄臣,如鸟兽之被围居于"禁苑"。

⑫ "未必然",犹言未必应验。

⑬ "得卜",得到所祈愿的卜签。"癫",狂;喜欲颠狂,极言其喜,状如小儿

之狂,见其天真风趣。

按以上系(宋孝宗)乾道四年(戊子·1168)所作,作者家居。

春 日 六 绝 句 (录二)

远目随天去①,斜阳着树明。犬知何处吠? 人在半山行。

春醉非关酒,郊行不问涂②。青天何处了③? 白鸟入空无④。

① "远目",望远之目,兼指广阔的视界。"随天去",随天空而远望无际。参较辛弃疾词:"水随天去秋无际。"
② "涂",同途。"不问涂",信步而行,漫无目的。
③ "了",尽头。
④ 比较杜甫诗"一行白鹭上青天",黄庭坚诗:"白鸟去尽青天回。"本篇写青天无际,白鸟入空,渐至于望不见——"无"。正是"远目随天去"的另一表现和写法。

夏 夜 追 凉①

夜热依然午热同②,开门小立月明中。竹深树密虫鸣处,时有微凉不是风③。

① "追凉",觅凉,取凉。
② 说夜间仍然和白天一样的热。
③ 比较同时诗人范成大《六月七日夜起坐殿庑取凉》诗:"畏暑中夜起,出门月露清。晶荧卧银汉,错落低玉绳(星)。网户闭妙香,石楼栖古灯。风从何处来? 殿阁微凉生。桂旗俨不动,藻井森上征。……"其上文虽设言风从何来,而接说桂旗不动,可见非真有风,不过是夜深气清、静中生凉而已。正所谓"时有微凉不是风"了。

初 秋 暮 雨

禾穟轻黄尚浅青①,村舂已报隔林声②。忽惊暮色翻成晓:——仰见双虹雨外明。

① "穟",同穗。
② "村舂",村中舂米的声响。这说稻田晚熟的尚未黄透,而早收的已在舂米了。

秋 日 晚 望

村落丰登里①,人家笑语声。溪霞晚红湿②,松日暮

黄轻。只么秋殊浅③，如何气许清④？不应久闲散、便去
羡功名。

① "丰登"，庄稼丰收。
② 比较南宋赵彦端词："波底夕阳红湿。"赵词成为名句，而作者此句却很少
　　为人提到。（其他诗家用"红湿"字，大都指花枝着雨的景色，与此不同。）
③ "只么"，只这等，只如此。么，去声。"秋殊浅"，秋很浅，刚入秋才不多
　　几日。
④ "许"，这般，这么。

　　按以上系（宋孝宗）乾道五年（己丑·1169）作者家居所作。

过秀溪长句

　　去年来此上巳日①，今年重来未寒食②；临溪照影老
自羞，惭愧春光尚相识③。秀溪何许好春容④？最是溪深
树密中：海棠开尽却成白，桃花欲落翻深红⑤。

① "上巳"，古时以夏历三月上旬中的巳日（一说"巳"是"己"字的沿误）为
　　上巳日，官民都举行"修禊"。临东流水以洗濯宿垢、涤除疢病。后世
　　直以三月初三日为上巳，六朝已如此。
② "寒食"，见第 39 页《寒食上冢》注①。
③ "惭愧"，在此是"侥幸""感谢"义，与上句"羞"意不相犯。
④ "何许"，何处，哪里。"许"古音"浒"，转平声即作"行（háng）"，今口语

犹存此音。

⑤ "翻",与上句"却"字对文互义：却,倒,反而。

浅夏独行奉新县圃①

　　我来官下未多时,梅已黄深李绿肥②。只怪南风吹紫雪,——不知屋角楝花飞③。

① "奉新",县名,今县名同,在江西南昌市以西。"县圃",当时地方官衙内大都有种植花木、以供游憩的一块园地,称之为圃(圃本义是种蔬之地)。作者此时来做奉新县令。
② "梅已黄深",梅子快熟透了。
③ "楝",木名,羽状复叶,如小长卵形,有锯齿;夏日开五瓣淡紫色花,所以上句比喻楝花飘落为"紫雪"。

过　西　山

　　一年两踏西山路①,西山笑人应解语②："胸中百斛朱墨尘③,雨卷珠帘无半句④!"殷勤买酒谢西山："惭愧山光开我颜⑤! 鬓丝浑为催科白⑥,尘埃满胸独遑惜⑦?"

① "西山",在江西南昌新建西部,一名南昌山,古名散原山。

②"应解语",料应将会说话,——表示它对行人(做官的)的哂笑。

③"朱墨尘",指因办理公文案牍而生的庸俗气。《北史·苏绰传》:"绰始制文案程式,朱出墨入,及计帐户籍之法。"欧阳修诗:"簿领朱墨徒纷淆。"朱墨,指两色笔批办公牍簿籍,也作"丹墨",黄庭坚《与徐彦和书》:"想丹墨之暇,左右经史,时以古人用心处一洗刀笔之尘也。"本句用其语意。

④唐王勃《滕王阁(在南昌之西)诗》:"滕王高阁临江渚,佩玉鸣鸾罢歌舞;画栋朝飞南浦云,珠帘暮卷西山雨。"传为名句。这里假拟西山嘲笑作者,只会做官"办公"、作不出半句像王勃那样写西山的好诗句来。

⑤"惭愧",见第62页《过秀溪长句》注③。"开我颜",使我喜而开颜——笑。上句的"谢"是兼答谢、谢过之义。

⑥"鬓丝",鬓边的白发。"催科",见第11页《晓立普明寺门时已过立春去除夕三日尔将归有叹》注⑦。

⑦"独",岂独。"独遑",哪里顾得及。作者回答西山说,头发为催科之事都焦愁、忧愤得白了,区区胸中"朱墨尘"又哪里还提得到话下?设用问答的方式,寥寥数笔,把不愿做官的真苦恼钩勒出来,向一般误解者说,以为我不愿做官只是要避"俗"嗜"雅",不致妨碍了"诗酒"闲逸之乐,那真是太浅乎言之了;同时也向读者展示了当时人民的痛苦,否定了只写"画栋飞云""珠帘卷雨"的诗人。这种有深刻意义而又写得非常干净、曲折的手法,是作者所擅长的。

按以上系(宋孝宗)乾道六年(庚寅·1170)所作,作者赴奉新县任。

豫章江皋二绝句①

幸自轻阴好片秋②,如何馀热未全休?大江欲近风先冷，平野无边草亦愁！

只今秋稼满江郊，犹记春舡掠屋茅③。可是北风寒入骨：荻花争作向南梢④。

① "豫章"，今江西南昌市。"江皋（gāo）"，江边地，此指赣江边。
② "幸自"，本来，原是。"好片秋"，好一片秋光。
③ "舡（xiāng）"，船。"春舡掠屋茅"，春天里驾船擦着屋檐而行——水灾惨景。
④ "荻花"，荻似芦苇而小，亦生水边，常与芦并称或互相代用，不必拘看。芦荻，《诗经》称为"蒹葭"者是。上句"北风"，隐指金国，此句"争作向南梢"，写连芦荻也好像心依故国。

辛卯五月送丘宗卿太博出守秀州二首①

冯翊端谁可②？丘迟肯去么③？茧丝臣敢后④，饥馑帝云何⑤？身达当难免⑥，能称未要多⑦：但无田里叹，不必袴襦歌⑧。

老矣渠怜我，超然我爱渠。论诗春雨夜⑨，解手藕花初⑩。梦只江湖去⑪，情知伎俩疏⑫。未应五马贵⑬、不寄一行书。

① "辛卯"，宋孝宗乾道七年（1171）。"丘宗卿"，名崈（chóng），江阴人，隆兴元年进士。丞相虞允文器重他的才干，推荐他，并举以自代。得召

见,首次和孝宗赵眘对话,即以直言忤触。此时系自太常博士出知秀州(今浙江嘉兴)。"太博",太常博士之省。窋后镇四川、御江淮,皆有功。《宋史》称"窋仪状魁杰,机神英悟,尝慷慨谓人曰:'生无以报国,死愿为猛将以灭敌!'其忠义性然也。"

② "冯翊(yì)",汉郡名,其官为左冯翊,是当时京城近畿"三辅"之一,此因秀州是南宋都城杭州的近郡,所以相比拟。"端",端的、真个、到底。"谁可",谁可堪此大任。

③ "丘迟",字希范,梁武帝时为司空从事中郎,出为永嘉(今浙江永嘉)太守。八岁能文,钟嵘评其诗为"点缀映媚,如落花依草。"此以同姓诗人守郡相比。"肯去么",不说丘窋为朝廷所不乐,被摒斥而出守外郡,而转设问词,与上"端谁可"都是婉语微讽。

④ "茧丝",《国语·晋语》:"赵简子使尹铎为晋阳,请曰:'以为茧丝乎?抑为保障乎?'"注云:"茧丝,赋税。"意谓苛敛民财,如抽丝于茧。"臣敢后",代丘窋设言:既要我去守秀州(恐怕不是为了"为保障"吧),那么"茧丝"效命,我岂敢后时(迟误)? 宋代地方官,赋税成绩是最重要的"考课",上司催督极严。

⑤ "饥馑",年凶岁荒,谷不熟为饥,蔬不熟为馑。这句反问最高统治者:可是年荒民苦、缴纳不出,这将怎么办呢?

⑥ 此暗用《世说·排调》:"初谢安在东山居布衣时,兄弟已有富贵者……刘夫人戏谓安曰:'大丈夫不当如此乎?'谢乃捉鼻曰:'但恐不免耳!'"

⑦ "能称",能干、会做官的名声;《后汉书·樊儵传》:"夏勤……为京、宛二县令、零陵太守,所在有理能称。"

⑧ "袴襦歌",指《后汉书·廉范传》所记成都禁止人民夜作,以防火灾的事;廉范(字叔度)来为蜀郡太守,废旧禁,但严使储水防备,百姓称便,乃作歌曰:"廉叔度:来何暮! 不禁火,民安作;平生无襦今五袴!"说人民生活因此好转些了。襦,短上衣,即袄(实际特指冬衣,如后世之棉袄是)。作者说,何必博取五袴之歌方为仁政,只要田间无叹苦之声

就够了——其实只这也是不可能做到的,所以要求也只好如此提法,
而不作虚夸不切之言。比较同时范成大诗:"但得田间无叹息,何须地
上见钱流!"

⑨ 丘崈能诗,与当时四大家相倡和。(也能词,和辛弃疾相倡和。)

⑩ "解手",分手,离别。"藕花初",五月时节的风光。

⑪ "江湖",相对于"朝廷""庙堂""城市"而言的、士大夫退隐之地,和"山
林"类似。《南史·隐逸传》:"入庙堂而不出,徇江湖而永归。"陶潜诗:
"良才不隐世,江湖多贱贫。"

⑫ "伎俩",办法,手段。这句是向丘说,你很知道我也不是有"做官本领"
的人,——不久也会被斥出京的。参看司空图《休亭歌》:"休休休,莫
莫莫,伎俩虽多性灵恶,赖是常教闲处着。"

⑬ "五马",指自京出为太守(州郡地方官)。《汉官仪》说:"汉时朝臣出使
为太守,增一马(汉制:太守四马),故曰五马。"杜甫诗"人生五马贵";
下文"不寄一行书",则全用杜句。

　　按以上系(宋孝宗)乾道七年(辛卯·1171)所作,作者在杭州国子博
士任。

观　稼

　　三年再旱独堪闻①?一熟诸村稍作欣②。老子朝朝
弄田水③:眼看翠浪作黄云④。

① "三年再旱",三年间两逢旱灾。"独",岂、哪的语气。

② "一熟"指一季收成。

③ "老子",作者自称,犹言"老夫"。"朝朝(zhāo)",天天。

④ "翠浪",指大面积的绿色庄稼为风所吹,茎叶起伏如水波。参看苏轼诗:"分畦翠浪走云阵,刺水绿秧抽稻芽。""黄云",见第 37 页《晚春行田南原》注⑨。

按以上系(宋孝宗)淳熙元年(甲午·1174)作者家居所作。

农 家 六 言

插秧已盖田面,疏苗犹逗水光。白鸥飞处极浦①,黄犊归时夕阳。

① "极浦",犹言远浦。《九歌·湘君》"望涔阳兮极浦",注:"极,远也。浦,水涯也。"

山 居

鬓秃犹云少①?书多却道穷?柴门疏竹处,茅屋万山中。幽梦时能忆,闲题底要工②?不知蝉报夏?——为复自吟风③?

① "少",去声,年少。"秃",入声字(在旧体诗中入声是仄声;本篇"竹" "屋"等字亦然。前后其他例子,不能备注)。

② "闲题",指作诗、随便题咏,无关重要。"底要",何须。"工",见第9页 《立春日有怀二首》注⑦。

③ "不知……? 为复……?",是两问语的一种语式,犹云:是……呢? 还 是……呢? 这里暗暗地把蝉的"吟夏"和人的"闲题"关合到一起,来设 疑发问。

待次临漳诸公荐之易地毗陵 自愧无济剧才上章丐祠①

亦岂真辞禄,谁令自不才②? 更须三釜恋③,未放两 眉开④。道我今贫却⑤,何朝不饭来⑥? 商量若为 可⑦? ——杜宇一声催⑧!

① "待次",等待补官、赴任。"临漳",指漳州(今福建漳州)。"毗陵",常 州(今江苏常州)。这说已有命令出知漳州,尚未到任,又改知常州。 "济剧才",作事务繁剧的大郡地方官的才干。"丐祠",自动请做"祠 官"——提举某道士宫观,挂虚名,食俸禄,实际不到任,是一种退休状 态。宋朝以这种办法来处置和朝廷意见不合的臣僚。

② 这两句是自责:上章请领祠观,这还算真辞荣禄吗? 不干脆弃官,贪 恋官俸,自恨"不才"——不长进。"令",读平声如"零"。

③ "三釜",《庄子·寓言》:"曾子再仕而心再化,曰:'吾及亲仕,三釜而心 乐。后仕三千钟,不洎(及),吾心悲。'"釜,古量名,以六斗四升为一

69

釜；古时官俸以米谷计；三釜，微俸。作者说为了养亲，还得顾恋这点俸禄。

④ 承上句说，因此之故，矛盾为难，愁眉不解。

⑤ "贫却"，犹言"穷了"。

⑥ 这句说：哪一天不是有饭吃来着？何曾饿了肚子？——那么又何必留恋这点微俸！

⑦ "若为可"，怎样才好，心里才过得去。

⑧ "杜宇"，子规鸟，其鸣声如云："不如归去！"正在拿不定主张，忽然一声鸟叫，——问题解决了：还是回家吧！

钓 雪 舟 倦 睡

予作一小斋，状似舟，名以钓雪舟。予读书其间，倦睡；忽一风入户，撩瓶底梅花极香，惊觉，得绝句①。

小阁明窗半掩门，看书作睡正昏昏；无端却被梅花恼②：特地吹香破梦魂③。

① "惊觉（jiào）"，惊醒。

② "恼"，犹言撩拨、引惹；实乃言喜欢也。杜甫诗："江上被花恼不彻。"

③ "吹香"，发散香气。是指花自动地喷发香气，不是指人来吹花。宋王安石诗"隔屋吹香并是梅"；并参看唐李商隐"桂花吹断月中香"的句法。

钓雪舟中霜夜望月①

溪边小立苦待月,月知人意偏迟出。归来闭户闷不看②,——忽然飞上千峰端!却登钓雪聊一望:冰轮正挂松梢上。"诗人爱月爱中秋?"有人问侬侬掉头③:"一年月色只腊里,雪汁揩磨霜水洗;八荒万里一青天④,碧潭浮出白玉盘⑤;更约梅花作渠伴,中秋不是欠此段⑥?"

① "钓雪舟",作者的小书斋名,见前诗自序。

② "看",平声。

③ "侬",我,作者自指。"掉头",见第 57 页《次日醉归》注⑦。

④ "八荒",犹言八极,指八方各至极远处。《说苑·辨物》:"八荒之内有四海,四海之内有九州。"此极写青天之广远无边。

⑤ "碧潭",喻青天夜空。李白诗:"小时不识月,呼作白玉盘。"

⑥ "欠此段",缺少此段光景——腊月里的月色既多了雪霜磨洗,又有梅花作伴:格外清冷奇绝。中秋哪得有此?

按以上系(宋孝宗)淳熙二年(乙未·1175)作者家居所作。

雨　　夜

岁晚能无感①?诗成只独哦。萤光寒欲淡,秋雨暮偏

杨万里选集

多。伴老贫无恙②，留愁酒肯么③？吟虫将落叶④，为我拍还歌⑤。

① "岁晚"，既到秋天，年光已是将晚。
② "无恙"，平安无故。贫，直到老年始终和人为伴——了无变改，亦不离去。
③ 这说酒肯留愁否？——几杯下肚，愁思皆散。古代诗人总是说酒能解忧，是因为它能起暂时的兴奋、麻醉作用。
④ "吟虫"，指蟋蟀等秋虫。"将"，偕同。读平声。
⑤ "拍"者，是落叶；"歌"者，是吟虫。夜雨中落叶时时坠下一片，铮然有声，好像是在为吟哦者、歌唱者打拍子。

秋 雨 叹 十 解①（录五）

　　湿侵团扇不能轻，冷逼孤灯分外明。蕉叶半黄荷叶碧：两家秋雨一家声。

　　厌听点滴井边桐，起看空濛一望中②；横着东山三十里，真珠帘外翠屏风③！

　　老子愁来只苦吟，一吟一叹为秋霖；居人只道秋霖苦，不道行人泥更深。

　　晓起穷忙作么生④？雨中安否问秋英⑤：枯荷倒尽饶渠着⑥，滴损兰花太薄情！

72

不是檐声不放眠⑦，只将愁思压衰年⑧。道他滴沥浑无赖⑨，——不到侯门舞袖边⑩！

① "解"，乐曲的段落名称。古时诗、乐合一，所以乐府辞每一篇中所分的若干段也称为"解"。今作者意谓《秋雨叹》十章绝句为一整篇，而以每一绝句作为一解，故曰"十解"。
② 苏轼诗："山色空濛雨亦奇。"
③ "真珠"，即珍珠。真珠帘，喻雨景遮山，好像眼前挂上了一道珠帘；而山在帘外，就仿佛翠屏风一样了。
④ "作么（去声）生"，当时口语，意即"怎么着"或"怎么样"；"作么"，即今"怎么"。"生"，语助无义。
⑤ "秋英"，秋花。
⑥ "饶渠着"，且自由他去，姑且莫论。"着"，为表假设、纵使的语气。
⑦ "檐声"，檐头滴雨之声。"不放眠"，不让人睡，不教人睡着。
⑧ "思"，读去声，名词。"压"，欺。"衰年"，指上了年纪的人。
⑨ "浑"，全然，简直是。"无赖"，大至狡诈、恶劣、强横，小至顽皮、淘气，都可说无赖。此为前一义。
⑩ "侯门"，贵族、大官僚之家。按此诗可比较范成大诗："茸毡帐下玉杯宽，香里吹笙醉里看（平声）：风雪过门无人处，却投穷巷觅袁安（大雪天闭门忍饥僵卧者）!"雨雪寒冷，只会欺侮穷人，侯门富室，歌舞正欢，连觉也不觉得。

刘 村 渡 二 首

隔岸轻舟不可呼，小桥独木有如无。落松满地金钗瘦①,远树黏天菌子孤②。

旷野风从脚底生,远峰顶与额般平:何人知道诚斋叟,独着驼裘破雨行③!

① "金钗",喻松针。古代发钗分二股,松针亦多两针根端相连,形状相似。
② "黏天",指连天——远望地平线际,好像和天空接上了。"菌子",喻远看树木,不辨枝柯,但见一团,其形如菌。
③ "诚斋叟",作者自称。"破",冲破;"破雨",犹言冒雨冲风。按此篇可与北宋崔鶠看人作画诗"霜落石林江气清,隔江犹见暮山横。个中只欠崔夫子,满帽秋风信马行"合看,情事不同,而意境略类。

晚 归 遇 雨

略略烟痕草许低①,初初雨影伞先知。溪回谷转愁无路,——忽有梅花一两枝②。

① "烟痕",指雨中春草初生时的淡绿色,暗用韩愈诗"天街小雨润如酥,草色遥看近却无"的意思。"许",如此,这么样的。
② 以上两句可比较同时陆游诗:"山穷水尽疑无路,柳暗花明又一村。"

　　按以上系(宋孝宗)淳熙三年(丙申·1176)所作,作者在家。

晚春即事二绝（录一）

树头吹得叶冥冥①，三日颠风不小停。只是向来枯树子②，知他那得许多青？

① "冥冥"，形花木被春风吹得令人发生寂寞之感。参看杜甫诗："风吹客衣日杲杲，树搅离思（去声）花冥冥。"
② "枯树子"，意即枯树。"子"无义，只是语助，不可作"种籽"解。如当时禅宗语录所说的"庭前柏树子"，即言柏树。

按以上系（宋孝宗）淳熙四年（丁酉·1177）春日作，作者家居。又按所有以上诗，在本集中为《江湖集》部分。

丁酉四月十日之官毗陵舟行阻风宿裯陂江口①（二首录一）

虫声两岸不堪闻，把烛销愁且一尊②。谁宿此船愁似我？——船篷犹带烛烟痕。

① "丁酉"，宋孝宗淳熙四年（1177）。"之"，往。"毗陵"，江苏常州。"裯"（chóu），裯陂江亦作"周陂江"，距作者家乡不远。
② "一尊"，一杯，特指酒而言。按这里的"愁"，不是离怀别绪，而是又要

75

去做官,满心不愿意。

玉 山 道 中①

村北村南水响齐,巷头巷尾树阴低。青山自负无尘
色②,尽日殷勤照碧溪。

① "玉山",县名,在江西上饶东北。县境有怀玉山。
② 作者又出仕,所谓"抗尘容而走俗状"(《北山移文》语),是为"有尘俗之
  色"。而青山自负并无尘色,诗人想象是为笑人出仕之意,人为有愧于
  山了。下言尽日照溪,何等示傲,相形之下,人越发感到羞愧,连照溪
  见影都感觉没有颜面了。参看孔稚圭《北山移文》:"于是南岳献嘲,北
  垄腾笑;列壑争讥,攒峰竦诮。"

过 招 贤 渡 (四首录二)

余昔岁归舟经此,水涸舟胶①,旅情甚恶。

一江故作两江分,立杀呼船隔岸人②。柳上青虫宁许
劣③!——垂丝到地却回身。

岸上行人莫叹劳,长年三老政呼号④;也知滩恶船难
上⑤,——仰踏桅竿卧着篙⑥!

① "舟胶",船被滞于浅水,不能行动,俗话:"搁浅。"按此诗作于招贤渡,
地在今浙江常山。

② "立杀",站煞,等煞。

③ "宁许劣",怎么那样顽皮淘气!"青虫"如北京所呼"吊死鬼"之类,常
吐丝悬挂枝下。

④ "长(zhǎng)年三老",船上的梢工、篙工。"政",同"正"。"号(háo)"平
声,大声喊叫,此指篙工用力时口中呼喊以助劲助势。

⑤ "滩",水浅溜急的险处,或兼有沙石、暗礁等梗阻。"也知",说,知是知
道——呼起下文的语气。

⑥ 此句上面省去"可是却不料""竟然至于"等意的一部分语词,与上句
"也知"暗为呼应。作者诗中这样的例子最多,忽略了就失去其生动活
泼的语气。仰踏、卧着,极力写水滩之难上、篙工之费力。"着篙",犹
言"下篙"。

暮 立 荷 桥

欲问红蕖几菡开①,忽惊浴罢夕阳催;也知今夕来差
晚②,——犹胜穷忙不到来!

① "红蕖",红芙蕖,红莲。"几菡(hàn)",犹言几朵。菡同菡,菡萏即
荷花。

② "差晚",较晚。由此句可见每夕必来。

秋 凉 晚 步

秋气堪悲未必然①,轻寒政是可人天②:绿池落尽红蕖却③,荷叶犹开最小钱④。

① 宋玉《九辩》:"悲哉秋之为气也!"封建士大夫往往因秋生悲感,所谓"秋士悲"。这是时代和阶级的感情反映。作者提出不同的意见。
② "政",同"正"。"可人天",可人意的天气。
③ "落却红蕖尽"或"尽落却红蕖"的倒装。落却,落掉,指花凋谢。
④ "钱",古代货币用铜钱,其形圆,故用为比。

按以上系(宋孝宗)淳熙四年(丁酉·1177)夏日以次所作,作者赴官常州任。

雪 霁 出 城

梅于雪后较多花,草亦晴初忽几芽。河冻落痕馀一寸:残冰阁在柳根沙①。

① 这两句写雪后景物,冬季结冰时原来河面较高,到冰将融时,河面低了,因此原来的残冰比现时水面高出一寸左右,尚挂在岸边树下成为痕迹,清切如画,凡是留心过这种景物的都会感到作者写得好。"阁",

即搁。"沙",南方泛称水边、水中的地为沙,如岸沙、洲沙。(吴中谓水中可田之地为沙,见苏轼诗自注。)

春暖郡圃散策①（三首录一）

春禽处处讲新声,细草欣欣贺嫩晴。曲折遍穿花底路,莫令一步作虚行②。

① "郡圃",此指常州官衙后园。"散策",犹言散步、闲走。
② "令",读平声。这说听禽、踏草、看花,纵情欣赏,一步有一步的乐趣,都不放过。按诗中"讲"字、"贺"字用法都别有意趣。

休　日　登　城①

爱他休日更新晴,忍却春寒上古城②:废垒荒庐无一好③,——春来微径总堪行。

① "休日",古代官吏每十天给假一日。也叫作"休沐日",好像现代的"星期日"。
② "忍却",忍耐着。
③ "无一好",本来无一美好可观之处。

净远亭午望①

城外春光染远山，池中嫩水涨微澜。回身小却深檐里②，——野鸭双浮欲近栏③。

竹径殊疏欠补栽，兰芽欲吐未全开。初暄乍冷飞犹倦：一蝶新从底处来④？

① "净远亭"，常州郡圃中的亭子。
② "小却"，稍退，微藏。
③ 人隐身于较幽处，野鸭不知，遂游近亭栏边来。这写作者的体贴用心，不忍惊动水禽，见其游近，因而心喜。这和所谓"物我相得""物我两忘"都貌似而实异，别有情趣。
④ "底处"，何处。

读严子陵传①

客星何补汉中兴②？空有清风冷似冰③！早遣阿瞒移汉鼎④，人间何处有严陵⑤？

① 《严子陵传》，指《后汉书·严光传》。严光，字子陵，本姓庄，避汉明帝刘庄讳改"严"。一名遵。余姚人。少时与刘秀同学；刘秀做了皇帝

80

（后汉光武帝），严光改变姓名，隐居不见，披羊裘钓于泽中。刘秀思念他，寻访得之，三请而后才来；除官谏议大夫，坚辞不就，归隐富春山，耕钓以终其身。后人称其垂钓处为严陵濑（在浙江桐庐以南浙江水滨，俗名收纤埠）。

② "客星"，据史书记载：严光既至，刘秀即日造访，严光卧而不起。刘秀入室抚其腹，以相邀劝。后来两人叙旧，因共卧息，严光将一只脚放在刘秀腹上。明日，太史（官名）奏言有"客星犯御座甚急！（说据"天象"，一颗忽然出现的新星侵犯帝座星。）"刘秀笑道："朕与故人严子陵共卧耳！"西汉从高祖刘邦至孺子婴，为王莽所篡，建号曰"新"。刘秀（刘邦九世孙）重建汉（东汉，也称后汉），所以叫"中兴"，犹言再兴。

③ "清风"，用唐权德舆《严子陵钓台》："潜驱东汉风，日使薄者醇；焉用佐天下，持此报故人……奈何清风后，扰扰论屈伸？……"指严光的清高的风节。而其下加以"冷似冰"三字，讽刺之意已见。

④ "阿瞒"，曹操的小名。"鼎"，指古代传国的宝器。传说夏禹曾铸九鼎，成汤迁之于商邑，周武王迁之于洛邑，秦得国而取之，失其一。后因称封建皇帝立都、建国为"定鼎"，国运为"鼎运"，夺国篡位为"移鼎"（见《后汉书·孔融传·论》）。"移汉鼎"，犹言夺汉之国。曹操挟献帝，自为丞相，其子曹丕正式篡汉为魏。古代史论家以为篡迹虽在曹丕，篡心实始曹操。"汉鼎"，见《汉书·吾丘寿王传》：汾阳得宝鼎，群臣皆贺得周鼎，独寿王以为非周；皇帝问他，他答曰："鼎为周出，故名曰周鼎；今天祚有德，而宝鼎自出：此天之所以与汉，乃汉鼎，非周鼎也。""早遣"，假设语气，若早使、如果早教。这个"早"，是指如果曹氏篡汉事件在严光生时就发生，不是早几年、早一点的"早"。

⑤ 按严光鄙夷刘秀做皇帝，坚决不为封建统治者服务，隐居老死，本无可指摘，历来诗人题严陵钓台的，多是备极景仰，在当时说来，也用不着非议。作者却这样不赞成，并非是一般诗家好作"翻案"诗以立异耸听的习气，实是结合当时国家危急存亡之际，竟有一班士大夫忍心置不

闻问、以"高蹈"自命的情况,而加以尖锐讽刺,犹如说:若国都亡了,看你们这般"高人"还往哪里隐居垂钓去? 南宋士大夫,形形色色,丑态不一,而这一类人物也是其中一部分,如文及翁在《贺新凉》词中所描写的"借问孤山林处士,但掉头、笑指梅花蕊。天下事,可知矣!"作者正是对这些"但掉头笑指梅花蕊"的全无心肝者痛下针砭,并不是真有所不满于汉代严光的意思。

书 斋 夜 坐(二首录一)

酒力欺人正作眠①,梦中得句忽醒然②:寒生更点当当里③,雨在梅花蔌蔌边④。

① 这说因酒醉而睡着。
② "忽",入声字,属仄。"醒",读平声如"星"。
③ "更(gēng)点",古时夜里报时刻的有更鼓、更漏,也有巡逻打更的人,敲锣、击梆而行;点,指一种敲击铜乐器或此乐器的声音,韩愈诗:"鸡三号,更五点。"一夜分为五更(即甲、乙、丙、丁、戊"五夜"),一更分为五点。"当当",即"噹噹",拟声字。
④ "蔌蔌(sù)",状声字,诗中多用为落花声,此则兼状雨声。

水 仙 花(四首录二)

韵绝香仍绝①,花清月未清②。天仙不行地③,且借水为名。

开处谁为伴？萧然不可亲④。雪宫孤弄影，水殿四无人⑤。

① "韵"，风韵，韵致，不庸俗，不浮艳。"绝"，极。"仍"，更，亦。
② 此言花、月相比时，连月也算不得清，极言水仙花之清。
③ 道家说法：居天上的仙人为天仙，居人世的而得道的为地仙或地行仙。此指水仙花不植于土，但以清泉供养，所以说"不行地"。
④ "亲"，狎亵。
⑤ "雪宫""水殿"，拟水仙为仙子，故又拟其居处，以写其清境。"孤弄影""四无人"，即申说其"萧然"、其"不可亲"。

夜　坐

背壁青灯劝读书①，窥窗素月唤看渠②。向来诸老端何似？未必千年便不如③。春后春前双雪鬓，江南江北一茅庐④。只愁夜饮无供给，——小雨新肥半圃蔬⑤。

① "背"义有二：为物（如幔帐）所隔；靠倚而立。此为后一义。将灯拟人格，不以灯为照读，而觉其为劝人读书。
② "唤看渠"，唤，和上句"劝"意略同，犹言引诱人、招邀人。看，读平声。渠，他。
③ "向来诸老"，指所读书中记叙的古人，或书之著者。"端"，到底，究竟。

"千年",指时至读书者已在千年之后。两句意谓古人毕竟到何境界?自己岂便真赶不上他们吗?

④ "茅庐",隐者所居草屋。

⑤ "肥",动词,指雨滋润植物,生长得好。参看杜甫诗"红绽雨肥梅"的字法,苏轼诗"雨中撷园蔬"、徐寅诗"南园夜雨长秋蔬"等句意。这首诗是作者以极婉蓄的语式感怀国事、自抚抱负的作品。

新　　柳

柳条百尺拂银塘①,且莫深青只浅黄②。未必柳条能蘸水③,——水中柳影引他长④!

① "拂",轻轻挨着,如拂拭状。"银塘",喻塘水之清之美。

② 杨柳初生叶时色嫩绿带黄,最美;及作深绿色,便苍老减韵,而春亦晚矣。所以诗人叮嘱柳条,愿它总是浅黄时候。

③ "蘸(zhàn)",刚刚挨水,入水不多。"柳条蘸水",写其长,垂至水面。

④ 岸上柳条和水中柳影几乎相接,好像联成一条,显得加倍地长了。

春　　晓 (三首录二)

拂花红露溅春衣,柳外春禽睡未知。天借晴光与桃李①,更将剩彩弄游丝。

一年生活是三春②,二月春光尽十分。不必开窗索花笑③,隔窗花影也欣欣!

① "与",给予。
② "生活",这里犹言好时光、快活的时候。"三春",春季的三个月时光。
③ "索花笑",用杜甫诗"巡檐索共梅花笑"的字意。索,须。说对花而喜。

上　巳①(三首录一)

正是春光最盛时:桃花枝映李花枝。秋千日暮人归尽,只有春风弄彩旗②。

① "上巳",见第 62 页《过秀溪长句》注①。
② "彩旗",唐、宋时风俗,在上巳、寒食、清明这一季节时,妇女荡秋千为戏;《开天遗事》:"天宝宫中至寒食节,竞竖秋千,令宫嫔戏笑以为宴乐。"秋千架是活的,可以随时搭架、拆卸,上插彩旗为饰,——秋千的两只柱就是两根旗竿。参看白居易寒食诗:"新晴几处缚秋千";杜牧诗:"楚乡寒食橘花时,野渡临风驻彩旗";陆游诗:"秋千旗下一春忙。""弄",犹言拂荡,作者另一首诗云:"春风也解嫌萧索,自送秋千不要人。"略同此意。

寒 食 雨 作①

双燕冲帘报禁烟②,唤惊昼梦耸诗肩③。晚寒政与花为地④，晓雨能令水作天⑤。桃李海棠聊病眼⑥，清明寒食又来年⑦。老来不办雕新句⑧，报答风光且一篇。

① "寒食"，见第 39 页《寒食上冢》注①及第 87 页《清明雨寒》注②。
② "禁烟"，犹言禁火，指当时寒食节风俗，不点火作饭，家家吃预先做好的熟食物过节，——所以也叫"熟食日"。
③ "耸诗肩"，写寒冷，又兼写诗人因苦吟而瘦得肩都耸起。苏轼诗："夜来应耸作诗肩。"
④ "为地"，为地步，作打算，意谓使花可多开些时，不致太暖早谢。"政"，同"正"。
⑤ "令"，读平声。"水作天"，指雨大。
⑥ "聊病眼"，谓聊以病目赏花，看不到好处。
⑦ "又来年"，又要等明年了。
⑧ "不办"，不能，做不到。"雕"，雕刻，喻琢磨文字。

寒食相将诸子游翟园得十诗①（录二）

三月风光一岁无，杏花欲过李花初。柳丝自为春风舞，竹尾如何也学渠？

荆溪老守底风流②！哦就十诗一笑休。天欲做春无去处：只堆浓绿柳梢头！

① "寒食"，见第 39 页《寒食上冢》注①及下首注②。"相将（平声）"，相偕。

②"荆溪老守"，作者自谓，其时他正做常州郡守；荆溪，水名，在宜兴；此以指常州。"底风流"，犹言如此风流。此底字作"如许""这样"解，与一般作问词的"底"不同。

清 明 雨 寒(八首录二)

脱却单衣着夹衣，禁烟无有不寒时。一年好处君知么①：寒食千门插柳枝②。

桃李一空春已归，不须更待絮飞时。闭门独琢春寒句③，只有轻风细雨知④。

① "么"，读去声。
② "寒食"，见第 39 页《寒食上冢》注①。《东京梦华录·清明节》："清明节，寻常京师以冬至后一百五日为大寒食，前一日谓之炊熟，用面造枣䭅(饼类)、飞燕，柳条贯之，插于门楣，谓之'子推燕'。"此为汴京旧俗。《梦粱录·清明节》："清明交三月节，前两日谓之寒食，京师人从冬至后数起，至一百五日便是。此日家家以柳条插于门上，名曰'明眼'。"《武林旧事·祭扫》："清明前三日为寒食节，都城人家皆插柳满檐，虽小坊幽曲(巷)，亦青青可爱，大家则加枣䭅于柳上。"此为杭州风俗。常州当亦大同小异。
③ "琢"，即前诗中之"雕"义。
④ 清明、寒食节到来，往往伴随着气候变化、闹天气；如《荆楚岁时记》所载："冬至后一百五日，即有疾风甚雨，谓之寒食，禁火三日。"唐杜牧诗"清明时节雨纷纷"，都是例子。诗中屡言春寒，亦即此故。按以上两

句所写意境,最与同时诗词家姜夔相近;姜为受作者之影响甚明。

晓登多稼亭①(三首录一)

雨前田亩不胜荒②,雨后农家特地忙。一眼平畴三十里③:际天白水立青秧④。

① "多稼亭",常州郡圃中的亭子。
② "不胜(平声 shēng)",本义同不任、不堪、不禁。泛言不胜如何,即极言其如何,有"说不尽"之意。
③ "畴",田。细分时谷田为田,麻田为畴(一说水田为田,旱田为畴),泛言无别。又畴有耕治精好的田、肥美的田等特殊含义。
④ "际天",犹言接天、连天,——指大片水田,远望时地平线上水天如相黏接。

午热登多稼亭①(五首录二)

矮屋炎天不可居,高亭爽气亦元无②。小风不被蝉餐却③,合有些凉到老夫④!

御风不必问雌雄⑤,只有炎风最不中⑥。却是竹君殊解事⑦:炎风筛过作清风!

① "多稼亭",见前首注①。
② "元",同"原"字。
③ "餐却",吃掉了。古人以为蝉不食,只是餐风饮露。
④ "合",理应,该当。是表盼望或怪罪的语气。"老夫",作者自指。也说作"老子"。
⑤ "御风",借用"列子御风而行"(《庄子》)的话,并无深意。"雌雄",指宋玉《风赋》中以楚王之风为"雄风",庶人之风为"雌风"(意含讽谏);在此亦只点缀,反跌下文,并无深意。
⑥ "不中",不成,不好,要不得。
⑦ "竹君",指称竹子,因晋王徽之爱竹,曾有"何可一日无此君"的话,后人遂多以"此君"称竹;此暗用其典。

憩怀古堂

　　新葺怀古堂①,旧临郭璞池②;去岁夏徂秋③,无日不此嬉:茨菰无暑性④,芙蕖有凉姿⑤。今年池水干,老子来遂稀;岂惟来不留,亦复去靡思⑥。朝来偶一到,又觉景特奇:水含霁后光⑦,荷于风处欹⑧;便有白鸥下,惊起翠羽飞⑨;方池滟窗东⑩,长池横檐西;红绿向背看⑪,觞咏朝夕宜⑫。此堂初无情⑬,此池谅何知;如何涉斯世⑭,乖逢亦有时⑮?

① "葺(qì)",以草覆屋,泛言修盖房屋。"怀古堂",常州郡圃堂名。
② "郭璞池",郭璞,晋时闻喜人,善卜筮。晋南渡,曾至江南,池当是其

古迹。

③ "徂(cú)",往,(时光)消逝。"夏徂秋",自夏至秋。

④ "茨菰",即慈姑,草本,植于水田,叶肥,形如燕尾,秋日开三瓣白花,冬掘其球茎,可食,一名白地栗。

⑤ "芙蕖",荷花。

⑥ "靡",无,不。

⑦ "霁(jì)",雨过天晴为霁。

⑧ "欹(qī)",倾侧;指荷为风吹得摇摆。

⑨ "翠羽",翠鸟。

⑩ "滟(yàn)",水满泛溢的形容。此作动词用(潋滟,联词,常用为水、日相辉映的状词)。

⑪ "红绿",指荷花荷叶。"向背",此指从不同角度来看荷的花叶,例如从东望去如花与人相对,从西望去又如相背而立。

⑫ "觞(shāng)咏",饮酒赋诗。晋王羲之《兰亭序》:"一觞一咏。"觞,酒杯;作动词义为劝饮。

⑬ "初",原来,本自。

⑭ "涉",涉历,经历。"涉世",经历世事。

⑮ "乖逢",乖,不合;逢,相投:即"遇合"与否的意思。作者一生颇有"乖逢"之感,不能舒展抱负,所以对着堂池景物也为它们发生感慨。

望　雨

　　云兴惠山顶,雨放太湖脚①;初愁望中远,忽在头上落;白羽障乌巾②,衣袖已沾渥。归来看檐溜,如泻万仞

壑;霆裂大瑶瓮,电紫湿银索③;须臾水平阶④,花坞失半
角;定知秧畴满,想见田父乐! 向来春夏交,旱气亦太虐;
山川已遍走,云物竟索寞⑤;双鬓愁得白,两膝拜将
剥⑥;——早知今有雨,老怀枉作恶⑦!

① "惠山""太湖",皆在江苏南部,距作者当时所在地荆溪甚近。惠山一
　作慧山,在无锡以西,太湖即在其南。太湖之东为苏州,西为宜兴。
② "乌巾",乌纱巾,一种头巾、便帽。
③ 此联两句句法相同:谓雷霆巨响如大玉瓮爆裂,闪电明光如湿银索
　(绳)萦曲。
④ "须臾",时间不大。
⑤ "云物",见第 10 页《晓立普明寺门时已过立春去除夕三日尔将归有
　叹》注②。
⑥ 此句说祷雨跪拜,膝盖都磨得破裂了。古时人遇旱,要向龙神等处乞
　雨,是迷信行为。
⑦ "作恶",犹言愁恼。按末两句是得雨以后喜极之语,故意这样说,并非
　真的说遇见旱灾不应该愁虑。

闻一二故人相继而逝感叹书怀

　　故人昔同朝,与游每甚欢;岂缘势利合,相得文字间。
有顷各补外①,不见今六年;我来荆溪上,敲榜索租钱②;
故人复双入③,飞上青云端④;我虽世味淡,羡心能恝然⑤?
忽传故人去⑥,得书墨未干;又传故人亡,惊悼摧肺肝⑦!

鼎贵良独佳⑧,安贫未遽贤⑨?向以我易彼,安知不作难⑩?今以彼易我,试问谁当悭⑪?如何捐此躯,必要博好官⑫?顾谓妻与子:"官满当归田:我贱汝勿羞,我贫汝勿叹⑬。从汝丏我身⑭,百年庶团栾⑮。"妻子笑答我:"修短未易言⑯:富贵必速殒⑰,郭令当夭残⑱;贫贱果永算⑲,颜子寿必延⑳。"我复答渠道:"薄命我自怜。我福肯如郭?我德敢望颜?造物本啬与㉑,我乃多取娴㉒?借令彼不怒㉓,退省我独安㉔?汝言自有理,我意不可还㉕!"

① "有顷",为时不久。"补外",自朝官出为外郡官。
② "敲榜",拷打。官向人民催索租税,人民缴不上,官就刑罚逼索。这种残酷剥削、欺压人民的罪行,是作者所最反对而感到伤心的。
③ "双人",指两位故人一齐被召回京朝。
④ "青云",指高位。《史记·范雎传》:"(须)贾(人名)不意君能自致于青云之上。"
⑤ "恝(jiá)然",淡然无忧虑、不理会、不动心的形容。
⑥ "去",离开,指又被排斥离去京职。
⑦ "摧肺肝",摧伤脏腑,极言痛悼之情。杜甫诗:"塌然摧肺肝。"
⑧ "鼎贵",方且欲贵,始贵。鼎是"当"义,此亦犹言方当贵显。"良独",诚然,自是。
⑨ "未遽贤",此犹言"岂不贤?"
⑩ "向",当初,昔者。不是"向使"的省词(假使)。"我易彼",以我作他。"作难",为难。两句话是说:当时若我把我的处境、地位去换他的,他焉见得不是很作难——非常不愿意?
⑪ 两句是说,如今若他以他的处境、地位来换我的,则这回该是谁不愿意换了呢?——自然是我了。"悭(qiān)",吝啬,不愿。

⑫ "捐此躯",舍了这条性命。"博好官",换取好官做。

⑬ "叹",读平声如"滩"。

⑭ "丏",乞取。即请求同意、允准。

⑮ "庶",庶几,盼幸之词。"团栾",团圆,犹言聚首——百年偕老。

⑯ "修短",寿命的长短。

⑰ "殒(yǔn)",死。

⑱ "郭令",唐郭子仪,他是旧日以"富贵寿考"俱全著称的大官僚。令,中书令(官名)。"夭残",早亡。

⑲ "永算",寿数长久。

⑳ "颜子",孔子弟子颜回,以贫著称,而又早亡。

㉑ "造物",古时迷信、宿命论的说法,以为万物皆系由"造物者"所创造,而万物的"命运"都是由"造物者"注定、赐予的。"啬与",吝于施予,不多给人"福气"。

㉒ "旃","之焉"的合音字。

㉓ "借令",假使。"彼",指"造物"。

㉔ "退省(xǐng)",退而自己思考省察。"我独安",我岂能心安?

㉕ "还",挽回,扭转。

　　按此诗末段关于"宿命"的认识自然是错误的,作者已借妻子的诘难驳辩予以否定,不过是借话头来作文章。可是不敢"多取"、心不"独安"的思想毕竟显明。但作者主要的意旨仍是鄙夷高官贵爵和看不起拚命向上爬的统治阶级人物,这一点在他是终身如一的。

苦热登多稼亭①(二首录一)

吏散庭空便悄然,不须休日始偷闲。鸥边野水水边屋,城外平林林外山。偶见行人回首却②,亦看老子立亭间③。暮蝉何苦催归急,只待凉生月半环!

① "多稼亭",见第88页《晓登多稼亭》注①。
② "回首却","回却首"的倒装,犹言回转头来。参看陆游《老学庵笔记》(卷四):"至(黄庭坚写本)诗中作'吹愁去',(唐人赵碬)(原本)诗中作'吹愁却'。却字为是。盖唐人语,犹云'吹却愁'也。"
③ "看",读平声。"老子",作者自称。

暮热游荷池上(五首录一)

细草摇头忽报侬①,披襟拦得一西风②。荷花入暮犹愁热:低面深藏碧伞中③。

① "细草摇头",写风来。"报侬",好像报告于我:风来了!
② "披襟",敞衣坦胸。宋玉《风赋》:"有风飒然而至,王(楚襄王)乃披襟而当之,曰:'快哉此风!……'"
③ "碧伞",指绿荷叶好像是给荷花打着凉伞。

闰六月立秋后暮热追凉郡圃

上得城来眼顿明,暮山争献数尖青。垂杨舞罢西风叶，——一叶多时独未停。

　　夏欲尽头秋欲初，小凉未苦——爽肌肤。夕阳幸自
西山外^①，一抹斜红不肯无^②。

① "幸自"，本自，原是。
② 参看苏轼诗："斜照江天一抹红。"

读元白长庆二集诗^①

　　读遍元诗与白诗：一生少傅重微之^②。再三不晓渠
何意？——半是交情半是私^③！

① "元白长庆二集"，《元氏长庆集》，唐元稹的诗文集；《白氏长庆集》，唐
　白居易的诗文集。二人齐名，又是好友，其文学主张与风格亦相同。
　白居易极口称扬元稹，屡见于其诗文中；但元稹的成就实在远不逮白
　居易。"长庆"，唐穆宗（李恒）年号（821—824），二人编集皆当此时，
　故名。
② "少傅"，指白居易，居易曾官太子少傅分司。"微之"，元稹的字。
③ "私"，"私情"之省，指评品不公允。

桧径晓步

　　老桧阴阴夹古城^①，露丛迎贯日华明^②。晓凉无个人

分却③,一径深长独自行。

　　雨歇林间凉自生,风穿径里晓逾清④。意行偶到无人处⑤,惊起山禽——我亦惊!

① "桧(guì)",《本草纲目》:"柏叶松身者,桧也。其叶尖硬,亦谓之栝。"其叶圆针状,有别于侧柏的扁叶,所以又名圆柏。
② "露丛",指树叶上聚集的露珠,唐太宗(李世民)诗"珠穿晓露丛";所以从珠的比喻又生出下文的"贯"字,贯即"穿"成"串"的意思,"贯珠""珠贯"是常用词。
③ "分却",分得去,分享。
④ "逾",越发,益,更。
⑤ "意行",恣意而行,随意之所至而漫步。参看唐刘禹锡诗:"意行无旧路。"苏轼诗:"意行信足无沟坑。"

七月既望晚观菱壕①

　　官壕水落两三痕②,正是秋初雨后天。菱荇中间开一路③,——晓来谁过采莲船?

① "既望",月望的次日——夏历的十六日。
② "痕",水面涨落时在岸边所留的痕迹。
③ "荇(xìng)",莕菜,生池水中,叶有长柄,浮于水面,夏日开小黄花,瓣五裂。叶嫩时可食。"开一路",丛聚的菱荇被分隔开,形成一条通路似的豁口。比较白居易《池上二绝》之二:"小娃撑小艇,偷采白莲回:

不解藏踪迹,浮萍一道开。"作者用"倒插笔",出以想象,便觉更胜。

观　　蚁(二首录一)

　　偶尔相逢细问途,不知何事数迁居①?微躯所馔能多少②?——一猎归来满后车③。

① "数(shuò,入声)",频繁,屡次。
② "馔(zhuàn)",犹言饮食,动词。
③ "后车",古代王者等人出行时后面跟随的车辆,亦名副车。《孟子·尽心》:"般乐饮酒,驱骋田猎,后车千乘。"

　　比较范成大诗:"就食迁居蚁坟壤,随舍作家蛛袅丝。"这种小诗不独观察细致、摹写生动,盖亦对统治阶级上层人物有所讽刺。

醉　　吟

　　古人亡,——古人在;古人不在天应改。不留三句五句诗,安得千人万人爱?今人只笑古人痴,古人笑君君不知:朝来暮去能几许①?叶落花开无尽时。人生须要印如斗②,不道金槌控渠口③!身前只解皱两眉④,身后还能更杯酒⑤？李太白，阮嗣宗⑥，当年谁不笑两翁？万古贤愚俱白骨，两翁天地一清风！

① "能几许"，共有若干时日？此句就是所谓日月流转、"人生几何"的一种消极颓废思想。
② "印如斗"，用《晋书·周顗传》"今年杀诸贼奴，取金印如斗大系肘"的话。金印是古代最高级官僚的"执照"。
③ "金槌"，也作金椎，击人的武器，《庄子·外物》："儒以金椎控其颐。"控，音 kòng，打。以上两句说：只知要追求功名富贵，可忘了遭刑受侮的结果。
④ "身前"，犹言生前；下句"身后"即死后。"皱两眉"，总是愁闷，不快活——不满足或不豁达、想不开。
⑤ 以上两句用《晋书·张翰传》："使我有身后名，不如即时一杯酒。"李白诗："君爱身后名，我爱眼前酒。"即此意。作者说：活着不肯快活，看你死了还能不能喝一钟？是鄙夷利禄的话。
⑥ 李白，字太白；阮籍，字嗣宗：都是以嗜酒放浪闻名的前代大诗人。是作者所仰慕的人品。这种七言古诗也是学李白的风格。

多稼亭前黄菊①

危亭俯凉圃②，落叶日夜深；佳菊独何为？开花得我心：韵孤自无伴，香净暗满襟；根器受正色③，非缘学黄金；独违春光早，而俟秋寒侵；岂不爱凋年、坐令淹寸阴④？奈此清苦操，愧入妍华林。向来朱碧丛⑤，亦复悴斯今⑥；清霜惨万象，幽芳耿森森⑦。持以寿君子⑧，聊尔慰孤斟。

① "多稼亭"，见第 88 页《晓登多稼亭》注①。
② "危亭"，高亭。"俯"，俯临，居高临下。"囿(yòu)"，此指园林之地。
③ "根器"，佛家语，以根(基础)和器(容纳量)来比喻学道者的"秉赋"高下不齐。此处亦略如言"秉赋"。"正色"，古时以青、黄、赤、白、黑五者为正色(二色相合为"间"色)。此指黄色。
④ "爱"，犹言惜。"凋年"，犹言"暮景"，指岁月迟暮。"坐令"，犹言"一任"、眼看着。"淹"，迟留。"寸阴"，比喻时光的短暂、有限。
⑤ "向来"，在早、昔日的。"朱碧丛"，指春天红花绿叶的美丽繁华。
⑥ "悴(cuì)"，憔悴，凋萎。"斯今"，如今。
⑦ "幽芳"，指菊花。"耿"，光亮貌，此处犹言发光彩。
⑧ "寿"，以酒为祝叫作寿，动词。

促　织①

　　一声能遣一人愁②，——终夕声声晓未休。不解缲丝替人织③，强来出口促衣裘④！

① "促织"，蟋蟀的异名，也作"趋织"，郝懿行《尔雅义疏》："蟋蟀，今顺天(北京)人谓之'趋趋'，即促织、蟋蟀之声转。"按今多写作蛐蛐。陆玑《诗》疏引里谚云："趋织鸣，懒妇惊。"指天凉了，衣服的需要急迫了。所以"促织"一名也就不止是"声转"，而兼有其取义。

②"遣",使。

③"缫(sāo)丝",将蚕茧抽成丝缕。

④"衣裘",指富贵者的豪华衣着。这是对不事劳动生产而只发号施令逼迫人民的封建官僚剥削者的讽刺。

迓使客夜归①（四首录三）

去时岸树日犹明,归到州桥月已升。水与天争一轮玉②,市声人语两街灯。迎来送往须成雪,索笔题诗砚欲冰。净洗红尘烦碧酒,倦来不觉睡腾腾。

起视青天分外青,满天一点更无星。忽惊平地化成水,——乃是月华光满庭!笔下何知有前辈③?醉中未肯赦空瓶④。儿曹夜诵何书册⑤?也遣先生细细听。

病身已怯九秋凉,也复移樽下砌傍⑥。只爱杯中都是月⑦,不知身上寸深霜!清愁旧觉天来远,寒夜新添岁样长⑧。不是傍人俱欲睡⑨,老人无睡亦何妨?

①"迓(yà)",迎接。"使客",指金国每年照例派来贺元旦、贺皇帝生辰的使臣。参看第118页《郡中上元灯减旧例三之二而又迎送使客》注①。

②水中、天上,都有一轮明月。

③作者表示写诗不肯盲目追随、崇拜古代作家。

④"赦",饶恕,犹言放过。

⑤ "儿曹",儿辈,孩子们。

⑥ "傍",同"旁"字。

⑦ 指月影映入酒中。

⑧ 此句只言寒夜增长,而上句呼起的"清愁"、下文点明的"无睡",都已尽
在言外。上句说,旧日觉愁似天样远,即全无忧思。

⑨ "俱",平声如"拘",不读如"具"。此写自己因迓使客而引起的感怀国
事、愁思无眠,旁人不解,愈显独醒不寐的痛苦,而写来却异样朗爽别
致,使人粗粗读去不易察觉。

城 头 秋 望(二首录一)

秋光好处顿胡床①,旋唤茶瓯浅着汤②。隔树漏天青
破碎,惊风度竹碧匆忙。

① "顿",安顿,安放,安置。"胡床",一名交椅,坐具。《清异录》:"胡床施
转关(枢纽)以交足,穿绷带以容坐,转缩须臾,重不数斤。"就是可以随
时支架、拼合的小坐椅。古代人席地而跪坐,故以此种坐具为胡床,而
从宋人起,已经把自唐以前的"席地"之制改变,大致成为我们今天用
桌椅的起坐方式了。

② "旋",读去声如"镟"。凡不是预先准备、临时才做的,都叫"旋"。现在
往往写作"现",实际口语依然是"旋"字,不是"现"。"瓯(ōu)",小碗。
"着汤",倾入热开水,即旋沏茶。

夜　雨

幽人睡正熟①,不知江雨来:惊风飒然起②,声若山岳摧③。起坐不复寐,万感集老怀。忆年十四五,读书松下斋④;寒夜耿难晓⑤,孤吟悄无侪⑥;虫语一灯寂,鬼啼万山哀⑦:雨声正如此,壮心滴不灰⑧。即今逾知命⑨,已先十年衰⑩;不知后此者⑪,壮心肯更回?旧学日疏芜,书册久尘埃;圣处与天似⑫,而我老相催! 坐念慨未已,东窗晨光开。

① "幽人",深居者,隐者。
② "飒(sà)然",风声。
③ "摧",犹言坍塌,崩毁。
④ "松下斋",松树下的书房。语本王维诗:"松下清斋折露葵。"但王维的"斋"本言素食,这里是变用。
⑤ "耿",形容不寐者,不指"寒夜"。《楚辞·远游》"夜耿耿而不寐兮",注家以为耿耿是"不寐貌也"或"不安也",可证。
⑥ "侪(chái)",等辈之人,伴侣。
⑦ 非真有"鬼"啼,不过出以想象,或借他物的鸣声以写此时的特殊境界。亦暗用《九歌》篇名"山鬼"之义。
⑧ "灰",《庄子·齐物论》:"而心固可使如死灰乎?"后借其语以指心情消极。此言少时壮心不因雨声而愁思伤怀。
⑨ "逾知命",年过五十。孔子"五十而知天命",语见《论语·为政》。
⑩ 言早十年身心已衰,即四十多岁时已开始见衰了。

⑪ "后此者",指从今以后的馀年。
⑫ "圣处",宋代儒者所想象的一种道德学问修养最高的境界。"与天似",和天一样远,还挨不着边,差得多。

按此诗写听雨夜坐时的复杂矛盾的心情感慨,表达了"壮心未已"的上进之心,实不同于一般伤老悲穷的滥调;一结归到晨光开晓,仍是展望、开朗的健康情绪。

苦　吟

蚁无秋衣雁无裘①,霜天谋食各自愁:雁声寒死叫不歇,蚁膝冻僵行复休! 先生苦吟日色晚②,老铃来催吃朝饭③。小儿诵书呼不来,案头冷却黄虀面④。

① "裘",皮袍。
② "日色晚",是指早晨的天色已不早了,不指日暮。
③ "老铃",铃指"铃下",一种随从侍卫的军卒。后用以指官衙中供役的仆人。"朝(zhāo)饭",早饭。
④ "黄虀(jī)",虀是指一种冷咸菜、腌菜,如"泡菜"之类,是贫苦、俭素人的下饭之物。参看《传灯录》:"僧问:'如何是和尚家风?'师曰:'山畬粟米饭,野菜淡黄虀。'""虀面",又名瓮羹,即汤饼,——现在的汤面类。陆游《朝饥食虀面甚美戏作》之二:"一杯菵馎饦,手自芼油葱。"又《宿北钱清》"虀饼依然美"句,自注:"店家菵面有名,已六十年矣。"是当时一般的粗食物。

103

晚 风 寒 林

已是霜林叶烂红,那禁动地晚来风! 寒鸦可是矜渠黠[①]? ——踏折枯梢不堕空。

树无一叶万梢枯:活底秋江水墨图[②]。幸自寒林俱淡笔[③],却将浓墨点栖乌。

① "矜渠黠",矜夸、卖弄它的智巧、本领。
② "活底",即"活的",现在的"的"字古时多写作"底"。"水墨图",不设彩色、只用墨笔渲染的画幅,其特点是多不钩勒轮廓,只凭墨色浓淡枯润来表现种种景象。
③ "幸自",本自,原是。

按次首第二句的意思,作者另有《东窗梅影上有寒雀往来》诗:"梅花寒雀不须摹,日影描窗作画图;寒雀解飞花解舞,君看(平声)此画古今无!"可以合看。

霜夜无睡闻画角孤雁

画角声从枕底鸣[①],愁霜怨月不堪听。拥裯起坐何人伴[②]? ——只有残灯半晕青[③]。

梅边玉琯月边横④，吹落银河与晓星⑤。城里万家都睡着，孤鸿叫我起来听⑥。

① "画角"，古代军中所吹奏的乐器，其声凄厉悲切。"枕底鸣"，说人在卧中听得，声如出于枕底。
② "裯（chóu）"，本义是单被，此泛指衾被。
③ "晕"，日、月旁围所起的光圈现象叫晕，此指灯火的光晕现象。
④ "玉琯（guǎn）"，古乐器名，此以借指画角。画角本直吹，后渐变为横吹，所以说"月边横"。
⑤ 此言天晓。"银河"，天河。"落"，犹言没。
⑥ 按南宋人写到雁，往往是和爱国心情联系着的，如辛弃疾词："生怕见、花开花落，朝来塞雁先还。"陈过词："寂寞凭高念远，向南楼、一声归雁。"姜夔词："燕（平声，燕地，即沦陷于金国的燕山府）雁无心，太湖西畔随云去。"又（和辛弃疾）："年年雁飞波上，愁亦关予。"例其多。此诗亦然。

夜 闻 风 声

作寒作暑无处避，开花落花尽他意①。只有夜声殊可憎，偏搅愁人五更睡。幸自无形那有声？无端树子替渠鸣②；斫尽老槐与枯柳③，更看渠侬作么生④！

① "尽他意"，完全随他摆布。"他"，指风。下文的"渠""渠侬"并同。
② "无端"，没来由、没道理，表示愤恨的斥责语。"树子"，就是树。见第

75 页《晚春即事》注②。

③ "斫(zhuó)",此为砍伐义。

④ "作么生",见第 73 页《秋雨叹十解》注④。犹言"怎么样"。

这首诗是讽刺当时自作威福的权势者与为虎作伥的帮凶等人的。

小 立 净 远 亭

清景无终极,频来未属厌①:远山秋后出,茅屋近来添。

① "属厌(yān,平声)",饱、满足。同义复词。厌,亦作餍。(普通以厌为憎恶义,因饱足而生憎厌,是本义的引伸。)

冻　　蝇

隔窗偶见负暄蝇①:双脚接挲弄晓晴②;日影欲移先会得③,——忽然飞落别窗声④!

① "负暄",晒太阳取暖。

② "接挲(ruó suō)",本义是两手相搓摩。这是苍蝇停落时两脚惯作的动作。

③ "会得",理解得,感觉到。
④ "声",动词,犹言作声、发声。苍蝇撞在太阳晒的纸窗上,发出细微的
声响,如小鼓轻鸣。体会极为细心。

鸦

稚子相看只笑渠①,老夫亦复小卢胡②:一鸦飞立钩
栏角,仔细看来还有须!

① "稚子",儿童。"渠",他。
② "卢胡",笑貌。《后汉书·应劭传》:"……掩口卢胡而笑。"

霜 寒 辘 轳 体①(二首录一)

滴地酒成冻,喧天鸦诉寒。窗风经怒响,帘日漏温
痕。偶尔寻梅去,其如驻屐难②。沙鸥脚不袜,故故踏
冰翻③!

① "辘轳体",指作律诗时用韵的格式。古韵一度分得细,宋时取其音近
可以通押的合并而用。《诗人玉屑》以为八句中四个韵脚,头二韵脚用
一个韵、次二韵脚用另一韵的,名为"辘轳格"。隔句递换的名为"进退
格"。本篇"寒""难"属"寒"韵,"痕""翻"属"元"韵,隔句换,依其说当

为进退格,而作者呼为辘轳体(其别篇亦然)。是宋人意见并不一致。未知谁是。

② "其如",其奈。"驻屐",泛言犹云住脚,但本句着重"屐"字,与下文"袜"呼应。"难",言其冷得站不住脚。

③ "故故",此为"故意"义(另义为"屡屡")。这是羡慕沙鸥之耐冷:人穿着鞋子,脚都冻得站不住,而它连"袜子"都不"穿",却特特去踩冰,把冰都蹬碎了!

苦　寒(三首录一)

畏暑长思雪绕身;苦寒却愿柳回春①。晚来斜日无多暖,映着西窗亦可人②。

① "却",又。

② "可人",语出《礼记·杂记》,本谓"性行""堪可(可取)"的人。苏轼诗:"稚竹真可人,霜节已专车。"犹是此义。普通借为可爱、可喜一类意思。

雪后十日日暖雪犹未融

地冻雪起立,檐生冰倒垂:日穿银笋透①,风琢玉山欹②。今晓还差暖③,清寒退尚迟。生愁便销去,将底伴吟髭④?

① “银笋”，即指第二句所写檐头倒垂的冰溜——雪化时由檐头滴流欲下、又遇冷而冻成的冰柱，下细上粗。

② “玉山”，即指第一句所写的积而未化的雪堆。“欹（qī）”，倾斜。

③ “差暖”，较暖。

④ “将底”，拿什么？“吟髭”，作诗的人构思时爱撚弄胡须，所以说吟髭，参看第 130 页《病后觉衰》注⑧。

儿 啼 索 饭

饱暖君恩岂不知①？小儿穷惯只长饥②；朝朝听得儿啼处，正是炊粱欲熟时③！

① 封建士大夫，不事劳动生产，或过剥削生活，或兼求仕禄，以为是皇帝“赏”他衣饭，所以说“君恩”。参较同时诗人陆游诗：“耕垄（指“种地”，实际是过地主剥削生活）关心事，祠官荷（去声）主恩。”作者此处则加上“岂不知”的话，已隐然有不然之意见于言外。

② “长饥”，犹言经常挨饿。参看陶潜诗：“畴昔苦长饥，投耒去学仕。”又：“弱龄逢家乏，老至更长饥。”小儿长饥，已将上句的“饱暖”颂词推翻；又故作婉言，说：小儿啼饥，不关皇帝事，不过是他“穷惯了”爱哭着索饭吃的缘故罢了。

③ “炊粱欲熟”，烧饭将好未好之时。又暗用“黄粱梦”的典故，唐《枕中记》传奇小说记有卢生者，经行邯郸（地名，在今河北）道上，在旅舍中遇一道人；卢生自叹穷困，道人授以一枕，嘱曰：“枕此，当令子（你）荣适如意。”时旅舍主人正炊黄粱为饭。卢生就枕，即梦得崔氏富家美女

109

为妻;中进士,做节度使,立战功,十年为相;子孙皆"腾达";年至八十
馀寿考而终,——遂梦醒。醒来见旅舍依然,黄粱犹未蒸熟;还不相信
是梦境。这本是道家虚无出世思想,而小说家欲借"梦幻"以否定"功
名富贵"的。作者用此,却是以"儿啼索饭"的现实生活来写他的看破
仕途。意思说,宦情本已淡薄得很,再加孩子饿得一哭,简直完全"梦
醒"了!

寒　雀

　　百千寒雀下空庭,小集梅梢话晚晴[1];特地作团喧杀
我[2],——忽然惊散寂无声。

[1] 天晴则鸟如有好音,可比较白居易诗:"鸟临窗语报天晴。"陆游诗:"双
　　鹊飞来噪午晴。"又参看苏轼词:"寒雀满疏篱,争踏芳英(指梅花)落
　　酒厄。"
[2] "作团",结伙成群,闹成一团。

　　群雀喧人,一时惊散,是人们习见习闻的情景,小诗能传其神。

和范至能参政寄二绝句[1](录一)

　　梦中相见慰相思:玉立长身漆点髭[2]。不遣紫宸朝

补衮③，却教雪屋夜哦诗④！

① "范至能"，即同时齐名诗人范成大，作者所最佩服的诗友之一。成大字至能，苏州人（籍贯有二说：昆山，吴县）。曾官参知政事。诗格清新，很能反映当时的民生疾苦，以《四时田园杂兴》六十首尤有名；爱国诗篇也不少。

② "玉立"，兼操行与风标而言，参看《山公启事》："征南将军羊祜，礼仪玉立，可以肃整朝廷。"黄庭坚诗："丈人玉立气高寒。""漆点"，喻黑而光彩。由"点漆"一词掉转而来，《晋书·杜乂传》："眼如点漆，此神仙人也。"

③ "紫宸"，唐代宫殿名，《唐会要》："始御紫宸殿听政。"此以指朝廷。"朝（zhāo）"，早晨。古代朝会都在清晨。"补衮"，比喻规谏皇帝的过失。《诗·大雅·烝民》："衮职有缺，维仲山甫补之。"衮职，指天子，周代天子所服龙衣，名衮衣，故以代称天子。参看晋张华《尚书令箴》："补我衮阙（缺）。"

④ "雪屋"，隐者所居，参看唐郑谷诗："烟簑春钓静，雪屋夜棋深。"宋梅尧臣诗："遥看松竹深，雪屋藏山衲。"王安石诗："何如雪屋听窗知。"按范成大不止是诗人，有多方面的才干，从四川制置使任召回时，陆游（时在范幕）作诗送他，知将大用，寄以很大的期望。回杭后于淳熙五年（1178）四月拜官参知政事。但刚刚两个月，便被奸佞御史借私憾细故而参劾，立即得罪落职罢政。所以作者在此表示他的愤慨。

稚　子　弄　冰

稚子金盆脱晓冰①，彩丝穿取当银钲②：敲成玉磬穿林响，——忽作玻璃碎地声③！

① 说铜盆里面的水经夜冻成一整块，早起来小儿把它弄脱盆底取下来。
② "钲(zhēng)"，古代乐器名，锣类，或即用以代称锣。
③ "玻璃"，亦作玻璃、颇黎，在古时是一种天然的玉类美石的名称，也叫
   水玉，不是现代的人造玻璃。唐李贺诗："羲和（日神）敲日玻璃声。"

　　古时诗歌里写及儿童生活的并不算多，因此这种小诗也颇觉可贵。

梅花数枝篓两小瓷瓶雪寒一夜
二瓶冻裂剥出二水精瓶梅花
在焉盖冰结而为此也①

　　何人双赠水精瓶？梅花数枝瓶底生；瘦枝尚带折痕
在，隔瓶照见透骨明。大枝开尽花如雪，小枝未开更清
绝；争从瓶口迸出来，其奈堪看不堪掇②！人言水精初出
万壑时，欲凝未凝如冻脂；上有江梅花正盛，吹折数枝堕
寒镜③；玉工割取到人间，琢出瓶子和梅看④；至今犹有未
凝处：瓶里水珠走来去。——只愁窗外春日红：瓶子化
作"亡是公"⑤！

① "篓"，同簪，用为插义。"水精"，同水晶。这题目叙梅瓶因水结冰涨
   裂，将破瓷剥去，剩下冰裹梅枝，还是瓶子的形状，所以比为水晶瓶。

② "掇",拾,采,取。

③ "寒镜",比喻水晶凉冷而透明。

④ "和梅",连带梅花。"看",平声。

⑤ "亡是公",喻无有。本是汉司马相如《子虚赋》里假托的人名。化作"亡是公",化为乌有了。

十二月二十一日迎春

　　星淡孤萤月一梳①,迎春早起正愁予。土牛只解催人老②,春气自来何事渠③?官柳野梅残雪后④,金幡玉胜晓光初⑤。却思归跨春山犊,茧栗仍将挂《汉书》⑥。

① 晓星欲没,其光如萤火之微弱。月在下旬渐缺,窄窄如弯梳形状。参看黄庭坚诗:"月高云插水晶梳。"

② "土牛",古时立春日以泥作春牛,行"鞭春"的礼仪。《梦粱录》"立春"条:"临安府进春牛于禁庭。立春前一日,以镇鼓锣吹妓乐,迎春牛往府衙前迎春馆内;至(立春)日侵晨,郡守率僚佐以彩仗鞭春。街市亦售卖小春牛,花装栏座,上列百戏人物,春幡雪柳,以相遗赠。"本来含有警示农时的意思。鞭春亦名打春、班春,将土牛打碎,争相拾取,以取丰稔之兆。参看宋何耕《录二叟语》:"立春日,通天下郡邑设土牛而磔(碎裂)之,谓之'班春'。……黎明,尹率掾属(地方长官率领属吏),相与祠(祭)句芒(木神),环牛而鞭之三匝,退而纵民磔牛。民欢哗攫攘(抢取),尽土乃已。俗谓其土归置之耕、蚕之器上,则茧孳而稼美,故争得之,虽一丸不忍弃。"而《鸡肋编》又记载:"而河东之人乃谓土牛

之‘肉’宜蚕,兼辟瘟疫,得少许则悬之帐上,调水以饮小儿,故相竞有致损伤者。”这则是极迷信、极不卫生的以土作药的儿戏、荒谬做法了。“只解”,只会,只能够。

③ “自来”,自然会到来。“何事渠”,何必要打春费一层手续?“事”,从事。“渠”,它,指打春。

④ “官柳野梅”,杜甫诗:“市桥官柳细,江路野梅香。”官柳,官家种植的柳树,《晋书·陶侃传》记陶侃尝命诸营种柳,有都尉名夏施,盗官柳栽在自己门前,陶侃一见即认出是武昌西门前柳。是其例。野梅相对于官梅而言;官梅,亦指官衙所植;杜甫诗:“东阁官梅动诗兴,还如何逊在扬州。”

⑤ “金幡玉胜”,也说作金旛彩胜。古时风俗,立春日剪彩作各种图案为旛胜,戴在头鬘上,男女皆然。《东京梦华录》“立春”条:“宰执亲王百官,皆赐金银幡胜,入贺讫,戴归私第。”《梦粱录》则说:“悬于幞头(官僚礼帽)上。”参看辛弃疾词:“看美人头上,袅袅春旛。”“晓光初”,说清早就都戴了旛胜过节。

⑥ “茧栗”,指牛犊角小如茧栗形。《汉书·郊祀志》注:“牛角之形成如茧,或如栗:言其小。”“挂《汉书》”,《唐书·李密传》:“以蒲荐(蒲编的垫子)乘牛,挂《汉书》一帙(于)角上,行且读。”杨素看见了,问:“何书生勤如此?”作者因感于在官中应酬立春节各种俗礼无谓而思归,神往于挂角读书的在野生活。

按以上系(宋孝宗)淳熙五年(戊戌·1178)所作,作者在常州任。

春　兴

窗底梅花瓶底老,瓶边破砚梅边好。诗人忽然诗兴来,如何见砚不见梅? 急磨玄圭染霜纸[1],撼落花须浮砚水;诗成字字梅样香,却把春风寄谁子[2]?

① "玄圭",指墨。宋陈师道谢人惠墨诗:"解囊赐玄圭。"玄,言墨色黑;圭,言墨形状似圭(一种玉器名称,《书经·禹贡》:"禹锡玄圭。")。宋何薳《春渚纪闻》:"东鲁陈相作方圭样,铭之曰'洙泗之珍',佳墨也。"即是此种形式。"霜纸",喻纸之洁白。《事物绀珠》:"凝霜纸出黟县。"
② "谁子",谁人。

细　雨

孤闷无言独倚门,梅花细雨欲黄昏。可怜檐滴不脱洒[1]:点点何曾离旧痕[2]!

① "脱洒",超逸,豁达,大方,不沾滞拘迂。"脱"字在此是入声借作平声字。
② 这写檐端的雨溜,滴到地上,总是落在一个凹洼内。但这又正是写人的"孤闷",心情的"不脱洒",恰似檐溜点点都落在一处痕迹上。

观小儿戏打春牛

小儿着鞭鞭土牛,学翁打春先打头[1]。黄牛黄蹄白双

115

角,牧童绿蓑笠青箬②;今年土脉应雨膏③,去年不似今年乐。儿闻年登喜不饥④,牛闻年登愁不肥⑤。麦穗即看云作帚⑥,稻米亦复珠盈斗。大田耕尽却耕山⑦,黄牛从此何时闲⑧!

① "学翁",模仿爸爸的作法。"打春",见第 113 页《十二月二十一日迎春》注②。

② "牧童",指泥塑春牛旁边照例有一个牧童形貌的句芒神像,作为陪伴;《渑水燕谈录》:"俚语以牧童为'芒儿'。"正可互证。"箬",竹皮。"笠青箬",青箬笠的倒装;笠是竹编雨帽。古代每年立春的土牛和句芒,其服制颜色等都随年份而有所变化。其详见《鸡肋编》。

③ "应雨膏",言土脉因雨而肥润。《诗·曹风·下泉》:"芃芃黍苗,阴雨膏(动词,去声)之。"所以后来把及时的甘霖好雨称为膏雨(如俗语说"春雨贵如油")。土地肥沃也叫膏壤,土壤的滋润性叫土膏。

④ "年登",此指年景有收成的兆头。

⑤ 牛因年景好、农事忙、工作多,所以愁不得肥。

⑥ "云作帚",大片的熟麦比拟为黄云(见第 37 页《晚春行田南原》注⑨)。帚又是每个麦穗肥大的比拟。云作帚,极力形容麦子长得好。下句以珠比稻米。

⑦ "大田",平原之田。"却",再。"耕山",耕山田,如梯田之类。

⑧ 按作者另有《江山道中蚕麦大熟》三首之二写道:"黄云割露几肩归,紫玉炊香一饭肥。却破麦田秧晚稻,未教水牯卧斜晖。"可以合看。

夜　　坐(二首录一)

绣帘无力护东风,烛影何曾正当红①。兽炭貂裘犹道冷②，——梅花不易玉霜中③！

① "正当（dàng）"，犹言真个的、正式的。今俗语多作"正经（经字上声，或亦作正紧）"。这句写天寒风大，蜡烛光色都显得黯淡不红了。比较杜甫诗"炉存火不红"句意。
② "兽炭"，把炭屑和成泥，作成兽形，燃烧用以温酒，叫作兽炭；晋人羊琇想出这种刁钻做法，于是洛下豪贵人家们争相仿效。这是当时统治阶级的穷奢极侈的腐朽生活之一例。"貂裘"，貂皮袍，贵重的皮衣，封建大官僚地主们的冬服。
③ "不易"，就是口语里的"不容易"的意思。"玉霜"，言霜洁白如玉，并见出寒冷意味。

烛下和雪折梅①

　　梅兄冲雪来相见，雪片满须仍满面；一生梅瘦今却肥②，——是雪是梅浑不辨③。唤来灯下细看渠④，不知真个有雪无？——只见玉颜流汗珠，汗珠满面滴到须⑤！

① "和雪"，连雪，带着雪。
② "一生"，犹言向来、历来。
③ "浑"，全然。
④ "唤来"，唤近前来，实即谓将梅花折来。"看"，平声。
⑤ 此句和第二句两次提到的"须"，是指梅花蕊很长，有点像须，俗亦称为"花须"，所以作此有趣的想象拟喻。

郡中上元灯减旧例三之二而 又迎送使客^①（七首录四）

　　红锦芙蓉碧牡丹^②：今番灯火减前番。雪泥没膝霜风紧，——也有游人看上元。

　　北使才归南使来^③：前船未送后舡催^④。元宵行乐年年事，——儿女嗔人夜不回^⑤。

　　儿时行乐几时愁？老去情怀懒出游。市上人家重时节：典钗卖钏买灯球^⑥。

　　村里风回市里声^⑦，月中人看雪中灯。满城只道欢犹少，不道谯门冷似冰^⑧。

① "上元"，正月十五日灯节。灯节本是在新春岁首，人民自己欢乐的节日，统治阶级却借机会穷奢极侈，自图享乐，苦害百姓。"使客"，指当时宋、金两国在"和议"的局面下照例互相派遣的贺年、节（及皇帝生辰）的使臣，每年要往来八次，供应骚扰，人民负担极重，地方官也苦于应酬不暇，极为烦恼。据记载，宋往金，带礼物金器一千两、银器一万两、彩段一千匹，香茶、药料、果子、钱帛、杂物等不计其数；来使在路上要赐御筵四次，每次费钱一万八千五百贯，仅此一项即达五十九万贯，其他供应尚不在内。这一题目，上元减灯例至三停去二，"而又"迎送使客，言下有无限事故内容在。
② "芙蓉""牡丹"，指花形的彩灯。

118

③ "北使"，从金国来的贺年使臣；"南使"，宋朝派往金国的使臣。

④ "舡（xiāng）"，船。以上两句讥讽使臣往来无谓骚扰之意在于言外。

⑤ 借儿女孩童埋怨爸爸不回家带他们看灯过节而抒发自己的做地方官侍候使臣的愤慨烦恼。"嗔（chēn）"，斥责，报怨。

⑥ 这句反映了当时民生凋敝、尚且不得已陪伴统治阶级强行寻乐铺张浪费的风气。"钏（chuàn）"，镯子类装饰品。杜甫诗："家家卖钗钏。"

⑦ "风回"句，说风将城市里的节日喧哗声音传送到村乡里——也沾染上了一些欢腾气味，但言外正见骨子里是冷落萧条的。

⑧ "谯（qiáo）门"，古代建筑，上为楼、下为门，以守望敌人、列兵屯住的处所。这句说，醉生梦死的人们正嫌元宵节还不够热闹，可是这时谁能想起还有守御警戒的战士们在寒宵中过着冷似冰的生活呢？

　　　按以上系（宋孝宗）淳熙六年（己亥·1179）春日所作，作者常州任将满。又按以上自《晚春即事》诗至此在本集中是为《荆溪集》部分。

将近许市望见虎丘①

　　许市人家远树前，虎丘山色夕阳边。石桥分水入别港②，茅屋垂杨仍钓船③。

① "许市"，地名，在无锡、苏州之间，望亭东南。"虎丘"，山名，在苏州西北、阊门之外，以风景著称。

② "别"字入声借作平声，与第 115 页《细雨》"脱"字同。"入"字用仄声，所以下句第五字用平声"仍"字以救之（《细雨》用"离"字同）。这也是

一种拗体的格式。

③ "仍"，更有，再加上。

晨 炊 白 升 山

俗传葛仙翁于此白日升天，故名。①

千峰为我旋生妍②，我为千峰一洒然。云掠石崖啼鸟树，雨添山涧落花泉。心知僮仆多饥色，目断茅檐半穗烟③。只道晨炊食无肉，竹根斤笋两三钱④。

① "白升山"，在浙江余杭之南。"葛仙翁"，指晋葛洪。所谓"俗传"，当然是迷信。

② "旋"，见第 101 页《城头秋望》注②。此有"特意"之意。"妍"，美好，妩媚。

③ "目断"，犹言望穿双眼，十分盼望、等待之词。此写饥甚，望早饭快些做好。

④ "斤笋两三钱"，每斤笋才值两三个铜钱，极贱。——不是更有味吗，何必要吃肉呢？

小 舟 晚 兴 (四首录二)

葫篷旧屋雨声干①，芦簝新檐暖日眠②。枕底席边俱绿水,脚根头上两青天。

人在非晴非雨天,船行不浪不风间。坐来堪喜——
还堪恨:看得南山失北山!

① "蒻(ruò)篷",蒲席所编制的船篷。蒲蒻,蒲子未老时极为柔软,编为
　席,细软可爱,叫作蒻席。
② "芦簾",当作簾簾(fèi),粗竹席;《玉篇》:"簾,簇也;江东人谓之簾
　簾。"(见《简斋诗集》胡注《正误》所引)这里指船上席篷——是所谓"屋
　子",所以"房檐"也是席子作的。

宿潭石步

　　三更无月天正黑,电光一掣随霹雳;雨穿天心落篷
脊①,急风横吹斜更直。疏篷穿漏湿床席,波声打枕一纸
隔②:梦中惊起眠不得,揽衣危坐三叹息③!行路艰难非
不历,平生不曾似今夕。天公吓客恶作剧④,不相关白出
不测⑤。收风拾雨猝无策⑥,如何乞得东方白⑦?垂头缩
脚正逼仄⑧,——忽然头上复一滴!

① "篷",船篷。
② 上句说头上的水,这句说身下的水。船底波声汹汹,人卧船中,觉得仅
　如隔一张薄纸,极写切近挨身的感觉。
③ "危坐",端坐。

④ "吓客",吓人。"客"字常常是代"人"字的仄声字,"人"在旅途中固然
　　正好,即不着重旅途一义时亦可用"客"字相代。

⑤ "关白",关照一下,通知一声。出汉王褒《僮约》。

⑥ 说仓卒之下,无计使风停雨止,束手受困。

⑦ "乞得东方白",巴到、盼到天亮。

⑧ "逼(bī)仄",地方窄隘不能舒展动转,引伸为一切窘迫的形容。

春 尽 感 兴①

　　春事匆匆掠眼过②,落花寂寂奈愁何!故人南北音书
少,野渡东西芳草多③。笋借一风争作竹④,燕分数子别
成窠。青灯白酒长亭夜⑤,不胜孤舟兀绿波⑥?

① "兴",去声。"感兴",犹言感怀。

② "春事",犹言春光、花事。"过",平声。"掠眼过",过眼即逝,极言
　　其快。

③ 《楚辞·招隐士》:"王孙游兮不归,芳草生兮萋萋。"唐李商隐文:"见芳
　　草则怨王孙之不归。"因此诗中常常因芳草联想到离情。此处则隐喻
　　自己之尚未归去。

④ 一番风过,笋都很快地拔地而起、长成新竹。"借",凭借其力量。

⑤ "长亭",路途中的驿站、休憩之所;也指旅店。《白帖》:"十里一长亭,
　　五里一短亭。"唐王昌龄诗:"送客短长亭。"这句说旅中饮酒遣夜。

⑥ "兀",摇兀,颠簸;此为形容小船在水中摇摆飘荡。

插　秧　歌

　　田夫抛秧田妇接，小儿拔秧大儿插；笠是兜鍪蓑是甲①，雨从头上湿到胛②。唤渠朝餐歇半霎③，低头折腰只不答④，——"秧根未牢莳未匝⑤，照管鹅儿与雏鸭⑥。"

① "兜鍪(móu)"，古时的胄，俗名头盔，战士所戴的金属冠，以防护头部。"甲"，铠甲。
② "胛"，肩背部分。
③ "朝(zhāo)餐"，早饭。"霎"，本义是短暂的小阵雨，通用以指极短时间。
④ "折腰"，把腰弯得成九十度角的样子。"只不答"，指不肯马上停下来吃饭去，——口中却另有话说。
⑤ "莳(shì)"，把秧分成许多小束，分别均匀插植，叫做莳；因此所分的每一小束也叫莳。"匝(zā，入声)"，周遍为匝，此指秧莳刚插上，尚未能生发挺劲。
⑥ "照管"，管看着，提防着——不让它来作践。

午　　憩（二首录一）

　　嫩绿桐阴夹道遮，烂红野果压枝斜①。日烘细草香无价，——况有三枝两朵花！

① "压",入声字。"斜",和上句的"遮",都和"花"字押韵,属"麻"韵。

度 小 桥

　　危桥度中半①,深溪动人心②。欲返业至此③,将进眩下临④。已涉尚回顾⑤,溪水知几深? 谁能大此桥⑥,以安往来人?

① "危桥","危有"在高而惧"的意思,所以生出险义。在"危楼""危亭"等词中,着重其高义。在此则着重其险而可惧义(桥极窄小),不一定和高度有关。"度中半",指度桥走到桥半腰。
② "动人心",使人心惊。
③ "业",已然。
④ "眩下临",因下临深水而骇怕得眼眩,俗语说"眼晕"。参看唐王勃文:"飞阁流丹,下临无地。"极言阁之高,从阁上往下看竟看不到地。临,居高而俯视其下的意思。
⑤ 上一联写走至桥半腰、进退两难的恐惧心情。此写既已度过的心理,已度尚回头顾望,想想当时在桥上之险,更令人骇怕。"涉",步行渡浅水。此借为"度""过"义。
⑥ "大",动词,指把桥改建,使它加宽加稳。

四月四日午初出浙东界入信州永丰界①

　　外面千峰合,中间一径通;日光自摇水,天静本无风;

村酒渟春绿②，林花倦午红。莫欺山堠子，——知我入江东③。

① "信州"，州治在今江西上饶。参看注③。
② "渟(tíng)"，水静止不动为渟。这里用以写酒杯满滟的意味。"绿"，古代酒清澈则发碧色。
③ "山堠(hòu)子"，古代道旁纪里程的小堡子，五里设只堠，十里设双堠。"入江东"，是极曲折的意思，作者以为，连山堠子也不赞成他离家去做官；要想瞒着它，可是它却早看到眼里，记得清楚：你不是去过江东、刚刚回来的吗！

宿灵鹫禅寺(二首录一)

初疑夜雨忽朝晴！——乃是山泉终夜鸣。流到前溪无半语，——在山做得许多声①！

① 此写山泉在山时因水路曲阻，冲激作响；及流出山下，水路宽平，遂无一点声音。以此来讽刺当时的士大夫，未做官时有许多"高论"，一旦有了地位，依然和其他官僚一样，了无建树。可比较作者《读陈蕃传》诗："仲举高谈亦壮哉！白头狼狈只堪哀。枉教一室尘如积，——天下何曾扫得来?"

晨炊玉田闻莺观鹭

晓寒顾影惜金衣①，着意听时不肯啼。飞入柳阴多去处②，数声只许落花知。

清溪欲下影先翻③，只鹭还将双鹭看④。绿玉胫长聊试浅⑤，素琼裳冷不禁寒⑥。

① 此首写莺（黄莺），所以说"金衣"，唐玄宗（李隆基）在宫苑中见黄莺，呼为"金衣公子"，即指其黄色翎羽（见《开天遗事》）。"顾影"，欣赏自己的影像。"惜"，爱怜。
② "柳阴多去处"，柳阴多（浓密）的地方。
③ "清溪欲下"，指鹭要飞下溪水中去。"影先翻"，指看的人未见真鹭，先看见水中鹭影。"翻"，飞。而在此又双关倒影的意思。
④ "将"，平声；当作，如同。这写鹭和影子成为一双。"看"，读平声。
⑤ "绿玉"，喻写鹭的绿腿。"浅"，浅水。
⑥ "素琼"，白玉，喻写鹭的白羽。

过石磨岭岭皆创为田直至其顶

翠带千镮束翠峦①，青梯万级搭青天②。长淮见说田生棘③，此地都将岭作田！

① "镮"，即"环"字。古时的腰带，本有环孔，也叫带銙。后来演变，用饰物将带装饰成若干"格"状，每一"格"仍沿一镮之名。《隋书·礼仪志》："侯王贵臣多服九环带，惟天子带加十三环，以为差异。"《麈史》："今带止用九銙：四方、五圆，乃九环之遗制；銙且留一眼，号曰'古眼'，古环象也。"这里以山田的畦区喻为带镮。"千镮"，写其长，如千镮宝带束在山腰。此是就横下里看。

② 此是就纵下里看，正写山间梯田的级次。"搭"，搭度，搭到，搭接。

③ "长淮"，淮河，南宋和金国的交界。"见说"，犹言承告知，即听得说之意。"棘"，野生的小酸枣树，丛木，有粗刺。"田生棘"，写一片荒芜之象。南宋时代淮河一带大片地区战后皆沦为荒地，景象极为凄惨；史称乾道六年江淮东路农田荒芜四十万亩以上。

四月十三日度鄱阳湖

湖心一山曰康郎山，其状如蛭浮水上。①

泊舟番君湖②，风雨至夜半。求济敢自必③？苟安固所愿；孤愁知无益，暂忍复永叹。夜入忽自睡，倦极不知旦；舟人呼我起，顺风不容缓。半篙已湖心④，一叶恰镜面⑤；仰见云衣开⑥，侧视帆腹满⑦；天如琉璃钟⑧，下覆水晶碗；波光金汁泻，日影银柱贯⑨。康山杯中蛭，庐阜帆前幔⑩。豁然地无蒂⑪，渺若海不岸；是身若虚空，御气游汗漫⑫。初忧触危涛⑬，不意拾奇观⑭。近岁六暄凉⑮，此水三往返：未涉每不宁，既济辄复玩⑯。游倦当自归⑰，非为

猿鹤怨[18]。

① "四月十三日",是淳熙五年(戊戌·1178)的事。"鄱(pó)阳湖",在江西北境,长江之南,我国著名大湖之一。"康郎山",本名抗浪山,亦称康山。"蛭(zhì)",蠕形动物,环虫类,体形扁长,吸食人畜血液。

② "番(pó)君湖",即鄱阳湖。汉吴芮为番阳(县名,秦置)令,得民心,封番君。汉时改称其地为鄱阳;鄱阳湖古名彭蠡、彭泽,隋代始从鄱阳得今名。鄱阳县即在鄱阳湖东岸。

③ "求济",想要平安渡过。"敢",岂敢,哪敢。"自必",自以为必定能办到、能如所愿。必,动词,本义是专执定见;此为意料必然的意思。

④ "半篙"句,谓浅浅地将篙一点,船已到湖心,言雨后风停,水涨易行。

⑤ "一叶",喻小舟漂浮。"镜面",喻平静的湖面,可以反映倒影。

⑥ "云衣",指云。暗用李白诗"云想衣裳花想容"句意,而创造"云衣"一词。

⑦ "帆腹",船帆得风,涨满如饱腹。——是顺风得驶的现象。

⑧ "琉璃",古传大秦国(罗马帝国)出产五色琉璃,中国以为宝石;此以喻晴天的碧空如青琉璃一般可爱。"钟",古代铜制乐器,形略如覆盂;此以喻人仰看天空、见其当中顶高而周边下垂(接近地平线),如钟形覆盖。所以下句说"下覆"。参看苏轼诗:"下视九万里……属此琉璃钟。""水晶碗",喻明净的大湖如水碗。

⑨ 云开,日光从隙缝下射,如一道银柱。

⑩ "庐阜",江西九江市南的庐山。此句说远望庐山,与帆前的一面幔帐相似。

⑪ "地无蒂",蒂,果与枝相连处。地无蒂,喻写人飘在大湖之上,觉得整个大地都像浮起来动荡、如同没有了根蒂的系连处一样。下句句法同本句;"渺若"即"渺然","若"不作"似"解。

⑫ "御气",犹言乘风而行。"汗漫",广远至极、不可知之境。杜甫诗"甘

为汗漫游",《淮南子·道应》"吾与汗漫期于九垓之外",注:"汗漫,不可知之也。"

⑬ "触危涛",冒惊涛骇浪之险。

⑭ "拾",无意而得。"观",读去声,名词。"奇观",犹言奇景。

⑮ "六暄凉",六度寒暑,六年。

⑯ "辄",即,就,每一如何便如何。"玩",去声(今久讹为平声字,与"顽"相混),玩赏,玩味。

⑰ "游倦",指倦厌仕宦。《史记·司马相如传》"长卿故倦游",集解:"厌游宦也。"

⑱ "猿鹤怨",用孔稚珪《北山移文》:"蕙帐空兮夜鹄怨,山人去兮晓猿惊。"鹄、猨,即鹤、猿。本是嘲讽隐者变节而出仕的意思,这里故意反说。

病　后　觉　衰

　　病着初无恼①,安来始觉衰②。人谁长健底③?老有顿来时④。山意凄寒日⑤,秋光染瘦诗⑥。小松能许劣⑦:学我弄吟髭⑧!

① "病着",即用口语,正在病中。"初无恼",还不觉得烦闷、苦痛。

② "安来",病瘥以后。"衰",本是"支"韵字,押韵读如"虽"。

③ "底",即今"的"字。此句说,人谁是长久健壮的?到头有衰老时。

④ "顿来",一下子到来。

⑤ "凄",意动词。全句说山意因寒日而变得凄凉黯淡。

⑥ 此句说本来清瘦的诗句又被秋色感染,增加了一层凄清瘦劲的气味。

⑦ "能许",即古语"宁馨"的一音之转,今口语犹存类似的话,意即"那么样子的",此为表示"甚""很"的程度。"劣",顽皮,淘气。

⑧ "弄吟髭",说小松自弄(其实是微风动摇)松鬣(叶),好像是模仿诗人吟诗时撚弄胡须。唐卢延让诗:"吟成几个字,撚断数茎髭。"说诗人构思、推敲甚苦,心里想着,手里一味撚胡子,都撚断了。唐杜荀鹤诗:"吟髭白数茎。""髭(zī)",胡子,口上的叫髭,颐下的叫须。

戏　　笔(二首录一)

　　野菊荒苔各铸钱①:金黄铜绿两争妍。天公支与穷诗客②,——只买清愁不买田!

① 古代钱币用金属铸造;野菊和荒苔都圆如钱形,所以比拟为铸钱。因此下句又说菊黄如金钱,苔绿如铜钱。

② "支",用俗语,即今"支付"义。"诗客",诗人。

重九日雨仍菊花未开用辘轳体①

　　良辰巧与赏心违②,四者能并自古稀③。恰则今年重九日,也无黄菊两三枝④。闭门幸免吹乌帽⑤,有酒何须望白衣⑥。政坐"满城风雨"句⑦,平生不喜老潘诗!

① "重九日"，九月九日，重阳节。"仍"，加以，更加上一种情况。"辘轳体"，见第 107 页《霜寒辘轳体》注①。此诗为"微""支"二韵合押。

② 谢灵运《拟魏太子邺中诗集序》："究欢愉之极，天下良辰、美景、赏心、乐事：四者难并。"此句说重九佳节，偏巧遇上雨天，令人败兴。

③ "并"，平声字如"兵"，与"並"去声字异；凑合、聚齐的意思。"四者"，即指上注所说的"四者难并"，词章家相承称为"四难"。

④ 此一联两句是"流水对"，即形式上是对仗，但又不是两个并列、对立的句子，而是一句话连下来的，当中不过一逗。作者惯于运用这种活对。

⑤ 晋孟嘉，给桓温做参军，重九日，桓游龙山，佐吏人等都在，戎装齐整；独孟嘉的帽子被一阵风吹落，他一点也不觉得。桓命孙盛作文嘲之。事见《晋书·孟嘉传》。古时人把落冠露顶看为是最失仪容的事，所以当时大家笑他，后世又传为脱洒不拘的佳话。"乌帽"，一种便帽；参看唐李商隐诗："白衣居士访，乌帽逸人寻。"这句说下雨不得出游，但也幸免去陪上司、作应酬。

⑥ "白衣"，古时僮仆的服色（官僚着皂服）。晋陶潜逢九日而无酒，出篱边怅望；久之，忽见有白衣人到来，乃是王弘派来送酒的。事见《续晋阳秋》。这说不用仰求他人的赠予，自己有酒，聊以遣闷。

⑦ "政坐"，只因，正为。《冷斋夜话》："黄州潘大临，工诗，答谢无逸书曰：'秋来景物，件件是佳句。昨日闲卧，闻搅林风雨声，欣然起题壁曰："满城风雨近重阳。"忽催租人至，遂败意。此止一句奉寄。'"这事一向传为佳话，作者却提出反面的意见，因为潘诗调子低沉凄苦，作者是不喜欢这种情调的。

　　按以上系（宋孝宗）淳熙六年（己亥·1179）所作，作者去官家居。又按自《荆溪集》诸诗以次至此，在本集中是为《西归集》部分。

庚子正月五日晓过大皋渡①（二首录一）

雾外江山看不真，只凭鸡犬认前村②。渡船满板霜如雪：印我青鞋第一痕③。

① "庚子"，淳熙七年（1180）。
② 这说在大雾中只凭耳中听得鸡犬之声才知道前面已到村落所在。
③ 可比较唐人温庭筠写旅人早行的诗："鸡声茅店月，人迹板桥霜。"此处则更写出作者自己是第一个把鞋印儿印在船板上的人。

晚出郡城往值夏谒胡端明泛舟夜归①

郡城至值夏，两日非宽程②；奔走岂吾愿？诏书促南征③。出郭星未已④，归棹月已生。问人水深浅，舟子喧未应；水石代之对⑤，淙然落滩声⑥。危峰起夕苍⑦，暗潭生夜清；江转风飒至⑧，病肩难隐棱⑨；添衣初懒寻，忍寒良不能⑩。近城一二里，远岸三四灯；望关恐早闭⑪，驱舟只迟行⑫。多情半环月，久矣将西倾；欲落且小留：知我要入城。月细光未多，大星助之明。至舍心未稳，——丽谯才一更⑬。

① "郡城",指江西吉州,今吉安。"值夏",地名,在吉安。

② "宽程",宽裕的程限。

③ 此指作者将赴官广东。

④ "郭",城郭,——即指郡城。

⑤ "代之对",代他(舟子,船夫)回答。

⑥ "淙(cóng)然",水石相激之声。

⑦ "夕苍",暝色,晚来苍茫的天色。

⑧ "飒(sà,入声)至",用宋玉《风赋》"有风飒然而至"语。飒然,风声。

⑨ 这句说病瘦之人,遇凉冷,不禁两肩耸起,显出骨棱。

⑩ "初""良"二字呼应,说本来懒费事找衣服添,而又实在禁不住冷。

⑪ "关",指城门。

⑫ 说驱舟快走,而只觉迟缓不到。

⑬ "丽谯(qiáo)",高楼。门上为高楼以瞭望曰谯。古时报时的钟鼓亦多
在此间。

二月一日晓渡太和江

绿杨接叶杏交花①,嫩水新生尚露沙:过了春江偶回
首,隔江一岸好人家②。

晓翠妩人看远山,小风偏入客衣单。桃花爱做春寒
信③,——只恐桃花也自寒。

二月初头春向中④,花梢薄日柳梢风。折花客子浑无
赖:狼藉须教满地红⑤!

① "接叶""交花",写花叶茂密挨连,一片好春景。参看梁吴均诗"连枝接叶夹御沟";唐杜牧诗:"名园相倚杏交花。"
② 全篇的章法是倒装,开头两句,即是过江以后再反顾时所见的景象。俗称"倒插笔"。
③ 古时将春天应时而开的二十四种花,分配于三个月间的各节气,而以为每一花的风信应期而刮动,其花即开,称为"花信风"。因为应时必来,所以称为"信"。二十四番花信风,桃花应在二月惊蛰节,其时犹有春寒。这里的"信"字,也是这类意思。
④ "初头",即用口语,初旬。"向中",快到一半了。
⑤ 作者见满地落花散乱,惋惜不知是谁来折花,如此作践。"无赖",斥责语。"狼藉",乱七八糟。

万安道中书事(三首录二)

　　玉峰云剥逗斜明,花径泥干得晚行。细细一风寒里暖,时时数点雨中晴。

　　携家满路踏春华,儿女欣欣不忆家。骑吏也忘行役苦①:一人人插一枝花②。

① "骑吏",作者赴官广东,路上的护送官兵。"忘",读平声。
② 这句句法即等于说"每人都戴一枝花"。

小 溪 至 新 田（四首录三）

　　人烟憭㦍不成村①；溪水微茫劣半分②，——流到前滩
忙似箭，不容雨点稍成纹③。

　　晚云解事忽离披④，放出千峰特地奇。欲拣一峰谁子
是⑤？——总如笔未退尖时⑥。

　　懊恼春光欲断肠，来时长缓去时忙⑦。落红满路无人
惜，踏作花泥透脚香⑧。

① "憭（mǒ）㦍（luǒ）"，羞惭义；此借指稀疏寥落。
② "劣"，仅仅，刚刚。
③ "成纹"，指雨点落水激成水圈圆纹。
④ "解事"，懂事，明白人的心思。
⑤ "谁子是"，犹言哪个最好。"谁子"，即谁，"子"字语尾无义。
⑥ "退尖"，俗语笔"秃"。
⑦ 这说春光总是来得晚、去得快，好景不多。
⑧ "脚"根本没法"透"，也不关嗅觉的事，而诗人乃有此语，设想极为
　　新奇。

舟 过 谢 潭

风头才北忽成南，转眼黄田到谢潭①。仿佛一峰船外

影，——褰帏急看紫巉岩②！

夹江百里没人家，最苦江流曲更斜。岭草已青今岁叶，岸芦犹白去年花。

碧酒时倾一两杯，船门才闭又还开：好山万皱无人见，都被斜阳拈出来③！

① "黄田""谢潭"，皆地名。
② "褰帏"，掀开帘幕。"巉岩"，义为石势峻险、不生草木；此用为峰峦的代词。
③ "拈（niān）出"，拈是以两指夹取之义；拈出，标举、显示、发明、发挥一类的意思。

小 泊 英 州 (二首录一)

数家草草劣无多，跕水飞鸢也不过①。道是荒城斗来大②，——向来此地着东坡③！

① "跕（dié）水飞鸢"，《后汉书·马援传》："当吾在浪泊西里间、虏未灭之时，下潦上雾，毒气重蒸，仰视飞鸢跕跕堕水中。"谓瘴气使飞鸢亦中毒落水。跕跕，飞堕之貌。此借指英州（今广东英德），在当时为极南荒远之地。"过"，读平声。
② "斗来大"，极言地方之小。《南史·宗悫传》记载，宗守豫州，典签（官）多所违执，他说道："我年六十，得一州如斗大，不能复与典签共论之！"

此用其语。

③ "东坡",苏轼的号。苏轼在北宋神宗时新法改革运动中,站在保守落后的大地主阶级立场上,反对新法,因此屡遭贬斥。宋哲宗绍圣元年(1094)章惇作宰相,复行新法,起用新党,苏轼坐谤讪罪出知定州,旋复落两职,追一官,知英州。未到任,再贬,惠州安置。苏轼实未到英州任,作者不过因事抒感,说英州虽小,曾得东坡来做太守,也足以自豪了。

三月晦日游越王台

榕树梢头访古台①,下看碧海一琼杯②。越王歌舞春风处,今日春风独自来。

越王台上落花春,一掬山光两袖尘③。随分杯盘随处醉④:自怜不及踏青人⑤。

① "榕树",桑科常绿乔木,生两广暖地,高达四五丈,夏日开淡红花,由枝生出多数气根,又下垂入地,向四方扩张无数,成为一种特殊景色。"梢头",言台之高。"古台",指越王台,在广州越秀山上,汉时南越尉赵佗所筑,后赵佗为南越王,故名。

② 比较唐李贺诗:"一泓海水杯中泻。""琼杯",玉杯。

③ "一掬",一捧。山光一掬,言如可掬取,近逼眉睫。

④ "随分(fèn)",随力量所及而得享用的。

⑤ "踏青",春日出游为踏青。这是怅恨自己为"官"的身份所限,羡慕随意游春的民人。

六月九日晓登连天观

小立层台岸幅巾①,除莺作伴更无人。晓风草草君知么②?——不为高荷惜水银③。

① "岸幅巾","岸"是"高仰"的意思,头巾本来应该戴得微向前倾,方为恭敬郑重,现在随便将头巾掀起,往后一推,便显得高起来,所以说"岸"。岸巾露额,是放浪不羁的神态。
② "草草",匆匆,这里是有点蛮横、"乱来"的意思。参看白居易诗:"举杯未及饮,暴卒来入门;紫衣挟刀斧,草草十馀人;夺我席上酒,掣我盘中飧……""君知么",设问:你知它是何意故吗?"么",读去声。
③ "水银",指荷叶上所贮存的经夜的洁净露珠。

按以上系(宋孝宗)淳熙七年(庚子·1180)所作,作者时赴广州任。

谢建州茶使吴德华送东坡新集①

黄金、白璧、明月珠,清歌、妙舞、倾城姝:他家都有侬家无,——却有四壁环相如②。此外更有一床书,不堪自饱饱蠹鱼③。故人远送《东坡集》,旧书避席皆让渠④。儿时作剧百不懒⑤,说着读书偏起晚;乃翁作恶嗔儿痴⑥,强遣饥肠馋蠹简⑦。老来万事落人后,浪取故书遮病

眼⑧；病眼逢书辄着花⑨，笔下蝇头成老鸦⑩；病眼将奈故
书何⑪？故书一开一长嗟⑫！东坡文集侬亦有，未及终篇
已停手：印墨模糊纸不佳，亦非鱼网非科斗⑬。富沙枣木
新雕文⑭，传刻疏瘦不失真⑮；纸如雪茧出玉盆，字如霜雁
点秋云。老来两眼如隔雾⑯，逢柳逢花不曾觑⑰；只逢书
册佳且新，把玩崇朝那肯去⑱。东坡痴绝过于侬⑲：不将
一褐易三公⑳；只将笔头挂月胁㉑，万古凡马不足空㉒。故
人怜我老愈拙，不寄金丹扶病骨㉓；却寄此书来恼人：挑
落青灯搔白发㉔！

① "建州"，宋建州建安郡，后升为建宁府，旧治在今福建建瓯。"茶使"，
　　提举茶盐官。"吴德华"，名飞英。"东坡新集"，指新雕印的苏轼诗
　　文集。
② "四壁环相如"，《史记·司马相如传》："家居徒四壁立。"说穷得屋里一
　　无所有，只见四面墙壁光光的。"环"，围绕。这是作者以相如的贫况
　　自比。
③ "蠹（dù）鱼"，亦名蟫、衣鱼，一种生书籍中、吃纸的小虫，往往将书吃得
　　孔洞累累，甚至不能掀读，是书籍的一大害。
④ "避席"，古时人席地而坐，表示尊敬则要离席而起立，是为避席，例如
　　《吕氏春秋》说："桓公避席再拜。"后用为不敢比抗、让位认输的意思。
⑤ "作剧"，顽耍，游戏。
⑥ "乃翁"，本义是做爸爸的对儿子而自称的话，此处作者用以指自己的
　　父亲。"作恶"，不悦，发怒。"嗔（chēn）"，斥责。
⑦ "强遣"，强行命令。"饥肠"，指小儿的饿肚子——贪顽的心。"馋"，此
　　犹言"爱吃""嗜好"。"蠹简"，犹言破书。古时削竹木为简版以书写，
　　现用通用的纸张是后来才发明的；所以犹沿用"简"来代称书籍。

⑧ "浪",随随便便,漫然,徒然。"遮眼",使眼目有所占据,实在不是用心细看。《传灯录》:"僧问药山:'为什么看经?'师曰:'吾只图遮眼。'"苏轼诗:"遮眼文书原不读,伴人灯火亦多情。"

⑨ "着花",犹言眼睛"生花""发花"。

⑩ "蝇头",指小楷、细字。此句写老眼看书发花,将小字看成模糊一片。"老鸦"又暗关指恶劣书法为"涂鸦"的一层意思。

⑪ 此句是说,目力不济,书本看不清。

⑫ "嗟",叹。为协韵应读若 jiā。

⑬ "鱼网",指好纸;《后汉书·蔡伦传》:"伦乃造意用树肤、麻头及敝布、鱼网为纸。"参看梁刘孝威《谢赐宫纸》文:"邺殿凤衔,汉朝鱼网……惭兹摩滑,谢此鲜华。"宋黄庭坚诗:"猩猩束毛鱼网纸。""科斗",古代篆书名称,此指好的书法。

⑭ "富沙",指建州;《五代史·闽世家》谓王曦之弟王延政为建州节度使,封富沙王,故云。"雕",雕刻。

⑮ 当时木版书,是写刻本,先觅好书手写版,然后摹刻,所以说"传刻""不失真"。"疏瘦",宋版书的字体多如此,有欧(阳询)、柳(公权)瘦劲的风格。

⑯ 参看杜甫诗:"老年花似雾中看。"所以方有下句"逢花逢柳"的话。

⑰ "觑(qù)",看。

⑱ "玩",欣赏。"崇朝",终朝,犹言终日,很长的时间。"去",离开,丢下。

⑲ "痴绝",犹言"傻"极了。此"痴"是表面嘲笑而实际为赞许的语意,说他不会、不爱做大官,是个"傻瓜"。"侬",我,作者自称。

⑳ "一褐(hè)",一件粗布短衣:指贫者、隐者等人所穿的坏衣服。"三公",宋始以太尉、司徒、司马为三公,后复用周代以太师、太傅、太保为三公的制度。此泛言最高的官爵、名位。

㉑ "月胁",语本唐皇甫湜序顾况集所说:"逸歌长句,骏发踔厉,往往穿天心、出月胁:意外惊人,语非寻常所能及。"苏轼诗也曾说:"语出月胁

令人惊。"此以喻苏轼诗文之奇致。

㉒ 杜甫诗："须臾九重真龙(马)出,一洗万古凡马空。"

㉓ "金丹",道家名词,此犹言可使人延年却病的妙药。"扶",救。

㉔ 上句的"恼",不是恼怒的恼,而是说某物太好,太使人喜爱,以致被它引惹得不能安静;所以此句即写被佳书所"恼"、丢不开放不下的情态。参看杜甫诗:"江上被花恼不彻,无人告诉只颠狂。"恼字即此义。"挑落",古代油灯燃久则光暗,须时时挑其灯芯使光复明。此写一直读到把灯"挑落"——挑灭了。"搔白发",无有办法、没奈何的表示。极写观之不足,不忍去手。

按宋代所刻书为后世所珍贵,不但因为版本文字可贵,其纸墨雕刻印刷本身亦成为一种优美的艺术。宋建州本亦泛名为麻沙本,在宋代刻本中还是最不算好的。本篇诗附带反映了宋代雕版艺术的发达与成就。

春晴怀故园海棠

故园今日海棠开,梦入江西锦绣堆①。万物皆春人独老,一年过社燕方回②。似青如白天浓淡,欲堕还飞絮往来。无那风光餐不得③,遣诗招入翠琼杯④。

竹边台榭水边亭,不要人随只独行。乍暖柳条无气力,淡晴花影不分明。一番过雨来幽径,无数新禽有喜声。只欠翠纱红映肉⑤,两年寒食负先生。予去年正月离家之官,盖两年不见海棠矣!⑥

① "锦绣堆",借指花丛繁、如堆锦积绣。(按喻花者有"锦被堆"之名,"锦绣堆"本喻文章,语出《摭言》。此盖变用。)并参看宋祁《海棠》诗:"长衾绣作地,密帐锦为天。"
② "社",古时祭祀社神(土地神)的日子,有春、秋二社日,春社是向社神"祈请"丰年的意思,秋社是收成后"报谢"社神的意思。春社在立春后第五个戊日(春分前后),秋社在立秋后第五个戊日。古人观察到燕子是候鸟,以为它是在春社时来,秋社时去。见《格物总论》。此指春社。
③ "无那(去声)",无奈。
④ 此句说,用诗句将"春光"招入酒杯中,便可以"餐"得了。是极爱春光的话。
⑤ 用苏轼咏海棠诗:"朱唇得酒晕生脸,翠袖卷纱红映肉。"写海棠花的淡红浅晕。
⑥ "寒食",见第 39 页《寒食上冢》注①。"负",辜负。"先生",作者自指。"之官",赴官。

蜑 户①

　　天公分付水生涯②,从小教他踏浪花。煮蟹当粮那识米,缉蕉为布不须纱③。夜来春涨吞沙嘴④,急遣儿童斸荻芽⑤。自笑平生老行路,银山堆里正浮家⑥。

① "蜑(dàn)户",古代南方沿海少数民族名称,封建社会中千百年来被统

治阶级污辱为"贱族",禁令不许在陆地上居住,世世代代以船为家,自
为婚姻;捕鱼介或采珠为生,还要纳税。(到清代雍正年间才有过解除
禁令的事。但真正的民族平等、团结,只有在新中国才能实现。)

② 蜑户的水居,是由于受统治阶级欺压,不许登陆。作者以为是"天公"
教他们在水中生活的,是为其阶级立场所限的错误认识。

③ "缉",绩,析植物纤维为丝缕。这两句写蜑户为水居所限的生活状况,
含有同情、怜悯的语意。

④ "夜来",昨日。"沙觜",水边岸地、由淤积冲刷而成尖角形的。

⑤ "斸(zhú)",斫,砍伐。以上两句写蜑户乘水涨漫过一角岸地,教儿童
赶紧去偷砍一点芦荻芽,——因为这可以算是在"水中"干的事,不算
登陆。写得表面好像很"雅致",实际沉痛得很。

⑥ "银山堆里",指大浪;唐贯休诗"五湖大浪如银山";宋黄庭坚诗"银山
堆里看青山",此用其语。"浮家",指乘船长行,也如同以舟为家。唐
张志和,因事贬官,不复出仕,隐居江湖,自号"烟波钓徒";颜真卿见其
舟敝坏,请为更换好船(意即欲招之使就馆舍),志和说:"愿为浮家泛
宅,往来苕、霅(二水名,在浙江)间。"拒绝不就。

过显济庙前石矶竹枝词①(二首录一)

　　大矶愁似小矶愁②,篙稍宽时船即流③。撑得篙头都
是血④,——一矶又复在前头!

① "竹枝词",本乐府曲名,源出巴渝地方,唐代刘禹锡撰新词,一时盛行;
后来诗人多以格律较自由的类似山歌体的七言绝句、咏风土的,名之

为《竹枝词》。

② "矶(jī)",江峡间忽然遇石在江中峙立,将江水急流激得怒涛汹涌,最为行船之险。"愁似",愁过,即比起来更要愁。这"愁",是指行船的人愁,不是石矶愁。

③ "宽",指用力不够大,劲头不足。"流",指逆水而上的船,反要顺流而下——往回走。

④ 这句极言篙师用力之苦,造语奇险。本来篙头是再撑也撑不出血来的,而诗人却想象篙无异是篙工的肢体部分,也具有知觉血骨。

檄 风 伯①

峭壁呀呀虎擘口②,恶滩汹汹雷出吼③;溯流更着打头风④,如撑铁船上牛斗⑤。"风伯:劝尔一杯酒,何须恶剧惊诗叟⑥。端能为我霁威否⑦?"——岸柳掉头荻摇手⑧!

① "檄(xí)",古代用以征召、罪责、声讨或晓谕、抚慰的文书。此作动词用,即以文书通知、交涉。"风伯",假想的风神。

② "呀呀",张口貌。"擘",此即张开的意思。

③ "汹汹(xiōng)",波浪骇人的声貌。"吼(hǒu)",大声鸣叫。

④ "溯流",逆流而上。"更着",犹言再加上。"打头风",逆风。

⑤ "牛斗",二星宿名(本指牛宿、斗宿,不是现在所指的牵牛星和北斗星);此用以借指天河,暗用《博物志》中神话故事说有人乘浮槎至天河见牵牛星的典故;这里是比喻行船之难,几乎是不可能的事。

⑥ 李贺诗:"飞光飞光劝尔一杯酒。"王注:"《晋书》孝武帝末年长星见于
华林园,举酒祝之曰:长星劝汝一杯酒。""恶剧",恶作剧。"诗叟",作
者自指。

⑦ "端",真个,说真的,到底。"霁威",解怒,停止作威作福的神气。

⑧ "掉头",摇头。按柳、荻之所以"摇头""摇手",正是因为风不肯停之
故,如此写来绝妙。

憩 楂 塘 驿 (二首录一)

夹路黄茅与树齐,人行茅里似山鸡①。长松不与遮西
日②,却送清阴过隔溪!

① "山鸡",雉类,一名山雉,即鹥;雄的羽毛很美丽,有长尾;习性与雉相
同。爱在草丛里觅食虫、谷,所以相比。

② "遮西日",语出杜牧诗:"惭愧江湖钓竿手,却遮西日向长安。"西日,下
午的太阳。

荔 枝 堂 夕 眺

夕峰褪日半钲多①,秋汉吹云一絮过②。寂寂庭松今
两月,鹤雏去尽只留窠。

病骨秋臞怯暮清③,凉风偷带北风轻。迎寒窗隔重糊遍④,只放书边数眼明⑤。

闰年秋浅似秋深,蟋蟀将愁傍砌吟。今夕初三元未觉⑥,——西楼西角一钩金⑦。

① "裉(tùn)日",指山峰把落日渐渐遮没。"钲",见第112页《稚子弄冰》注②,此以比喻太阳的形色好像一面铜钲。苏轼诗"树头初日挂铜钲";黄庭坚诗:"金钲半吐东墙。"

② "秋汉",秋日的天河。"一絮",喻片云的形状。"过",读平声。

③ "臞(qú)",瘦。"暮清",犹言晚寒。

④ "窗隔",现在写作"窗槅"。

⑤ "书边",指窗户透光以便于读书的那一块地方。"眼",即指窗眼,窗槅有棂,棂交叉而成窗眼。古代以至近代在玻璃广泛使用以前,窗户都是用纸糊的。"放",犹言"让""教""许""任"。

⑥ "元",即今"原"字。"觉",知觉,想及。

⑦ "一钩金"指新月。夏历每月初三日新月开始出现,弯窄如钩状;参考俗谚:"初三——月牙儿钻。"

按以上系(宋孝宗)淳熙八年(辛丑·1181)作者赴广州途中及初到任时所作。

正月三日宿范氏庄四首(录一)

野践得幽咏①,不吐聊自味②。健步忽传呼③,云有远书至;开缄只暄凉④,此外无一事。奇怀坐消泯⑤,追省宁复记⑥?方欢遽成闷⑦,俗物真败意⑧! 山鹊下虚庭,对语含喜气⑨;一笑起振衣⑩,吾心本无滞⑪。

① "野践",犹言野行、野游——指在村野。"咏",指"诗"——或已成诗句的形式,或仅仅是一种诗的境界、情意。

② "不吐",不把它写出来,还未表达成为篇章形式。"味",动词,玩味,涵咏。

③ "健步",能行善走的使人、传信者。

④ "缄",书信的封口处。"暄凉",寒暄,客套,应酬泛语。

⑤ "奇怀",指方才的"幽咏"情思。"坐",因此。"消泯",消逝泯灭,了不复存。

⑥ "追省(xǐng)",追寻,追忆。"宁复记",哪再能追回得来?

⑦ 此句说,才正欣然有得,一下子被破坏,变成闷恼。

⑧ "俗物",见第 2 页《和萧判官东夫韵寄之》注⑥。"败意",败人兴致。

⑨ 古时人迷信以为"鸦鸣凶、鹊噪吉",所以闻鹊而喜。但这里只是写鸟无所容心、鸣啸自得的意思,和迷信无涉。

⑩ "振衣",抖抖衣服(整容去尘)。

⑪ "无滞",没有芥蒂,不为琐事所牵动。

舟 人 吹 笛

长江无风水平绿,也无靴文也无縠①;东西一望光浮空,莹然千顷无瑕玉②。船上儿郎不耐闲,醉拈横笛吹云

147

烟；一声清长响彻天：山猿啼月涧落泉③。更打羊皮小腰鼓，头如青峰手如雨④。中流忽有一大鱼，跳破琉璃丈来许⑤。

① "靴文（纹）"，古代皮靴有细皱纹，故以喻水面波纹。"縠（hú）"，一种细绉纱：唐刘禹锡诗"濛西春水縠纹生"；其喻意与靴文相同。

② "莹然"，玉石的光润明澈之貌。"无瑕玉"，质地纯洁、不夹杂质（如闪光石质、杂色斑等）的玉。此以无瑕美玉之匀净、莹明来比喻水之湉静清澈。

③ "猿啼""涧落"，比喻笛的声音、曲调的境界。

④ 唐人敲羯鼓，技艺精深，宋璟曾描写其情状说："头如青山峰，手如白雨点。"（见《羯鼓录》）即谓善敲羯鼓的，全以腕力为高，敲奏时上身丝毫不见动摇，故言头如山峰之稳，而手下鼓声如连珠急滚，流转自如，故言手如雨点之紧。

⑤ "跳"，读平声如"条"。"琉璃"，喻平净的水面。"许"，约计之词，"丈来许"，丈把，一丈左右。按此写景，又暗用《韩诗外传》"伯牙鼓琴，而游鱼出听"之意。

出 真 阳 峡①（十首录一）

过尽危矶出小潭，回头失却石峰巉②。春寒料峭元无事③，——知我犹藏一布衫④！

① "真阳峡"，即浈阳峡，在今广东英德皋石山，又名抄子滩。

② "失却"，失掉了；这里是"再没有了""再看不到了"的意思。"巉
　　（chán）"，形容矶石的尖削、险恶。

③ "料峭"，形容春风的寒冷，表面不猛厉而暗中有力。

④ 说春寒好像故意和衣服少的人过不去，知道我只还存有一件衣衫没穿
　　上，它就冷起来；那么我只好将这件衣服也穿上算了，——看它还有什
　　么手段施展？

正月二十八日峡外见燕子（二首录一）

　　社日今年定几时①？元宵过了燕先归。一双贴水娇
无奈，不肯平飞故仄飞②。

① "社日"，见第 142 页《春晴怀故园海棠》注②。"定"，究竟，到底，问词。
　　作者在正月下旬已见燕，所以想到燕来应在社日前后——在广东热地
　　方，季节全"乱"了！

② "仄"，倾侧，偏斜，有姿态。

　　按以上系（宋孝宗）淳熙九年（壬寅·1182）作者在广州任、旅行惠州、
英州等地所作。自《荆溪集》诸诗以次至此在本集中为《南海集》部分。

和陈蹇叔郎中乙巳上元晴和①

　　御柳梢头晚不风，官梅面上雪都融。如何闾阖新春

夜②,顿有芙蕖满眼红③?十里沙河人最闹④,三千世界月
方中⑤。买灯莫费东坡纸⑥,今岁鳌山不入宫⑦。

① "乙巳",淳熙十二年(1185)。"上元",正月十五灯节,元宵。
② "阊阖",古代神话以为天帝居"紫微宫",其宫门名为阊阖。这里以指
　　皇帝所在的都城,实指杭州。
③ "顿",骤然,一下子。"芙蕖",荷花。宋代花灯以莲花灯式最为流行,
　　故以芙蕖为灯的代称。
④ "沙河",即沙河塘,是宋朝杭州灯火最盛的地方。从北宋时即成为非
　　常热闹的去处,到南宋尤甚。苏轼诗"灯火沙河夜夜春";王庭珪诗:
　　"行尽沙河塘上路,夜深灯火识升平。"可作参证。姜夔正月十一日观
　　灯词:"沙河塘上春寒浅,看了游人缓缓归。"
⑤ "三千世界",具名是"三千大千世界",佛家名词(其说以须弥山为中
　　心,外有"七山""八海"交互围绕,海中有"四大洲",再外有"大铁围
　　山"包绕:是为一"小世界"。合小世界一千,为"中千世界"。合中千
　　世界一千,为"大千世界"。"三千世界"即指包括"三"种"千"数的"大
　　千世界")。此处用来,不过是夸言遍世界、在在处处的泛义,用以衬托
　　豪华、热闹的气氛。
⑥ "东坡",苏轼,字子瞻,自号东坡居士;眉山人;诗、词、散文、书法,都有
　　很高的成就。熙宁四年(1071)正月,在开封府推官任,其时宋神宗(赵
　　顼)要买"浙灯"四千馀盏,并令减价收买;因此市场上的灯尽数拘收、
　　禁止私买。苏轼上书切谏:"百姓不可户晓,皆谓陛下以耳目不急之
　　玩,而夺其口体必用之资。卖灯之民,例非豪民,举债出息,畜之弥年,
　　衣食之计,望此数日。"指出当时人民对统治者的"怨讟",并说:"内帑
　　所储,孰非民力?""故臣愿陛下将来放灯,与凡游观苑囿、宴好赐予之
　　类,皆饬有司,务从俭约。"见苏轼集中《谏买浙灯状》。后买灯之事竟
　　罢。"东坡纸",即指此谏纸。

⑦ "鳌山",一种叠千百盏灯彩为山形的豪奢办法。此句下有原注云:"十四日晚有旨:彻(即"撤"字)禁中山棚。"山棚即鳌山灯棚,亦称灯山、彩山。按《东京梦华录》记北宋时汴京情况:"正月十五日元宵,大内前自岁前冬至后,开封府绞缚山棚。……至正月七日……灯山上彩,金碧相射,锦绣交辉。……彩山左右,以彩结文殊、普贤,跨狮子、白象,各于手指出水五道,其手摇动;用辘轳绞水上灯山尖高处,用木柜贮之,逐时放下,如瀑布状。又于左右门(指彩结的横列三门)上各以草把缚成戏龙之状,用青幕遮笼,草上密置灯烛数万盏,望之蜿蜒如双龙飞走。"《武林旧事》记南宋时杭州情况:"一入新正,灯火日盛,皆修内司诸当(指太监)分主之,竞出新意,年异而岁不同,往往于复古、膺福、清燕、明华等殿张挂,及宣德门、梅堂、三闲台等处临时取旨,起立鳌山。……禁中尝令作琉璃灯山,其高五丈,人物皆用机关活动,结大彩楼贮之。……(宣德门)山灯凡数千百种,极其新巧,怪怪奇奇,无所不有。……大率效(北宋)宣和盛际,愈加精妙。"可见其变本加厉、穷奢极侈之一斑。元宵节本是人民为自己创造的欢乐游玩的节日,封建统治者就利用机会,为了自己享乐,大事铺张,其爪牙更乘机勒索摊派,弊端百出,给人民造成很大的痛苦。本年偶有禁中撤除灯山之说,也不过是虚饰骗人(晚到十四日才"有旨",早已铺张齐备了),灯山以外自更有百般奢靡荒乐之处。作者借机以含蓄之词讽刺了这一醉生梦死的荒政。

大司成颜几圣率同舍招游裴园泛舟绕孤山赏荷花晚泊玉壶得十绝句①(录三)

小步深登野寺幽,古松将影入茶瓯。铃声忽起九天

151

半：有塔危峰最上头。

船开便与世尘疏,飘若乘风度太虚②。座上偶然遗饼饵,波间无数出龟鱼③。

西湖旧属野人家,今属天家不属他④：水月亭前且杨柳,集芳园下尽荷花⑤。

① "大司成",指国子监祭酒一类的官。"同舍",指同官者。"裴园",本是裴禧的园子。"玉壶",南宋御园之一,在钱塘门外。皆西湖地名。
② "太虚",太空。
③ 此句隐有所讽。
④ "天家",皇帝家。"他",指上句的"野人"。这说自南宋以来人民的西湖为封建统治者霸占。
⑤ "且"、"尽",是对文互义,都是形容很多、一眼望不到头的意思;参考口语中"且有哩""且没完哩"的"且"字用法。"集芳园",南宋有名的御园,高宗赵构建造以为享乐的地方,胜境很多(南宋末赐与贾似道)。

题曹仲本出示谯国公迎请太后图
自"肃天仗"以下皆纪画也①

德寿宫前春昼长②,宫中花开宫外香;太皇颐神玉霄上③,都人久不瞻清光④。今晨忽见肃天仗⑤,翠华黄屋从天降⑥。一声清跸万人看⑦,天街冰销楼雪残。北来又有一红伞,八鸾三骓金毂端⑧。辇中似是瑶池母⑨,凤鸟霞裳剪云雾⑩。太皇望见天开颜⑪，万国春风百花舞：——乃是慈宁太后回鸾图，母子如初千古无⑫；朔云边雪旗脚湿⑬，御柳宫梅寒影疏。向来慈宁隔沙漠，倩雁传书雁难托⑭。迎还馺驭彼何人⑮：魏武子孙曹将军⑯。将军元是一缝掖⑰，忽攘两臂挽五石⑱；长揖单于如小儿⑲，奉归慈辇如折枝⑳。功盖天下只戏剧㉑，笑随赤松蜡双屐㉒，飘然南山之南、北山北㉓。——君不见岳飞功成不抽身，却道秦家丞相嗔㉔！

① "谯国公"，指曹勋。勋字公显，阳翟（今河南禹州）人。"曹仲本"，未详，疑当是曹勋的后人。"太后"指显仁太后。姓韦，开封人，徽宗赵佶的"贤妃"，高宗赵构的母亲。靖康二年（1127），金人攻陷汴京，掳赵佶、赵桓（钦宗）、韦贤妃、赵构的妻子邢氏等人北去，曹勋是随从同行者。不久逃回，把赵佶、韦妃、邢氏等的秘信带给赵构；并建议募敢死之士航海入金国设法把徽宗救回来。但因此之故却被调离出守外郡，九年不得迁升。后来宰相秦桧卖国投降议和，金人才答应把赵佶、赵桓的灵柩和韦贤妃（这时已"遥尊"为太后）送回；曹勋充当"报谢"金国副使。正使是何铸，见了金兀术竟吓得伏地不能讲话，曹勋一力交涉，才算成功。绍兴十二年（1142）六月，曹勋又充接伴使迎接韦太后。八月，至浙江临平镇，赵构来迎，奉韦太后入居慈宁宫。她是被掳诸皇室人等中唯一得生还的。
② "德寿宫"，赵构让位给他的养子赵昚（孝宗）以后，自己做太上皇，居住德寿宫。
③ "太皇"，太上皇帝，指赵构。"颐神"，养神——无事可做、一味享受。"玉霄上"，犹言"天上"。
④ "都人"，京都人士。"瞻"，得见。"清光"，这里指赵构的"面"。

⑤ "肃",整肃,动词。"天仗",指皇帝的仪仗,赵构迎韦太后时尚在做皇帝。题已说明:从这句开始,接入叙画中情景。史书记载:赵构亲至临平迎接,"用黄麾半仗,二千四百八十三人"。

⑥ "翠华",指皇帝仪仗中的旗类,以翠羽为饰。杜甫诗:"翠华拂天来向东。""黄屋",车名,以黄色缯作车盖的里子,皇帝所乘。此皆泛词,并非宋代实际的"制度"。

⑦ "清跸",皇帝出行要清除道路、禁止行人,是封建统治者骇怕人民反抗他的措施。参看苏轼诗:"一声清跸九门开。""看",平声。

⑧ "八鸾",鸾,鸾铃(取义是铃声似鸾之和鸣;一说,鸾口衔铃,取其形)。皇帝乘车有"四马镳,八鸾铃",见《说文》。故有鸾车、鸾驾等名称(鸾,亦作銮)。下文"回鸾图",鸾即"銮驾"义。"三骓",古代驾车之马在中夹辕者名为"服",其外两旁的"跨辕"马名为"骓"。《隋书·礼仪志》:"皇太子鸾辂,驾三马,左右骓。"三骓当即同此义。"金毂端",以金饰车毂的端头;毂,车轮中心圆木,贯轴之处。

⑨ "瑶池母",神话中的西王母(俗称"王母娘娘",《穆天子传》:"觞西王母于瑶池之上。"瑶池,传说中神仙所居之地);此指韦太后。

⑩ "凤舄霞裳",贵族女服,犹俗言"凤冠霞帔"之类。舄(xì),鞋。"剪云雾",喻衣裳之美好如剪裁云雾而成。

⑪ "天开颜",指赵构喜见于色。封建时代臣僚谀颂皇帝脸色为"天颜"。开颜,喜笑。

⑫ "母子如初",指死里逃生重逢会面,再做母子。"千古无",表面是颂词,千古未有之"盛事",实则是千古未有之耻辱,语言委婉,骨子里有讽刺。

⑬ "朔云",北地(金国)的云。这句是婉词,只用这来代表韦太后在北地所遭的一切经历,——那是不能形之笔墨的。下句则隐言韦太后归来已是寡妇。

⑭ 汉苏武等被匈奴羁留,汉昭帝时与匈奴和亲,派人求将苏武等放回,匈

奴假言苏武已死。后来常惠教给汉朝使臣一个计策：向匈奴王说：
"我们汉朝皇帝在上林苑射中一只雁，脚上系着书信，写明苏武等在某
处泽中，——根本没有死！"匈奴王大惊。因此后来每每说"雁足传
书"，其实未曾有此事。这里用此典故，用以切合被北国羁囚的事情。

⑮ "騩（guī）驭（yù）"，指太后的骑乘。《宋史·乐志》："回騩驭，弭凤驾。"

⑯ 此句指曹勋，用杜甫赠曹霸诗："将军魏武（曹操）之子孙。"

⑰ "缝掖"，本作逢掖，下摆宽大的袍子，儒者之服。此以代称"念书人"，
即封建士大夫。

⑱ "攘臂"，奋臂而起——要用力量、动武的姿态。"挽五石"，挽五石
弓，——力量极大。

⑲ "长揖"，不行最敬礼，看不起。参看《汉书·高帝纪》："郦生不拜长
揖。""单（chán）于"，匈奴呼王为单于。

⑳ "折枝"，譬喻极易做的小事（一解为折树枝，一解为折肢，出《孟子》）。

㉑ "只戏剧"，犹言如同顽耍、如同儿戏，——极其容易。

㉒ "赤松"，赤松子，古代传说的仙人，《汉书·张良传》："愿弃人间事，欲
从赤松子游耳。""蜡"，动词，上蜡，敷以蜡质，《晋书·阮孚传》："孚性
好屐（木鞋子），或有诣（造访）阮，正见自蜡屐，因自叹曰：'未知一生当
着几量屐！'"这里"蜡双屐"实指着屐遨游而言。

㉓ 《后汉书·法真传》："（太守欲聘为功曹）真曰：'……若欲吏之，真将
在北山之北、南山之南矣！'"

㉔ 爱国大将岳飞被卖国汉奸宰相秦桧害死，正是在秦桧和金人议
和——投降——并派出使臣往金国请迎韦太后的同时，——其实，"议
和"投降，迎回韦氏和赵佶等灵柩，正是用为国干城的岳飞的屈死换来
的。作者的诗句，"曲终奏雅"，也正就是大胆揭露了这个事实内幕。
因此，诗中表面所说的一些颂扬曹勋的话头以及劝他功成早退、"明哲
保身"的那套消极理论显然并非作者真实的主要的意旨所了。杜甫
诗："切莫近前丞相嗔。"

按以上系(宋孝宗)淳熙十二年(乙巳·1185)作者在杭州吏部郎中任时所作。

云龙歌调陆务观^①

墨池杨子云^②,云间陆士龙^③:天憎二子巧言语,只遣相别无相逢^④。长安市上忽再值^⑤,向来一别三千岁^⑥:王母桃花落几番^⑦?北斗柄烂银河干^⑧;双鬓成丝丝似雪,两翁对面面如丹。借问"别来各何向^⑨?"渭水东流我西上^⑩。金印斗大值几钱^⑪?锦囊山齐今几篇^⑫?诗家不愁吟不彻^⑬,只愁天地无风月^⑭。君不见汉家平津侯^⑮,东阁冠盖如云浮^⑯;又不见当时大将军^⑰,公卿罗拜如星奔。——只今"云"散"星"亦散,也无鹿登台榭羊登坟^⑱。何时与君上庐阜^⑲,都将砚水供瀑布^⑳;磨镰更斫扶桑树^㉑,捣皮作纸裁烟雾^㉒,——云锦天机织诗句^㉓!孤山海棠今已开^㉔,上巳未有游人来^㉕;与君火急到一回,"一杯一杯复一杯",管他玉山颓不颓^㉖,——诗名于我何有哉!

① "云龙歌",戏指诗篇首二句的"子云""士龙"两处字眼,又古有"云从龙"的话,所以借以为题。"调(tiáo)",犹言戏。"陆务观",同时诗人陆游的字。

② "墨池",晋王羲之习书法的古迹,在会稽。"杨子云",汉扬雄(杨、扬古通用。隋朝另有一扬雄,与此无涉),字子云,博学,著《太玄》《法言》等

书;唯未闻与"墨池"有关,其故待详。一说:江西临川也有王羲之墨池古迹,作者是江西人,所以引此为借喻。《能改斋漫录》(卷十一)"临川王右军墨池"条:"临川郡学,在州治之东,城隅之上,其门庭之间,深而不广,而旱暵不竭,世传以为王右军之墨池。"曾巩曾为作记。此系作者以同姓自比。

③ "云间",今上海松江县的古名。"陆士龙",晋陆云,字士龙,有文名,是云间人,与荀隐初会时,自称"云间陆士龙",荀对以"日下荀鸣鹤",见《世说》及《晋书·陆云传》,此用其语,以比陆游。

④ 以上两句说,好像是天嫉二人善于诗句,所以使其常在分离而不能相聚。

⑤ "长安",周、秦、汉等朝代的都城,借以指南宋行都杭州。"再值",再次相遇。

⑥ "三千岁",夸张写法,效法李白的浪漫主义风格。

⑦ "王母桃花",《武帝内传》:"七月七日,王母至,自设天厨,又命侍女索桃果……母曰:此桃三千年一生实。……"民间有"王母娘娘蟠桃会"的传说,即指此。

⑧ 北斗本是星宿,三星象柄、四星象勺,所以说它柄烂(朽坏)。银河本是星群,古人不知,以为是天河,所以说河干。以二者继"三千岁"而又进一步、极力写时间之久。

⑨ "何向",犹俗语"上哪儿去啦?"

⑩《北史·魏孝武帝本纪》永熙三年:"(高欢反)八月,宇文泰遣大都督赵贵、梁御甲骑二千来赴,乃奉迎帝过河,谓御曰:'此水东流,而朕西上!若得重谒洛阳庙,是卿等功也。'帝及左右皆流涕。"(高欢别立孝静帝,是为东魏。)又参看唐卢象诗:"万国来朝渭水东。"这里似以《北史》语喻分道而驰,和自己的不投时好。

⑪ "金印斗大",《晋书·周颢传》:"今年杀诸贼奴,取金印如斗大,系肘。"此指高官。

⑫ "锦囊",《唐书·李贺传》:"每旦日出,骑弱马,从小奚奴背古锦囊,遇所得(指诗句)书投囊中。及暮归,足成之(缀成全篇)。"后因以锦囊指作诗。"山齐",积稿如山,极言其诗之富。

⑬ "彻",犹言完、了。

⑭ "天地无风月",言宇宙间无诗料对象可供吟咏。

⑮ "平津侯",汉代常以列侯为丞相,及公孙弘为相,独无爵位,乃特封为平津侯。

⑯ "东阁"句,公孙弘作相,"开东阁以延贤人",见《汉书·公孙弘传》。班固《西都赋》:"冠盖如云,七相五公。"以冠盖(衣冠车盖)喻封建官僚士大夫。如云,言其多。

⑰ "大将军",汉代韩信、卫青等都曾为大将军,位极尊贵。《汉书·汲黯传》:"大将军(卫)青既益尊,姊为皇后;然黯与抗礼。或说黯曰:'自天子欲令群臣下大将军,大将军尊贵诚重:君不可以不拜。'"

⑱ 春秋时伍子胥谏吴王夫差,夫差不听忠言,子胥叹说:"臣今见麋鹿游姑苏之台也!"意谓吴必亡国,台榭化为荒墟,为野鹿所游,其事如在目中。见《史记·淮南王传》。古乐府诗:"今日牛羊上丘垅(坟),当时近前面发红!"所以说"鹿登台榭羊登坟",再加以"也无",更进一步写法。

⑲ "庐阜",江西九江市南的庐山。

⑳ 这是"都将瀑布供砚水"的倒装。

㉑ "斫(zhuó)",砍伐。"扶桑树",神话说的东海中有巨树,名扶桑,为日出之处。树高数千丈,大一千馀围,两干同根。见《十洲记》。

㉒ "捣皮作纸",相传蔡伦发明制纸,"造意用树肤(皮)、麻头及敝布、鱼网以为纸"。见《后汉书·蔡伦传》,故云。"裁烟雾",剪裁烟雾如丝帛。

㉓ "云锦天机",以云为锦而为天上的机杼所织成的,极言美好,非人间所有。李白诗:"手迹尺素中,如天落云锦。"

㉔ "孤山",在杭州西湖的后湖与外湖之间,为名胜之地。

㉕ "上巳",见第62页《过秀溪长句》注①。

㉖ 上句"一杯一杯复一杯",是引用李白诗全句。李白诗又云"玉山自倒
非人推",晋山涛说嵇康"其醉也傀俄若玉山之将崩"。见《世说·容
止》;刘禹锡诗:"纷纷只见玉山颓。"这里有不屑晋人之意。

寒食雨中同舍人约游天竺得
十六绝句呈陆务观①（录二）

户户游春不放春②,只愁春去不愁贫③。今朝道是游
人少,——处处园亭处处人。

万顷湖光一片春,何须割破损天真④;却将葑草分疆
界⑤,葑外垂杨属别人⑥!

① "同舍人",同官者。"天竺",山名,在杭州西,分上、中、下三天竺。参
看第 166 页《九月十日同尤延之观净慈新殿》注⑨。"陆务观",见前首
注①。
② "不放春",犹言不让春白白过去,不饶它。
③ 宋代寒食节(清明前二日)到清明节,是杭州统治阶级富豪人家游赏寻
乐的日子,市民阶层也受了影响,沾染上奢侈游逛的习气。《梦粱录》
写此时情形:"都人不论贫富,倾城而出,笙歌鼎沸,鼓吹喧天……殢酒
贪欢,不觉日晚:红霞映水,月挂柳梢,歌韵清圆,乐声嘹唤,此时犹尚
未绝;男跨雕鞍,女乘花轿,次第入城;又使童仆挑着木鱼、龙船、花篮、
闹竿等物归家,以馈亲朋邻里:杭城风俗,侈靡相尚,大抵如此。"所以
当时林升有诗句题道:"山外青山楼外楼,西湖歌舞几时休?暖风薰得
游人醉,直把杭州作汴州!"讽刺了当时醉生梦死、忘记国耻的丑态。

《梦粱录》所说的"不论贫富",作者这里所说的"不愁贫",都是指比起统治阶级富豪人家要算贫的一般市民阶层而言,其实,他们还是有游春的能力,真正的贫者,是游不起春的。

④ "割破",指一条长堤把湖面分截开。参看下注。"天真",犹言天然、自然。

⑤ "葑(fèng)",水中菰草丛生,根盘结泥土,积久为田。苏轼知杭州时曾浚治西湖,取积葑作为长堤,南起南屏山,北接岳王庙,横亘湖水,又加桃柳辉映,成为名胜之地。《宋史·苏轼传》:"西湖多葑,自唐及钱氏,岁辄浚治;宋兴,废之,葑积为田。轼取葑田积湖中,南北径三十里,为长堤以通行者,杭人名曰苏公堤。"简称苏堤。

⑥ 按此诗并非真有所不满于苏堤,正是借此隐刺南宋朝廷将半壁河山双手送与敌国。

跋陆务观剑南诗稿二首①（录一）

剑外归乘使者车②,浙东新得左鱼符③。可怜霜鬓何人问,焉用诗名绝世无④！雕得心肝百杂碎⑤,依前涂辙九盘纡⑥。少陵生在穷如虱⑦,——千载诗人拜蹇驴⑧！

① "陆务观",陆游字务观。其诗集名《剑南诗稿》。剑南,唐代所设剑南道,有今四川剑阁以南、大江以北之地,治所在成都。

② "剑外",即指剑南。这句指陆游在四川时为其诗友范成大辟为成都府路安抚司参议官兼四川制置使司参议官,归后任江西常平提举,为"使者"。

③ 这句指陆游新任浙东严州守官。"鱼符",本唐代制度,是一种职权的符信,用铜制为鱼形,分为左右两片,可以拼合验勘,做官的佩其左片,以鱼袋盛之。宋代只存鱼袋之名,只是佩饰,并无实物,只用印信了。

④ "焉用",何用。"绝世无",绝代所无,当世第一。

⑤ 这句说作诗用心之苦,如同将心肝雕刻得都粉碎了。"百杂碎",俗语,亦作百坂碎。

⑥ "依前",依旧,依然。"涂辙",犹言道路,此指"命途"。"九盘纡",言其艰厄之状。这两句说诗作得再好也没有用,"命"还是苦得很,在世路上行不通,"时运"乖舛。

⑦ "少陵",杜甫的别号。"穷如虱",喻其境遇之困。

⑧ "蹇(jiǎn)驴",跛驴——古时极劣的旅行乘骑物;不必拘着"跛"义,意只谓走不快。杜甫诗:"蹇驴破帽随金鞍。"(参看杜句:"骑驴三十载,旅食京华春。")以上两句说,大诗人生时穷困无比,可是千载以下的学诗者都拜他的蹇驴,——极言其倾倒之至。

　　按这首诗虽是赞陆,隐亦自赞。其另首云:"重寻子美(杜甫)行程旧,尽拾灵均(屈原)怨句新。"也是佳句;但全篇未称,语意较泛,故未录。

新晴读樊川诗①

　　江妃瑟里荇荷风②,净扫痴云展碧穹③。嫩热便嗔疏小扇④,斜阳酷爱弄飞虫⑤。九千刻里春长雨⑥,万点红边花又空!不是樊川珠玉句⑦,日长淡煞个衰翁⑧!

① “樊川诗”，晚唐杜牧的集子。樊川，水名，在长安南，杜牧祖父杜佑别墅所在。《樊川诗集》今有清人冯集梧注本。

② “江妃瑟”，此江妃指湘夫人，即湘灵，《楚辞·远游》：“使湘灵鼓瑟兮。”

③ “痴云”，凝聚不散的云。“碧穹”，碧空，蓝色的天空。

④ “嫩热”，此时是初夏，故云嫩热。这句以“嫩热”为主词，说好像初夏的嫩热便来责备人为何不用小扇——热虽“嫩”，但已要搧扇子了。

⑤ 这句句法同上句，也以“斜阳”为主词。“酷爱”，甚爱。这是想象新晴后的晚日好像很喜欢“弄飞虫”——使小虫在斜照中飞舞起来。

⑥ “九千刻”，犹言九十日（春光）。古时计时法：每一昼夜共分为一百刻，不是现代每小时分为四刻的刻。可参看南宋人曾极诗：“九十日春晴色少，一千年世乱时多。”是讽刺时政的句子（曾极曾因此获罪）。

⑦ “珠玉句”，喻诗句之好。杜甫诗：“诗成珠玉在挥毫。”

⑧ “淡煞”，犹言寂寞煞。“个”，相当现代语的“这个”。“个衰翁”，这老头儿——作者自指。

幼　圃

蒲桥寓居，庭有刳方石而实以土者，小孙子艺花窠菜本其中，戏名“幼圃”。[①]

寓舍中庭劣半弓[②]，燕泥为圃石为墉[③]。瑞香、萱草一两本，葱叶、蕣苗三四丛[④]。稚子落成小金谷[⑤]，蜗牛卜筑别珠宫[⑥]。也思日涉随儿戏[⑦]，——一径惟看蚁得通[⑧]！

① “蒲桥寓居”，作者在杭州做官时的寓所。蒲桥，在当时兴福坊东盐桥

以东，不通水，系一旱桥。"实以土"句，把中间剜空的方石装满了土。"艺"，种植，栽培。"其中"，上面省一"于"字。

② "劣"，仅仅，刚刚。"半弓"，见第 45 页《闲居初夏午睡起二绝句》注④。

③ "燕泥"，设言燕子垒巢所衔的泥，可见其为量不多。"墉"，墙垣。

④ "荢(hàn)"，杂草，属十字花科，生于田野，春日开小黄花；茎叶有辛味，可作菜食，名荢菜。

⑤ "稚子"，小孩子。"落成"，新建筑完工后，举行某种礼仪来庆祝，叫做落成。"金谷"，晋石崇的园子名金谷，因此成为好花园子的代称。

⑥ "卜筑"，择地建房。"珠宫"，神话中水神所居的宫阙。以上两句说，别看"花园"小，对小孩子说来，就是金谷名园一般，对蜗牛（水族）说来，就成了别墅新宫。

⑦ "日涉"，用陶潜《归去来辞》："园日涉而成趣"句。

⑧ "看"，平声。

白纻歌舞四时词①（录一）

夏

　　四月以后五月前，麦风槐雨黄梅天②。君王若道嫌五月，六月炎蒸又何说？水精宫殿冰雪山，芙蕖衣裳菱芡盘③。——老农背脊晒欲裂④，君王犹道深宫热！

① 《白纻舞》，古代杂舞名，其歌辞称为《白纻舞歌》，或省称《白纻歌》，梁武帝令沈约改其辞为《四时白纻歌》。"四时"，即春秋四季。

②　"黄梅天"，即黄梅雨季，江南四五月间蒸湿多雨，其时正当梅子要熟，色已变黄，所以叫作黄梅雨。一说"梅"即潮湿生霉的霉。

③　可参看《武林旧事·禁中纳凉》所记："禁中避暑，多御复古、选德等殿，及翠寒堂纳凉：长松修竹，浓翠蔽日，层峦奇岫，静窈萦深，寒瀑飞空，下注大池可十亩；池中红白菡萏万柄……又置茉莉、素馨、建兰……等南花数百盆于广庭，鼓以风轮，清芬满殿。御笫两旁，各设金盆数十架，积雪如山。纱厨后先皆悬挂伽兰木、真腊龙涎等香珠百斛。蔗浆金碗，珍果玉壶。初不知人间有暑气也！闻洪景卢(按指洪迈)学士尝赐对于翠寒堂，三伏中体粟，战栗不可久立，上问故，笑遣中贵人(太监)以北绫半臂(无袖夹衣)赐之。——则境界可想见矣！"又同书卷七："淳熙十一年六月初一日，车驾过宫(指孝宗到高宗宫中去省视)。……堂前假山、修竹、古松，不见日色，并无暑气。……后苑进沆瀣浆、雪浸白酒。……因闲说宣和间公公(指徽宗赵佶)每遇三伏，多在碧玉壶及风泉馆、万荷庄等处纳凉：此处凉甚，每次侍宴，虽极暑中亦着衲袄儿也。"

④　古语常说农民"曝背"而耕耘，指夏天光着脊背挨烈日的曝晒。如《战国策》所说："解冻而耕，暴背而耨。"

　　按以上系(宋孝宗)淳熙十三年(丙午·1186)作者在杭州枢密院详检、太子侍读任时所作。

走笔送济翁弟过浙东谒丘宗卿(二首录一)

　　若见丘迟问老夫①，为言臒似向来臞②。更将双眼寄

164

吾弟，带去稽山看鉴湖③。

① "丘迟"，以比题中的"丘宗卿"，见第 65—66 页《辛卯五月送丘宗卿太博出守秀州二首》注①、注③。

② "臞"，见第 2 页《和萧判官东夫韵寄之》注⑦。"臞似向来臞"，比一向的臞还要臞；"臞似"，臞过。

③ "稽山""鉴湖"，在浙江绍兴。稽山即会稽山，鉴湖又名镜湖、庆湖，北宋时早已废涸为田，南宋初年又稍稍开复。将双眼寄去以看会稽山水，设想极奇。可参看《吴越春秋》叙伍子胥谏吴王所说"王若觉寤，吴国世世存焉；若不觉寤，吴国之命斯促矣！员（子胥自称）不忍称疾辟易，乃见王之为擒；员诚前死，挂吾目于门，以观吴国之丧"这段设喻（《史记·伍子胥传》作"而抉吾眼县（悬）吴东门之上，以观越寇之入灭吴也！"）。

晓出净慈送林子方①（二首录一）

毕竟西湖六月中，风光不与四时同：接天莲叶无穷碧②，映日荷花别样红。

① "净慈"，参看下首注①。

② "接天"，写湖中莲荷一望无际，远处水天相接（如远望地平线，则天空与地面似相黏连），所以是"接天"。"无穷"，无尽，无边。

九月十日同尤延之观净慈新殿①

昨雨败重九②,谓并败此行③;云师出小谲④,垂晓偷放晴。初愁落君后,我反先出城;伫立已小倦,喜闻马来声。南山有新观⑤,大殿初落成⑥;入门山脊动,仰目天心横⑦;柱起龙活立,檐飞鹏怒升⑧;影入西湖中,失尽千峰棱;天竺拉灵隐⑨,骏奔总来庭⑩:老禅定何巧⑪,幻此壮玉京⑫?书生茅三间,饥眠方曲肱⑬。

① "尤延之",名袤,无锡人;绍兴进士。诗有名,为南宋四大家之一,但文集久佚;今仅有后人所辑《梁溪遗稿》一卷。"净慈",寺名,当时具名"净慈报恩光孝禅寺",与灵隐寺为西湖南北山二大著名佛寺。《武林旧事》:"其宏壮自昔已然,今益侈大矣。"

② "败",破坏。指一场雨扰了重阳佳节。

③ "此行",指已约会好了同去观看寺中新建的大殿。

④ "云师",神话中的云神。"出小谲(jué,入声)",施展小小的狡狯变化的手段——"神通"。

⑤ "观",去声,名词。可观的景物。

⑥ "落成",见第163页《幼圃》注⑤。

⑦ 以上两句写大殿之嵯峨高大。

⑧ 以上两句写大殿之壮丽:蟠龙雕柱,栩栩如生,飞檐如大鹏展翅。

⑨ "天竺",本山名,此指山上的三天竺寺之下天竺寺,在飞来峰南,当时具名"天竺时思荐福寺"。《武林旧事》:"大抵灵、竺之胜,周回数十里,岩壑尤美,实聚于下天竺寺。""灵隐",本亦山名,此指"景德灵隐禅

寺"，都是杭州最有名的佛寺。"拉"，相牵引同行的意思。

⑩ "来庭"，来朝、"臣服"的意思。这说连下天竺、灵隐二大名寺也向净慈新殿低头服输了。

⑪ "老禅"，老僧人。"定何巧"，不知究竟是何神通？

⑫ "幻此"，"变"出这个大殿来。"玉京"，本道家名词，此借指"首都"。

⑬ "曲肱"，弯了胳臂当枕头睡觉。《论语》："曲肱而枕之。"极言书生之贫。

　　按凡是称"报恩光孝"的寺，都是宋高宗赵构逃到南方以后，为了"纪念"他被掳去的父亲徽宗赵佶而指定的。这样的庙就大肆铺张修造起来，奢丽无度。而正经事却一点也不办。此篇诗借"老禅"为目标，实际是讽刺最高统治者。诗中仅仅以"书生"为对照相比。然则人民的贫苦又当如何，就不难想见了。

九月十五夜月细看桂枝北茂南缺未经古人拈出纪以二绝句

　　桂树冰轮两不齐①，桂圆不似月圆时②。吴刚玉斧何曾巧③，斫尽南枝放北枝④。

　　青天如水月如空，月色天容一皎中。若遣桂华生塞了⑤：姮娥无殿兔无宫⑥。

① "桂树冰轮"，冰轮指望日的满月，苏轼诗"云峰缺处涌冰轮"，也说作

"玉轮""霜轮"等。桂树指人在地上看到月亮上面的阴影,想象成为桂树,因此也称月为"桂魄"、月光为"桂华"。"不齐",犹言不相等、不相同、不相称。这里指月轮在十五日虽然十分圆满,而桂影却不圆满匀停——如题中所说"北茂南缺"。

② "时",犹言"那样""一般",指状态,不指时间。这种用法在旧诗中很常见。

③ "吴刚玉斧",指《酉阳杂俎》所记神话:吴刚,汉朝西河人,学仙,有了过错,谪令伐月中桂树,桂高五百丈,每一斧子砍过后,只要斧子一离开树,树上的创痕立即合上了,如同原来一样;因此吴刚这一谪罚实际上就是无尽期的永恒劳役。后来则转变为"玉斧修月"的说法,以为桂树长满了,月亮就不再明亮,全赖吴刚砍伐修治。

④ "南枝"隐指南宋,"北枝"隐指敌人金国。

⑤ "生塞了",犹言生满了、塞满了。

⑥ 月中有"嫦娥""玉兔",是熟知的神话。这里说她们"无宫""无殿",即隐指南宋有被金人消灭的危险,以嫦娥、玉兔影射南宋最高统治者。

按南宋文人往往以"玉斧修月"的故典来隐喻国土的完缺、国家的兴亡。如当时曾觌《壶中天》词:"云海尘清,山河影满,桂冷吹香雪。何劳玉斧,金瓯千古无缺!"是佞幸之臣向宋高宗、孝宗阿谀献媚之语。稍晚王沂孙《眉妩》词:"千古盈亏休问。叹慢磨玉斧,难补金镜!太液池犹在,凄凉处,何人重赋清景?故山夜永。试待他,窥户端正。看云外山河,还老桂花旧影。"是亡国词人悼念故国的名句。由宋入元的诗人方回也说"玉斧难修旧月轮",意同。都是习见的例子。

又按作者有《济翁弟赠白团扇子一面作百竹图有诗和以谢之》篇,云:"月波初上涌寒金,桂树风来细有音。特地此君偏作恼,为侬隔却半轮阴!"亦隐奸臣误国、中原陷金之恨,可合看。

早入东省残月初上①

　　秉烛趋省署②,两街犹闭门③;素娥独早作④,碧沼浣
黝盆⑤;宝扣剥见漆,半棱光剩银⑥。——忽作青白眼⑦,
圆视向我嗔!黑气贯瞳子,侧睨不敢真⑧。皎然一玉李,
前行导征轮⑨;荧然数金粟,后扈从车尘⑩。朝鸡传三
令⑪,都骑争载奔⑫。星芒销欲无,月影淡失痕。——金鸦
飞上天,吐出红龙鳞⑬!

① "东省",指秘书省。
② "秉烛",手持烛台——其实是指随行的灯笼,说时光还在夜里,人已起
　 来行动。"省署",指秘书省,时作者任秘书少监。
③ "两街",街有左右二面,故曰两街。这句写街上人家都还未起来。
④ "素娥",嫦娥;指月亮。"早作",早起。
⑤ "浣",洗。"碧沼",喻天空;"黝盆",喻月亮大部分被黑影隐蔽。
⑥ "扣",以金饰器口。以上两句想象譬喻:月本是一只金色宝盆,而现
　 在金都剥落得露出漆地来,只有少半边盆口边沿还剩有银色——残月
　 的细弯痕。
⑦ "青白眼",晋阮籍能作青白眼——对俗士则拿白眼睛子来"翻"他,对
　 喜欢的人才拿黑眼珠儿看他。见《晋书·阮籍传》。
⑧ "侧睨",斜着眼瞧。
⑨ "玉李",喻启明星(金星),好像给月驭作前道。《金楼子》"星如玉李";
　 司马光诗:"太白明如李。"
⑩ "金粟",喻未没的残星,好像给月驭作随从。"扈(hù)",随车侍从的人

员。"车尘",车过后扬起的尘土。

⑪ 犹俗语:"鸡叫三遍。"参看韩愈诗:"鸡三号,更五点。"

⑫ "都骑",官僚的乘马。"载",语助词。陶潜文:"载欣载奔。"

⑬ "金鸦",指日,古代神话传说日中有三足乌。"红龙鳞",比喻朝霞红云碎如鳞甲。

送 德 轮 行 者①

沥血抄经奈若何②,十年依旧一头陀③。袈裟未着愁多事④,——着了袈裟事更多!

① "行者",有三义:一是男子有志出家、依住僧寺者,即俗谓"带发修行"未被正式剃度的;一是行脚乞食的苦行僧人,即头陀;一是泛指修行者。此诗是第二义。

② "沥血抄经",《鹤林玉露》引作"刺血抄经";韩愈诗:"沥血以书辞。"刺血抄写佛经,是表极端虔诚的作法。也就是一种"苦行"。"若",君,你。

③ "头陀",梵语译音,义为"抖擞(除去贪嗔、愚痴、烦恼等)"。

④ "袈裟",亦名缁衣,僧人所穿的法衣,俗亦名偏衫。"愁",《鹤林玉露》引作"言"。

宋人罗大经《鹤林玉露》卷八:"杨诚斋赠抄经头陀诗云云(引全文)。今世儒生竭半生之精力以应举觅官,幸而得之,便指为富贵安逸之媒,非特于学问切己事不知尽心,而书册亦几绝交,如韩昌黎所谓'墙角君看短檠弃'、陈后山所谓'一登吏部选,笔砚随扫除'者多矣,是未知着了袈裟之事更多也。"清人王士禛《香祖笔记》:"近吴湖州园次(吴绮)游广州,有僧大汕者,日伺候督抚、将军、诸监司之门,一日向吴自述酬应杂遝,不堪其苦,吴笑应之曰:'汝既苦之,何不出了家?'座上皆大噱。……杨诚斋诗云:'袈裟未着言多事,着了袈裟事更多!'其此僧之谓乎!"(袁枚《随园诗话》卷十一引此,小误,又将杨诗另引以为己之创见,又误以"言多事"为"嫌多事"。)是宋人和清人对此诗的理解颇不一致。细玩诗意,似当以宋人所解为近是。

　　按以上系(宋孝宗)淳熙十四年(丁未·1187)在杭秘书少监任所作。

和段季承左藏惠四绝句①(录二)

　　个个诗家各筑坛,一家横割一江山。——只知轻薄唐将晚②,更解攀翻晋以还③!

　　道是诗坛万丈高,端能办却一生劳④。阿谁不识珠将玉⑤?若个关渠风更骚⑥?

① "左藏",在此是官名省称。当时的国库,分为左藏东库、左藏西库(此外尚有封桩库、安边太平库)。设有库使等官。
② 这句说当时江西诗派的瞧不起晚唐体诗人,肆行轻薄讥嘲;而此时期凡是反抗江西派、想要摆脱其束缚的,却莫不是从学习晚唐诗人下手。所以当时江西派与晚唐体二者成为对垒局面。作者是支持晚唐而反对墨守江西、自划自限的。
③ "更解","哪更解"的省语。"攀翻",攀折、采摘、抚弄等意思,借为涉

猎、汲取义。李白诗:"别后若见之,为余一攀翻(指驿亭间的三杨树而言)。""晋以还",指六朝诗人。高抬"汉、魏"诗、以为"高古"不可超越,而轻视六朝、以为淫靡浮艳,也是当时的一般成见。这首诗意在反对盲目崇拜墨守一个大名头而不知广泛汲取各时代各流派的真正长处。

④ "端",端的,真个。"办却",犹言"费掉了"。这说真是把一生的精力都耗在这上面。

⑤ "阿谁",谁。阿是语词,无义。"珠将玉",珠和玉。"将",和下句的"更",互文同义,都是"和""与"的意思。珠玉,指文词之光彩动人,杜甫诗:"诗成珠玉在挥毫。"这里则特指字面的美好,而无内容可取。

⑥ "若个",哪个,谁个。"关渠",关他;"关"是关系、关涉,"他"是虚词垫字,无义。"风更骚",指《诗经》的《风》《雅》部分和《楚辞》的《离骚》,这是最有名的古代诗篇,内容很多是有价值的,反映历史社会、具有进步思想和人民性,古代注疏家虽然站在封建士大夫的阶级立场上,也能看出它们是"缘政而作"的。这些作品对后来的诗歌创作有重大影响,构成一种优良的传统。"风骚",就是代表这种概念的一个成词。参考杜甫诗:"陶谢不枝梧,风骚共推激。"作者指出当时诗人忘掉了他们的创作职责,而只把诗当作吟风弄月、搬弄文字的把戏。

按以上系(宋孝宗)淳熙十五年(戊申·1188)作者在杭所作。

明 发 南 屏①

新晴在在野花香②,过雨迢迢沙路长。两度立朝今结局③，一生行客老还乡。犹嫌数骑传书札④，剩喜千山入肺肠⑤。到得前头上船处，莫将白发照沧浪⑥。

① 淳熙十五年（1188）四月，作者因议张浚配享事与朝廷意见不合，罢朝官出守高安，既得命令，即出朝寄宿南屏山兴教寺。此题则是从南屏启程的意思。"明发"，见第 6 页《明发石山》注①。

② "在在"，处处。

③ 作者前次自乾道六年至九年曾在朝，做国子博士、太常博士、太常丞、将作少监等官；这次自淳熙十一年至本年，又做京官，由吏部员外郎官至秘书少监。所以说"两度立朝"。

④ "数骑"，指来自京中同官者的乘马送信人。

⑤ "剩喜"，尽喜，多喜。

⑥ "沧浪（láng）"，水名。《孟子·离娄》："沧浪之水清兮，可以濯吾缨；沧浪之水浊兮，可以濯吾足。"诗家相承以为高蹈江湖的词句。

按罗大经《鹤林玉露》："高庙（宋高宗）配享，洪容斋（迈）在翰苑，以吕颐浩、赵鼎、韩世忠、张俊四人为请；盖文武各用两人，出于孝宗圣意也。遂令侍从议。时宇文子英等十一人以为宜如明诏，而识者多谓吕元直（即颐浩）不厌（满）人望，张魏公（浚）不应独遗。杨诚斋时为秘书少监，上书争之，以'欺''专''私'三罪斥容斋；且言魏公有社稷大功五：建复辟之勋（宋高宗曾一度为苗傅逼迫退位，请太后垂帘听政），一也；发储嗣之议，二也；诛范琼以正朝纲，三也；用吴玠以保全蜀，四也；却刘麟以定江左，五也。于是有旨，再令详议。越数日，上忽谕大臣曰：'吕颐浩等配享，正合公论，更不须议。洪迈固是轻率，杨万里亦未免浮薄！'于是二人皆求去：容斋守南徐，诚斋守高安。而魏公迄不得配食。诚斋诗云：'出却金宫入梵宫，翠微绿雾染

衣浓。三年不识西湖月,一夜初闻南涧钟。藏室蓬山真昨戏,园翁溪
友得今从。若非朝士追相送,何处冥鸿更有踪?'又云:(即本篇诗,
略。)此去国时诗也,可谓无几微见于颜面矣!"按给高宗赵构择臣僚
配享庙祀,表面看去,为此而争人选,好像是封建礼教中无聊之事,值
不得去评论,而实质上仍然是爱国主战和卖国主和两派的尖锐政治
斗争中的一种曲折表现。作者坚决支持张浚,因而被斥为"浮薄",这
件事可以窥见宋孝宗的荒谬的见解之一面。作者离杭,作此二诗,表
示出和当时统治集团中的当政派从此就要各奔前程的决心,而词句
间一点讦激牢骚之气也没有,这事本身就反驳了赵眘对他所下的"浮
薄"评语。

过 南 荡(三首录二)

秧才束发幼相依①,麦已掀髯喜可知②。笑杀槿篱能
耐事③,东扶西倒野酴醾④。

近岫遥峰翠作围⑤,平田小港碧行迟。垂杨一径深深
去,阿那人家住得奇⑥!

① "束发",古代习俗,男孩子到成童年纪,要将头发结起来。这里以童子
   束发喻新秧的形象,所以下面用一"幼"字双关。
② "掀髯",有胡子的人笑时的形容,掀是形容胡须张起之状。这里用掀
   髯喻麦芒张起,已将成熟,所以下面用一"喜"字双关。
③ "槿篱",槿,木槿,一种灌木,插之易活,又开各色大花,所以农家多种

植以为篱墙。南齐谢朓诗："插槿当列墉。"

④　"酴醿"，即荼蘼，花色黄白，很美丽，旧日以为是春天最后开的花。酴醿，本酒名，荼蘼花以色似此酒，故亦名酴醿。因此这里作者又用"东扶西倒"形容醉人的话来双关成趣。

⑤　"岫(xiù)"，山的峰峦，与下面"峰"字对文互义。

⑥　"阿那"，阿读入声如"屋"，发语词，无义。阿那，亦作"兀那"，元曲中多见。

过　杨　村

　　石桥两畔好人烟，匹似诸村别一川①：杨柳阴中新酒店，蒲萄架底小渔船；红红白白花临水，碧碧黄黄麦际天②。政尔清和还在道③，为谁辛苦不归田？

①　"匹似"，比起来。"一川"，一片平地，一带地方。川是"平川"的川，不指水流。这句说，杨村这地方真美，和其他诸村比起来，简直另是一境，迥然不同。

②　"际天"，接天，挨着了天，——指一眼望不到头(地平线上)，地天相接；不是说麦子"高得"快挨着了天。

③　"政尔"，正尔。"清和"，通常指初夏四月的气候。"在道"，在旅途中。这句说正当这般清和好季节，却还在旅途——宦途——中奔波。

洗 面 绝 句

浙山两岸送归艎①,新捣春蓝浅染苍②。自汲江波供盥漱③,清晨满面落花香。

① "艎(huáng)",艅艎,船名。
② "蓝",蓼科植物,叶可作染料;据《通志》说,蓝有三种:蓼蓝,染绿;大蓝,染浅碧;槐蓝,染青。"苍",青绿色。此指山色。
③ "盥(guàn)漱",洗面漱口。

嘲 稚 子①

雨里船中不自由②,无愁稚子亦成愁。看渠坐睡何曾醒,——及至教眠却掉头③!

① "稚子",见第163页《幼圃》注⑤。
② "不自由",不自在,不快活,寂寞无聊。下句的"愁"亦即此意。
③ "教",读平声如"交"。"教眠",叫他躺下正式地睡——他已然闷困得坐着打起盹来了。"掉头",摇头——说不睡、不困!

按以上系(宋孝宗)淳熙十五年(戊申·1188)作者弃官请祠返里途中所作。

感 秋 五 首 (录二)

　　陨照趣夕黯①，孤灯启宵明；老夫倦欲睡，似醉复如醒②；寸心无寸恨，坦如江海清。——秋蛩何为者③、四面作怨声？凄恻竟未已，抑扬殊不平；切切百千语④，递递三四更⑤；绕砌寻不得⑥，——静坐复争鸣！有口汝自苦，我醉不汝听⑦！

　　秋晓寒可忍，秋夕永难度⑧；青灯照书册，两眼如隔雾⑨；掩卷却孤坐⑩，块然与谁语⑪？倒卧、卧不得，起行、行无处。——屋角忽生明：山月到庭户；似怜幽独人⑫，深夜约清晤：我吟月解听⑬，月转我亦步⑭。何必更读书，且与月联句⑮！

① "陨(頹)照"，落日。"趣(cù)"，催促。"夕黯"，夜晚的黑暗。
② "醒"，读平声。这句写困的感觉。
③ "秋蛩(qióng)"，吟蛩，蟋蟀。
④ "切切"，形容低声私语的细碎声音，又兼有悲切义。《家语·六本》："援琴而歌，切切而哀。"白居易诗："小弦切切如私语。"
⑤ "递递"，犹言接接续续。
⑥ "砌"，阶砌，甃石为阶的地方——蟋蟀所居。
⑦ "不汝听"，不听你！古代汉语反面句多将宾词放在动词的前面。
⑧ "永"，长。
⑨ "如隔雾"形容老人眼花；参看杜甫诗："老年花似雾中看(平声)。"

⑩ "掩卷",合上书不读了。

⑪ "块然",独居无侣的形容。"语",读去声,动词。

⑫ "幽独",孤独,但着重在形容心境;参看第7页《普明寺见梅》注④。

⑬ 我吟诗,月亮懂得听我吟。

⑭ 月亮走,我也跟着她走。"转",诗词中凡写日、月、荫影的逐渐移动,多用转字,如苏轼词"桐阴转午",杜甫诗"斜晖转树腰",都是其例。

⑮ "联句",两位(或更多)诗人合作一首诗,甲起上句,乙续下句(或其他续法),接联成篇,叫作联句。

郡圃上巳(二首录一)

寻春不见只思还,——却在来仙小崦间①:映出一川桃李好②,只消外面矮青山③。

① "来仙",山名。"崦",在这里只是"山"字的仄声替代字,别无深义。

② "一川",见第175页《过杨村》注①。

③ "消",须。按一带平川满是桃李花,背后有青山作背景,才显得衬托出的颜色更为倩丽,诗中写到这一点道理的还不多见。又作者《晴后再雪》绝句:"八盘岭上雪偏清,万斛琼尘作一倾,空里仰看(平声)都不见,——碧山映得却分明。"亦异曲同工。其细心敏感,皆写他人所未能写。

披仙阁上观酴醾(二首录一)

仰架遥看时见些^①,登楼下瞰脱然佳^②：酴醾蝴蝶浑无辨^③,——飞去方知不是花。

① "仰架",仰望花架。仰是动词。"看",读平声。按"些",和"佳""花"等字在古时语音是押韵的。
② "瞰(kàn)",俯视。"脱然",形容舒畅喜悦。
③ "浑",全然。

作者另有《晓行望云山》一诗："霁天欲晓未明间,满目奇峰总可观。——却有一峰忽然长,方知不动是真山!"与此篇可谓异曲同工。

亦山亭前梅子

道旁小树复低枝,摘尽青梅肯更遗？偶尔叶间留一个,——且看漏眼几多时^①!

① "看",读平声。"漏眼",偶为人眼漏掉,未看到。俗语,现在还有这样说的。这首小诗是暗指南宋朝廷的不容爱国正义人士立足,一个一个都被挤斥而去；偶尔遗漏一个,也不过迟早之间,总会像梅子一样,被人摘尽才罢。

观迎神小儿社①

花帽铢来重②,绡裳水样秋③;强行终较懒,妍唱却成羞;鹦鹉栖葱指④,芙蕖载锦舟⑤。休看小儿社,只益老人愁⑥。

① "社",即迎神赛会的"会",具名"社会""社火(火即后来的"伙"字,不是灯火、烟火的火)""社陌"。参看《水浒传》第三十二回:"宋江看时,却是一伙舞'鲍老'的……那相陪的梯己人却认的社火队里,便教分开众人,让宋江看。那跳'鲍老'的,身躯纽得村村势势的,宋江看了,呵呵大笑。"又第六十五回:"只得装扮社火。豪富之家,催促悬挂花灯。"《红楼梦》第一回:"因士隐命家人霍起抱了英莲去看社火花灯。"都是例子。因为各有组织,表演、陈列的技艺、观赏物品,各不相同,所以各自命名为"某某社",犹如后来有称"某某老会"的;社、会、火,意义略同。南宋时候大都在除夕、元宵等节日与各庙期("神"的"生辰")举行。成人、军士、伎女装扮表演的为多,也有儿童扮演的,如当时杭州有"小儿竹马""女童清音"等社。本篇所写是筠州(江西高安)地方六月间事,当是庙会,如杭州六月六日有显应观"崔府君诞辰"庙会,亦即此类。

② "铢",古时衡量名称,二十四铢为一两。"来",约计之词。"铢来重",极言其轻巧;也兼写夏季衣装之薄。

③ "绡(xiāo)",生丝所织的绸类。"水样秋",形容夏季装扮、衣彩的颜色都浅雅倩丽。参考唐温庭筠词:"藕丝秋色浅(藕丝,一说指丝织品之细,一说即"藕丝褐"色,简称为"藕褐",讹作"藕合""藕荷"者)。"

④ "葱指",写女童手指之美。"鹦鹉",歌舞者手中所持之装饰物。如《梦
粱录》所载:"诸行社队……又有小女童子,执琴瑟,妓家伏役婆嫂乔妆
绣体浪儿,手擎花篮、精巧笼仗;其官私伎女……次择秀丽有名者,带
珠翠朵、玉冠儿,销金衫儿、裙儿,各执花斗鼓儿……"略可见一时
习俗。
⑤ "芙蕖",荷花。"锦舟",当是指"划旱船",舟上饰以荷花,为莲舟形象。
"划旱船"社,见《武林旧事》;"旱龙船"社,见《西湖老人繁胜录》。各地
风俗略同。
⑥ "看",读平声。"益",增加,助长。

雨后晓登碧落堂

　　清晨上碧落①,亲手启后户。斜东见西山,粹碧无纤
雾;须臾半崦间②,冉冉动微絮;吹作千峰云,立变万姿
度。正北寻米山,遥隔一片雨;亭亭如仙子,晓起浣月露;
天衣异人世,一色制轻素。两山谁不奇? 徘徊未能去③!

① "上碧落",即题中的"登碧落堂",堂在筠州郡署内。
② "崦",见第 178 页《郡圃上巳》注①。
③ 作者另有一首《碧落堂晓望荷山》诗,写道:"荷山非不高,城里自不见;
一登碧落堂,山色正对面:如人卧平地,跃起立天半;指挥出伏兵,万
骑横隔岸,后乘来未已,前驱瞻已远。晨光到岩壑,人物俱茜绚;绿屏
纷开阖,翠旗闪舒卷。安得垂天虹? 桥虚度云巘。老铃(役卒)偶报
事,郡庭集宾赞(衙门里人位齐集,等参见他、办公事)。匆匆换山巾,

默默下林坂。"也写得很好,可以合看。"去",离开。

羲娥谣

中秋夜宿辟邪市,诘朝早起,晓星已上,日欲出而月未落,光景万变,盖天下奇观也,作《羲娥谣》以纪之。

羲和梦破欲启行①,紫金毕逋啼一声②;声从天上落人世,千村万落鸡争鸣。素娥西征未归去,簸弄银盘浣风露;一丸玉弹东飞来③,打落桂林雪毛兔④。谁将红锦幕半天⑤?赤光绛气贯山川;须臾却驾丹砂毂⑥,推上寒空辗苍玉⑦。诗翁已行十里强⑧,——羲和早起道无双⑨?

① "羲和",古代神话里的日神。"梦破",梦醒。——睡够了,一觉醒来。
② "毕逋",乌鸦的别称。《后汉书·五行志》载童谣:"城上乌,尾毕逋。""紫金毕逋",喻金色太阳。
③ "玉弹(dàn)",指启明星,即序中的"晓星"。
④ "桂林雪毛兔",喻月,因神话说月中有桂树、白兔。
⑤ "幕",动词;遮、围、掩盖。
⑥ "须臾",不一会儿,俄顷之间。"丹砂毂",喻日形如红车轮。
⑦ "辗(niǎn)",车轮碾轧。"苍玉",青玉,喻天空。
⑧ "诗翁",作者自指。"十里强",十里多路。强字用法见第 10 页《晓立普明寺门时已过立春去除夕三日尔将归有叹》注⑥。
⑨ 这句犹言:谁说太阳起身是天下数第一的!

小憩土坊镇新店进退格^①

　　下轿逢新店^②，排门得小轩^③。中间一榧几^④，相对两蒲团。橼竹青留节^⑤，檐茅白带根。明窗有遗恨：接处纸痕斑^⑥。

① "进退格"，见第 107 页《霜寒辘轳体》注①。
② "下轿"，指行途中要顿歇，从竹轿里下来。竹轿是当时南方旅行所乘坐的交通工具。
③ "排门"，犹言推门，指开门而入。
④ "榧(fěi)几"，榧木几案——实指白木(不加油漆的)几，不是特指榧木所做。晋代大书法家王羲之曾因"榧几滑净"而写字于其上，见《晋书》。此与下句写家具之简单朴素。
⑤ "橼(chuán)竹"，指屋顶椽子是用竹子搭架的。此与下句写房屋之简洁清新。
⑥ 上面写，这样的小屋子，俱极可人意，无可憾之处；此处接说，只有一点遗恨：窗纸糊时接了一个"接头"(两纸黏接处，成为一条窄线条，因成双层、较厚，透光性便较差)，显得雪白的窗户暗了一些些。——说是"遗恨"，其实这样的"遗恨"，正足见这个小村店的可喜。如果以为诗人本意真是要挑剔吹求，那就是"被作者瞒过"了。

咏十里塘姜店水亭前竹林

　　一见此君面^①，荒村不是村；斜阳与可笔^②，栖雀子猷魂③。客思方无那④,诗愁得共论⑤;问渠:"能饮否?"——把酒酹霜根⑥。

① "此君",指竹。《晋书·王徽之传》:"尝寄居空宅中,便令种竹;或问其故,但啸咏指竹曰:'何可一日无此君耶?'"后人便以"此君"为竹的故典。
② "与可",宋文同,字与可,梓潼人,皇祐进士,曾守湖州,善画,尤工画竹,同时的苏轼对他的画竹评价极高,作有《筼筜谷画竹记》,专记其事。这说竹子被斜阳一照,影落地上,如同文与可的名画一般。
③ "子猷",王徽之的字。徽之爱竹,已见注①;又曾过人家园子,见竹好,径入看竹,不向园主人交一语。这说竹上栖雀,大概是徽之的魂灵所化吧?
④ "客思(sì)",犹言客怀、旅人的心情。"无那(nuò)",无奈。
⑤ "论",读去声。这说情怀可以与竹共语。
⑥ "把酒",持酒。"酹(lèi)",以酒洒地,含有祝祭、劝酬的意思。"霜根",指竹根。

过上湖岭望招贤江南北山(四首录二)

岭下看山似伏涛①,——见人上岭旋争豪②;一登一陟一回顾③:我脚高时他更高④!

晓日秋山破格奇,青红明灭舞清漪⑤;画工着色饶渠巧⑥,便有此容无此姿⑦。

① "伏涛"，波涛有"起"有"伏"，伏涛是指比较平静、未有大浪掀起的水
　　势——比喻在岭下看山，看不出有多大高峻特起之势。

② "旋争豪"，旋，见第 101 页《城头秋望》注②；争豪指和人争胜——你
　　高，我更高！

③ "陟（zhì）"，升高。

④ 作者另有《寄题王国华环秀楼》二首之二："平地看山山绝低，上楼山色
　　逐层奇。不知山与楼争长（zhǎng）？为复（还是）楼随山脚移？"与本篇
　　可合看。

⑤ 这句写日光照山，又倒映在江水中，江水动荡，青红彩绚，而随水波舞
　　动。"漪"，犹言水，但含有波纹微荡的意思。

⑥ "着色"，指彩色绘画，相对于"水墨"画而言。"饶渠巧"，凭他怎么巧，
　　任他再巧。

⑦ "容"，指不动的形、色；"姿"，指活的动的姿态神情。

江　水

　　水色本正白，积深自成绿；江妃将底药①、软此千里
玉②？诗人酒未醒③，快吸一川渌④；无物咽清甘⑤，——和
露嚼野菊。

① "江妃"，想象的江神；我国古代神话中凡山川之神多属女性。"将底
　　药"，拿什么药？

② "千里玉"，喻江水。

③ "诗人"，作者自指。"醒"，读平声。

④ "渌",水清为渌;此作名词。"快吸"的"快"是形容痛快,不是指时间的快慢。吸,即饮义。吸渌,意思是要以此解酒。

⑤ "清甘",指江水。"无物",意指没有"就"水吃的菜,——犹如喝酒要有"下"酒之物。

下横山滩头望金华山(四首录一)

山思江情不负伊①,雨姿晴态总成奇:闭门觅句非诗法②,只是征行自有诗③。

① "思",去声;名词。"伊",他。此诗是四首之二,前一首说:"篙师只管信船流,不作前滩水石谋;却被惊湍漩三转,倒将船尾作船头。"伊,承上诗指篙师而言。

② "闭门觅句",出黄庭坚诗:"闭门觅句陈无己,对客挥毫秦少游。"上句写陈师道(字无己,曾做正字官),作诗时构思之艰苦;下句写秦观(字少游),正相反,挥笔立成。《石林诗话》:"陈无己每登临得句,即急归,卧一榻,以被蒙之——谓之吟榻——家人知之,即猫犬皆逐之,婴儿稚子亦皆抱持寄邻家。"正是"闭门觅句"的详细注脚。严格说来,"闭门觅句"只是整个创作过程中正式着手写作的一个步骤,本亦无可厚非,因为其以前阶段的所谓"登临""得句",其实就是包括着他生活中的实践、感受、构思等等过程而说了;后来则往往把"闭门觅句"绝对化,以为陈师道仅仅靠这来作诗,那是并不完全正确的。元好问诗:"池塘春草谢家春,万古千秋五字新。传语闭门陈正字:可怜无补费精神。"虽然意在说明诗句贵自然,主张信手而得,无事艰苦锻炼,但也是一种把

"闭门觅句"绝对化的认识,并且彻底否定写作这一步骤中的用心攻苦,另成一种偏颇之见。作者这里则又不仅是把"闭门觅句"理解为生活圈子狭小,而且可能含有关上门只务空想,或只向书册、文字、格律等技巧形式问题上费心思的意思了。诗人遣词见意,往往如此引伸推演;读者只可分别领其大旨,而不必以词害义。

③　"征行",旅行。作者意思说,出门游历,山光水色、雨态晴姿,都足以添诗思、供诗料。作者在当时还不可能明白生活方是创作源泉这一重要意义。不过封建士大夫的生活圈子是很狭隘的,旅行就是他们生活中的重大变换了,而且旅行究竟可以使他们见闻加广,感受加深,和人民有较多些的接触机会,所以他们在旅行中往往确能产生较多较好具有充实内容的诗篇,而不只是增添了"诗情""诗料",这也是事实。只是我们依然不能夸大作者的本来认识,夸大得至于和我们今天的认识一样。例如同时诗人陆游在此诗的二十多年以后也曾写道:"法不孤生自古同,痴人乃欲镂虚空。君诗妙处(指所题萧毓秀诗卷)吾能识:正在山程水驿中。"又有书札云:"大抵此业(作诗)在道途则愈工……愿舟楫鞍马间加意勿辍,他日绝尘迈往之作,必得之此时为多。"和作者此诗的意思是相差不多的,说者却往往肆为夸大,以为这种见头怎么怎么了不起,似可不必。

出 横 山 江 口

　　白璧当江岸①,青旗定酒家②:断崖侵屋窄③,细路入门斜④。县近瞻双塔,洲横隔一沙⑤。——何须后来客、始信此诗嘉⑥?

① "白璧",指山,石白如玉;这里"璧"只是"玉"的代字,不关形状。
② "青旗",酒帘,酒旗,酒店所插的"望子"。唐人诗如窦叔向"愁见河桥酒帜青";白居易"红板江桥青酒旗",已言酒旗色青。宋洪迈《容斋续笔》:"今都城与郡县酒务及凡鬻酒之肆,皆揭大帟于外,以青白布数幅为之;微者随其高卑小大(指酒旗的大小随酒店大小规模而异);村店或挂瓶瓢、标帚杆。"可见当时风俗。"定",料断之词;因见酒帘挑出,知定有酒店在彼。
③ "断崖",即承第一句"白璧"而来,又兼写酒家之"屋"。
④ 此句承第二句正写酒家。
⑤ "沙"字用法见第 48 页《和李天麟二首》注⑮。
⑥ "嘉",好,美。此二句并非真是作者十分自信自夸这首诗就好得异常,不过是说,此处景物可喜,作首诗写出这般景物来,诗能传景,已觉亲切不恶;其实只是意在说景物好。

宿兰溪水驿前三首(录一)

水色秋逾白,山光夜不青;一眉画天月①,万粟种江星。小酌居然醉,当风不觉醒②。谁家教儿子、清诵隔疏櫺③?

① 将新月形状比喻为眉,而古代妇女以黛画眉(所谓描眉),所以又用"画"关合,因此说"画天"。——上面的"眉"又兼作"单位"计词而用,句法很奇。全句的语法是:"一弯""画眉于天空的""新月"。下句仿此。

②"醒",读平声。

③"清诵",清亮的读书声。"疏櫺",指透出声音的窗櫺。

过白沙竹枝歌①(六首录一)

绝怜山崦两三家②,不种香粳只种麻。耕遍沿堤锄遍岭,都来能得几生涯③!

① "竹枝歌",即"竹枝词",见第 143 页《过显济庙前石矶竹枝词》注①。

② "绝",极。"崦(yān)",崦嵫本山名(古时以为日没所入之山),这里当作山深处讲。

③ "都来",亦作"大都来",省作"都",总计之词,而含有"不过这么一些"的意思,言其少。"生涯",此犹言生计、收入。叹息山农无地可耕,生活极苦。

夜宿东渚放歌三首(录二)

前山欺我船兀兀①,结约江妃行小谲②:乘我船摇忽远逃,见我船定还孤出③!老夫敢与山争强,受侮不可更禁当④,——醉立船头看到夕,不知山于何许藏?

天公要饱诗人眼,生愁秋山太枯淡⑤:旋裁蜀锦展吴霞⑥,低低抹在秋山半。须臾红锦作翠纱,机头织出暮归鸦⑦。——暮鸦翠纱忽不见,只见澄江净如练⑧!

① "兀兀",摇荡不定。也说作"摇兀""臬兀"。
② "结约",两人约定、商量好。"江妃",见第 185 页《江水》注①。"行小谲",要要个顽皮,作个恶作剧。
③ "孤出",忽然又突现。人在船中摇兀厉害时,见岸山忽隐忽现,诗人如此写来,格外有趣。
④ 这句是变用杜甫诗"数日不可更禁当"的字面。
⑤ "生愁",犹言"就是愁"——"生"是语助词,"愁"是动词。口语犹说这话。
⑥ "蜀""吴"都是古代纺织工艺发达的地方。此句喻晚霞。
⑦ "鸦",这是实物——和"红锦""翠纱"是虚拟互为变幻生奇,出人意表。
⑧ "澄江净如练",南齐诗人谢朓的名句,李白非常推许这句诗,说:"解道澄江净如练,令人长忆谢玄晖!"这里整句运用。

跋徐恭仲省干近诗(三首录二)

仰枕糟丘俯墨池①,左提大剑右毛锥②。朝兰夕菊都餐却③,更斫生柴烂煮诗④!

传派传宗我替羞⑤,作家各自一风流:黄、陈篱下休安脚⑥,陶、谢行前更出头⑦。

① "糟丘",糟指制酒所剩下的糟渣。《南史·陈暄传》:"暄嗜酒,过差非度,其兄子秀忧之……暄闻之,与秀书曰:'速营糟丘,吾将老焉! 尔无多言。'"糟丘说酒渣积累如山,《新序·节士》:"桀(夏代暴君)为酒池,足以运舟;糟丘足以望七里。"这里是说诗人嗜酒。"墨池",浙江永嘉积谷山下有晋代大书法家王羲之的古迹墨池,王尝守永嘉,常临此池以练习书法,池水为之变黑。这里说诗人爱喜书法。"俯"下暗省一"临"字。

② "毛锥",指毛笔,具名"毛锥子",这句是用《五代史·史弘肇传》:"安朝廷,定祸乱,直须长枪大剑。若毛锥子,安足用哉?"而说诗人文武兼材。

③《离骚》:"朝饮木兰之坠露兮,夕餐秋菊之落英;苟余情其信姱以练要兮,长颔颔亦何伤?"(颔颔,不饱的样子。)"餐却",吃光了。

④ 可参较黄庚《杂咏》诗:"耽书自笑已成癖,煮字元来不疗饥。"骚人至于饮朝露、餐落花,已是"颔颔"得很;现在在连露水、落花也吃尽了,再吃只好煮"诗"吃吧!

⑤ 这指当时一些诗家各立标榜宗派,各立门户,只事模仿,又互相轻谤诋毁,而不自以为可耻。当时势力最大的是江西派的馀风。本篇所攻击的主要目标亦即在此,故有第三句云云。

⑥ "黄、陈",江西派中最大的两位代表作家黄庭坚(所谓"一祖")和陈师道(所谓"三宗"之第一宗)。"篱",犹言门墙。"安脚",着脚,立足。

⑦ "陶、谢",六朝大诗家陶潜和谢灵运。"行(háng)",行辈,行列。这说不仅黄、陈等人不足效颦模拟,即陶、谢也不应当作偶像而盲目崇拜,以为不可超越,应该自创一家"风流",不要为前人所限。

　　按以上系(宋孝宗)淳熙十六年(己酉·1189)作者在高安任及赴召往杭州途中所作。自《朝天集》诸诗以次至此,在本集中为《江西道院集》部分。

衔命郊劳使客船过崇德县①（三首录一）

水面光浮赤玉盘②，也应知我牵去声夫寒③。满河圭璧无人要④，吹入诗翁冻笔端。

① "衔命郊劳使客"，宋孝宗淳熙十六年（1189）光宗（赵惇）受禅做皇帝以后，召作者为秘书监，冬天，借焕章阁学士的官级充当迎接金国贺正旦来使的接伴使。当时宋、金两国在年节、皇帝生辰等日期照例互派贺者出使，对方则有接伴使、送伴使等官员来送迎陪伴，虽是常例应酬，但每每也暗负有外交上的政治使命，所以人选很重要，要有资望，善于应对机变，处理不好就会引起麻烦。"衔命"，犹言奉命，用《礼记》"衔君命而使"的话。"郊劳"，犹言出迎。《左传》注："迎来曰郊劳。"劳字读去声如"涝"。"崇德县"，在浙江杭州东北，临运河，当时来往必经之道。

② "赤玉盘"，日影倒映；李贺诗："谁揭赪玉盘，东方发红照。"

③ "牵夫"，拉船的。牵，去声，后来写作"纤"，拉船的绳索，也叫作"百丈"。

④ "圭璧"，指河内的冰块，光洁如玉。圭璧是古代以美玉制作的最贵重的礼器和符信物，为王侯等统治者祭祀、朝聘时所用。（"圭璧"一词，原可分指圭〔形略如刀斧类〕和璧〔扁圆形，中有圆穿孔〕二者，如《诗经》所说"如圭如璧"；但也可单指圭而言，璧字在此则是"玉器"的泛词了，如《诗经》所说的"圭璧既卒"是例。本篇的"圭璧"不管怎么解都可以，没有多大关系。）作者见河冰而联想到圭璧，也可能是因为把金国来贺正旦暗比为古代诸侯执圭璧朝见周室天子的缘故。

读笠泽丛书^①

　　笠泽诗名千载香，一回一读断人肠。晚唐异味同谁赏？近日诗人轻晚唐^②。

　　松江县尹送图经^③，中有唐诗喜不胜^④！看到灯青仍火冷^⑤，双眸如割脚如冰^⑥。

　　拈着唐诗废晚餐，傍人笑我病诗癫^⑦。世间尤物言西子^⑧，——西子何曾直一钱^⑨！

① "《笠泽丛书》"，唐陆龟蒙所作，并自编，四卷、补遗一卷；内容多属小篇短文，自以其"丛脞细碎"，所以名为"丛书"（和后世集刊若干作家许多书籍成为一套而名为丛书者不同）。陆龟蒙隐居松江（笠泽）甫里，号江湖散人、天随子，不同庸俗流辈交往，和皮日休互相唱和，有《松江唱和集》，时称"皮、陆"。是属于晚唐期的诗人。

② "近日诗人"，实指当时江西派作家而言。"晚唐"，论唐诗分期的，有初唐、盛唐、中唐、晚唐四期和初唐、盛唐、晚唐三期的两种分法：前者以文宗（李昂）开成元年（836）以后为晚唐，后者以宪宗（李纯）元和元年（806）以后即为晚唐，包括了元、白、韩、柳等大家在内。当时看不起中晚唐诗人的很多，如陆游诗："数仞李（白）杜（甫）墙，常恨欠领会；元（稹）白（居易）才倚门，温（庭筠）李（商隐）真自郐。"又："天未丧斯文，杜老（甫）乃独出；陵迟至元白，固已可愤疾；及观晚唐作，令人欲焚笔！"即是例子。但晚唐诗家虽有缺点，亦不容一笔抹杀；特别是当时江西诗派流毒很深，末流已形成为一种脱离现实、玩弄文字、典故的作

风,而反对江西派的诗家则多从中晚唐诗获得启发,别创风格:因此"江西"和"晚唐"在当时实是对立的两个诗派。作者自己就是初宗江西、后来由学习中晚唐而改变作风、获得成就的一个。

③ "县尹",县的长官。"图经",古代地方志一类的官书,有图,有文字纪叙,所以叫图经。此处则似兼指县官所送的有关本地方的各种著作,如《笠泽丛书》即多记松江地方的土风习俗。

④ "胜(shēng)",平声。

⑤ "仍",义同"更""又加以",用法屡见。

⑥ 可比较白居易诗:"把君诗卷灯前读,诗尽灯残天未明;眼痛灭灯犹闇(暗)坐,逆风吹浪打船声。""双眸如割",言读得眼痛。

⑦ "傍人",即旁人。"病诗癫",害"诗癫"病。病字是动词。

⑧ "尤物",本言绝异出奇之物,一般亦特指著名美女。"西子",西施,古代美女名。

⑨ "直",即今"值"字。

晓 过 丹 阳 县 (五首录三)

朝来稍敢出船门①,霜熟依然冷逼人②。刮地风来何处避?可怜岸篠猛回身③。

朱檐碧瓦照青澜,洁馆佳亭使往还④。船上高桥三十尺⑤,市人倚折石栏干⑥。

鸡犬渔翁共一船,生涯多在箬篷间。小儿不耐初长日,自织筍篮胜打闲⑦。

① "朝（zhāo）来"，犹言今天，相对于"夜来"义为"昨天"而言。"稍"，已
　然。不是稍微义。
② "霜熟"，言日出霜由"生"变"熟"，在要融未融之际。作者又有"霜熟天
　殊暖""霜熟风酣日上迟"等句。
③ "篠（xiǎo）"，小竹子。
④ 两国使者往来不断，特建好馆舍好亭台（往往极奢华）为招待所。有微
　讽意。
⑤ 这句是从船中而仰望高高弯架两岸的河桥。
⑥ 这句写人们争看使船经过。夸张写法，实际并未真倚折栏干。
⑦ "筲篮"，竹篮。"打闲"，口语，义为白白闲过、旷度。

舟 中 晚 望（二首录一）

　　河岸前头松树林，树林尽处见行人；行人又被山遮
断，——风飐酒家青布巾①。

① "飐（zhǎn）"，风吹物动。"青布巾"，即青旗、酒旗，见第188页《出横山
　江口》注②。

晚 风

　　晚日暄温稍霁威①，晚风豪横大相欺②。做寒做冷何

195

须怒？来早一霜谁不知！

晚风不许鉴清漪③，却许重帘到地垂。平野无山遮落日：西窗红到月来时。

① "霁(jì)威"，雨止天晴为霁，人发怒、闹脾气停止，也叫霁。《汉书·魏相传》："为霁威严。"此诗霁威指晚日(俗称"夕照")的热力已杀。
② "横"，去声。
③ "鉴清漪"，在平静的水面照见面影。古代还没有发明金属镜子时，就是以器盛水来照影，叫作"监"，后来加"金"旁为"鉴"。"漪"本是水波成纹的意思，此借用为水的泛义，反而指止水、静水。这句说风大水波乱晃，无法观赏照影。

小 泊 新 丰 市①

也知小倦泊楼船，何苦争先柳岸边？须把碧篙摇绿净②，——舟人不惜水中天③！

① "新丰市"，在江苏丹阳以北、镇江东南。陆游《入蜀记》："过新丰，小憩。李太白诗云：'南国新丰酒，东山小妓歌。'又唐人诗云：'再入新丰市，犹闻旧酒香。'皆谓此，非长安之新丰也(按陕西临潼东北有新丰镇)。……至今居民市肆颇盛。"作者另有《暮经新丰市望远山》云："小市寒仍静，斜阳淡欲晡；偶看平野去，不是远山无。处处船遮住，家家有酒酤；朱楼临碧水，曾驻玉銮舆(按指高宗赵构亲征曾小憩于此地一楼)。"

② "绿净"，指水。韩愈《合江亭》写江水："绿净不可唾。"成为名句。唾都
　　不可，极言水之清碧可爱，不忍些微搅动。而船夫竟然不顾，要插篙撑
　　船，所以接有第四句。是风趣语。

③ "水中天"，水面天空倒影，恰好也是清碧无云，这就又增加了一层
　　"绿净"。

过 扬 子 江①（二首录一）

　　天将天堑护吴天②，不数殽函百二关③：万里银河泻
琼海④，一双玉塔表金山⑤。旌旗隔岸淮南近⑥，鼓角吹霜
塞北闲⑦。——多谢江神风色好：沧波千顷片时间⑧。

① "扬子江"，长江在江苏扬州至镇江之间，名扬子江，因其地有扬子津、
　　扬子县，故称。

② "天堑"，意谓天设的坑堑，不能越渡，足可恃赖；《南史·孔范传》："隋
　　师将济江（伐陈），群官请为备防，范奏曰：'长江天堑，古来限隔，虏军
　　岂能飞渡？'"陈后主荒淫无道，国家将亡，犹倚长江为险，以为隋兵难
　　渡，不作防备。"吴天"，犹言吴这一区域，实指江南南宋的国土。

③ "殽（yáo）函"，指函谷关（在河南灵宝），殽山在其东端，故称殽函。"百
　　二关"，《史记·高祖纪》："秦，形胜之国，带河山之险，县隔千里，持戟
　　百万，秦得百二焉。"百二有两解：一说意谓秦居险要地方拥兵二万，
　　足抵诸侯百万之众；一说是指倍数，秦兵在险固之地足当诸侯兵之二
　　倍——二百万。按函谷关，东起殽山，西抵潼津，大山中裂，绝壁千仞，
　　中间一路如槽，车马难以并行，自古为著名的险要关口；秦法，鸡鸣始

开,日入则闭,万难通过,所以秦恃以为天险。这说长江比函谷关还险要。

④ 此句写长江直通大海,气势雄壮。

⑤ 参看第 207 页《雪霁晓登金山》注①、注⑥。

⑥ 此写只隔北岸,就是淮南边备之地。

⑦ "吹霜",吹奏于霜中。"塞北",此指金国;南宋时一渡淮河即是敌界,古来的"塞北"现在已近在目睫之间!读来令人笑叹。着一"闲"字,则金人之优势自在言外。

⑧ 一结两句表面是感谢江神,庆幸渡江很快当,——可是假如敌兵来渡,只要"风色"一好,照样也是"沧波千顷片时间",这就将开篇两句彻底推翻了!隐讽南宋之危弱,而艺术手法特别蕴蓄、警辟、有力量。同题另一首也很有名:"只有清霜冻太空,更无半点荻花风;天开云雾东南碧,日射波涛上下红。千载英雄鸿去外,六朝形胜雪晴中。携瓶自汲江心水,——要试煎茶第一功。"一结也是故作闲语而别有深心,都不可草草读过,甚至以为是"败笔"。如《瀛奎律髓》选入这一首,纪昀批语说:"结乃谓人代不留,江山空在,悟纷纷扰扰之无益,且汲水煎茶、领略现在耳。用意颇深,但出手稍率,乍看似不接续。"指出一结另有深意,并非不接,这是能体会诗法的见解(但他所解的"深意",却不正确)。可备参考。参看引言第四节。

过 瓜 洲 镇①

夜愁风浪不成眠,晓渡清平却晏然②。数棒金钲到江步③,一樯霜日上淮船。佛狸马死无遗骨④,阿亮台倾只野田⑤。南北休兵三十载⑥：桑畴麦垄正连天。

① "瓜洲镇"，在江苏扬州西南、长江北岸，地当运河口。自唐以后，为南北咽喉要路。
② "晏然"，安然无事。
③ "金钲"，铜锣，古代行船住船，都有锣鼓为号令。"江步"，指瓜洲。凡水边凿成磴道，可以停泊船只，因而后来聚成村落码头的地方叫作步；也作"埠"字，是一音之转，瓜洲也叫瓜埠洲、瓜洲步。《元和郡县志》："昔为瓜洲村，盖扬子江中沙碛也。"
④ "佛狸"，北魏太武帝拓跋焘的小名。他曾企图攻南朝宋，南至瓜步，还盱眙，为沈璞等击败。《史通》："佛狸饮马长江。"这里以他来比金主亮之攻南宋、大败于采石一役，事在绍兴三十一年（1161）。因为金国也是异族在北方立国，常常侵略南宋，南宋偏安在江南，和南朝宋的名称、形势都一样，所以用来相比拟。参看同时词人辛弃疾《水调歌头》："谁道投鞭飞渡，忆昔鸣髇血污，风雨佛狸愁。"也正是以佛狸隐指完颜亮。
⑤ 作者原注："完颜亮辛巳南寇，筑台望江，受诛其上：土人云。"完颜亮败后，金兵内部生变，为部下杀死于瓜洲。
⑥ 从采石一役到本篇作时，约为二十八九年，故云三十载。乾道元年（1165）"隆兴和议"订成，从此南宋再不想报仇恢复国土。诗句所说的"休兵"，所说的"桑畴麦垄"，好似一片"太平景象"，不可认为是作者赞成"休兵"，庆幸"太平"，须知他言外正是感慨忘掉复仇的南宋小朝廷。

皂　角　林

水漾霜风冷客襟，苔封战骨动人心！河边独树知何木？——今古相传皂角林①。

① "皂角林"，地名，在扬州南三十里，绍兴三十一年冬，完颜亮南侵，既得
扬州，以兵逐宋帅刘锜，以全军来争瓜洲渡，刘锜派统制官贾和仲等拒
之于皂角林，刘锜陷于重围，下马死战。其中军第四将王佐，以步兵百
馀人往林中埋伏；金兵进入，强弩骤发，金人大败，斩其统军高景山，俘
虏数百人。是一场非常险恶、激烈的争夺战，在历史上很有名。按上
句说"知何木"，是说不一定就是皂角树——后来的景物和早年地理名
称已不相符合了，可是"皂角林"的名气从此就是古今不变的了。

舟过扬子桥远望①

　　此日淮堧号北边②，——旧时南服纪淮堧③！平芜尽
处浑无壁④，远树梢头便是天。今古战场谁胜负、华夷险
要岂山川⑤？六朝未可轻嘲谤：王、谢诸贤不偶然⑥。

① "扬子桥"，扬州以南有扬子津，是古时渡长江的重要津口，对江即京口
（今镇江）。宋高宗赵构南渡，自瓜洲过江，金人曾追至此地。其津渡
有桥，名扬子桥。现在其地距长江已远，仅通运河了。
② "淮堧（ruán）"，淮河河边之地。"北边"，北面的边疆、边界。
③ "南服"，犹言南方远地。古时自王畿千里之外，每五百里为一等次（是
向四方延展而通计，其实是分为几个"方圈"地带），分为九服，最外
"圈"的为最荒远之地。服，是"服事天子"的意思。"纪"，用《诗·小
雅·四月》："滔滔江汉，南国之纪。"

④ "平芜",犹言平原、平野。"壁",指军垒,——军营垣壁,古代据以为守
　者。这说一望平川,并无防守。此联下句亦进一步加倍写法——平野
　之平,与天相连:地平线以内了无遮阻。

⑤ 这一联流露了作者的儒家观点:以为仅仅靠兵备、险要,都不是最根
　本的办法,而要有"治国、平天下"的道德、政治措施。

⑥ "王、谢",六朝东晋时期的江南官僚世族,以王、谢二家为最著名。如
　王道、谢玄等人,都是晋朝的名将相。谢玄大败前秦苻坚的南侵军,即
　是有名的淝水之战。这里说晋朝虽然后来偏安江左,被历来人看不
　起,但其能立国御敌,尚有人材,未可轻视;而现在的南宋,则恐怕连东
　晋也不如了吧? 作者这个意思,也常常在他的奏议中出现,以致惹得
　皇帝很不高兴。

湖 天 暮 景（五首录四）

　　湖面黏天不见堤,湖心荽葑水周围①。暮鸿成阵鸦成
队,已落还飞久未栖。

　　坐看西日落湖滨,不是山衔不是云②:寸寸低来——
忽全没,分明入水——只无痕。

　　抵暮渔郎初上船③,一竿摇入水晶天;忍寒不睡妨底
事④? 来早卖鱼充酒钱。

　　雕碎肝脾只坐诗⑤,须髯成雪鬓成丝。暮云薄幸斜阳
劣⑥:合造清愁付阿谁⑦?

① "荄葑",即葑田,见第 160 页《寒食雨中同舍人约游天竺得十六绝句呈
　　陆务观》注⑤。荄,即菰,葑是其根纠结而成。

② "不是云",言亦不是被云遮没。

③ "抵暮",到晚来。

④ "妨底事",有甚妨碍?——不关紧要。

⑤ "雕",即雕刻的雕,"雕碎肝脾",比喻创作时构思用心之苦。"坐",由
　　于,过错只在于。

⑥ "薄幸",无情、负义——没好心。"劣",顽皮,"使坏"。

⑦ "合造",原注合字"音閤";合造犹言制作、酿造。

初入淮河四绝句

　　船离洪泽岸头沙①,人到淮河意不佳②。何必桑干方
是远③,中流以北即天涯④!

　　刘、岳、张、韩宣国威⑤,赵、张二相筑皇基⑥。长淮咫
尺分南北,泪湿秋风欲怨谁⑦?

　　两岸舟船各背驰,波痕交涉亦难为⑧。只馀鸥鹭无拘
管:北去南来自在飞。

　　中原父老莫空谈,逢着王人诉不堪⑨。却是归鸿不能
语:一年一度到江南!

① "洪泽",湖名,在江苏西部,盱眙之北三十里,自北宋开水道以达于淮

河,遂为运输交通要道。"沙",水中、岸边的地,都可泛称为沙。

② 作者行入淮河,想到这就成了宋和金的国界,胸怀作恶,意绪悲伤。

③ "桑干",河名,当时通名芦沟河,至清朝改名永定河。发源山西朔州,流经北京(当时陷金的燕山府)西南,至天津(当时名直沽),入海。

④ "天涯",天边,本指极远之地,实际不论真正距离,只要隔绝、难到,异域他方,都可用此词来称呼。这里指越过淮水中分线北面一步就成了敌国的疆土。作者同时所作《题盱眙军东南第一山》里写道:"(上略)万里中原青未了,半篙淮水碧无情。登临不觉风烟暮,肠断渔灯隔岸明!"都极为沉痛,可合看。

⑤ "刘、岳、张、韩",指刘锜、岳飞、张俊、韩世忠,除张俊后来阿附秦桧杀害岳飞,都是南宋初期抗金杀敌的爱国名将,为金人所畏惧的民族英雄。"宣国威",向敌人宣示了国家的威严、力量。

⑥ "赵、张二相",指赵鼎、张浚,二人在宋高宗绍兴五年(1135)为尚书左右仆射并同平章事,是当时的宰相职位。"筑皇基",指奠定了南宋的局面。二人都是力主抗战的爱国名将相。后来卖国汉奸秦桧当了大权,一一斥罢,一味走投降的道路了。

⑦ 放着爱国名将名相不用,偏偏要宠用大汉奸秦桧及其党羽,迫害忠义人士,解散抗战力量,是谁之过呢? 言外暗斥最高统治者高宗赵构。

⑧ 宋、金两国的船只在淮河中行动起来,连激起来的波痕互相交叉都要惹纠纷。——极言辱国丧权之不堪。

⑨ "王人",指从宋朝派往金国去的使臣(王人,见《春秋》《公羊传》等书)。遗民父老,沦陷已久,好容易看到从故国来的人,偷偷诉说亡国生活之不堪惨痛,——但有什么用呢? 还不如大雁,倒能年年回故国一次,而父老们则永远沦陷于敌人了!

雨作抵暮复晴（五首录二）

栖鹊无阴庇湿衣，行人仄伞避斜丝①。船兵归后轿兵去②，独立淮河暮雨时。

细雨如尘复似烟，两淮渡口各收船。南商北贾俱星散③，古庙无人烧纸钱④。

① "仄伞"，侧伞。"斜丝"，被风吹得斜落的雨丝。
② "船兵""轿兵"，是接伴使的运送、护役人等。
③ "贾（gǔ）"，商人；分别起来，有"行商坐贾"之语。"俱"，平声字，不音"具"。"星散"，比喻如星辰之分离散布，各自归去。
④ "烧"，读去声。

后 苦 寒 歌

白鸥立雪胫透冷①，鸬鹚避风飞不正②；一双野鸭欺晚寒③，出没冰河底心性④？绝怜红船黄帽郎⑤，绿蓑青箬牵牙樯⑥；生愁堕指脱两耳⑦，芦花亦无何许藏⑧。遣骑前头买干荻⑨，速烘焰火与一炙；三足老鸦寒不出⑩，看云诉天天不泣。

① "立雪",立于雪中。"胫",小腿。

② "鸬鹚",即鹅,俗呼水老鸦,群栖水岸,泅水捕鱼为食。与"鹭鸶"非一物。

③ "欺晚寒",犹言硬是不怕冷,不向晚寒示弱服输。

④ "底心性",令人摸不透是什么意思!

⑤ "黄帽郎",古时刺船的戴黄帽,因而相沿如此称呼船夫。

⑥ "青箬",指笠。张志和《渔父》词:"青箬笠,绿蓑衣,斜风细雨不须归。""牙樯",喻船之美好。杜甫诗:"锦缆牙樯起白鸥。"

⑦ 寒极则手指、耳朵最易冻脱。

⑧ "何许",什么地方,哪里。

⑨ "遣骑",打发乘马的役卒。"干荻",干柴薪,——不一定必是荻芦之类。

⑩ "三足老鸦",指太阳,见第182页《羲娥谣》注②。

雪晓舟中生火(二首录一)

　　乌银见火生绿雾①,便当水沉一浓炷②;却因断续更氤氲③,散作霏微暖袍袴。须臾雾霁吐红光④,炯如云表升扶桑⑤;阳春和日曛满室,苍颜渥丹疑醉乡⑥。忽然火冷雾亦灭,只见红炉堆白雪⑦。窗外雪深三尺强⑧,窗里雪深一寸香。

① "乌银",指炭。唐孟郊诗:"赠炭价重双乌银。""绿雾",指烟。

② "水沉",沉香。亦名沉水香。本是木名,焚烧以为熏香。"炷",香一支

为一炷。

③ "氤氲",香烟很盛的形容。下句的"霏微"是烟气细的形容。

④ "须臾",工夫不大,不一会儿。

⑤ "炯(jiǒng)",光明。"云表",云外,极言其高。"升扶桑",言如日出。扶桑,见第158页《云龙歌调陆务观》注㉑。

⑥ "苍颜",老年人的面色。"渥丹",指面色红润,《诗经·秦风·终南》:"颜如渥丹。""疑醉乡",意谓苍老的脸色忽然发了红润,好像是喝了酒的一样。

⑦ "白雪",指炭灰。

⑧ "三尺强",犹言三尺多深。这句的"雪"是实指词,下句的"雪"是喻词,故意相映成趣。

　　按在寂寞中写生火、出以热闹之笔以自慰解,而又写得成功的,并不多。可比较苏轼《夜烧松明火》:"岁暮风雨交,客舍凄薄寒。夜烧松明火,照室红龙鸾。快焰初煌煌,碧烟稍团团。幽人忽富贵,穗帐芬椒兰。珠煤缀屋梢,香澢流铜槃。坐看十八公,俯仰灰烬残。……"

雪霁晓登金山

　　焦山东,金山西①,金山排霄南斗齐。天将三江五湖水②,并作一江字杨子③;来从九天上④,泻入九地底;遇岳岳立摧,逢石石立碎:乾坤气力聚此江,一波打来谁敢当?金山一何强,上流独立江中央:一尘不随海风舞,一砾不随海潮去;四旁无蒂下无根,浮空跃出江心住。金宫

206

银阙起峰头,槌鼓撞钟闻九州⑤;诗人踏雪来清游,天风吹侬上琼楼,不为浮玉饮玉舟⑥,——大江端的替人羞! 金山端的替人愁⑦!

① "金山",在江苏镇江西北七里,"焦山",在镇江东北九里:二山相距十五里,对峙于大江中(后来金山因山下沙涨之故,已与江南岸相连),并称"金焦"。

② "三江五湖",自来的说法极为纷歧,不能备举。这里意指大江从上游所承汇的诸水之多而言。宋程大昌以为"三江"是江、汉、彭蠡(鄱阳湖)会合之名。《史记·河渠书》索隐以为"五湖"是具区(太湖)、洮滆(洮湖、滆湖)、彭蠡、青草(湖名,在岳阳)、洞庭。这一类的解释从本篇诗意说来是较为切合的。但既是泛语,亦无须拘看。

③ "字杨子",别称为杨子。作为国名、姓氏的"杨""扬",古代互用,"杨子"亦即"扬子"。见第 197 页《过扬子江》注①。

④ "九天",犹云九重天,极言其高。李白诗:"飞流直下三千尺,疑是银河落九天。"下句"九地",极言深。"九"在古代是泛言多的数字。九天、九地,见《孙子》,今俗语犹说"九地"。

⑤ 此借杜甫诗"椎鼓鸣钟天下闻"及用苏轼《自金山放船至焦山》"撞钟击鼓闻淮南"句,以指著名的金山寺。"撞",音 chuáng。"闻九州",闻于九州,夸言全国都听得见。陆游《入蜀记》:"遂游金山,登玉鉴堂,妙高台,皆穷极壮丽,非昔比。……""舟中望金山,楼观重复,尤为钜丽!"可与本诗"金宫银阙起峰头"句合看。

⑥ "浮玉",金山在江中屹立,风起浪作,山势欲动,所以又叫作"浮玉山"。"玉舟",指酒杯之大者。《乾淳起居注》:"太后至聚景园,上(皇帝)亲捧玉酒船上寿。"即此类。

⑦ 按南宋建炎、绍兴中金兵南侵时,金焦地点是最险急的必争的渡口,由于韩世忠、虞允文等率将士奋勇抵抗,金兵败退未得逞。而当时臣僚

竟以为"水府""江神"有"保佑"之"灵德阴功",并请加封"帝号"。陆游《入蜀记》:"(乾道六年六月)二十五日早,以一豨、壶酒,谒英灵助顺王祠,所谓下元水府也。祠属金山寺……绍兴末,完颜亮入寇,枢密叶公审言督视大军守江,祷于水府祠,请事平奏加帝号。既而不果。隆兴中,虏再入,有近臣申言之,议者谓四渎止封王,水府不应在四渎上,乃但加美称而已。"此近臣指洪迈,议者指朱汉章。洪迈《容斋随笔》:"绍兴末,牧马饮江,既而自毙(指完颜亮为部下所杀),诏加封马当、采石、金山三水府。……方完颜亮据淮上,予从枢密行府于建康,尝致祷大江,能令虏不得渡者,当奏册为帝。洎事定,朝廷许如约,朱丞相汉章……终以为不可,亦仅改两字(所谓"美称"),吁可惜哉!"作者在本篇诗中,则对此种不自图强、倚赖"水府"的迷信可耻的思想行为加以讽刺,末二句指此。同时也指出,可羞之外,也可愁可虑,仅仅倚赖"天险",是十分危险的。又按《入蜀记》云:"山绝顶有吞海亭,取气吞巨海之意,登望尤胜,每北使来聘,例延至此亭烹茶。"据此可推本篇当即作者陪伴金使登金山时有感而作。

竹　枝　歌 有序(七首录四)

晚发丹阳馆下,五更至丹阳县①。舟人及牵夫终夕有声,盖讴吟啸谑以相其劳者②。其辞亦略可辨,有云:"张歌歌,李歌歌③,大家着力齐一拖。"又云:"一休休,二休休,月子弯弯照几州。"其声凄婉,一唱众和。因櫽栝之为竹枝歌云④。

莫笑楼船不解行⑤,识侬号令听侬声。一人唱了千人和⑥，又得蹉前五里程⑦。

岸旁燎火莫阑残⑧，须念儿郎手脚寒。更把绿荷包热饭⑨，前头不怕上高滩。

月子弯弯照几州，几家欢乐几家愁？愁杀人来关月事⑩？得休休处且休休⑪。

幸自通宵暖更晴⑫，何劳细雨送残更？知侬笠漏芒鞋破，须遣拖泥带水行⑬！

①　"丹阳县"，在江苏长江以南，镇江东南、金坛以北，临运河。
②　"讴"，齐声歌唱。"相其劳"，相读去声；指以歌声助其用力。人民在劳动时常常有自己创造的歌声、口号，如夯歌，俗称"打号"等皆是。
③　"歌歌"，即哥哥。"哥""歌"二字宋、元时代通用互代。
④　"隐栝"，本是矫正的意思。文人用以指因某篇原作的词句不合音律、格式，加以整理改写。"竹枝歌"，即"竹枝词"，见第 143 页《过显济庙前石矶竹枝词》注①。
⑤　"楼船"，高大壮丽的船，《史记·平准书》："治楼船，高十馀丈，旗帜加其上，甚壮。"此借用以指官船的巨丽。"不解行"，不能行，不会走，——走不快。
⑥　暗用宋玉《对楚王问》"客有歌于郢中者，其始曰《下里巴人》（乡里俗歌），国中属而和者数千人"的语意。"和"，去声。
⑦　"蹉前"，赶前。蹉有"过"义。一说：或当是"趖"字的误写。趖（suō），走也。
⑧　"阑残"，衰歇；指火不旺。
⑨　用唐柳宗元诗："绿荷包饭趁墟人（赶集的）。"
⑩　"关月事"，关月亮何事？月亮哪里管人愁事？

⑪ "休休",犹言快乐,和上文的"愁"字对文。不是"休休莫莫"的意思。《书经·秦誓》:"其心休休焉。"孔传云:"休休,乐善也。"

⑫ "幸自",本来,原是。

⑬ "拖泥带水",俗语,喻不俐落,动有牵碍。这里喻意与字面义双关。宋代诗话和禅宗语录中多引用这句话头。"须遣",故意定要使人……。

按以上系(宋孝宗)淳熙十六年(己酉 · 1189)作者在秘书监任为接伴使时所作。

晚寒题水仙花并湖山(三首录一)

炼句炉锤岂可无①?句成未必尽缘渠②。老夫不是寻诗句,——诗句自来寻老夫。

① "炼句",诗家选字铸词,要极恰切极精彩,其工夫过程须在创作中逐步研炼,由粗、泛而达到精、切。所以比喻如炼金——金属必须冶炼才能精熟美好。"炉锤",即由此喻而来,都是炼冶的工具。亦作炉捶。

② "尽缘渠",完全由于这种工夫——炉锤,炼字炼句。以上两句说,在艺术上用工夫,乃是不可缺少的训练与步骤,但仅仅从研炼字句中去求诗索句,则诗不可得。

过 新 开 湖①（五首录三）

　　奇哉万顷水晶盆，一线青罗缘却唇②；只有向南接天去，更和一线也无痕③。

　　渔郎艇子入重湖，老眼殷勤看着渠；看去看来成怪事：化为独雁立横芦④。

　　远远人烟点树梢，船门一望一魂消⑤。几行野鸭数声雁：来为湖天破寂寥。

① "新开湖"，在高邮西北三里，东南俱通运河，天长以东的水都汇于此湖而入于淮河。《山堂考索》："淮东川泽之国，凡小洲大潴、水势环绕、人所不到处，皆水寨也，自老鹳、新开诸湖而言，凡四十馀处，而相通之寨九，一寨一将主之。"南宋所以能守淮河，就恃赖新开等湖为之险要。
② "缘却唇"，镶上了边儿。
③ 此句说：更连一线绿痕也无有了。
④ 在很远处，渔人像一只雁、小船像一枝横浮在水面的芦苇了。
⑤ "魂消"，在此是极言黯然愁伤之词，犹言令人精神销黯。

题龟山塔前一首唐律后一首进退格①（录前一）

　　龟山独出压淮流，宝塔仍居最上头：银笔书空天作纸,玉龙拔地海成漱②。向来一厄遭群犬,挽以六丁兼万牛③。逆血腥膻化为碧④,空馀风雨鬼啾啾⑤。

① "龟山",在盱眙东北洪泽湖中,上有塔,高十二层。"进退格",见第107页《霜寒辘轳体》注①。

② "漱",此指瀑布。悬瀑水名曰"龙漱",诗句既喻塔为玉龙拔地,因此联喻海水亦因龙之拔起而成为悬瀑。

③ 原注云:"逆亮(完颜亮)南寇,尝以绢为绳,令数万人隔淮河拽之,不动,裂而复合。"上句指此事。"六丁",神话中神名,能以雷电取物。韩愈诗:"仙官敕六丁,雷电下取将。"这里指力量大的神。杜甫诗:"大厦如倾要梁栋,万牛回首丘山重。"黄庭坚诗:"笔端可以回万牛。"皆以喻力量之大。此处用以写塔之被拽而不动,如有六丁神力以万牛之重暗中挽救,使不倾坠。

④ "化为碧",《庄子·外物》:"苌弘死于蜀,藏其血,三年而化为碧。"碧指青色石。诗人多以指忠烈之士的精诚不灭。在此则是逆血化石、陈迹已久的意思,与普通用法颇异。

⑤ "鬼啾啾(jiū)",鬼声众多,用杜甫诗:"新鬼烦冤旧鬼哭,天阴雨湿声啾啾。"

望 楚 州 新 城①

已近山阳望渐宽②,湖光百里见千村:人家四面皆临水,柳树双垂便是门。全盛向来元孔道③,杂耕今是一雄藩④。金汤再葺真长策⑤,——此外犹须子细论⑥。

① "楚州",今江苏淮安。"新城",指南宋初年重修过的楚州城,周十二里;金使路经此地,曾称之为"银铸城",可见其规模。(城北一里元时另筑一新城,州西三十里南宋末年置新城县:都和题中所谓的"新城"是两回事。)

② "山阳",楚州古为山阳郡,宋时犹存此称。"宽",属"寒"韵,本篇诗其他韵脚字都是"元"韵的字,但律诗第一句本可不押韵,押韵时也可借韵母相近可通的韵字,不算出韵。又"元"韵中如"村""藩"等音古代读来是谐调的。

③ "全盛",指北宋时期。"孔道",大道,要道,必经之路。《读史方舆纪要》引陈敏云:"楚州:南北噤喉也,长淮二千馀里,河道通北方者凡五:曰颍,曰蔡,曰涡,曰汴,曰泗;而通南方以入江者,惟楚州运河一处。"对南宋说来,地位尤为紧要,成为边疆巨防之地。

④ "杂耕",杜甫《谒(刘)先主庙》:"杂耕心未已",用《三国志·蜀志·诸葛亮传》:"据武功五丈原,与司马宣王对于渭南,分兵屯田,为久住之基,耕者杂于渭滨居民之间,而百姓安堵。"今用此意,指久驻屯田的兵士,杂于百姓之间。"雄藩",边疆地方势力雄大的藩镇,李白诗:"旗节镇雄藩。"当时陈亮曾说:"韩世忠顿兵八万于山阳,如老熊之当道,而淮东得以安寝,此守淮之要法也。"

⑤ "金汤",指以金为城、以汤为池(以热开水为城濠),极言防御工事之坚固难攻。"再葺",重修。"长策",好主意。

⑥ "子细",即仔细。"论",平声如"沦",讨论,讲求。这句说,楚州新城修筑得好,固然很不错,但仅仅这个还不够,还有更根本的大计要好好讲求。

记丘宗卿语绍兴府学前景①

镜湖泮宫转街曲②,才隔清溪便无俗:竹桥斜度透竹门,墙根一竿半竿竹;恰思是间宜看梅,忽然一枝横出来:霜馀皴裂臂来大音惰,只着寒花三两个③。

① "丘宗卿",见第 65 页《辛卯五月送丘宗卿太博出守秀州二首》注①。
② "镜湖",绍兴的名胜。"泮(pàn)宫",古代相沿称诸侯所设的学校为泮宫,此处以指绍兴府的府学(封建时代的官学,府有府学,县有县学)。
③ "着花",犹言开花;所不同者开花可能指很多花蕾之中开放几朵而言,而着花指只生长了几个花蕾而言。梅花的美在于意态,不在繁多浓密。这首诗正是写其疏简之美。

　　按以上系(宋光宗)绍熙元年(庚戌·1190)作者在秘书监任为送伴使时所作。自《江西道院集》诸诗以次至此,在本集中为《朝天续集》部分。

跋丘宗卿侍郎见赠使北诗五七言一轴①

　　太行界天二千里②,清晨跳入寒窗底;黄河动地万壑雷,却与太行相趁来③:青崖颠狂白波怒,老夫惊倒立不住,——乃是丘迟出塞归,赠我大轴出塞诗:手持汉节姹秋月④,弓挂天山鸣积雪⑤;过故东京到北京⑥,泪滴禾黍枯不生⑦;誓取胡头为饮器⑧,尽与遗民解魋髻⑨。诗中哀怨诉阿谁? 河水呜咽山风悲! 中原万象听驱使⑩,总随诗句归行李⑪。——君不见晋人王右军,龙跳虎卧笔有神⑫;

何曾哦得一句子、自哦自写传世人？君不见唐人杜子美，万草千花句何绮⑬；只以诗传字不传，却羡别人云落纸⑭！莫道丘迟一轴诗，此诗此字绝世奇！再三莫遣鬼神知⑮，——鬼神知了偷却伊⑯！

① "丘宗卿侍郎"，丘崈字宗卿，光宗时曾官户部侍郎，参看第 65 页《辛卯五月送丘宗卿太博出守秀州二首》注①。"使北"，指丘前此曾被派为迎接金国贺生辰使的接伴使。下文以丘迟比丘崈，亦见前诗注③。

②"太行"，山名，起河南济源，北至河北与山西之间。"界天"，言山高如同把天分界为两半。"二千里"，言其迤逦连绵之远。

③ "趁(niǎn)"，相赶趁，不读 chèn。

④ "手持汉节"，用汉苏武的故事，苏武北使匈奴被囚留，牧羊北海，手杖汉节(汉王朝的使节——作使臣的信物、执照)，"起卧操持，节旄尽落"，见《汉书·苏武传》。"娖"，通捉，一本即作捉。

⑤ "弓挂天山"，用唐代薛仁贵的故事，薛作铁勒道行军总管时，九姓(回纥部落名)十馀万众令骁骑数十人来挑战，他连发三矢，射死三人，九姓气慑遂降，军中歌曰："将军三箭定天山，壮士长歌入汉关。"见《唐书·薛仁贵传》。"鸣"，指弓弦响声。按以上两句"秋月""积雪"是指丘使北的时间，宋孝宗的生辰("会庆节")在十月。

⑥ "故东京"，开封汴京，北宋故都。"北京"，今河北大名。宋以大名为北京、河南商丘为南京。

⑦ "禾黍"句，用《诗·王风·黍离》的典故：周朝东迁，大夫行役至于故都宗周之地，见当初的宫室之区都成了庄稼地，遍生禾黍，因此作《黍离》以凭吊故国。作者则推进一层说禾黍不生，加倍写法，连带反映了金国农业生产的落后，对北宋故都的破坏。

⑧ "胡"，这里指金国统治者。"饮器"，溺器，小便所用，如古时的"虎子"

类。《史记·大宛传》：匈奴破月氏王，以其头为饮器；又《刺客传》：赵襄子最怨智伯，漆其头以为饮器。是对死仇的一种报复泄愤的侮辱作法。

⑨ "魋髻"，即椎髻，将头发撮结成一椎状的髻子。此以指胡装。解魋髻，说遗民父老已沦陷为金国人，装饰都变了，要恢复国土，使遗民还为宋朝服饰。

⑩ "万象听驱使"，说各种事物、景物都听诗笔的差遣使令，随意摹写，无所不达。"中原"，指北宋故国之地（河南地古称中原）。

⑪ "行李"，本是使臣的称呼，这里则如通俗意义所指的行装。

⑫ "王右军"，晋王羲之，大书法家，自古以为书圣，曾作右军将军会稽内史。梁武帝评他的书法有"龙跳天门，虎卧凤阁"之势。

⑬ "杜子美"，杜甫字子美；曾有"万草千花动凝碧"（《白丝行》）的句子。

⑭ 杜甫诗："张旭三杯草圣传，挥毫落纸如云烟。"（《饮中八仙歌》）张旭，唐代书家，善写狂草。

⑮ "再三"，十分叮嘱的意思。

⑯ "偷却伊"，偷走了它。按这两句鬼神云云，实际含义是指主和派奸人佞党，专门陷害忠义爱国人士，见此诗必又以为口实而生事。

读　诗

　　船中活计只诗编，读了唐诗读半山①。不是老夫朝不食，半山绝句当朝餐。

① "唐诗"，实际指晚唐诗，见第 193 页《读笠泽丛书》诗、注。"半山"，北

宋王安石的别号。王安石是大政治家兼诗人,他学问渊博,修辞艺术至极考究,诗有特殊造就,绝句尤其擅场,作者最佩服,向他学习。参看本集《答徐子材谈绝句》诗:"受业初参且半山,终须投换晚唐间:《国风》此去无多子,关捩挑来只等闲(机关挑破,原无其他奥妙)!"

夜 泊 平 望

夜来微雪晓还晴,平望维舟嫩月生①。道是烛花总无恨,为谁须暗为谁明②?

一色河边卖酒家,于中酒客一家多③。青帘不饮能样醉④:弄杀霜风舞杀他⑤!

① "维舟",系船——停泊。

② "谁",犹言人;说烛光对着旅客,忽明忽暗,好像也懂得人的心情,起伏不宁。

③ "多",一本作"些",义同(古时"些""多""他"等字皆押韵)。

④ "能样",那么样地。——口语

⑤ "弄杀霜风",诗中常说某物弄风,其实是风弄某物:风扬酒旗,酒旗"弄风"。

按以上系(宋光宗)绍熙元年(庚戌·1190)十月以次作者自杭赴建康任途中所作。

三月三日上忠襄坟因之行
散得十绝句^①（录五）

草借轮蹄翠织成^②，花围巷陌锦帏屏。早来指点游人处，今在游人行处行。

天公也自喜良辰，上巳风光忽斩新^③。点检一春好天色^④：更无两日似今晨。

女唱儿歌去踏青，阿婆笑语伴渠行。只亏郎罢优轻杀去声^⑤：櫑子双担挈酒瓶^⑥。

粉捏孩儿活逼真^⑦，象生果子更时新^⑧。输赢一掷浑闲事^⑨，空手入城羞杀人^⑩。

切忌寻春预作谋：教君行乐定成愁。老夫乘兴翻然出，不遣风知雨觉休^⑪。

① "忠襄"，指杨邦乂，是作者的叔祖，字希稷，吉水人；建炎三年九月，除通判建康军府、兼提领沿江措置使公事。十一月金兵陷府，知军府事陈邦光降敌，敌帅欲降邦乂，百般威逼利诱，邦乂但痛骂不屈，欲自撞死，刺血书于衣襟曰："吾宁作赵氏鬼，不为他邦臣。"后敌知其不可屈，遂害之，割腹取心而死。绍兴二年谥忠襄，庙祀于建康，曰褒忠，葬于庙东南山上。见作者所撰行状。"行散"，郊野间闲行。（南北朝时士大夫好服五石散，服后须行走以宣泄药力，叫作行散，也叫行药。宋人泛用此词，以指郊游，已与服药了无关涉。）

② "借"，以草为衬垫叫作借。"翠织成"，翠绿色的丝织品。杜甫《太子张舍人遗（赠）织成褥段（缎）》："客从西北来，遗我翠织成。"织成之名，见于《后汉书·舆服志》，即织有花纹图案的锦缎类。

③ "上巳"，见第 62 页《过秀溪长句》注①。"斩新"，全新，簇新，极新，今口语犹如此说。亦作崭新。

④ "点检"，逐一地检审评比。

⑤ "郎罢"，闽人呼父为郎罢，见唐顾况诗自注，因此成为诗家的典故，虽非闽人，亦用此称。"优轻杀"，犹言轻松煞。"杀"字下原注去声，意即读如"晒"，亦写作"瞰"。俗语俗曲中都如此。

⑥ "櫑（léi）子"，此指一种出游所用的食盒类，以盛酒食，肩挑而行。参看苏轼《与滕达道书》："某好携具野饮，欲问公求红朱累（即櫑）子，两卓二十四隔者，极为左右费，然遂成借草之乐（坐在草地上野餐），为不浅也！"

⑦ 此指泥人泥娃娃，当时称作"摩睺罗"（或作"磨喝乐"）。此种玩具不止上巳节有。

⑧ "象生"，即像生。凡假作而像真物品的都可叫像生。《熙朝乐事》："灯市出售各色像生人物，则有老子、美人、钟馗捉鬼……又以绫锦或通草及纸制成之花果，形似生成者，谓之像生花、像生果。"《梦粱录》："果子局：掌装簇钉盘看果、时新水果……像生花果。"诗中所指也是玩物类。

⑨ 此指赌博式的买卖，是旧社会的一种坏风俗；后世犹有所谓"抽签子"之类。宋时叫作"关扑"。仅在节日开禁，许可赌卖赌买。《新编醉翁谈录》："上巳，上开金明池……细民作小儿戏弄之具，而衔卖者甚众……自元丰初，每开一池日，许士庶蒱博其中……"即指关扑。"一掷"，指"孤注一掷"，赌博的成语。

⑩《西湖老人繁胜录》："清明节……关扑……泥黄胖、花篮儿、一竹竿……糖狮儿……"《东京梦华录》："游人往往以竹竿挑挂终日关扑所

得之物而归。"《武林旧事》:"至暮则花柳土宜,随车而归。"当时把扑买
而得的各种吃食玩物带回家,叫作"门外土仪"。
⑪ "休",语尾词,不是"勿""莫"或"止"的意思。

夏 日 杂 兴

金陵六月晓犹寒①,近北天时较少暄②。打尽来禽那待熟③,半开萱草已先翻④。独龙冈顶青千折⑤,十字河头碧一痕⑥。九郡报来都雨足⑦,插秧收麦喜村村。

① "金陵",今南京,南宋时为建康府。
② "近北",言其隔江即北地。
③ "来禽",果名,亦名林檎,俗称花红果、沙果。似苹果而小。
④ "翻",写萱花开时瓣往外翩翩卷起。
⑤ "独龙冈",疑指青龙山,在南京东南三十五里。
⑥ "十字河",北宋时王安石就玄武湖开十字河,立四斗门以泄水,湖遂废
  为田,又跨河为桥,以通往来。
⑦ "九郡",当时建康府辖县有五:上元、江宁、句容、溧水、溧阳,又统辖
  四州:太平州、宣州、徽州、广德州。

圩丁词十解①（录三）

　　江东水乡，堤河两涯而田其中②，谓之圩③。农家云：圩者，围也：内以围田，外以围水。盖河高而田反在水下，沿堤通斗门④，每门疏港以溉田，故有丰年而无水患。余自溧水县南一舍所⑤，登蒲塘河小舟，至孔镇，水行十二里，备见水之曲折。上自池阳，下至当涂⑥，圩河皆通大江；而蒲塘河之下十里所，有湖曰石臼，广八十里，河入湖，湖入江，乡有圩长，岁晏水落⑦，则集圩丁，日具土石捷畚以修圩⑧。余因作词以拟刘梦得《竹枝》《柳枝》之声，以授圩丁之修圩者歌之，以相其劳云⑨。

　　年年圩长集圩丁，不要招呼自要行。万杵一鸣千畚土⑩，大呼高唱总齐声⑪。

　　儿郎辛苦莫呼天，一日修圩一岁眠。六七月头无点雨，试登高处望圩田⑫！

　　河水还高港水低，千枝万派曲穿畦。斗门一闭君休笑：要看水从人指挥。

① "解"，见第 73 页《秋雨叹十解》注①。
② "堤"，动词，作堤以拦水。"田"，也是动词，治田。
③ "圩（yú）"，俗读如"围"。堤。
④ "斗门"，堤堰中开设闸门以便于控制蓄水泄水，名为斗门。
⑤ "一舍所"，犹言三十里左右。古时以三十里为一舍。"所"，约计之词，

亦作"许"。下文"十里所",用法同。

⑥ "池阳""当涂",皆在今安徽境。

⑦ "岁晏",岁晚,将近年末。

⑧ "捷菑",枝柯,木材。

⑨ "相其劳",见第 209 页《竹枝歌》注②。

⑩ "杵",用以砸土使之坚实的工具,俗亦名为夯。"畚(běn)",盛土的筐类。

⑪ 即指夯歌打号,有的非常动听,是劳动人民自己创造的歌声。

⑫ 意思说,夏天干旱时,却去望望我们的圩田吧,——一点也不缺水,长得异样出色!

发孔镇晨炊漆桥道中纪行(十首录三)

斫地烧畲旋旋开①,豆花麻荚更菘栽②:荒山半寸无遗土,田父何曾一饱来!

行穿诘曲更崔嵬③,野店柴门半未开;皂荚树阴黄草屋,隔篱犬吠出头来。

雨入秋空细复轻,松梢积得太多生④。忽然落点拳来大音惰,偏作行人滴伞声。

① "斫(zhuó)",俗读"坎",同砍字义。"烧畲(shē)",山民就坡上砍烧草木为灰,就灰下种,不施锄犁,也叫作"火种"。范成大《劳畲耕》诗序:"春初斫山,众木尽蹶(倒);至当种时,伺有雨候,则前一夕火之,借其

灰以粪(铺其灰以为肥料);明日雨作,乘热土下种,即苗盛倍收。无雨反是。山多硗确,地力薄,则一再斫烧始可艺(种植)。""旋旋",去声,临时、立时、随时而作的意思。今通写作"现",实非是。参看第 101 页《城头秋望》注②。

② "菘栽",白菜幼秧。

③ "诘曲",指山路弯折。"崔嵬(wéi)",高峻。

④ "生",语助词,无义。

水　沤①

至宝何缘识得全,骊珠浮没只俄然②;金仙额上庄严底③,只许凡人见半边!

① "水沤",水面浮泡。

② "骊珠",《庄子·列御寇》:"河上有家贫恃纬萧(编织蒿草作帘箔)为食者,其子没于渊,得千金之珠。其父谓其子曰:'……夫千金之珠,必在九重之渊、而骊龙颔下。子能得珠者,必遭其睡也。使骊龙而寤(醒),子尚希微之有哉!'"喻难得之至宝。"俄然",一转眼之间。

③ "金仙",佛本有"金仙"的别称(以佛身金色),宋宣和元年,曾有诏改号佛为"大觉金仙"。佛像两眉间或有一颗珠子;又如《佛国记》:"僧尼罗国王以金等身铸佛像,髻装宝珠。"俗语有"佛顶珠"的话头。"庄严",佛家语,有二义,一为"具德"义,如"功德庄严"是;一为"交饰"义,如佛像、佛殿等之"庄严"(塑绘、建筑上的装饰),为交饰义。此处属后一义。"底",即今"的"字。

发 银 树 林

　　莫过溪桥银树林,溪深未抵路泥深。清风一阵掠人面,晴色半开关客心①。远岭惹云秋里雪②,淡天刷墨晓来阴。几多好句争投我,——柳夺花偷底处寻③?

① 古时旅行困难,行路之人,最关怀于天气。
② 这说山云如同秋天里的雪景。
③ "底处寻",何处可寻。

过 谢 家 湾

　　行尽牛蹊兔径中,忽逢平野四连空①。意随白鹭一双去,眼过青山千万重。近岭已看、看远岭②,连峰不爱、爱孤峰。一丘一壑知何意?——疏尽官人着牧童③!

① "四连空",说旷野四望,地与天连。
② "看",平声。
③ 末两句是说,一丘一壑——这种好山好水的幽美地方的"心"真不可解:总是把做官的疏远绝了而只容许牧童在里面享受佳景! 这是官人羡慕"野人"的生活而自嘲、故意以反语埋怨山水的话。"着",有安放、安置的语意。

早炊高店

　　过雨溪山十倍明，乍晴风日一番清。白鸥池沼菰蒲影，红枣村墟鸡犬声①。肉食坐曹良愧死②！囊衣行部亦劳生③。不堪有七今成九④，伧父年来老更伧⑤！

① "村墟"，村落。红枣是秋季乡村中的有代表性的景物。
② "肉食"，《左传》庄十年注："肉食，在位者。"以指享有优厚俸禄、食用肥美的官僚。"坐曹"，官吏们在衙所里"办公"叫作坐曹，略如后来所说的"上班"，《汉书·薛宣传》："坐曹治事。""良愧死"，真真羞死！这是作者面对农家辛勤劳动生产而自斥的话。
③ "囊衣"，裹着衣服——携着行李。"行部"，上级官吏巡行视查部属。"劳生"，《庄子·大宗师》："夫大块（大地）载我以形，劳我以生……"温庭筠诗："空复叹劳生。"封建社会的道家出世思想，以"人生"为"劳苦"之事，要想法"解脱"的意思；这和当时的穷苦劳动人民为生活而辛苦挣扎的事情不可混为一谈。作者是站在封建士大夫的阶级立场上而说出这种厌倦仕宦生活的心意来的。一说，劳生"生"字即语助，无义，非用《庄子》。
④ "不堪有七"，魏山涛为选曹郎，举嵇康自代，嵇康作《与山巨源（涛）绝交书》为答，表示拒绝，自陈习性不堪与世俗仕宦同流，略谓："有必不可堪者七，甚不可者二：喜晚起而当关呼之不置，一不堪也；抱琴行吟，弋钓草野，而吏卒守之不得妄动，二不堪也；危坐一时，痹不得摇，性复多虱，把搔无已，而当裹以章服，揖拜上官，三不堪也；素不便书，又不喜作书，而人间多事，堆案盈机……四不堪也；不喜吊丧，而人道

以此为重……五不堪也;不喜俗人,而当与之共事,或宾客盈坐,鸣声
聒耳,嚣尘臭处,千变百伎在人目前,六不堪也;心不耐烦,而官事鞅
掌,机务缠其心,世故繁其虑,七不堪也。"这是借口性情疏懒而拒绝为
封建统治者服务。作者所说"今成九",指七不堪外又加上肉食坐曹之
愧和囊衣行部之劳,故成为九不堪了。

⑤ "伧(cāng)父",古时吴人称中州(今河南一带)人为"伧人",晋陆机称
左思为"伧父",犹言"鄙夫",是看不起的侮辱词。意谓有七不堪古人
即不可耐,今有九不堪,尚恋栈而不辞官,真是越老越没出息了!"老
伧",语见《南史·王玄谟传》:"(宋)孝武狎侮群臣,各有称目(给人起
绰号,如多须的呼为"羊")。……柳元景、垣护之,虽并北人,而玄谟独
受'老伧'之目。"玄谟严正刻苦,作者隐以自比。

道 旁 店

　　路旁野店两三家,清晓无汤况有茶①。道是渠侬不好
事②,青瓷瓶插紫薇花③!

① "况有茶",承上而言,连开水都没有,更不要说茶了。"汤",滚水。不
是现在所指的"羹汤"义。

② "渠侬",他。侬,犹如"家",我称"我侬",你称"你侬",和单用"侬"字作
"我"解的意思不同。"好事","好"读去声,此指有兴致收拾装饰,有喜
爱美好事物的兴趣。封建统治阶级常常污蔑劳动穷苦人民没有审美
观念,不配装饰点缀,这首小诗作出了很好的回答,也暗示了劳动人民
的对于美好生活的要求。

③ "青瓷"，青色釉瓷器，相对于白釉而言；宋代的青瓷器美如碧玉、春水，极为可爱，是我国陶瓷艺术品中的杰出成就。

晓过花桥入宣州界（四首录二）

　　路入宣城山便奇：苍虬活走绿鸾飞①。诗人眼毒已先见②，——却旋搴云作翠帏③！

　　不是青山是画图：南山瘦削北敷腴④。两山名姓君知么⑤？——一字玄晖一圣俞⑥。

① "虬（qiú）"，古人以龙子而双角者为虬（一角为蛟，无角为螭）。这句说山势如青虬走、绿鸾飞，犹"龙飞凤舞"之意。
② "眼毒"，俗语，犹言眼尖、眼"贼"——眼厉害，别人未见他先见。
③ "旋"，去声，临时赶作一种动作为旋，现多误写为"现"。"搴（qiān）"，以手提起衣之前裳为搴。诗句是说：我早已看见了你——你还临时拉过云彩来作翠帏遮盖呢！意谓已来不及了。
④ 作者自注云："南山名文脊，北山名敬亭。""敷腴"，犹言丰肥。按敬亭山上旧有敬亭，是南齐诗人谢朓吟咏之处，名胜之地。参看注⑥。
⑤ "么"，去声。
⑥ 南齐名诗人谢朓，字"玄晖"，阳夏人，高宗时出为宣城太守，人称"谢宣城"。北宋诗人梅尧臣，字"圣俞"，宣城人，诗很有成就，风格深远古淡，是反对形式主义西昆派的有力者。作者因谢、梅两大诗人，一在此地做过官，一是此地人，现在路经此地，不禁对他们发生景仰追慕的心情；其另一首写道："敬亭宛水故依然，叠嶂双溪阿那边。谢守不生梅

老死,倩谁海内掌风烟!"也表示了同样的感情。

江天暮景有叹

只争一水是江淮①,日暮风高云不开。白鹭倦飞波正阔,都从淮上过江来。

一鹭南飞道偶然,忽然百百复千千。江淮总属天家管②,不肯营巢向北边。

① "争",相差。此说只隔一水(长江),那边便是江淮之地了。"江淮",这里指长江、淮水之间的安徽(往东还有江苏)地带。
② "天家",犹言"皇家""天子",指皇帝。此处作者"天家管"云云犹言是"大宋国的领土"。

宿峨桥化城寺

一溪秋水一横桥,近路人家却作遥①。柳绕溪桥荷绕屋,何须更着酒旗招②!

忽从平地上高城,——乃是圩塘堤上行。厚赛柳神销底物③:长腰云子阔腰菱④。

① 本来是距离很近的人家,为秋水横桥所隔,反而变成远路了——曲折
   有致了。

② 两句说,单是一看柳桥荷屋的景物,已然想走过那里去了,何况又还有
   酒旗招人前往? ——非去不可了。不是真以为酒旗不必再有的意思。

③ "赛",古代迷信风俗,秋日有收成,以为是"神"所"赐",要谢神祭祀,叫
   作报赛。往往有歌舞赛会,是当时劳动人民辛苦一年、为庆祝收成而
   欢腾的大事情。"销底物",需要什么东西呢?

④ "长腰",米名,同时诗人范成大诗自注:"长腰米,狭长,亦名箭子。""云
   子",见第 36 页《晚春行田南原》注③,这里以指米。

望谢家青山太白墓(二首录一)

阿眺青山自一村①,州民岁岁与招魂②。六朝陵墓今
安在③? 只有诗仙月下坟④。

① "青山",在安徽当涂东南;南齐诗人谢朓(玄晖)曾筑室于山南,因此唐
   时改名为谢公山,而大诗人李白悦谢氏青山,有终老于此之志。"阿
   眺",即指谢朓,"眺"当作"朓"。

② "招魂",古代有召死者亡魂的风俗,据说是持亡人的衣服,登屋而号
   哭,以望其"复"的意思。此处是祭祀的泛义。作者自注:"(李白)墓次
   有庵,庵中有太白祠,州郡岁遣教授(学官名)祭之。"又另诗自注云:
   "州民上冢踏青,毕集祠下。"

③ "陵墓",皇帝的坟墓。

④ 李白墓即在青山之西北。按陆游《入蜀记》:"(乾道六年七月)十七日,

郡集于青山李太白祠堂,二教授同集。祠在青山之西北,距山尚十五里;墓在祠后,有小冈阜起伏,盖亦青山之别支也。祠,莫知其始,有唐刘全白所作墓碣……太白乌巾白衣锦袍……。早饭后,游青山,山南小市有谢玄晖故宅基,今为汤氏所居。南望平野极目,而环宅皆流泉奇石,青林文篠,真佳处也。"可参看。

宿牧牛亭秦太师坟庵①

函关只有一穰侯②,"瀛馆"宁无再帝丘③? 天极八重心未死④,台星三点坼方休⑤。只看壁后新亭策⑥,恐作栻中属国羞⑦! 今日牛羊上丘垄,不知丞相更嗔不⑧?

① "秦太师",指千载万人唾骂的南宋卖国宰相秦桧;秦桧于绍兴十二年九月加太师、进封魏国公,见《宋史》。他是江宁(今南京)人,死葬牧牛亭,岳珂《桯史》:"金陵牧牛亭,秦氏之丘垄在焉。"
② "函关",函谷关,在今河南灵宝县西南,是战国时代秦国东境的险要关口。"穰侯",战国时秦国魏冉,封于穰地,号穰侯;秦昭王时,他四次为相,任用白起为大将,攻略韩、魏、齐、楚等国,诸侯力量因此削弱,秦国疆土扩张,国势强盛,得冉之力。这句说魏冉是古代为相能使国家强大的例子。
③ 这句是隐以唐代奸臣许敬宗来比秦桧。"瀛馆",指唐太宗设文学馆,以杜如晦、房玄龄等十八人为学士,并画像题赞,号为"十八学士写真图",士大夫羡慕之至,把作文学馆学士比为"登瀛洲",详见《旧唐书·褚亮传》。许敬宗就是十八人中之一。《新唐书·许敬宗传》:"帝(唐

高宗)东封泰山,以敬宗领使,次濮阳,帝问窦德玄:'此谓帝丘,何也?'德玄不对。敬宗傱曰:'臣能知之:昔帝颛顼始居此地,以王天下,(中间历叙各代有关史事)……由颛顼所居,故曰帝丘。……'"数问皆对答如流,皇帝称"善"。"敬宗退矜(夸)曰:'大臣不可无学。向德玄不能对,吾耻之!'"许敬宗为人无品行,但有才学,善诡媚应对,故得皇帝宠任,所以爬到高位,在《新唐书》中许敬宗名列奸臣传中第一位。作者以此相比于秦桧。按"帝丘",在今河南濮阳西南。

④ "天极八重",《晋书·陶侃传》说:或云侃"梦生八翼,飞而上天,见天门九重,已登其八,唯一门不得入,阍者(守门人)以杖击之,因坠地,折其左翼;及寤左腋犹痛。……及都督八州,据上流,握强兵,潜有窥窃之志;每思折翼之祥(兆),自抑而止。"按窥窃之志,即指阴怀自立之心,《后汉书·河间孝王开传》所谓"窥觎神器,怀大逆心",窥觎即窥窃。《宋史·秦桧传》曾说:"桧两据相位,凡十九年,劫制君父,包藏祸心","又阴结内侍及医师王继先,伺上(皇帝)动静,郡国事惟申省,无一至上前者。——桧死,帝方与人言之。"由作者此句所写,足见当时人都知道秦桧虽"位极人臣",犹未满足,实有要作汉奸傀儡皇帝的打算。

⑤ "台星"句,《晋书·天文志》:"三台:六星,两两而居……一曰天柱,三公之位也,在人曰三公,在天曰三台,主开德宣符也。……三台为天阶,太一(神名)蹑以上下:一曰泰阶,上阶上星为天子……中阶上星为诸侯,三公。……"这是封建社会统治阶级以迷信、宿命论的"贵人上应天象"的荒谬说法来骗人的把戏,因此把宰相比为台星,也说成"台辅""台衡"等名称。《晋书·张华传》记载:张华居相位,"华舍及监省数有妖怪,少子韪以中台星坼,劝华逊位,华不从,曰:'天道玄远,惟修德以应之耳,不如静以待之,以俟天命。'"不久遂被害。这是当时人迷信宰相将亡、先有"中台星坼"的凶兆的例子。作者借用此事以写秦桧的野心至死方休。参看白居易诗:"耀芒射角动三台,上台半灭中

231

台坼。"

⑥ "壁后新亭策",《晋书·谢安传》:"顷之,征拜侍中,迁吏部尚书、中护军。简文帝疾笃,(桓)温上疏荐安宜受顾命。及帝崩,温入赴山陵,止新亭(在今南京市汉西门外),大陈兵卫,将移(篡)晋室,呼安及王坦之,欲于坐害之。坦之甚惧,问计于安,安神色不变,曰:'晋祚存亡,在此一行。'既见温……安从容就席坐定,谓温曰:'安闻诸侯有道,守在四邻;明公何须壁后置人(埋伏,将要害我)耶?'温笑曰:'正自不能不尔耳。'遂笑语移日。"作者自注云:"(秦桧)暮年起大狱,必杀张德远(浚)、胡邦衡(铨)等五十馀人。不知诸公杀尽,将欲何为?奏垂上而卒。故有'新亭'之句。然初节似苏子卿(武),而晚谬已。"按《宋史·秦桧传》:"桧于一德格天阁(桧家阁名,绍兴十五年四月宋高宗赐桧甲第,十月又亲书"一德格天"以为其阁之匾额,意思是取《书经》"成汤既受命,时则有若伊尹格于皇天"之语来自比成汤、而比桧为贤相伊尹,可谓无耻已极!)书赵鼎、李光、胡铨姓名,必欲杀之而后已。鼎已死,而憾之不置,遂欲孥戮汾(鼎之子);桧忌张浚尤甚,故(赵)令衿之狱、张宗元之罢,皆波及浚,浚在永州(贬所),桧又使其死党张柄知潭州,与郡丞汪召锡共伺察之:至是,使汾自诬与浚及李光、胡寅谋大逆,凡一时贤士(反对他的爱国忠义人士)五十三人皆与焉。狱成而桧病,不能书。"可以合看。作者用"壁后"之语,又有影射一德格天阁书赵鼎等姓名的含意。

⑦ "栘(yí)中""属国",指汉苏武。《汉书·苏武传》:"武,字子卿,以父任兄弟并为郎,稍迁至栘中厩监。师古注:"栘中厩(养马处)名,为之监(监管之官)也。"苏武陷匈奴十九年,苦节不屈,归国拜官典属国,据《汉书·昭帝纪》注,典属国"掌归义蛮夷,属官有九译令"。是管理外国、外族归附为属国的官。按《宋史·秦桧传》所记,自靖康元年金兵攻汴京,索割三镇,桧时为太学学正,即上书论兵机及御金之计;后桧与程瑀为割地使,一度至燕山府(今北京)而还;迁左司谏;范宗尹等七

十人主张割地与金,桧与其他三十五人力持不可;未几除御史中丞;汴
京失陷,徽、钦二帝往金营,金帅要立异姓(傀儡汉奸),留守王时雍议
立张邦昌,百官皆失色不敢答,时桧为御史台台长,独进状,请存赵氏,
斥张邦昌为蠹国害民,"若付以土地,使主人民,四方豪杰必共起而诛
之","不顾斧钺之诛",词气慷慨,在国家极端危急之时表现出爱国无
畏的气概;后徽、钦被掳北去,桧与傅叔夜等三四人独相从至燕山,又
徙往韩州(今辽宁昌图县)。作者因此以其初节为可取,比为苏武;但
晚节既"谬",则这一比喻也就有了讽刺意味了。按评者多以诚斋之以
苏武比秦桧为谬(如宋岳珂《桯史》,清翁方纲《石洲诗话》);实则诚斋
立论平允,早先有一可取,何必因其晚谬而尽为抹杀。

⑧ 古乐府:"今日牛羊上丘垄(坟墓),当时近前面发红(怒)。"杜甫诗:"慎
莫近前丞相嗔!"故有此语。并参看黄庭坚诗:"牛羊今日上丘垄,当时
近前左右嗔。"作者用诸家语。

早炊新林望见钟山①

　　辞去钟山一月前,如何知我北归轩? 不通姓字殷勤
甚②,忽到新林野店边!

① "新林",新林浦,亦名新林港,在南京西南十八里。"钟山",在南京东
北十五里。
② 这句是从杜甫《少年行》"不通姓字粗豪甚"而来,把山人格化。

　　可参看作者《午过横林回望惠山》二首之二:"雪馀官路已生尘,

犹喜长河水稍深。恨杀惠山寻不见，——忽然追我到横林!"写法相类,而又情趣各有独胜。

　　按以上系(宋光宗)绍熙二年(辛亥·1191)作者在建康任所作。

清晓出郭迓客七里庄①

　　偏得春怜是柳条,腰肢别作一般娇;微风不动渠犹舞,刚道春风转舞腰②!

①　"出郭",出城。郭是外城,对内城而言;泛言无别。"迓客七里庄",迎　　客于七里庄。
②　"刚道",硬说是,偏偏说是。

　　按这种小诗是对没有骨气、阿谀谄媚者的讽刺。

寒食前一日行部过牛首山①(七首录三)

　　绵山恨骨已寒灰②,尽禁厨烟肯更回③? 老病不禁馊食冷④,杏花饧粥汤去声将来⑤!

　　出了长干过了桥⑥,纸钱风里树萧骚⑦。若无六代英

234

雄骨⑧，牛首诸山肯尔高⑨？

　　捣蓝作雨两宵倾⑩，生怕难干急放晴。一路东皇新晒染⑪：桑黄麦绿小枫青。

① "寒食"，见第39页《寒食上冢》注①。"牛首山"，南京之南三十里有牛头山，亦名牛首，双峰对立如牛角，故名。
② 这句指俗传寒食节禁火冷食是纪念介之推被焚的故事（这传说并不一定正确）。介之（一作子）推，春秋时人，从晋文公出亡十九年之久，晋文公还国做了国君，他奉老母隐居绵山。其后晋文公想起他来，要予以仕禄，他拒绝不肯出山，晋文公焚山逼他出来，竟抱木而烧死。
③ 这句说，任凭大家都焚火不做饭，那也岂能使介之推复回？"回"，似兼有"复生""回心转意"（即变节）的意思。
④ "餿（sōu）"，食物隔夜将坏而变味。
⑤ "饧（xíng）"，麦芽糖浆，古时寒食节的代表食品。参看宋代宋祁《寒食》诗："箫声吹暖卖饧天。""汤"，去声，即今"烫"字，现成食物加火使热。"汤将来"，烫了来！
⑥ "长干"，古代金陵里巷名，在今南京之南。《舆地纪胜》："长干是秣陵县东里巷名，建康南五里有山冈，其间平地，民庶杂居，有大长干、小长干。"江东呼山陇之间为"干"。
⑦ 寒食节是古代扫墓、野祭的日子。"萧骚"，风吹树木之声。
⑧ "六代"，即六朝：吴、东晋、宋、齐、梁、陈，皆建都于建康（今南京）地方。
⑨ 南宋建炎中金兀术南侵，凿老鹳河以窥建康，岳飞设伏兵于此相待，大败之。诗意本指时事，故意托言六朝以避忌讳。"肯尔高"，岂能这样高？牛首山周回四十七里，高一百四十丈。按山的高度本不会变改，

235

而假如国亡家破,好像连山的气势也"高"不起来了,诗人设想铸词极妙。

⑩ "捣蓝",作者曾用"捣蓝"字样以写青碧色(参看第 176 页《洗面绝句》注②)。这是比喻:一场雨后,禾木皆绿,则雨水好像是春神泼下来的许多"染料"一样了。——所以紧接有最末两句。

⑪ "东皇",春神。

寒食日晨炊姜家林初程之次日也

百五佳辰匹似无①,合教追节却离居②。万家寒食初归燕,一老春衫政蹇驴③。耄柳已僧何再发④?孺槐才爪可犀蔬⑤。儿书早去声问归程日⑥,不用嗔渠只笑渠!

① "百五佳辰",指寒食节,见第 39 页《寒食上冢》注①及第 87 页《清明雨寒》注②。"匹似无",好比没有一样——在路途上,逢节如未逢。

② "合教",本来应该容许。教,平声。"追节",(在家)度节、过节。

③ "一老",作者自指。"政",同正。"蹇(jiǎn)驴",见第 161 页《跋陆务观剑南诗稿二首》注⑧。

④ "耄(mào)柳",年龄很老的柳树。"已僧",言枝条已秃,如僧无发。

⑤ "孺槐",幼槐。"爪",喻槐枝之势如手爪(又有一种下覆如伞形的专名"龙爪槐")。"犀蔬",疑当作"犀梳",唐杜牧诗:"赠之天马锦,副以水犀梳。"这可能是从上句"发"义生出,说小槐的手爪可以作梳梳发。

⑥ "早问",已然在问及。

宿新市徐公店

篱落疏疏一径深，树头新绿未成阴。儿童急走追黄蝶，飞入菜花无处寻①。

春光都在柳梢头，拣折长条插酒楼②。便作在家寒食看，村歌社舞更风流③。

① "飞入菜花无处寻"，因为菜花是黄的，黄蝶飞入，和花一色，都不可辨。
② 当时风俗，清明寒食节家家折柳枝插于门户，叫作"明眼"。见《梦粱录》。
③ 村歌社舞，迎神赛会，是乡村劳动人民自己的欢乐时节，其间人民继承、创造着他们自己的歌舞艺术，产生着卓绝的民间艺人，最为宝贵。作者屡屡写到这个题目，可见他能重视欣赏它。《传灯录》："正月十四十五……看取村歌社舞。"

风　花

海棠桃李雨中空，更着清明两日风①！风似病癫无藉在②，花如中酒不惺松③。身行楚峤远更远④，家寄秦淮东复东⑤。道是残红何足惜，后来并恐没残红⑥！

① 说海棠、桃、李花因一场雨已是凋零殆尽,哪堪再加上两日风飘,更无
几许残剩了。

② "无藉在",杜甫诗"白头无藉在",《敬斋古今黈》:"藉在,顾赖之意。"无
藉在,在此为"无赖""恶劣"的意思。

③ "中"读去声。"惺松",清醒、伶俐、机警一类意思。

④ "楚峤(jiào)",犹言楚岭(峤是山锐而高的意思)。作者此行由今南京
入安徽境,在古代是楚地。

⑤ "秦淮",水名,在今南京。作者此时在建康(今南京)做官,家寓于此,
自己出外,故云。

⑥ 说此后恐怕连残红(残花)也不可再得了。这里的残红,隐指朝中的爱
国正义人士,陆续被排挤而去,所馀已无几;而且即此也不能久在于
位,作者本人即是其中之一。

宛 陵 道 中

溪缭双衣带①,桥森百足虫②;伞声松径雨,巢影柳塘风。
犬误随行客,牛偏识牧童。追程非要缓,路滑试匆匆③!

① "缭",曲绕。

② "森",森然罗列。这句说长木桥两旁许多木梁支出,像一条蜈蚣。古
代木桥都是这样的形制。"百足",本是马陆(马蚰)的名称,吴俗亦呼
蜈蚣为百足。

③ 两句说,赶路之间,不容许缓行,可是雨中路滑,好像是一种"考验",特
地来让你走走看。

桑 茶 坑 道 中（八首录七）

田塍莫笑细于椽①，便是桑园与菜园；岭脚置锥留结屋②，尽驱柿栗上山巅！

沙鸥数个点山腰，一足如钩一足翘，——乃是山农垦斜崦③，倚锄无力政无聊④！

下山入屋上山锄，图得生涯总近居。桑眼未开先着椹⑤，麦胎才茁便生须⑥。

秧畴夹岸隔深溪，东水何缘到得西？溪面只消横一枧⑦，水从空里过如飞！

蚕麰今岁十分强⑧，催得农家日夜忙：已缚桁竿等新麦⑨，更将丫木撑去声欹桑⑩。

晴明风日雨干时，草满花堤水满溪。童子柳阴眠正着，一牛吃过柳阴西。

山根一径抱溪斜，片地才宽便数家：漫插漫成堤上柳，半开半落路旁花。

① "田塍（chéng）"，本义是稻田畔，此指田畔间小路，俗所谓"畦埂子"。"细于椽（chuán）"，比屋椽子（架檐的小细木梁）还细，说畦埂小路极窄，只有一条土。——便成了栽桑种菜的地方。

② "置锥"，喻贫苦农民所有的一点极窄隘的地方，《汉书·食货志》："富

者田连仟佰,贫者亡(无)立锥之地。"

③ "斜崦",指山坡。

④ "政",同"正"。

⑤ "桑眼未开",指桑叶还未舒展。

⑥ "麦胎才苗",指麦穗刚刚生长。

⑦ "只消",只需,只须。"枧(jiǎn)",通水之器。

⑧ "䴴(móu)",麦子。

⑨ "桁竿",支架以晾晒麦子的竿子。

⑩ "丫木",上端分两叉的树枝,可以架住敧斜的东西。

安 乐 坊 牧 童

前儿牵牛渡溪水,后儿骑牛回问事;一儿吹笛笠簪花①,一牛载儿行引子②。春溪嫩水清无滓音查③,春洲细草碧无瑕④,五牛远去莫管他,隔溪便是群儿家⑤。忽然头上数点雨,三笠四蓑赶将去⑥!

① "笠簪花",笠(竹编的帽子,用以遮暑和遮雨的)上插戴着花。

② "行引子",说牛领着犊儿行路。

③ 原所注"查"音,实读"渣",而且这个字(滓而音查)现在就径直写作"渣"。

④ "无瑕",见第 148 页《舟人吹笛》注②。

⑤ 这说家在眼前,牛认得路,自己也会回去。

⑥ 说跑起来追上前去。

明发茅田见鹭有感①

自叹平生老道途②,不堪泥雨又驱车③。鹭鸶第一清高底④,拂晓溪中有干无⑤?

① "明发",见第 6 页《明发石山》注①。下二题,用法同。
② "老道途",老于道路之间,指做官奔波到老。
③ "车",读如"拘"。"驱车",言驾车征行。
④ "底",即现在的"的"字。
⑤ "拂晓",天将晓,绝早。"有干无",有事没有? 有所经营否? ——也在找食吃吧? 这是作者自厌游宦,而身为士大夫,又不得不借此求衣食,所以借鹭鸶来发抒感叹。可比较白居易《池上寓兴二绝》之二:"水浅鱼稀白鹭饥,劳心瞪目待鱼时。外容闲暇中心苦,似是而非谁得知?" 这唐、宋两位诗人观察、理解鹭鸶,不约而同,而诗的着眼点与用意则十分有异。可说同工异曲。

明发西馆晨炊蔼冈(四首录二)

人家争住水东西,不是临溪即背溪;拶得一家无去处①,跨溪结屋更清奇!

也知水碓妙通神②:长听春声不见人③。若要十分无漏逗④,莫将戽斗镇随身⑤!

① "拶(zā,入声)",逼迫。
② "水碓(duì)",南方农家利用水力设碓舂米,使碓杵自能起落,不用人力。
③ "听",去声。
④ "漏逗",泄漏机关、秘密之处。
⑤ "戽(hù)斗",田家用以车水的斗形器具,或以竹木,或以陶瓦,通常用人力掣绳舀水以浇灌田畦。这里非实指,作者有原注说:"宣、歙(安徽宣城、歙县)就田水设碓,非若江溪转以车辐,故碓尾大于身,凿以盛水,水满则尾重而俯,杵乃起而舂。"这和前面的枧都是古代劳动人民利用物理学原理的智慧创造。"镇",常,长,永远,总是。此句是调侃风趣语。

明发祈门悟法寺溪行险绝①(六首录四)

山不人烟水不桥,溪声浩浩雨潇潇。何须双鹭相温暖②,鹭过还教转寂寥!

溪行尽处却穿山,忽有人家并有田。幸自惊心——小宁贴③:误看田水作深川!

山行政好又逢溪,况是危峰斗下时④!知与此溪有何隙⑤?——遣他不去只相随!

已是山寒更水寒,酸风苦雨并无端⑥。诗人瘦骨无半把,一任残春料理看⑦。

① 参看下首《阊门外登溪船》注①。
②"温暖",犹言慰藉。所行之境略无人烟,太幽僻了,所以得见两只鹭鸶也觉得好些,到底有些"生活气息"。下句说,及至走过了鹭鸶,更显得加倍寂寞了。
③"幸自",本自、已是。"小宁贴",稍为放了心。按作者此时是旅行于绝险之处,其地"右缘绝壁左深溪,头上春霖脚底泥",还有"一派泉从千丈崖,轰霆跳雪泻将来",不但使人"溪里仰看惊落胆",连"两岸诸峰"也"震欲摧",故此心惊胆战。
④"斗",同"陡"。
⑤"隙",仇恨。"有何隙",有什么"过不去"的地方。
⑥"无端",没来由、没道理、很凶横——竟来欺凌。
⑦"料(liào)理",此是处置、摆布之意。

阊门外登溪船①（五首录二）

步下新船试水初②,打头揽载适逢予③。一椽板屋才经雨,两面油窗好读书。剩买春风木芍药④、乱篸柴荆竹籧篨⑤。清堆浮取松亭子⑥,赏遍千山不要驴⑦!

上得船来恰对山,一山顷刻变多般:初堆翠被百千折,忽拔青瑶三两竿⑧。夹岸儿童天上立⑨,数村楼阁电中看⑩。平生快意何曾梦?——老向阊门下急滩!

① "阊门",地名,作者《过阊门溪》诗序:"祁门县(今安徽最南境,再南即江西省地)悟法寺下,并深溪,陆行二十里许,两山环合,复立双石刺天如门,溪水过双石之间,极险,名曰阊门——县之得名以此也——门外乃可登舟。"

② "步下",步,见第 199 页《过瓜洲镇》注③。"试水初",头一次下水试航。

③ "打头",开头,破端。俗语。"揽载",车船招揽乘客。亦俗语。这句说此船今日才开始揽客人时,就恰碰着我来坐船。

④ "剩买",多买,尽买。"木芍药",牡丹的别名。这句说船中多置牡丹花,春光无限。

⑤ "籧(qú)篨(chú)",粗竹席。这句接上句而成一句整话,说将花乱篸(同簪字,此犹言插或点缀)于木几竹席之间。

⑥ "浮取",浮着,飘着,——人在船中,如同水在飘浮着一间松亭以供游览一般。

⑦ 坐船"游"山,不用骑驴了!

⑧ "青瑶",青玉,喻碧峰。

⑨ "天上立",写水低岸高,船中看岸上的感觉,写得很真切。

⑩ "电中看",写船下急滩如飞,岸景一瞥即过,如同闪电之逝。

入 浮 梁 界

　　湿日云间淡,晴峰雨后鲜。水吞堤柳膝,麦到野童肩。沤漩嬉浮叶①,炊烟倒入船②。——顺流风更顺,——只道不双全③!

① 写水漩涡将浮在水面的树叶卷得乱转,如同和它戏耍。
② 旧时木船作饭处皆在船尾,遇着顺风,所以炊烟从船尾刮入船身,由后至前,故云"倒入"。此景非常真切。
③ 旧日俗话常说:世事难得双全。现在既然是顺水行舟,又是顺风助力,出人意外——写乘船者的喜悦。

水 中 山 花 影

　　闭轿那知山色浓①?山花影落水田中。水中细数千红紫②,点对山花一一同!

① "闭轿",闭置于轿中。暗用《梁书·曹景宗传》:"景宗性躁动,不能沉默;谓所亲曰:'来扬州,作贵人,动转不得;路行开车幔,小人(按指仆从)辄言不可;闭置车中,如三日新妇。遭此邑邑,令人无气!'""那",读平声如"挪",义同现在的上声"哪"字。"那知",哪里知道。
② "数",上声,动词。"千红紫",千朵山花——都数遍了。

和 王 道 父 山 歌①

　　东家娘子立花边②,长笑花枝脆不坚③;却被花枝笑娘子:嫁期已是蹉去声春前④。

阿婆辛苦住西邻，岂爱无家——更愿贫⑤？秋月春风担阁了⑥，白头始去声嫁不羞人⑦。

① "王道父"，名自中，温州平阳人，淳熙进士；官分水令。召赴都堂，陈奏甚切，为朝列所忌，旋起旋罢。著有《厚轩集》。
② "东家"，东邻家。
③ "脆不坚"，指花易凋谢，是为不坚牢之义。并非指其木质松脆义。
④ "蹉（cuō）"，迟误，错过时机。
⑤ "更愿贫"，岂更愿意做穷人？
⑥ "担阁"，耽误，虚度。俗语。
⑦ "不羞人"，代贫女自说，作为贫家女，晚嫁是不得已，有甚羞人之处？参看白居易《议婚》诗："绿窗贫家女，寂寞二十馀；荆钗不直（值）钱，衣上无真珠；几回人欲聘，临日又踟蹰。"

　　按王道父原作亦很好，今附录于此：
　　生来不识大门边，一片丹心石样坚；闻道阿郎难得妇，无媒争（怎）得到郎前！

　　种田不收、一年事，——取妇不着、一生贫；风吹白日漫山去，老却郎时懊杀人！

舟 过 安 仁（五首录三）

　　恰则油窗雨点声①，霎时花屿日华明②。不须覆手仍翻手③，可杀春云没十成④？

初爱遥山献画图,忽然卷去淡如无。莫欺老眼——犹明在⑤,和雾和烟数得渠⑥!

一叶渔船两小童,收篙停棹坐船中。怪生无雨都张伞⑦,——不是遮头是使风。

① "恰则",适才,刚才,不一会儿之前。"声",作声。动词。
② "屿",水中小岛、小洲渚。
③ 杜甫诗"翻手作云覆手雨",本言旧社会人情反复迁变无常,一时一态。
④ "可杀",犹言"可是",设问之词。"没十成",俗语,犹言没定准,出尔反尔。
⑤ "在",语尾虚词,用法见第 4 页《题湘中馆》注④。
⑥ 这句说遥山峰岭,任他带着雾带着烟(即第二句所写"忽然卷去淡如无"的原因)我也数得清楚!
⑦ "怪生",犹言"怪不得——原来是……"的"怪不得",或说作"怪道呢"。

发杨港渡入交石夹①(四首录二)

朝雨匆匆霁,春山历历嘉。老青交幼绿,暗锦出明花。渔艇十数只,鸡声三五家。"人生须富贵",——此辈亦生涯②!

荻岸何时了?松舟几日停?波来全蜀白,树去两淮青。柔橹殊清响③,征人自厌听。不知谁子醉④,垂手瞰江亭⑤。

① "夹",水道汊港。

② 两句说,人总是要追求富贵,难道这样的生活不是生活?——依我看,这才是好生涯,比起"富贵"来高明多了。

③ "殊清响",十分清响,很好听。

④ "谁子",犹言何人。

⑤ "瞰(kàn)",俯视,下览。按此写官身奔波无有尽期,而以俯瞰江亭的闲身醉人两相衬托,意在言外自见。

水 螳 蜋 歌

　　清晨洗面开篷门,巨螳蜋在水上奔:前怒两臂——秋竹竿,后拖一腹——春渔船①;偶然拾得破蛛网,挈取四角沉重渊②。柳上螳蜋工捕蝉,水上螳蜋工捕鳣③:捕蝉顿顿得蝉食④,捕鳣何曾得鳣吃?

① "拖",即拖字。

② "重渊",深水。

③ "工",善于,专会作。"鳣(zhān)",鱼名,一名黄鱼,即鲟鳇。

④ "顿顿",一日三餐,每吃一次饭叫"一顿",今俗语犹然。杜甫诗:"顿顿食黄鱼。"此暗用。(可参看《柳亭诗话》卷五引《晋书》:"谢仆射、陶太常诣吴领军,日已中,客比得一顿食。")

阻风乡口一日诘朝船进雨
作再小泊雷江（三首录一）

朔吹憎船进①，东暾让雨行②。云移青嶂动，鸦度白云明③。淹泊宁吾愿④？吟哦且客情。江边一株柳，憔悴似馀生。

① “朔吹（chuī）”，北风。这说北风好像厌恶船之前行，故意打头迎阻。
② “东暾（tūn）”，东方的早日。暾，日始出貌。《九歌·东君》："暾将出兮东方。""让雨行"，说早日退避、让雨施行。
③ 上句是动、静的互相错觉，下句是黑、白的互相衬托。
④ “淹泊”，淹留，停滞不前。"宁"，岂是，哪里是。

发赵屯得风宿杨林池是日行二百里

动地风来觉地浮，拍天浪起带天流。舞翻柳树知何喜？拜杀芦花未肯休①！两岸万山如走马，一帆千里送归舟。出笼病鹤孤飞后，回首金笼始欲愁②！

① 此句写芦苇因风一起一伏，很像曲身再拜。
② “病鹤”，作者自喻。"金笼"，喻仕宦的羁缚，说做官表面像"金"，实际不啻是鹤的牢笼罢了。参看《相鹤经》："畜以笼，饲以熟食，则尘浊乏

粹彩。"此时作者已从建康任休官,这是归里途中所作。

　　按以上系(宋光宗)绍熙三年(壬子·1192)作者在建康任所作。自《朝天续集》诸诗以次至此,在本集中为《江东集》部分。

泉石轩初秋乘凉小荷池上

　　芙蕖落片自成船①,吹泊高荷伞柄边②;泊了又离离又泊,看他走遍水中天!

① "芙蕖",荷花。
② "泊",停泊。

初 夏 即 事

　　旋作东陂已水声①,才经急雨恰新晴。提壶醒眼看人醉②,布谷催农不自耕③:一似老夫堪笑死④,万方口业拙谋生⑤。嘲红侮绿成何事⑥?自古诗人没十成⑦。

① "旋",去声,"旋作",才刚作成的。"陂(bēi)",蓄水池。
② "提壶",鸟名,其鸣声似此二字;诗人借以喻意,如宋王禹偁诗:"迁客由来长合醉,不烦幽鸟道'提壶'。"说它是在劝人饮酒。"看",读平声。

③ "布谷",鸟名,每春从谷雨节直到夏至,鸣声不休,好像呼"布谷"二字,旧日农家以为是催耕的候鸟。

④ 这句说二鸟都和我一般可笑:只会说、不会做。

⑤ "万方",犹言万种。"口业",佛家语,口所造的业,即语言(包括文字)。业,本兼善、恶二者而言,普通多特指恶业。恶的口业是:两舌、恶口、妄言、绮语。诗家修饰文词,故属于"绮语业";如白居易诗"些些口业尚夸诗",即此意。

⑥ "嘲红侮绿",嘲花侮叶。诗人每托讽于花月景物,故云。——作者以为这也是只说不做、无补实际的一义。

⑦ "没十成",见第247页《舟过安仁》注④。

有　叹

　　饱喜饥嗔笑杀侬,——凤凰未可笑狙公①:尽逃暮四朝三外,犹在桐花竹实中②!

① "狙公",养狙的。狙,猕猴。《庄子·齐物论》:"狙公赋芧,曰:'朝三而暮四。'众狙皆怒。曰:'然则朝四而暮三。'众狙皆悦。"猴子听说早晨先给三个芧子吃、下午再给四个,都不高兴;听说早晨先给四个、下午给三个时,就欢喜了。其实数量一样,而傻瓜喜怒不同。

② 这说凤凰虽然比猕猴好像高明多了,但尽管不再受狙公朝四暮三式的愚弄,究竟还是逃不脱"桐花""竹实"的范围。唐李德裕《画桐花凤扇赋序》:"成都夹岷江矾岸多植紫桐,每至春暮,有灵禽五色,来集桐花,以饮朝露,谓之桐花凤。"《韩诗外传》:"黄帝即位,宇内和平,未见凤

凰,乃召天老而问之。……黄帝乃服黄衣……斋于宫中,凤乃蔽日而至,止帝东园,集梧桐,食竹实。"因此世传凤以桐花、竹实为食。

这首诗是作者自嘲的作品,《后村大全集·诗话·前集》说:"旧读杨诚斋绝句云(引此诗,第二句作"凤皇未必胜狙公",第三句"尽逃"作"幸逃"),不解所谓;晚始悟其微意:此自江东漕奉祠归之作也;凤虽不听命于狙公,然犹待桐花、竹实而饱,以'花''实'况(比喻)祠廪(祠禄,做祠官,不任事,白领俸钱)也,欲并祠廪扫空之尔! 未几,遂请挂冠(弃官退休)。"理解非常正确,可供参看。

寄 陆 务 观①

君居东浙我江西②,镜里新添几缕丝③? 花落六回疏信息,月明千里两相思。不应李、杜翻鲸海④,更羡夔、龙集凤池⑤。道是樊川轻薄杀,犹将万户比千诗⑥。

① "陆务观",见第 156 页《云龙歌调陆务观》注①。
② 时陆游家居绍兴,作者家居吉州,故云。
③ "丝",以其形色喻白发。
④ "李、杜",指唐代大诗人李白、杜甫。"翻鲸海",用杜甫《戏为六绝句(论诗)》之四:"才力应难夸数公,凡今谁是出群雄? 或看翡翠兰苕上,未掣鲸鱼碧海中。"钱谦益笺云:"兰苕翡翠,指当时研揣声病、寻摘章句之徒。鲸鱼碧海,则所谓浑涵汪洋、千汇万状,兼古人而有之者也(意谓杜甫自喻)。"按前者以指浅薄之作,小有容色、悦人耳目,而不能

雄深博大、气象万千。此句言陆游是当代大诗人。

⑤ "夔(kuí)、龙",二人名,夔是虞舜时的乐正官,龙是虞舜时的纳言官,见《尚书》。"凤池",指封建时代政府的中书省,隋代的中书省长官即是宰相之职,掌握全国政事。《通典·职官典》:"中书省地在枢近,多承宠任,是以人固其位,谓之'凤凰池'也。"杜甫诗:"会送夔、龙集凤池。"以上两句为"流水对",说我们两人身为诗人,只当委心文学创作,不可希慕禄位。

⑥ "樊川",唐诗人杜牧的别号。杜牧赠张祜诗曾说:"谁人得似张公子:千首诗轻万户侯!"万户侯,汉制,列侯大者食邑(享受其封邑的剥削租税)万户。张祜,字受吉,清河人,工诗;自劾弃官隐居。杜牧少时好冶游,后有"十年一觉扬州梦,赢得青楼薄幸名"的诗句,所以一般人对他的印象是"轻薄"文人、不谨细行(其实那两句诗是他自初登第为官、十年以后弃官不做时的寄托婉词,很有感愤,并非艳词)。这里说,人都道杜牧"轻薄",可是连他都知道勉励张祜,以从事文学创作为高,而鄙夷高官厚禄。

这首诗的背景一般认为是:当时权相韩侂胄专擅,识者知其必误国,而士大夫纷纷阿附;侂胄修造了一座南园,要请作者为他作一篇《南园记》,作者坚决峻拒;于是侂胄改请陆游,陆游答应作了;作者特寄此诗以规勉老诗友。罗大经《鹤林玉露》:"陆务观,农师之孙,有诗名。……晚年为韩平原作《南园记》,除从官。杨诚斋寄诗云(引诗,词句无异),盖切磋之也。然《南园记》唯勉以忠献之事业,无谀词。"但此说似误。本篇系绍熙五年(1194)春末作,作者和陆游在淳熙十六年(1189)曾同官于杭州,当年陆即离杭,算到此时,为六年,所以诗中有"花落六回"之语。而《南园记》开端即云:"庆元三年,二月丙午,慈福有旨以别园赐今少师平原郡王韩公。"是赐园已在1197年2月,作记又当稍后。其事晚于本篇之作时盖三、四年,罗说似不足据。此诗只是彼此间一般的勉励,恐与南园事无涉。

观　　鱼

　　老夫不奈热,跣足坐瓦鼓^①;临池观游鱼,定眼再三数^②。鱼儿殊畏人,欲度不敢度;一鱼试行前,似报无他故;众鱼初欲随,幡然竟回去^③。时时传一杯,忽忽日将暮。

① "跣(xiǎn)",赤足,光脚。"瓦鼓",陶制坐具,形如鼓,夏日取其凉,俗
　　称"瓷墩"。
② "数",上声。
③ "幡然",改变的形容。此指忽然转头返回。

重九后二日同徐克章登
万花川谷月下传觞^①

　　老夫渴急——月更急,酒落杯中月先入;领取青天并入来,和月和天都蘸湿^②。天既爱酒自古传^③,月不解饮真浪言^④;举杯将月一口吞,——举头见月犹在天。老夫大笑问客道:"月是一团还两团?"酒入诗肠风火发,月入

诗肠冰雪泼；一杯未尽诗已成，诵诗向天天亦惊。焉知万古一骸骨？——酌酒更吞一团月！

① "万花川谷"，作者自名其花圃。地方不大，而栽花很多，故云。"传觞"，传杯——饮酒。

② "和月和天"，犹言连月带天。

③《资治通鉴》晋太元三年注引《九州春秋》："曹公禁酒，孔融以书嘲之曰：天有酒旗之星，地列酒泉之郡。"李白诗："天若不爱酒，酒星（星名）不在天；地若不爱酒，地应无酒泉：天地既爱酒，爱酒不愧天。"

④ "浪言"，妄说，随意信口而言。李白诗："举杯邀明月，对影成三人；月既不解饮，影徒随我身。"此故意反驳其说。

　　作者这种诗是学李白的气势而又自变其风格，他自己对此篇十分得意。罗大经《鹤林玉露》说："杨诚斋月下传杯诗云（引此诗，字句无异），余年十许岁时，侍家君竹谷老人谒诚斋，亲闻诚斋诵此诗，且曰：'老夫此作，自谓仿佛李太白。'"罗大经，字景纶，是作者的同乡晚辈，和作者的长子杨长孺（东山）也相熟识。

　　按以上系（宋光宗）绍熙五年（甲寅·1194）作者退休家居所作。

晓 起 探 梅（四首录一）

　　一生劫劫只长涂①，投老山林始定居。梦破青灯窗欲白②，犹疑雪店听鸡初③。

① "劫劫",犹言汲汲,奔忙不遑休暇的形容。"长涂",同长途。
② "梦破",犹言梦醒。
③ "听鸡初",初闻鸡鸣的时光。"听",读去声。

人日后归自郡城①

倦来睡思酒般醲②,晓起东园看晓风。孤负梅花三四日③:新年人事到城中④。

① "人日",夏历正月初七日。"郡城",指吉州。
② "睡思",犹言困意。思读去声。
③ "孤负",也写作"辜负"。
④ "人事",指世俗应酬,如拜年、谒访等;旧社会中是不得不为的浮礼,一不周到便要惹人怪罪、衔恨。作者正月初为此进城而辜负了好几天的梅花开得正好的时光,言外是怅怅无已的。

与伯勤子文幼楚同登南
溪奇观戏道傍群儿

鬖松睡眼熨难开,曳杖缘溪啄紫苔①。偶见群儿聊与戏,布衫青底捉将来②。

① "缘溪"，沿溪。"啄紫苔"，说人拄杖而行，行一步则杖一点地，好像鸟
　　啄食的样子。"紫苔"，指生满了苔藓的地。
② "布衫青底"，即"布衫青的"，穿青布衫的。"捉将来"，捉了来，捉过来。

　　这诗写出老诗人逗小孩子玩耍的天真和风趣，别人集中很难得
有这类的作品。

中　涂　小　歇①

　　山僮问"游何许村②？""莫问何许但出门。脚根倦时
且小歇，山色佳处须细看③。"道逢田父遮侬住④，说与"前
头看山去；寄下君家老瓦盆⑤，他日重游却来取⑥"。

① 此题系接承集中前一首《雪后领儿辈行散》而言。"中涂"，中途，半
　　路上。
② "何许"，哪里？"许"古音如"浒"，转为平声即如"杭"，写作"行"，如今
　　口语犹说"哪行儿（急读音如"合儿"）？"
③ "看"，平声。按"看"字与上文"村""门"不押韵；但"村""门"古代属
　　"元"韵，而"元"韵字音介乎 en 与 an 两个韵母之间，所以既有"村"
　　"门"等字音，也有"原""轩"等字音。因此在宋时犹可将"看"字借用通
　　押。现在读音则不能调谐了。
④ "遮侬住"，将我拦住、留住。——要款以杯酒。
⑤ "寄下"，寄留在您家。"老瓦盆"，酒器。杜甫诗："莫笑田家老瓦盆，自
　　从盛酒长儿孙。"

⑥ "却",再。注意以上两句实是说:"您家的好酒,因今天忙着要去看山,且'寄存'下吧,等下次游山时一定再来领取——叨扰。"不可误会为是作者要把自己的酒盆寄存在路上的老农家里。

岁暮归自城中一病垂死
病起遣闷(四首录二)

食罢游东园,慨然伤我怀;昨日病卧时,自谓不复来。入门大风起,万松声顿哀;病骨念不堪,欲行重徘徊①;徘徊南斋前,小倦坐苔阶。斋前花不多,亦有两古梅②;似知我至此,顷刻忽尽开。多情梅间竹,偃风特奇哉③!不知喜风舞?为复怯风回④?万象皆迎春,我独老病催;明日能来否?且归拨炉灰。

病起行不得,坐久情不舒;倔强妻子前⑤,欲扶羞索扶;且呼斑竹君⑥,寸步与我俱。远行亦未决,聊复循庭除⑦;平地谁云觉,陟降即少徐⑧。平生四方志,八极视若无⑨;西飞折若木⑩,东厉骑鲸鱼⑪;——即今卧藜床,一起还九嘘!力惫志犹在,床头寻湛卢⑫。

① 这说想要罢游回去,可是又眷恋不舍。"重",读去声,意义却不是轻重的重,而是复叠的意思。

② "古梅",梅花之一种,亦名苔梅。范成大《梅谱》:"古梅:会稽最多,四明、吴兴亦间有之;其枝樛曲万状,苍藓鳞皴,封满花身,又有苔须,垂

于枝间，或长数寸，风至，绿丝飘飘可玩。初谓古木久历风日致然，详考会稽所产，虽小株亦有苔痕：别是一种，非必古木。"

③ "偃风"，因风而弯俯成姿。

④ "不知……? 为复……?"见第 69 页《山居》注③。

⑤ "倔强(jiàng)"，执拗，不纳人言，不服气。此指不服老病。

⑥ "斑竹君"，指竹杖。

⑦ "循庭除"，沿绕庭院而行。

⑧ "陟降"，升降。这两句是说：走平坦之处哪里觉得有什么，一到升高一些、下降一些，就觉得力气不行，须要放慢些了。"少"，义同稍。

⑨ "八极"，犹言八荒，八方极远之处。

⑩ "若木"，古代神话：西海日所入处有若木(日出处则有东海扶桑)。

⑪ "厉"，穿着衣服涉水为厉；水浅则"涉"，水深则"厉"。李白自号"海上骑鲸客"。

⑫ "湛卢"，宝剑名。

按以上系(宋宁宗)庆元元年(乙卯·1195)作者家居时作。

观　　社

作社朝祠有足观①，山农祈福更迎年②。忽然箫鼓来何处? 走煞儿童最可怜③! 虎面豹头时自顾④，野讴市舞各争妍。王侯将相饶尊贵，不博渠侬一饷癫⑤!

① "社"，见第 180 页《观迎神小儿社》注①。"朝祠"，犹俗云"朝山拜

庙"。"有足观",大有可观。

② "年","大有年"的年,指年景、好收成。

③ "走煞",跑煞,指追看赛会,跟着到处奔跑。"可怜",可怜爱义。不是可怜恤义。

④ 此句指赛会中的装演者有虎面豹头之扮相。

⑤ "不博",得不到,换不到。说饶你王侯将相,若拿你的爵位来换,也不换给你。"一饷",犹云顿饭之时,喻为时不太长。俗亦作"一晌"。"癫",犹言"狂",指表演者的当场放情遂意、兴高采烈的高度兴奋状态。有放浪形骸的意趣,所以是一种颠、狂。民间艺人,往往身怀绝艺,把作社表演视为大事,无论如何,也要参加,旧日有的甚至牺牲正事,不惜辞掉工作活路,也不能放弃这一年一度的"一饷癫"的乐事。

积 雨 小 霁

　　雨足山云半欲开,新秧犹待小暄催。一双百舌花梢语①,——四顾无人忽下来。

① "百舌",鸟名,善于随效百鸟的鸣声,故名。《格物总论》:"百舌春二三月鸣,至五月无声,亦候禽也。"此诗乃三月间所作。

　　作者善于写禽鸟的行动、神态。参看另一首《晚归再度西桥》:"归近西桥东复东,蓼花迎路舞西风。草深一鸟忽飞起,——侬不觉他他觉侬。"

八月十二日夜诚斋望月

　　才近中秋月已清,鸦青幕挂一团冰①。忽然觉得今宵月,元不黏天独自行②。

① "鸦青",颜色名称,一种暗青色,比正青色为淡雅。这里用以形容月夜天空的颜色。

② 这是针对第二句而说的,原来一般的错觉总以为天空是平面实物,例如诗中所说的一面帐幕;而月亮是黏贴附丽在上面一样。今夜忽然觉察得月亮原是无所附丽、独自悬行的。"元",即"原"字。

添盆中石菖蒲水仙花水

　　旧诗一读一番新,读罢昏然一欠伸①。无数盆花争诉渴,老夫却要作闲人。

① "欠伸",欠是人倦时自然大张口作深呼吸的生理动作,俗称"呵欠";伸指伸张肢体以解身体倦乏的动作:二者常相伴而行,所以合称欠伸。

　　这是作者老来退休而心怀不忘人民国家的作品,所谓以小喻大。

　　按以上系(宋宁宗)庆元二年、三年(丙辰、丁巳·1196、1197)两年间

261

作者家居所作。

初秋戏作山居杂兴俳体十二解^①（录五）

甑头云子喜尝新^②，红嚼桃花白嚼银^③。笑杀官人浪欢喜^④：村人残底到官人^⑤！

自曝群书旧间新^⑥，净揩白醭拂黄尘^⑦。莫羞空腹无丁字^⑧，且免秋阳晒杀人！

独对秋筠倒晚壶，喜无吏舍四歌呼^⑨。柳梢一壳兹缁滓上声^⑩，屋角双斑谷古孤^⑪。

卓午从他火伞张^⑫，先生别有睡为乡^⑬：竹床移遍两头冷，瓦枕翻来四面凉^⑭。

月色如霜不粟肌^⑮，月光如水不沾衣：一年没赛中元节^⑯，政是初凉未冷时^⑰。

---

① "俳（pái）体"，游戏体裁的意思。"解"，见第73页《秋雨叹十解》注①。
② "甑（zèng）"，蒸炊器。"云子"，见第229页《宿峨桥化城寺》注④。
③ "桃花"，指一种红色粗米。
④ "浪"，白白地，徒然，枉自，漫。
⑤ "残底"，馀的，剩下的。
⑥ "间"，去声，间杂，羼杂。
⑦ "醭（bú，入声）"，潮霉而生的白色霉菌。

⑧ "无丁字"，犹言不识一个字。《唐书·张弘传》："天下无事，而（尔）辈挽两石弓，不如识一丁字。"或说"一丁字"本是"一个字"的形近讹误。《世说》记载，七月七日，当时风俗人人都曝晒经书、衣服，取其不生蠹虫。郝隆独在庭中向日仰卧，人问他，他说："我曝腹中书！"这里是暗用这个故事而加以诙谐，说幸而腹中无书，不然岂不被秋阳晒杀！

⑨ "秋筠（yún）"，秋天的竹子。"倒晚壶"，晚间饮酒。《史记·曹相国世家》："相舍后园近吏舍，吏舍日饮歌呼，从吏恶之……"

⑩ "一壳"，指蝉。"兹缁滓"，是以一个 zi 音的平、上声来模拟其叫声。

⑪ "双斑"，指鸠鸟。"谷古孤"，是以一个 gu 音的入、上、平三声来模拟其鸣声。参看清敦诚《鹪鹩庵笔麈》："杨诚斋诗：'柳梢一壳兹缁滓，屋角双斑谷古孤。'吾宗紫幢居士有听弦索声诗：'隔巷时闻棱等登。'盖用丁棱登第后谢主司事。未知杨诗出于何典。"按作者当是自出心裁，不必用典。

⑫ "卓午"，日正午。"火伞张"，一喻烈日炎氛四射如张火伞。韩愈诗："赫赫炎官张火伞。"

⑬ "先生"，作者自谓。

⑭ 参看《云麓漫钞》："介甫（王安石）尝言：'夏月昼睡，方枕为佳。'问其何理，曰：'睡久气蒸枕热，则转一方冷处。'是则真知睡者耶！"正是作者所写的道理。

⑮ "粟肌"，指寒凉使皮肤收缩而生小颗粒如粟米，俗话"起鸡皮疙瘩"。

⑯ "没赛"，都比不上。"中元节"，夏历七月十五日。

⑰ "政"，同正。

按以上系（宋宁宗）庆元四年（戊午·1198）作者家居所作。

送次公子之官安仁监税①

汝仕今差晚②，家庭莫恨离。学须官事了③，廉忌世人知④。争进非身福，临民只母慈⑤。关征岂得已⑥，垄断欲何为⑦？

① "次公子"，作者呼自己的第二个儿子名叫"次公"的；"公子"二字不连文。"之官"，赴官，之是动词。"安仁"，县名，今江西余江。

② "差"，较。引伸为颇、甚的意思。这说你现在开始做官，和我当年比起来，已经算很晚了。所以下句说，不必恋家怕离别。差，此义依字书为去声chà音，但在诗词中皆作平声用。

③ "了"，了解，通晓义。《晋书·傅咸传》："生子痴，了官事，官事未易了也……""官事"，犹言"公事"，指做官"办公事"而言。这句意思说学问也要在官事中阅历践证。（参看黄庭坚《登快阁》："痴儿了却公家事，快阁东西倚晚晴。"也是用《晋书》的话，但他把"了"变用为"办完了""了结"的意思。作者的意思与黄不同，提出以免误会。）（黄之所以不作"官家事"，是因为宋人称皇帝为"官家"，故避。）

④ 这说廉洁的品德重在实行并应视为当然本分；如果以廉为钓名之具，就变质了。另一方面，当时官场贪赃狼藉已成风气，人人如此；若独标廉洁之名，必为人所嫉恨中伤。

⑤ "临民"，官僚统治人民。临，是以高临下的意思，是封建统治阶级从其统治者立场而讲话的字眼。这句嘱他儿子做官对待人民要像慈母对待自己的儿女一样。

⑥ "关征"，指税关征收税钱。《礼·王制》："关，讥（盘察）而不征。"关，是

入境的要道,所以在此设税卡。
⑦ "垄断",《孟子·公孙丑》:"有贱丈夫焉,必求龙断而登之,以左右望而罔(网罗)市利。"指找个高冈地方登上去以便四望取利。龙断,《说文》引《孟子》作"垄断"。这句教诫儿子不可苛察榨取。

　　按作者送他的幼子幼舆初作官时,也有诗说道:"估人耕货不耕田,也合供输饷万屯。莫道厚征为报国,厚民却是负君恩!"指出统治者和人民是不能调和的敌对头。

　　按以上系(宋宁宗)庆元六年(庚申·1200)作者家居所作。

送子上弟赴郴州使君
罗达甫寺正之招①

　　郴山奇变水清写②,郴江幸绕郴山下③:韩、秦妙语久绝弦,谁煎凤觜续此篇④?君章词客山水主⑤,云锦聘君君好赴⑥;为寻两公旧游处,得句寄侬侬不妒⑦。——休道郴阳和雁无⑧,也曾避雪罗浮去⑨!

① "子上",作者的族弟。"郴(chēn)州使君",指郴州的太守——当时正式官称是"知军州事"。郴州,治所在今湖南郴州。"寺正",官名,属大理寺,掌断刑治狱。当时宦场习俗,在外郡者,必以其曾任的京职来称呼。
② 唐韩愈《祭河南张员外文》:"郴山奇变,其水清写(泻)。"
③ 宋秦观《踏莎行》:"郴江幸自(本自)绕郴山,为谁流下潇湘去?"按郴州

最著名的山是黄岑山,其北为郴江之源所在。郴江一名郴水,下流会
耒水、白豹水而入湘江。

④ 上句既以"绝(断)弦"比喻妙语久无人接续,所以这句又以"凤觜(嘴)
胶"能续断弦来继续这一比喻。《仙传拾遗》:"汉武天汉三年,帝巡北
海,王母遣使献灵胶四两,乃集弦胶也:出凤麟洲,洲上多凤麟,数万
为群;煮凤喙及麟角合煎作胶,名之曰集弦胶,一名连金泥;弓弩已断
之弦,刀剑已断之铁,以胶连续,遂不脱也。"杜甫诗:"麟角凤觜世莫
识,煎胶续弦奇自知。"

⑤ "君章",晋罗含,字君章,谢尚称之曰:"罗君章可谓湘中之琳琅。"见
《晋书·文苑传》。此以借指题中的罗达甫。

⑥ "云锦",喻书札。李白诗:"手迹尺素中,如天落云锦。"

⑦ 上句的"两公",即指"韩、秦"。"侬",我。此句说,寻两位大文人的旧
游地,得其感受,定有妙句,寄给我,我亦不妒其妙绝——正欢喜读它!

⑧ 秦观《阮郎归》:"乡梦断,旅魂孤,峥嵘岁又除。衡阳犹有雁传书,——
郴阳和雁无!""和雁无",连雁也没有。按衡州有回雁峰,古时人相传
误以为雁至此不复南飞(其源始于柳宗元《春日过衡州》:"正是峰头回
雁时。"但柳诗原为春日适见雁由南向北飞,纯系读者误会。辩见《能
改斋漫录》卷五)。

⑨ 杜甫《归雁》诗:"见花辞涨海,避雪到罗浮。""罗浮",山名,在广东增
城、博罗之间。秦观说郴阳已无雁到——可是杜甫却说连罗浮都有雁
去避雪呢:那么你在郴州,不要借口"和雁无"而不把妙句好语寄给我
吧! 雁,古人以为是传书的使者,故云。

夏 夜 玩 月

仰头月在天,照我影在地;我行影亦行,我止影亦止。

不知我与影、为一定为二①？月能写我影，自写却何似？——偶然步溪旁，月却在溪里！上下两轮月，若个是真底②？为复水是天？为复天是水③？

① "定"，问词，有"毕竟是""还是"的语气。这句说：是一？还是二？
② "若个"，哪个？"真底"，真的。
③ "为复"，问词，义同"还是"，这说到底水是天？还是天是水？（案：这个俗语"还是"，实际应当写作"或是"。是音转写讹所致。）

夏　夜　露　坐（二首录一）

火老殊未热①，雨多还自晴。暮天无定色，过鸟有归声②。坐久人将睡，更深月始明③。素娥欺我老④：偏照雪千茎⑤！

① "火老"，指夏已深。火是"五行"之一，古时人把火属之夏季（春属木，秋属金……）。五行，各有"生""旺""壮""老"之候。这是指季候变化的一种代词。
② 这说暮鸟归巢，啼声也好像有归意。
③ 这一联两句是说，真正的好景致，往往不能为人所知享，例如不到更深，觉察不到月明之夜的真情景，而要到更深，必须久坐以待，人却困倦要睡了。苏轼词："明风如霜，好风如水，清景无限；曲港跳鱼，圆荷泻露：寂寞无人见。"也是写夜深独见之景趣，说明这一层意思。可以参看。

④ "素娥",此词由嫦娥一意而来,指月亮,犹言白月、明月,但更加人格
　化了。
⑤ "雪",指白发。

月下闻笛

　　天色镕成水,蟾光炼出银①。碧香三酌半②,玉笛一
声新。小婉还清壮③,多欢忽苦辛:何人传此曲?此曲怨
何人?

① "蟾光",月光。萧统文:"皎洁轻冰,对蟾光而写镜。"
② "碧香",酒名。宋苏轼《送碧香酒与赵明叔教授》"碧香近出帝子家";
　刘子翚诗:"未饶赤壁风流在,且向何家醉碧香。""三酌半",是说一共
　有三酌,正在吃却一半之间。
③ 这说笛声初头微婉,入后声渐清壮。

秋 日 早 起

　　鸡鸣钟未鸣,不知向晨否①;起来恐惊众,未敢启户
牖。残灯吐芒角②,上下两银帚;定眼试谛观③,散作飞
电走。

① "向晨",天将亮。

② "芒角",光线幅射时其芒四出,故称为芒角(芒角通常指物件的棱角)。

③ "谛观",仔细审视。

　　按此诗所描写的,是人初睡醒眼尚蒙眬而看灯烛光时的情景。当然灯是指古代的油灯,若现代电灯则情况不尽同了。

夜　饮

　　夜饮空斋冷,移归近竹炉。酒新今晚醡^①,烛短昨宵馀。紫蔗椽来大^②,黄柑蜜不如。醉中得五字^③,索笔不能书。

　　饮酒无奇诀:且斟三四分;初头只嫌浅^④,忽地有馀春^⑤。身外多少事,灯前仔细论^⑥。绝怜青女老^⑦,忍冷撒琼尘^⑧。

① "醡(zhà)",即压榨的榨字,古时制酒要经过压榨。参看《云麓漫钞》:"李太白诗:'吴姬压酒唤客尝。'说者以为工在'压'字上。殊不知此乃吴人方言耳。至今酒家有'旋(去声,即"现")压酒子相待'之语。"

② 这说甘蔗几乎像屋椽子般大小。夸张说法。

③ "五字",指五言诗句。

④ "浅",言酒少。这浅是指酒在杯中很浅,就是上句所说的斟了三四分满。

⑤"忽地",忽然。"春",指酒力温暖似有春意。"有馀春",犹俗言"有后
　劲儿"。

⑥"论",读平声。这"论"其实是指心中自作思量。

⑦"青女",古代神话传说的霜神。下句"琼尘"即指霜。

⑧"忍冷",犹今言"挨着冻"。

醉　　吟（二首录一）

　　三春草草眼中过①,未抵三冬乐事多②:烛焰双丫红
再合③,酒花半蕾碧千波④;孤寒霜月侬相似⑤,跌宕雪风
谁奈何⑥? 道是闲人没勋绩,——一枝樵斧一渔蓑。

①"过",读平声。

②"未抵",跟不上,顶不过。

③"丫",凡物分叉的都叫作丫。这句说烛焰由忽然分叉到红光再合并为
　一焰:指冬夜对烛而坐、蜡花烧成各种形象,可见夜坐之久,已到
　更深。

④"酒花",指酒斟入杯,酒沫泛旋如花。唐李群玉诗:"酒花荡漾金樽
　里。"这句说酒虽很少而酒趣很浓。

⑤这句说冬夜的冷月有点像我。

⑥"跌宕",放浪不羁的意思。"谁奈何",谁奈我何? 谁拘管、干涉得
　着我?

晒　衣

亭午晒衣晡折衣①，柳箱布襆自携归②。妻孥相笑还相问③："赤脚苍头更阿谁④！"

① "亭午"，日正午。这句说晌午晾衣服，到日晚折衣收起。
② "布襆"，指以布束箱，以便携负。
③ "孥"，孩子。
④ "赤脚苍头"，光着脚的老仆人、老家人、老伙计。"阿"，读入声，发语词。这句犹如俗话说："瞧！你不是个老苍头谁还是老苍头！"按封建士大夫原都是"四体不勤"的，从来不做体力活。如今自己收收衣服、背背箱笼，就好像了不起的大事了，所以妻儿也见笑。另一方面也见出作者的清贫坦率，究竟不同于流俗官僚。

读 张 文 潜 诗①

晚爱肥仙诗自然，何曾绣绘更雕镌②？春花秋月冬冰雪：不听陈言只听天③。

山谷前头敢说诗④，绝称漱井扫花词⑤。后来全集教渠见，别有天珍渠得知⑥！

① "张文潜",名耒,文潜是字;体胖,人称"肥仙",号宛丘先生;北宋时淮阴人;自幼能写作;苏轼称赏其文,为"苏门六君子"之一;后因此坐党籍两次谪贬;家贫,而很有气节。作文主张以理(思想内容)为主,反对"以言语、句读为奇"的修饰末节;为诗效法白居易,乐府学张籍,颇能反映社会现实、揭露民生疾苦,实在是北宋时期思想性最突出的诗人之一,风格平易自然,在当时也成为独一无二的特例,不受苏、黄"元祐体"的影响。

② "绣绘""雕镌",指作诗专在文字表面上做粉饰、打磨的工夫,即"以言语、句读为奇"。

③ "陈言",古书中、前人用过说过的成语成意。韩愈作文力主"惟陈言之务去",反对陈陈相因、徒事剿袭,毫无创造。"听",读去声;这里有倚仗的意思。"天",指活生生的现实世界。旧日诗人作诗,往往不是直接向写作主题对象去探讨研求,而是先落在陈言的魔障之内,举一个简单例子说明:假如要咏梅花,不是直接去观察、体味这枝梅花,却是首先想到某人咏梅的名句、某个梅花的典故等等,硬扯来敷衍,这就成了"只听陈言不听天"了。这是作者所反对的,所以他提出"听天"的口号。

④ "山谷",黄庭坚的别号,黄是江西诗派的创始者,在南、北宋之间最受人崇拜,势力影响极大,一般人以为其诗别人不可企及。黄、张同属"六君子",所以有"敢说诗"的话,意谓若在山谷面前胆敢说诗,则其诗必大可观了。

⑤ 《苕溪渔隐丛话》:"王直方诗话云:文潜先与周翰、公择辈来饮余家,作长句。后数十日再同东坡来,读其诗,叹息云:'此不是吃烟火食人道底(的)言语!'盖其间有'漱井消午醉,扫花坐晚凉;众绿结夏帷,老红驻春妆'之句也。故山谷次韵亦云:'张侯笔端世,三秀丽斋房;扫花坐晚吹(去声),妙语益难忘(平声)。'"

⑥ "天珍",极其自然的美好、可贵之物,此指张耒的清新自然的诗格而

言。"渠得知",谓黄只知道称赏"漱井扫花",至于张末诗中更高一层的美,他哪里见得出! 按此二诗系作者借张末自喻。

按以上系(宋宁宗)嘉泰元年(辛酉·1201)作者家居所作。

上元前一日游东园看红梅(三首录一)

　　儿牵黄犊父担犁,社鼓迎神簇纸旗①。不是丰年那得此②? 今春大胜去春时。

① "社鼓迎神",见第180页《观迎神小儿社》注①。"簇纸旗",簇是聚义。这说无数旗帜攒簇,略如"幡盖如林"的意思。
② "那",设问词,但是读平声,略如"挪"音。已见。

雨中入城送赵吉州器之(二首录一)

　　村店农忙半不开,入城客子去还来①:阿耶乌伞儿青笠②,卖却松柴买菜回③。

① "客子",指不在城中住的、郊外入城的人。"去还来",进了城又回来。
② "阿耶",即"阿爷",爹爹。
③ "卖却",卖掉了,卖完了。

初夏即事十二解^①（录四）

百日田干田父愁，只消一雨百无忧^②。更无人惜田中水，放下清溪恣意流。

从教节序暗相催^③，历日尘生懒看来^④。却是石榴知立夏：年年此日一花开。

东渚西陂万马奔^⑤，浪花吞尽旧波痕。山童莫扫中庭水：要写钱钱雨点纹。

更无一个子规啼，寂寂空山花自飞；啼得春归他更去，——元来不是劝人归^⑥！

① "解"，见第 73 页《秋雨叹十解》注①。
② "消"，犹言"须"。
③ "从教"，任凭。教，平声。
④ "历日"，指古代用的历本（俗称为"皇历"），那时还没有"月份牌"。这说皇历上面都蒙了一层尘土，也不去翻看。
⑤ "万马奔"，喻水势之汹涌。
⑥ 子规鸟（杜鹃）的啼声，古时人以为像是在说"不如归去"，所以有这样的想象譬喻。"元来"，现在写作"原来"。

端 午 独 酌^①

　　招得榴花共一觞^②，艾人笑煞老夫狂^③。子兰赤口禳何益^④？正则红船看不妨^⑤。团粽明朝便无味^⑥，菖蒲今日么生香^⑦！一生幸免"春端帖"^⑧，可遣渔歌谱《大章》^⑨？

① "端午"，端阳节，夏历五月初五日。

② 题目是"独酌"，上来偏偏先说招来榴花共饮。而"独酌"之意更鲜活。若直说怎么怎么孤单，便不如这样有趣味有含蓄了。

③ "艾人"，《荆楚岁时记》："五月五日，四民并踏百草，采艾以为人（作成人形），悬门户上，以禳毒气。"这本是古代人一种朴素的夏季卫生措施，后来成为节日的点缀风俗。参阅注④。

④ "子兰"，战国楚怀王的幼子、顷襄王的弟弟，为令尹。屈原谏怀王入秦，怀王不听，竟死于秦；怀王之行，受子兰的怂恿，楚人皆咎子兰。子兰怒，使上官大夫谗屈原于顷襄王，原因被迁于江滨、至投汨罗而死。《史记·屈原列传》："怀王以不知忠臣之分，故……疏屈平而信上官大夫、令尹子兰，兵挫地削，亡其六郡，身客死于秦，为天下笑。"作者以此暗喻宋朝徽宗以次诸皇帝的专信佞臣而致身死国破。"赤口"，谓小人诬害之言，厉害如火。《梦粱录》："（端午）以艾与百草缚成天师，悬于门额上……或士宦等家以生朱于午时书'五月五日天中节，赤口白舌尽消灭'之句。"《武林旧事·端午》："又以青罗作'赤口白舌'帖子，与艾人并悬门楣，以为禳檜。"参看《京本通俗小说》卷十一《菩萨蛮》可常作《辞世颂》，末云："五月五日午时书，赤口白舌尽消除。五月五日天中节，赤口白舌尽消灭。"可见当时风俗皆如此。"禳（ráng）"，以一种

仪式、办法来除灾解祟,为禳。

⑤ "正则",指屈原;《离骚》:"名余曰正则兮。""红船",指五月五日赛龙舟的风俗,传说是因纪念屈原而起。《隋书·地理志·下》:"屈原以五月五日赴汨罗,土人追至洞庭,不见;湖大舠小,莫得济者。乃歌曰:'何由得渡湖?'因尔鼓棹争归,竞会亭上,习以相传,为竞渡之戏。……观者如云,诸郡率然。""看不妨",慨讽之词。

⑥ "团粽",当即粽子粉饵之类的食品。《梦粱录》:"(端午)并市茭、粽、五色水团、时果……""团"当即水团。

⑦ "菖蒲",蒲和艾同是五月节的点缀物,《武林旧事·端午》:"而市人门首,各设大盆,杂植艾、蒲、葵花,上挂五色纸钱,排钉果粽。""么",去声;"么生香",怎么这般香!

⑧ "春端帖",见第 9 页《立春日有怀二首》注④、⑤、⑥及注后说明。士大夫们以做翰林学士为荣耀,作者却庆幸"幸免"。

⑨ 《大章》,古帝尧时乐名。

至后入城道中杂兴①（十首录五）

大熟仍教得大晴,今年又是一升平。升平不在箫韶里②:只在诸村打稻声。

问渠田父:"定无饥?"却道:"官人那得知! 未送太仓新玉粒③,敢先云子滑流匙④?"

长亭阿姥短亭翁⑤,探借桃花作面红⑥:酒熟自尝仍自卖⑦,一生割据醉乡中⑧。

丰年物物总欣欢，不但人和畜亦蕃。簸处金肤肥彘母[9]，舂馀珠屑饱鸡孙[10]。

山路肩舆倦仆夫[11]，家兄为我酒频沽。卖薪人散知城近，归柳鸟忙觉日晡。

① "至后"，指冬至节以后。

② "箫韶"，相传是古代虞舜之音乐，《尚书·益稷》传云："韶，舜乐名；言箫，见细器之备。"这句说真正的太平不在于粉饰升平、歌颂封建帝王的御用乐歌声中。

③ "太仓"，指封建时代京师所设的官仓，剥削农民的血汗收获，贮藏于此，以供统治集团糜费。"玉粒"，玉般洁白的精米。

④ "云子"，见第 36 页《晚春行田南原》注③。按前《初秋戏作山居杂兴俳体十二解》曾有"笑煞官人浪欢喜：村人残底到官人"之句，是一时快意（同情农家、鄙夷官人）的话，到这里才真正写出不交官租、不敢先吃的真情。

⑤ "长亭""短亭"指古代每隔几里路的站头，有聚落歇处、售卖饭食者。

⑥ "探借"，犹言预借。这时是冬至后，还没有桃花，故云。

⑦ "仍"，更。

⑧ "割据"，谐语，老大爷、老大娘，独占醉乡，好比是"割据一方"。老百姓没有势力，也不可能像统治阶级那样割据疆土压迫别人，割据醉乡是解嘲、泄愤的反面语。

⑨ "金肤"，指糠秕。"彘（zhì）母"，猪母。

⑩ "珠屑"，指舂碎的细米屑。

⑪ "倦仆夫"，倦是他动词，说累坏了抬轿的。

277

按周密《浩然斋雅谈》卷中:"《太平吟》云:'纷纷红紫已成尘,布谷声中夏令新。夹路桑麻行不尽,始知身是太平人。'此可谓善状太平气象,胜于诚斋'太平不在箫韶里,只在诸村打稻声'之句。"然诚斋目的实不在写"太平气象",而在于讽刺"箫韶";合同题其他绝句而看,其意不在"写太平"尤明。(其实,即《太平吟》原意亦不在"善状太平气象",观"始知"语气可知。)周密理解与品评皆未允当。又按作者《秋晓出郊二绝句》:"丰年气象无多子,只在鸡鸣犬吠中。"可与本篇合看。

按以上系(宋宁宗)嘉泰二年(壬戌·1202)作者家居所作。

野　　望(二首录一)

野童撷菜疏移步①,客子追程有底忙②。茅屋破时偏入画③,布衫洗了晒枯桑④。

① "撷",采,掐。"疏移步",缓缓地走动,从容得很。
② "追程",赶路。"有底忙",即有得忙,忙得很。这个"底"是"的""得"的古代同义异写的字,不是问词"什么"的意思。
③ "入画",堪以入画,可作绘画题材。此说茅屋虽破亦有画意。
④ "晒枯桑",晾于枯桑树枝上。

暮 行 田 间（二首录一）

　　水满平田无处无：一张雪纸眼中铺；新秧乱插成
“井”字，却道山农不解书①！

① 这句犹如现代语：倒说山农不懂得书法、不会写字！——谁说他不懂
　不会才怪呢！

　　按以上系（宋宁宗）嘉泰三年（癸亥·1203）作者家居所作。

十山歌呈太守胡平一（录五）

　　螺冈市上恶少为群，剽掠行旅①，民甚病之；太守寺正
胡公②，命贼曹禽其魁③，杖而屏之远方④，道路清夷⑤，遂无
豺虎⑥。涂歌野咏⑦，辄摭其词檃括为山歌十解，庶采诗者
下转而上闻云⑧。

　　豺虎深交雁鹜行⑨，到官管取汝无妨⑩。只将剽劫为
“喧闹”，喝放归来尽陆梁⑪。

　　群盗常山蛇势如⑫，一偷捕获十偷扶。十偷行赂一偷
免⑬，百姓如何奈得渠⑭？

　　涂客前春荷一猪⑮，城门卖得两千馀⑯。明朝回到石

斧岭，连吃数刀今在无[17]？

　　近有村人带血论[18]，使君亲与验伤痕[19]。鹜行刚道非行劫[20]，"只是行人两作喧！"

　　行人满路喜歌呼，小盗何须辱庙谟[21]。早个使君归鼎轴[22]，为禽颉利系单于[23]！

① "剽（piāo）掠"，抢劫。"行旅"，旅客，过路人。
② "太守"，州府长官。此指作者故乡吉州州官。"寺正"，见第265页《送子上弟赴郴州使君罗达甫寺正之招》注①。此因胡太守曾官寺正，故以为称。
③ "贼曹"，官名，此指州官属下的佐吏，专管偷盗、诉讼等事的，在宋代即州官下的司法参军。"禽"，同擒。
④ "杖"，动词，责杖，是一种刑法。"屏（bǐng）之远方"，除而置于远地，即指充军发配。
⑤ "清夷"，清平。
⑥ "豺虎"，比喻劫路害人的坏人。
⑦ "涂歌野咏"，道途之间、民间的歌颂。
⑧ "庶"，庶几，期望之词。"采诗者"，相传古代设有采诗（民间风谣等作品）之官，以达于政府。《汉书·艺文志》："古有采诗之官，王者所以观风俗，知得失，自考正也。"宋代根本没有这种办法，作者不过借古语设辞而已。
⑨ "雁鹜行"（注⑳句"鹜行"同），指地方官府中长官、副长官以下的佐吏人等，如主簿、县尉等（语出韩愈《蓝田县丞厅壁记》）。这句说劫路者和官府下层官吏勾结、相济为恶。
⑩ "管取"，犹言管保。这说即使被捉到官府，也管保你没事。
⑪ "陆梁"，东西跳走之貌，这里即指任意胡为。

⑫ "常山蛇势如"，像常山蛇势一样，互为救应，任何一处受攻击，都有别处相呼应。《神异经》："西方山中有蛇，头尾差大，有色五彩；人物触之者，中（去声音"仲"）头则尾至（起来回击的意思），中尾则头至，中腰则头尾并至；名'率然'。会稽常山最多此蛇。故《孙子》兵法曰'将之三军，势如率然'也。"

⑬ "行赇"，使钱买动官府。"免"，释放。

⑭ "奈得渠"，奈得他何？对他有什么办法？

⑮ "荷"，去声，背负，肩扛。

⑯ "两千馀"，指古代铜钱。两千，两吊，两贯。

⑰ "今在无"，现在还活么？

⑱ "论"，读平声；指前来告状。

⑲ "使君"，尊称州官。

⑳ "刚道"，硬说是。按这句连下句亦即第一首"只将剽劫为'喧闹'"的意思。吏人们硬说不是抢劫案，不过是过路人喧闹吵架而已。

㉑ "庙谟"，犹言朝廷的策略谋画。"辱"，封建意识：凡是"卑贱"者劳动了"高贵"者，就是有"辱"于后者。这是阶级社会里非常荒谬的说法。但作者这里是微词含讽的语气。

㉒ "早个"，早些，表愿望的话。"鼎轴"，犹言执政要地。古代把三公、宰相等最高级的大官僚等喻称为"鼎"。

㉓ "颉利"，《新唐书·突厥传》："处罗可汗……更取其弟咄苾嗣，是为颉利可汗。""颉利然之，故岁入寇，然倚父兄馀资，兵锐马多，鹜然骄气直出百蛮上，视中国为不足与，书辞悖嫚，多须求（要索）。帝方经略天下，故屈礼，多所舍贷赠赍，然而不厌（不能满足）无厓（无尽）之求也。"故此处以颉利暗指敌国金人。"单于"，汉代匈奴称其君主为单于（广大之貌）。见《汉书·匈奴传》。"欲试属国施五饵三表，以系单于"，语见《汉书·贾谊传·赞》。

淋疾复作医云忌文字劳心晓起自警（二首录一）

荒耽诗句枉劳心，忏悔莺花罢苦吟。也不欠渠陶、谢债①，——夜来梦里又相寻！

① "陶、谢"，六朝大诗人陶潜、谢灵运。唐代诗人杜甫等都把他们当作为前代大诗人的代表。作者把自己爱作诗说成是如同欠陶谢的债一样，他们总是要来"讨账"。是诙谐语。

又 自 赞①

清风索我吟②，明月劝我饮。醉倒落花前，天地即衾枕。

① 按此题系承接集中上一篇《严陵决曹易允升自官下遣骑归写予老丑（指画肖像），因题其额》而言，这是在题额后又加上四句自赞诗，故云"又"。
② "索"，要，讨，寻。

按以上系（宋宁宗）嘉泰四年（甲子·1204）作者家居所作。

夜 读 诗 卷

　　幽屏元无恨①,清愁不自任②。两窗两横卷③,一读一沾襟④。只有三更月,知予万古心⑤。病来谢杯杓⑥,吟罢重长吟⑦。

① "幽屏(bǐng)",谓退隐幽居。韩愈诗:"庶几遗悔尤,即此是幽屏。" "元",即今"原"字。
② "任",平声;禁,堪。
③ "横卷",古代书写都是横幅长卷。
④ "沾襟",指泪沾衣襟。
⑤ "万古心",指爱国、忧国之心。参看苏轼诗:"孤月此心明。"
⑥ "谢杯杓",辞谢杯杓——戒酒。
⑦ "重",读去声;而意仍为"重叠""重复"的"重"。

落　　花

　　红紫成泥泥作尘,颠风不管惜花人。落花辞树虽无语,别倩黄鹂告诉春①。

① "倩(qìng)",请托,劳烦别人。"黄鹂(lí)",即黄莺。

283

按此诗作时距作者逝世已不远,当时他是八十高龄,又患病已久,预感在世不久,所以将忧国心事寓寄在"落花""惜花"这一题意里。作者在《朝天集》里有一首《景灵官闻子规》:"今年未有子规声,忽向官中树上鸣:告诉落花春不管,徘徊晓月恨难平!斜风细雨又三月,柳絮浮云空一生。岂不怀归归未得,倩渠传语故园莺。"前半寓意正可与本篇合看。

按以上系(宋宁宗)开禧二年(丙寅·1206)作者家居时所作。作者即卒于是年。自《江东集》诸诗以次至此,在本集中为《退休集》部分。

词赋选

七月十三日夜登万花川
谷望月作《好事近》①

月未到诚斋②,先到万花川谷。不是诚斋无月,——隔一林修竹③。　　如今才是十三夜,月色已如玉:未是秋光奇绝,——看十五、十六!

① "万花川谷",见第255页《重九后二日同徐克章登万花川谷月下传觞》注①。"《好事近》",词牌名。
② "诚斋",作者极佩服张浚;张浚谪居永州,时作者由赣州司户调来永州作零陵县丞,因求见张浚。张浚"杜门谢客",作者"三往不得见。以书力请,始见之"。张浚勉以正心诚意之学,作者"服其教终身,乃名读书之室曰诚斋"。事见《宋史·杨万里传》。
③ "修竹",长得很高的竹子。晋王羲之文:"此地有茂林修竹。"修,长也。

《昭君怨》赋松上鸥①

晚饮诚斋,忽有一鸥来泊松上;已而复去。感而赋之。

偶听松梢扑鹿②,知是沙鸥来宿。稚子莫喧哗,——恐惊他! 俄顷忽然飞去③,飞去——不知何处?"我已乞归休"④:报沙鸥⑤。

① "赋",动词,据事直书,写为韵语,叫作赋。——不用"比兴"的手法。
② "听",读去声。"扑鹿",拟声词,形容鸟飞、落时的翅膀响声。《冷斋夜话》引《龙女词》:"数点雪花乱委:扑漉沙鸥惊起。"口语常说此话。
③ "俄顷",不一会儿。
④ "乞归休",请求"致仕"。封建时代,官僚"告老",把官职、俸禄交还政府,辞归退休,叫作致仕。
⑤ 意思说:我已不做官了,特告沙鸥知道:咱们都是"野人"了,既属同类,请不要再躲我嫌我吧!

《昭君怨》咏荷上雨

午梦扁舟花底,香满西湖烟水①。急雨打篷声,——梦初惊。 却是池荷跳雨②!——散了真珠——还聚。聚作水银窝:泻清波。

① "扁舟花底""香满西湖",都是午梦的梦境。"扁(piān)舟",小船。"花底",花指荷花,小船在高出水面荷花荷叶的下面。"香",是梦中所闻,但却是实境中的荷花香气。

② "却是",原来是。"跳雨",指荷叶被雨点打着,收聚了雨珠,又因振荡而雨珠迸跳散落。是承接上文"急雨打篷声"而来:梦中忽听急雨打得船篷作响;醒来一看,却是小池内雨打荷叶的声音。

浯 溪 赋

予自二妃祠之下,故人亭之旁①,招招渔舟,薄游三湘②。风与水其俱顺,未一瞬而百里;欻两峰之际天,俨离立而不倚③:其一怪怪奇奇,萧然若仙客之鉴清漪也④;其一蹇蹇谔谔,毅然若忠臣之蹈鼎镬也⑤。怪而问焉,乃浯溪也:盖峿亭峙其南,峿台岿其北⑥;上则危石对立而欲落,下则清潭无底而正黑;飞鸟过之,不敢立迹。予初勇于好奇,乃疾趋而登之;挽寒藤而垂足⑦,照衰容而下窥。忽焉心动,毛发森竖;乃迹故步,还至水浒⑧;剥苔读碑,慷慨吊古⑨。倦而坐于钓矶之上,喟然叹曰⑩:惟彼中唐,国已膏肓⑪;匹马北方,仅获不亡⑫。观其一过不父,日杀三庶,其人纪有不斁矣夫⑬!曲江为笼中之羽,雄狐为明堂之柱,其邦经有不蠹矣夫⑭!水、蝗税民之亩,融、坚椎民之髓,其天人之心有不去矣夫⑮!虽微禄儿,唐独不贾厥绪哉⑯?观马嵬之威垂,涣七萃之欲离⑰;殪尤物以说焉,仅平达于巴西:吁不危哉⑱!嗟乎!齐则失矣,而楚亦未为得也⑲。灵武之履九五,何其亟也⑳?宜忠臣之痛心,寄《春秋》之二三策也㉑!虽然,天下之事,不易于处,而不难于议也㉒。使夫谢奉册于高邑,禀重巽于西帝㉓;违人欲以图功,犯众怒而求济㉔:天下之士,果肯欣然为明皇而致死哉?盖天厌不可以复祈㉕,人溃不可以复支;何哥舒之百万,不如李、郭千百之师?权而论之,事可知矣㉖。且士大夫之捐躯以从吾君之子者,亦欲附龙凤而攀日月,践台斗而盟带砺也㉗。——一复茬以耄荒,则夫一呼万旟者,又安知其不掉臂也耶㉘?古语有之:"投机之会,间不容穟㉙。"当是之时,退则七庙之忽诸,进则百世之扬觯㉚:嗟肃宗处此,其实难为之。——九思而未得其计也!已而舟人告行,秋日已晏㉛;太息登舟,水驶于箭。回瞻两峰,江苍茫而不见。

① "二妃祠""故人亭",皆在湖南永州。二妃,即指传说中帝舜的妃子娥皇和女英;她们是姊妹两人,溺死于湘水,遂为湘君、湘夫人二神(或以为二妃与湘君等无关)。

② "招招",呼人,以手作势为招(以言语呼唤为召);重叠言之,为招招。《诗·邶风·匏有苦叶》:"招招舟子,人涉卬否。"作者用其语。"薄游",薄字为发语虚字,无义。"三湘",即湘水,为湖南第一大川,因其会合潇湘、漓湘(一说,漓湘当作沅湘)、蒸湘三水而成流,故名三湘,入洞庭湖。作者此行是顺流而北航。

③ "欻(xū,入声)",忽然。又,起也。"际天",犹言接天,极言其高。"俨(yǎn)",庄敬端整之貌。"离立",偶立,并立。离非分离义。"不倚",

言不倾斜,用《礼·中庸》"中立而不倚"语。

④ "鉴清漪",鉴,在此为动词,临水照影。清漪,犹言清波。

⑤ "謇謇(jiǎn)谔谔(è)",忠贞正直、不阿附人的样子。謇亦作蹇,谔亦作
愕。《汉书·龚遂传》:"引经义,陈祸福,至于涕泣,謇謇无已。"《史
记·商君列传》:"千人之诺诺,不如一士之谔谔。"《晋书·武帝纪》:
"谠言謇谔。"本都是形容直言争辩的词句。这里用为神情的形容词。
"蹈鼎镬",古代酷刑,用鼎镬(大锅类)烹人。《史记·廉颇传》:"臣请
就鼎镬。"蹈,有情甘、不辞的意思。

⑥ "浯溪""峿亭""峿台",见第2页《和萧判官东夫韵寄之》注⑤。——
浯、峿、峿,本都是元结自己"旌吾独有"的意思,只是"吾"字各加上
"水""山""广"偏旁,创为新的形声字。"峙(zhì)",耸立。"峬(kuī)",
高峻独立的形状。参看元结《峿台铭》序:"浯溪东北廿馀丈,得怪石
焉:周行三四百步……涯壁斗(陡)绝,左属回鲜,前有磴道,高八九十
尺,下当洄潭,其势硠磳,半出水底,苍然泛泛,若在波上……"《峿亭
铭》序:"浯溪溪口,有异石焉,高六十馀丈,周回四十馀步,西面在江
中,东望峿台,北面临大渊,南枕浯溪,峿亭当乎石上,异木夹户,疏竹
傍檐……"

⑦ "垂足",言脚登危石之上,足趾垂在边沿之外,极言其险。这句承上文
"危石"句;下句承上文"清潭"句。

⑧ "迹",用为动词,迹故步,犹言重履来时的道路。"步",见第199页《过
瓜洲镇》注③。"水浒(hǔ)",水边。《诗·大雅·绵》:"率西水浒。"

⑨ 此碑指元结所作的《大唐中兴颂》的磨崖碑,刻于浯溪。所谓"中兴",
指唐玄宗晚年荒淫无道,天宝十五载(公元756年),安禄山陷京师,玄
宗仓卒逃往西蜀,其子李亨于七月即位于灵武,改元至德,是为肃宗;
次年郭子仪收复东京——这段破而再立、危而复安的历史经过。元结
的《中兴颂》,表面是颂扬肃宗重兴唐朝,骨子里却是讥刺他,不该乘他
父亲不在家而抢着做了皇帝。参看明瞿佑《归田诗话》:"元次山(结)

作《大唐中兴颂》,抑扬其词以示意,磨崖显刻于浯溪上;后来黄鲁直(庭坚)、张文潜(耒),皆作大篇以发扬之:谓肃宗擅立,功不赎罪。继其作者,皆一律。识者谓此碑乃唐一罪案尔,非'颂'也。"

⑩ "喟(kuì)然",叹息的声貌。

⑪ "膏肓(huāng)",言已病朽到不可救治的地步。《左传》成十年:"疾不可为也:在肓之上、膏之下,攻之不可,达之不及:药不至焉。——不可为也!"膏,指心脏下面的微脂,肓,指横膈膜上的薄膜。心、膈之间,药石所不能到,病在于此,所以为不治之症。这譬喻唐朝到中叶玄宗末期,腐败已极,如人已病到最深处。

⑫ "匹马北方",用元结《中兴颂》:"天将昌唐,繄晓我皇,匹马北方。"这两句说:肃宗只身留掌北方,勉力维持残局,才得免于灭亡。《旧唐书·玄宗本纪》:"……谋幸蜀……幸扶风……及行,百姓遮路乞留皇太子,愿戮力破贼。……因留太子……诏以皇太子讳充天下兵马元帅,都统朔方、河东、河北、平卢等节度兵马,收复两京。"北方,指所统朔方诸节度。

⑬ "一过不父",指唐玄宗纳了儿子寿王(李瑁)的女人杨氏为妃,即杨贵妃,荒淫乱伦,所以为"不父"。一过,用《左传》"君,一过多矣"的话。"日杀三庶",玄宗听信了宠妃和奸人的阴谋,诬太子李瑛、鄂王李瑶、光王李琚三人有"异谋",又加上奸相李林甫的怂恿,遂于开元二十五年四月将三人都废为庶人,不久又都害死,天下冤之,号为"三庶人"。玄宗纳了儿媳,又因宠爱武惠妃(寿王的生母)而致亲手置自己的三个儿子于死地,所以作者斥之为"人纪""斁"——人伦败坏!"人纪",犹言人伦;语出《书·伊训》。"斁(dù)",败也。"有不斁矣夫!"还有不败坏的么!下文两个"有不……矣夫"的句法同此。

⑭ "曲江",指张九龄,张为韶州曲江人,开元时为宰相。玄宗要废太子瑛,要用李林甫、牛仙客,要赦安禄山,九龄谏阻,都不听,后来受祸,一如九龄所料,玄宗后悔已晚。天下敬重,称为"曲江公"。"篋中之羽",

比喻张九龄如匣中之扇，被弃置不用。九龄因牛仙客事得罪了玄宗，为李林甫所谗构，乘玄宗赐他白羽扇的机会，作了一篇羽扇赋呈进，寓意自比，中有"苟效用之得所，虽杀身而何忌？……纵秋气之移夺，终感恩于箧中"等话，事见《新唐书·张九龄传》。"雄狐"，指杨国忠。国忠是杨贵妃的从兄，杨元琰（贵妃的父亲）死，国忠往护视其家，因与从妹（后封虢国夫人）奸通。《诗·齐风·南山》："南山崔崔，雄狐绥绥。"相传是讽刺齐襄公和他妹妹文姜（鲁桓公的夫人）通奸的诗篇。因此以之指杨国忠。"明堂之柱"，明堂是周代天子朝见诸侯的大礼堂，后来用以指皇帝听政或祭祀典礼的地方。明堂柱，比喻国政的支持、主持者。杨国忠在玄宗时官至宰相，故云。"邦经"，犹言国事、国政。"蠹（dù）"，被虫蛀朽。杨国忠初为李林甫所结纳，助纣为虐，当国后淫纵狼藉，人人怨恨，逼反安禄山，致哥舒翰于败亡之地；在马嵬驿，为陈玄礼率军士杀死，军士争食其肉以泄愤。事见《新唐书·杨国忠传》。

⑮ "水、蝗"句，唐玄宗统治时期，水灾很多，如《唐书·五行志》所记：大约每两年就有一次水灾，开元十四年秋，天下五十州水灾，河南河北尤甚；十五年秋，天下六十三州大水：是尤其严重的两个例子。又记开元三年，河南河北蝗灾，四年山东蝗灾，蚀稼声如风雨；二十五年贝州蝗灾。但作者所说的水蝗，不过是以二者统包各种天灾而言，不必拘看。古代人认为天灾都是皇帝宰相等人政治败坏所致。"融、坚"，指宇文融和韦坚，两人都是玄宗时期的剥削人民的能手。宇文融献计括天下游户羡田，弊窦丛生，得田无数，羡馀钱数百万贯，贪赃狼藉。韦坚则以转运江淮租赋、搜括各地方物珍奇，以船三百只装载陈列，使倡女在船头唱《弘农得宝歌》，招摇进贡，玄宗大悦，把韦坚加官进禄。作者以融、坚两人来代表当时专门剥削掠夺人民以讨好于皇帝的诸大官僚。"天人之心"，实指民心。"天心"虽是封建统治者用以欺人的谬说，以为皇帝是天心所眷，才教他来统治人民的，如《书·咸有一德》所说的"克享天心，受天明命"；而宋儒多已不复如此理解。可看作者《庸

言》："人者天地之心也。""杨子曰：圣人之畏天也以民，圣人之畏民也
以天。"前者用《礼·礼运》语，后者略同孟子引《书·泰誓》所谓"天听
自我民听"，都是作者的民本思想的证据。"去"，离。

⑯ "微"，无，没有。"禄儿"，指安禄山。参看《能改斋漫录》："豫章（黄庭
坚）中兴碑诗：'明皇不作包荒计，颠倒四海由禄儿。'按《禄山事迹》云：
'正月二十日，禄山生日，赐物甚多。后三日，召禄山入内，贵妃以锦绣
绷缚禄山，令内人以彩舆昇之。宫中……报云："贵妃与禄山作三日，
洗儿。"明皇就观之，大悦，因赐贵妃洗儿金银钱物……自是宫中皆呼
禄山为"禄儿"，不禁其出入。'""独不"，难道就不？"霣(yǔn)厥绪"，断
其统治的接续传统。

⑰ "马嵬(wéi)"，当时驿站名，在今陕西兴平以西。玄宗打算随杨国忠逃
往四川，才走到这里，就被陈玄礼率军士将杨国忠、杨贵妃等一党人都
处死了。"威垂"，困顿、屯遭、萎靡一类意思；杜甫诗："北风破南极，朱
凤日威垂。"（朱凤，即朱雀，指南离、炎方，或火令、夏季而言。）"涣"，
离散貌。"七萃"，周代天子的禁卫军，《诗说》："《祈招》（逸《诗》篇
名）：穆王西征，七萃之士咸怨。……"此以指跟随玄宗西行的军士。

⑱ "殪(yì)"，杀死。"尤物"，此特指女子而言，犹云"绝色"；《左传》昭二
十八年："夫有尤物，足以移人。"这里以之称杨贵妃。"说"，同悦字。
"巴西"，后汉郡名，故治在今四川阆中西。玄宗西逃，曾至巴西郡，然
后到蜀郡（治今四川成都市）。"吁(xū)"，叹词。

⑲ "嗟乎"，叹息词。"齐则失矣"二句，用《史记·司马相如传》引其所作
《子虚赋》："无是公（折中于齐、楚两国之事）听(yín)然而笑曰：楚则失
矣，齐亦未为得也。"

⑳ "灵武"，以指肃宗，因他在灵武（在今宁夏回族自治区灵武西北）即了
皇帝位。"履九五"，指做了皇帝；《易·乾》："九五，飞龙在天。"又
《易·履》："刚中正履帝位而不疚。"疏云："以刚处中，得其正位，居九
五之尊。"因此封建时代用以指做皇帝。"亟"，急切。

㉑ "寄《春秋》之二三策",说以《春秋》的笔法——寓褒贬于一字一句之间——来寄托讽刺的意旨。"二三策",用《孟子·尽心》:"吾于武成,取二三策而已矣。"

㉒ "处",上声,动词,意思是身临其境,而有所以立身、存身之道,处置得宜。这两句是说:天下的事,站在一旁发议论、作品评,不难;若使身居其地,而自处其事,就很不容易了。

㉓ "使夫",假设词。"谢奉册于高邑",用《后汉书·光武本纪》:"(诸将屡请刘秀做皇帝,刘秀推辞;后耿纯又进劝)纯言甚诚切,光武深感,曰:'吾将思之。'行至鄗(hào),光武先在长安时同舍生强华,自关中奉'赤伏符',曰:'刘秀发兵捕不道,四夷云集龙斗野,四七之际火为主。'群臣因复奏……光武于是命有司设坛场于鄗南千秋亭五成陌,六月己未,即皇帝位……改鄗为高邑。"谢,辞让。奉册,即指"赤伏符"。高邑,今河北高邑,在石家庄与邢台之间。按《旧唐书·肃宗本纪》:"上至灵武……(裴)冕等凡六上笺,辞情激切,上不获已,乃从:是月,上即皇帝位于灵武。"所以用刘秀的相似情况为比拟。"禀重巽于西帝",重巽见《易·巽》:"象曰:重巽以申命。"巽是"卑顺之名",重巽是"上下皆巽,不为违逆,君唱臣和,教令乃行。故于重巽之卦,以明申命之理"(见孔疏)。西帝,见《史记·魏世家》:"八年,秦昭王为西帝,齐湣王为东帝。"此处以指唐玄宗在西蜀。全句说:假设坚辞众人的推戴、而必要听从"西帝"玄宗的命令行事。

㉔ "违人欲"两句,参看《左传》襄十年:"子产曰:众怒难犯,专欲难成,合二难以安国,危之道也。不如焚书以安众,子得所欲,众亦得安,不亦可乎。专欲无成,犯众兴祸,子必从之。"兼看注㉗。

㉕ "天厌",用《左传》"天而既厌周德矣"语。

㉖ "何哥舒之百万"四句,"哥舒"指哥舒翰;"李、郭"指李光弼、郭子仪。天宝十四载十二月,玄宗斩封常清、高仙芝于潼关,另以哥舒翰为太子先锋兵马元帅,领河陇,募兵守潼关以拒安禄山。宰相杨国忠计穷势

迫,劝玄宗促哥舒翰出兵潼关,以收复陕洛等既陷之地;玄宗信其谬说,派人促战。哥舒翰大窘,不得已出关,到灵宝,与安禄山属将崔乾祐交战,战败,引剩卒数百人至潼津,收散兵再守潼关。后为自己部将火拔归仁所骗,出关,被执送降安禄山,京师震动,玄宗由是才决定西逃。见《新唐书·哥舒翰传》。肃宗即位后,以郭子仪为兵部尚书,依前灵州大都督府长史,李光弼为户部尚书兼太原尹、北京留守,同中书门下平章事,又得回纥助兵,共讨安禄山馀党,收复两京,安禄山党皆败死。见《唐书》肃宗本纪及安禄山等列传。这四句是说:哥舒翰当时兵力远过郭子仪等,何以哥舒败而李、郭胜?分析比较,则事情自明——可见人心向背,是主要关键了。"榷(què)",商榷,——有讨论、衡量的意思。《桯史》引此赋"榷"作"推"。

㉗ 这几句是暗用《后汉书·光武本纪》耿纯劝刘秀所说的话:"天下士大夫,捐亲戚,弃土壤,从大王于矢石之间者,其计固望其攀龙鳞、附凤翼,以成其所志耳。今功业既定,天人亦应,而大王留时逆众,不正号位,恐士大夫望绝计穷,则有去归之思,无为久自苦也。——大众一散,难可复合,时不可留,众不可逆。"《礼·昏义》:"天子之与后,犹日之与月。""台斗",参看第231页《宿牧牛亭秦太师坟庵》"台星三点"注。"盟带砺",《史记·高祖功臣侯年表·序》:"封爵之誓曰:'使河如带,泰山若厉(砺),国以永宁,爰及苗裔。'"应劭曰:"封爵之誓,国家欲使功臣传祚无穷。带,衣带也;厉,砥石也:河当何时如衣带,山当何时如厉石——言如带砥,国乃绝耳。"这是说要攀附皇帝的统治势力,做宰辅大官,"子孙万代""荣华富贵"的意思。

㉘ "莅(lì)",临。封建时代以皇帝统治人民为"临"。"耄(mào)荒",年老而荒淫无道的人——指玄宗。"一呼万旟(yú)",用元结《中兴颂》:"……匹马北方:独立一呼,千麾万旟,我卒前驱。"是说肃宗"登高一呼,万夫响应"的意思。"旟",一种画有鸟象的旗子,用以指挥士卒前进的。《桯史》引本赋此文作"则夫千麾万旟,一呼如响者……"。"掉

臂",摇动膀臂——犹如俗语所说"甩胳膊就走"。《史记·孟尝君列传》:"日暮之后,过市朝者掉臂而不顾。"

㉙ 语见《唐书·张公谨传·赞》。意思是说:事情要乘机进行,而机会在几微之间,稍一间隔迟误就不行了。"会",即机会义。"间",读去声。"穟",同穗。

㉚ "七庙",《礼·王制》:"天子七庙。"谓天子的祖庙有七。"忽诸",在此是灭绝义。封建时代以某姓统治者的断统为亡国的标志,因此皇帝的庙祀若断绝了,也就是那个王朝灭亡了。"扬觯(zhī)",觯是酒器,扬觯,举觯而示罚(语见《礼·檀弓》)。这两句是说:退——辞而不做皇帝,则唐朝眼看就灭亡,进——做皇帝,则百世之下论起这事来都要加以讥议。

㉛ "告行",来告诉说:"要开船了!""晏",天晚。

　　按此赋和同时范成大的《馆娃宫赋》,是一时齐名的杰作,当时就很传诵,后世也十分称赏,都是借古史以讽时事的成功作品。这里隐然以唐玄宗影射宋徽宗,以唐肃宗影射宋高宗。宋高宗本不是一个值得称赞乃至可以为之辩护的皇帝,作者也十分不赞成他,但在此赋中却说出另一番道理:假使高宗不做皇帝维系残局,谁还肯为徽宗这样的无道昏君效死抗敌、保家卫国?这却是一种清醒公允的分析论断。岳珂《桯史》以为"便觉……肃宗无所逃罪",其意在恶高宗;而瞿佑《归田诗话》则以为"其论甚恕":是前人对此赋主要精神在体会上还有距离差异。但作者对高宗的讥议仍然是不可掩的,其所以鞭笞徽宗,是为高宗等皇帝作"前车"之鉴。当时能够和敢于这样立论的,实不多见,十分可贵。赋的风格是承袭北宋欧、苏一脉,以散势行韵文,韵脚多隐藏在句尾虚字之上,读去使人不易察觉,非常流利自然。

海鳅赋有后序

　　辛巳之秋，牙斯寇边①：既饮马于大江，欲断流而投鞭②。自江以北，号百万以震扰；自江以南，无一人而寂然③。牙斯抵掌而笑曰："吾固知南风之不竞，今其幕有乌而信焉④。"指天而言："吾其利涉大川乎⑤！"方将杖三尺以麾犬羊，下一行以令腥膻⑥；掠木绵估客之艇，登长年三老之船⑦并进半济，其气已无江壖矣⑧。南望牛渚之矶，屹峙七宝之山⑨；一帜特立，于彼山颠。牙斯大喜曰："此降幡也⑩。"贼众呼"万岁"而贺曰："我得天乎⑪！"言未既，蒙冲两艘，夹山之东西，突出于中流矣⑫！其始也，自行自流，乍纵乍收；下载大屋，上横城楼⑬；缟于雪山，轻于云球；翕忽往来，顷刻万周⑭；有双垒之舞波，无一人之操舟⑮。贼众指而笑曰："此南人之喜幻，不木不竹，其诳我以楮先生之俦乎⑯？不然，神为之楫、鬼与之游乎？"笑未既，海鳅万艘，相继突出而争雄矣！其迅如风，其飞如龙。俄有流星，如万石钟；贯自苍穹⑰，坠于波中；复跃而起，直上半空；震为迅雷之隐訇，散为重雾之冥蒙⑱：人物咫尺而不相辨，贼众大骇而莫知其所从。于是海鳅交驰，搅西踩东；江水皆沸，天色改容：冲飙为之扬沙，秋日为之退红⑲。贼之舟楫，皆躏藉于海鳅之腹底⑳；吾之戈鋋矢石，乱发如雨而横纵㉑；马不必射，人不必攻；隐显出没，争入于阳侯之珠宫㉒。牙斯匹马而宵遁,未几自毙于瓜步之棘丛㉓。予尝行部而过其地,闻之渔叟与樵童㉔;欲求牙斯败衄之处,杳不见其遗踪㉕。——但见倚天之绝壁,下临月外之千峰;草露为霜,荻花脱茸;纷棹讴之悲壮,杂之以新鬼旧鬼之哀恫㉖。因观蒙冲、海鳅于山趾之河汭,再拜劳苦其战功㉗;惜其未封以下濑之壮侯,册以伏波之武公㉘。抑闻之曰:在德不在险,善始必善终㉙。吾国其勿恃此险,而以仁政为甲兵;以人材为河山,以民心为垣埔也乎㉚!

　　右采石战舰:曰蒙冲,大而雄;曰海鳅,小而驶㉛;其上为城堞屋壁,皆垩之㉜。绍兴辛巳,逆亮至江北,掠民船,指麾其众欲济。我舟伏于七宝山后,令曰:"旗举则出江!"先使一骑偃旗于山之顶㉝:伺其半济,忽山上卓立一旗,舟师自山下河中两旁突出大江,人在舟中,踏车以行船㉞:但见船行如飞,而不见有人。虏以为纸船也㉟。舟中忽发一霹雳炮:盖以纸为之,而实之以石灰硫黄;炮自空而下,落水中,硫黄得水而火作,自水跳出,其声如雷;纸裂而石灰散为烟雾,眯其人马之目,人物不相见。吾舟驰之,压贼舟,人马皆溺㊱。遂大败之云。

① "辛巳",宋高宗绍兴三十一年(1161)。"牙斯",指前汉末年及新莽时期的匈奴王乌珠留若鞮单于,名囊知牙斯;在此则是借以指称金国的完颜亮。囊知牙斯本来和汉朝的关系很好,后来因故启衅,到王莽时期,因新发给他的印文把"玺"字改为"章",并加"新"字于"匈奴"之

上,这等于把他视为臣属,乃开始向新朝进攻,王莽打算分散匈奴的势力,立十五单于,于是进攻更加厉害。作者所以单单借他来指称完颜亮,当是因为囊知牙斯是呼韩邪单于和呼衍王的女儿所生的次子,而完颜亮也是辽王宗干的次子,所以用来相比拟。囊知牙斯事见《汉书·匈奴传·下》。"寇边",侵略边疆。

② "饮(yìn)马",《宋书·臧质传》载质与拓跋焘(北魏太武帝)书,中引童谣有云:"虏马饮江水,佛狸(焘小名)死卯年。"后因以胡马饮江之事指北方民族南侵。"大江",长江。"断流而投鞭",用前秦苻坚语。《晋书·苻坚载记》:苻坚欲谋攻东晋,太子左卫率石越说:"……且晋……国有长江之险,朝无昏贰之衅:臣愚以为……未宜动师。"苻坚答道:"昔……仲谋(孙权)泽洽全吴,孙皓因三代之业,龙骧一呼,君臣面缚:虽有长江,其能固乎?以吾之众旅,投鞭于江,足断其流!"

③ "号百万""寂然",承上文投鞭断流之语而续用苻坚侵晋、淝水之战的典故来比拟金国侵宋、采石之役。《晋书·谢安传》:"(苻)坚后率众号百万,次于淮肥,京师震恐,加(谢)安征讨大都督。(谢)玄入问计,安夷然无惧色,答曰:'已别有旨。'既而寂然(指并无旨令下达)。玄不敢复言,乃令张玄重请。……"

④ "抵掌",本当作"抵(zhǐ)掌",击掌,鼓掌。语见《战国策·秦策》。"南风不竞",《左传》襄十八年:"晋人闻有楚师,师旷曰:'不害。吾骤歌北风,又歌南风,南风不竞,多死声:楚必无功。'"疏云:"今师旷以律吕歌南风音曲,南风音微不与律声相应,故云不竞。"晋国在北,楚国在南,说南风不竞,即意谓由此判断楚国必无能为。"竞",犹言强。"其幕有乌",《左传》庄二十八年:"(楚伐郑),诸侯救郑,楚师夜遁。郑人将奔桐丘,谍告曰:'楚幕有乌。'乃止。"军幕虽在,而内里军士已夜中逃走,所以乌鸦才栖止于空幕之上:由此判断出幕内虚实。

⑤ "利涉大川",语见《易·需》及《同人》,利涉,顺利渡过。大川,此以指长江。

⑥ "杖三尺",杖,动词,持。三尺,指剑,《汉书·高帝本纪》:"吾以布衣提三尺取天下。""麾犬羊",挥令士兵前进。犬羊,是对敌国入侵军的污辱性的詈词。羊本是驯兽,但古代以为羊性狠,如《史记·项羽本纪》"猛如虎,狠如羊,贪如狼",是其例。"一行",指军令。"腥膻",其义略同上文"犬羊";因古代北方民族如匈奴等多逐水草游牧,以牛羊为食品,故云。参看五代皇甫松词:"毳布腥膻久,穹庐岁月多。"

⑦ "木绵估客之艓(dié,入声)",指商人船只;"木绵",是一种常绿乔木所生,古代名吉贝、古贝,可纺织,产海南诸ང;又草棉亦或称为木棉,古代名白叠,即今棉花,出西域。当时都是稀罕的东西,棉花是宋末以来才逐渐普遍于中国的。"估客",贾客,商人。"艓",小船,轻舟。参看苏轼诗:"东来贾(gǔ)客木棉裘,饮散金山月满楼。夜半潮来风又熟,卧吹箫管到扬州。"此系暗用。"长(zhǎng)年三老",篙工。杜甫诗:"长年三老歌声里,白昼摊钱高浪中。"陆游《入蜀记》:"四日,平旦,始解舟。……是日早,见舟人焚香祈神,云:'告红头须小使头长年三老,莫令错呼错唤。'问何谓长年三老,云:'梢工是也。'长读如长幼之长。"

⑧ "壖(ruán)",缘水两岸之地。"其气已无江壖",言其气概、气势已将江南视为囊中之物,一举可得。

⑨ "牛渚之矶",牛渚,山名,在安徽当涂西北,下临长江,其北部突入于江中,名曰采石矶,形势险要,从汉朝以来即常为兵争之地。《读史方舆纪要》引顾野王《舆地志》:"牛渚山北,谓之采石,盖大江东北流,牛渚、采石,俱列江东岸,采石去牛渚不过里许,故牛渚圻通谓之采石。"陆游《入蜀记》:"采石,一名牛渚,与和州(今为和县)对岸,江面比瓜洲为狭,故隋韩擒虎平陈及本朝曹彬下南唐,皆自此渡;然微风辄浪作不可行:……王文公云:'一风微吹万舟阻',皆谓此矶也。"按此为东采石。从江北而言,和州东二十里为西采石,其下有杨林渡,即完颜亮督兵渡江处。"屹(yì)峙",特立,高耸。"七宝之山",指采石以北的宝积山(江北含山县境有七宝山,与此无涉)。

⑩ "降（xiáng）幡"，纳降旗。唐刘禹锡诗："千寻铁锁沉江底，一片降旛出
石头。"幡、旛通用。

⑪ "我得天乎"，《左传》僖二十八年："晋侯梦与楚子搏，楚子伏己而盬
（gǔ，吸饮）其脑。是以惧。子犯曰：'吉。我得天，楚伏其罪：吾且柔
之矣。'"得天谓脸朝上、面向天。此指取胜。

⑫ "言未既"，说犹未了——正说到半截。"蒙冲"，即艨艟，古代战舰，其
形狭长，利于冲突敌船，外罩牛皮帷幕掩护，人藏其中，留有弩眼以射。
宋代蒙冲形制又有所改益，见《后序》所叙。

⑬ 此即所谓"楼船"制度。参看《宋史·兵志》："建炎初，李纲请于沿江淮
河帅府置水兵二军……招善舟楫者充，立军号曰'凌波楼船军'。"

⑭ "缟（gǎo）于雪山"，缟，白色；谓船皆涂以白色。雪山，夸大形容语（我
国高山多得"雪山"之名，以海拔甚高，山上终年有积雪不化）。"云
球"，指一种灯球，参看范成大《上元纪吴下节物俳谐体三十二韵》诗
"掷烛腾空稳"，自注："小球灯，时掷空中。"——"推球滚地轻"，自注：
"大滚球灯。""翕（xī，入声）忽"，犹言倏忽，形容其轻巧疾快。

⑮ "双垒"，即指楼船战舰，垒就是军垒的垒，凡城壁之类可以掩护士兵的
军事建筑都称垒。

⑯ "楮（chǔ）先生"，纸的别名，韩愈《毛颖传》："颖（按指毛笔）与绛人陈玄
（墨）、弘农陶泓（砚）、会稽楮先生（纸）友善。"本是一种戏称。这里说
金兵疑心是纸扎的假船。参看注㉞。"俦（chóu）"，流辈、一类的人物。

⑰ "流星"，指霹雳炮，见《后序》所叙。"万石钟"，钟，古量器，容六斛四
斗。此极言其巨大。"賮"，与陨通，落。此暗用《公羊传》庄七年"星賮
如雨"字。"苍穹"，天空。

⑱ "隐訇（hóng）"，形容大声，《法言·问道》："或问大声，曰：非雷非霆，
隐隐訇訇。""冥蒙"，形容景色不分明的样子。

⑲ "冲飙（biāo）"，暴风。"退红"，犹言无光（另有一种颜色，名退红，与此
无涉）。按金兵开始南侵，为秋季；至完颜亮欲渡采石，宋军迎战，事则

在十一月初八日；今言"秋日"退红，与史实不符，当因开端明书"辛巳之秋，牙斯寇边"，相承顺笔而写为"秋日"。

⑳ "躏（lìn）藉"，践踏。——这是比喻敌舟被毁，仿佛是被海鳅船"踏"坏了。参看《后序》。

㉑ "戈鋋（chán）"，戈是戟类兵器，其小枝向上的为戟，平出的为戈。鋋是铁柄的小矛；《史记·匈奴传》："其长兵则弓矢，短兵则刀鋋。"杜甫诗："戈鋋开雪色，弓矢向秋毫。""矢石"，箭和礌石。"纵"，读平声。

㉒ "阳侯"，古代神话中的水神，《汉书·扬雄传》注："阳侯，古之诸侯也，有罪自投江，其神为大波。""珠宫"，谓以珠宝所作的宫殿，略如俗传所说龙王住"水晶宫"。这句是诙谐话。

㉓ 完颜亮渡采石未成，转至扬州，欲渡瓜洲，将士以为采石比瓜洲渡口江面窄甚，犹为不利，建言缓图渡江，完颜亮震怒，军令惨急，必欲驱兵渡江，将士渐有逃亡，群情危惧，其部下遂谋举事杀亮。十一月三十日，亮为其部下先射后缢而死（据《续资治通鉴》略叙）。"匹马而宵遁"，是故意贬笔，并非实际就是单人败逃。

㉔ "行部"，长官巡视所属各地部下。"渔叟与樵童"，指采石当地的民间父老。

㉕ "败衄（nù）"，败挫损伤。"杳（yǎo）"，遥远渺茫，不可见。

㉖ "棹（zhào）讴"，棹歌，舟人所唱的口号。"新鬼"云云，用杜甫诗"新鬼烦冤旧鬼哭，天阴雨湿声啾啾"，写战后凄惨景象，如同听到阵亡者的鬼魂在悲哭哀怨。"恫（tōng）"，哀痛。

㉗ "河汭（ruì）"，河流之曲处，水湾。"劳苦"，慰问，致以慰劳、钦感之意。劳读去声，动词。

㉘ "下濑之壮侯"，《汉书·武帝纪》注："濑，湍也，吴越谓之濑，中国谓之碛，伍子胥书有下濑船。"这里是说海鳅、蒙冲等战船有战功，应该像人一样封侯。"伏波"，汉代将军的名号，取征讨时涉江海使波浪平息的意思。"武公"，公即公侯的公，因是战船军功，所以用"壮""武"等字封

公封侯,这是假拟的话。

㉙ "抑",转折词,略同"然而"。"在德不在险",《史记·吴起传》:"武侯浮西河而下,中流顾而谓吴起曰:'美哉山河之固!此魏国之宝也。'起对曰:'在德不在险。'""善始必善终",《史记·陈丞相世家·赞》:"(陈)平以荣名终称贤相,岂不善始善终哉!"

㉚ "垣墉",此指城池守固之所。按最末数句,归结到一点:人事才是自强的关键、根本,天险不足恃。

㉛ 蒙冲船和海鳅(qiū)船的分别,到此叙明。参看注㉞。按《宋史·兵志》:"其战舰则有海鳅、水哨马、双车、得胜十棹、大飞旗、捷防沙、平底、水飞马之名。"鳅、鳅,字同。

㉜ "垩(è)之",刷以白粉。

㉝ "骑(jì)",骑兵。"偃旗",将旗卧倒掩藏不露。

㉞ 宋时机械工技很发达,已经有木制的轮船,《宋史·岳飞传》:"(杨)么(人民起义军的首领之一)负固不服,方浮舟湖中(按指洞庭湖),以轮激水,其行如飞;旁置撞竿,官舟迎之辄碎。"可见当时人民的智慧创造;后来宋官军的轮船,就是从杨么的战船制法学习而来的。"踏车",用人力踏动机轮。

㉟ 此即赋中所说的"诳我以楮先生"的话头。按《宋史·虞允文传》:"时敌兵实四十万,马倍之;宋军才一万八千。允文乃命诸将列大阵不动,分戈船为五,其二并东西岸而行,其一驻中流,藏精兵待战,其二藏小港备不测:部分(部署、分派)甫毕,敌已大呼,(完颜)亮操小红旗麾数百艘绝江而来,瞬息抵南岸者七十艘,直薄宋军,军小却。……(时)俊即挥双刀出,士殊死战,中流官军亦以海鳅船冲敌舟,皆平沉,敌半死半战,日暮未退。会有溃军自光州至,允文授以旗鼓,从山后转出,敌疑援兵至,始遁;又命劲弓尾击追射,大败之。……亮……乃趋瓜洲。……时杨存中……诸军皆聚京口,不下二十万,惟海鳅船不满百,戈船半之。允文谓遇风则使战船,无风则使战舰,数少恐不足用,遂聚

材治铁,改修马船为战舰。……庚寅,亮至瓜洲;允文与存中临江按试,命战士踏车船,中流上下,三周金山,回转如飞。敌持满以待,相顾骇愕,亮笑曰:'纸船耳!'"《宋史》此文即据作者的虞允文《神道碑》而加简;据此则完颜亮笑为纸船,是采石役后在瓜洲的事情。此或先后传闻异词的原故。又按所谓战船,即海鳅及戈船;所谓战舰,即蒙冲。
㊱ "驰之",犹言冲之。"压贼舟",即赋中所说的"贼之舟楫,皆蹢藉于海鳅之腹底",敌船被冲没掩覆于海鳅船底。

文　选

与张严州敬夫书

　　某顿首再拜钦夫严州史君直阁友兄①：属者曾迪功、萧监庙、江奉新过桐庐②，因之致书③，计无不达之理。孤宦飘零，一别如雨④，欲登春风之楼⑤，究观三湘之要领⑥，此约竟复堕渺茫中⑦，不但客子念之作恶而已⑧。春风主人⑨，不为造物之所舍⑩，"人事好乖"⑪，前辈此语，暗与人合，言之三叹也！即辰小风清暑，恭惟坐啸钓台⑫，人地相高⑬，佳政蔼如，令修于庭户之间，而民气和于耕桑垄亩之上⑭，天维相之⑮；台候动止万福，相门玉媻均庆⑯！某将母携孥，已至奉新⑰，于四月二十六日交职矣⑱。半生惟愁作邑⑲；自今观之，亦大可笑！盖其初，不虑民事，而虑财赋。因燕居深念⑳：若恩信不可行，必待健决而后可以集事、可以行令㉑，则六经可废矣㉒。然世皆舍而己独用，亦未敢自信。又念书生之政，舍此则又茫无据依，因试行之。其效如向㉓。盖异时为邑者，宽己而严物㉔，亲吏而疏民，任威而废德。及其政之不行，则又加之以益深益热

304

之术⑤；不尤其术之不善，而尤其术之未精㉖：前事大抵然也。某初至，见岸狱充盈㉗，而府库虚耗自若也㉘。于是纵幽囚㉙，罢逮捕，息鞭笞㉚，去颂系㉛，出片纸书"某人通租若干"㉜，宽为之期，而薄为之取：盖有以两旬为约、而输不满千钱者㉝。初以为必不来——而其来不可止！初以为必不输——而其输不可却！盖所谓片纸者，若今之所谓"公据"焉，里诣而家给之㉞，使之自持以来，复自持以往，不以虎穴视官府，而以家庭视官府。大抵民财止有此，要不使之归于下而已。——所谓"下"者，非里胥、非邑吏、非狱吏乎㉟？一鸡未肥，里胥杀而食之矣；持百钱而至邑，群吏夺而取之矣！而士大夫方据案而怒曰："此顽民也！此不输租者也！"故死于缧绁㊱，死于饥寒，死于疠疫之染污㊲，岂不痛哉！某至此期月，财赋粗给㊳，政令方行，日无积事，岸狱常空。若上官倘见容㊴，则平生所闻于师友者㊵，亦可以略施行之。前辈云：孔子牛羊之不肥，会计之不当，则为有责；牛羊肥而已矣，会计当而已矣，则亦不足道也㊶。某之所以区区学为邑者，言之于眼高四海者之前，真足以发一莞也㊷！方众贤聚于本朝，而直阁犹在辅郡㊸，何也？某无似之迹㊹，直阁推挽不少矣㊺，其如命何！三径稍具㊻，径当归耕尔㊼。鄙性生好为文，而尤喜四六㊽。近世此作，直阁独步四海；施少才、张安国，次也㊾。某竭力以效体裁，或者谓其似吾南轩，不自知其似犹未也？与虞相笺一通㊿，今往一本[51]，能商略细论以教焉，至幸至幸[52]！戒仲今何曹？定叟安讯不疏否[53]？不胜之身[54]，愿为君民爱之重之！不宣[55]。

①“钦夫严州史君直阁友兄”，指张栻。栻字钦夫，一作敬夫，号南轩，张浚之子。广汉人，迁居衡阳。“严州史君”，此时张栻正作严州守官；宋严州治所在今浙江建德；史君，同使君，汉以后相承以称州郡长官。“直阁”，张栻初时以父荫补官，辟为宣抚司都督府书写机宜文字，除直秘阁，见《宋史》本传。作者师事张浚，所以称张栻为“友兄”，略如后世俗称“师兄”。

②“属者”，向日，往时。“迪功（郎）”“监庙”“奉新（令）”，是以官阶职任为称呼，各确指何人，未详；曾、萧都是当时庐陵的著姓，疑皆作者同乡。“过桐庐”，过是“至”“到”义，不作“经过”解。桐庐，严州辖县；此即以代指严州。

③“因之致书”，因其便捎上书信。

④“一别如雨”，形容离散，用梁萧统书：“风流云散，一别如雨。”谓如雨之分落。

⑤“春风之楼”，张栻家楼阁名，作者曾有诗题咏之。

⑥“三湘”，湘水会三水而成流，故名；此以代称湖南，指张南轩一派的理学。“要领”，“要”即“腰”字，以衣裳的腰部领部比喻事情的重要纲领。俗读如“重要”的要（去声），误。

⑦言此约会又落空，杳不可期。

⑧“作恶”，胸怀不畅，惆怅忧闷。

⑨“春风（楼）主人”，指张栻。

⑩“造物”，古时人以为大自然万物有主宰创造者，称为造物；此处意指皇帝以次的执政者。“所舍”，所止，所息。全句即谓为有力者所迁播，以致居止不定。

⑪“人事好乖”，乖，违离；这句话是说人的遇合、机缘、愿望等常常是因故遭到间阻，被拆散，被破坏。

⑫ "惟",略如"念"字义。"坐啸",《后汉书·党锢传》:"后汝南太守宗资任功曹范滂,南阳太守成瑨亦委功曹岑晊,二郡又为谣曰:'汝南太守范孟博,南阳宗资主画诺。''南阳太守岑公孝,弘农成瑨但坐啸。'"坐啸,坐而啸歌,委事务于属史;后世用为颂扬太守州官的词句,谓其坐啸而事治,是有才德的表现。"钓台",在桐庐,后汉隐者严光的钓鱼处,见第 80 页《读严子陵传》注① 。

⑬ "人地相高",谓人以地高(高尚),地以人高,相得益彰。这是称颂张栻的话,说他在钓台作官,而不愧严子陵的高节。

⑭ "令修"两句:意谓张栻作官,足不出庭户之间,而政令行于一州,又暗用《荀子》"政修则民亲其上,乐其君"的语意。修,有治、立、善等含义。按从"佳政蔼如(蔼然,不暴猛)"以下三句,虽是作者颂扬张栻的话,实际也就是作者自己为政的理想和纲领。

⑮ "维",语词。"相",佑助。

⑯ "相门",因张浚曾作宰相,故称其家为相门。"玉媠",同玉眷,称人眷属的美词。

⑰ "将母携孥",带着老母妻子赴任;"将母"本谓奉养母亲,语出《诗经》。"奉新",今江西奉新县,在南昌市以西。

⑱ "四月二十六日",指乾道六年(1170)的四月二十六日。"交职",交替职任,即接任。

⑲ "作邑",作县官。当时作最下级的地方官,差使最不好当,故云"惟愁"。

⑳ "燕居",安居,即闲来时。"深念",犹言细想。

㉑ "健决",《埤雅》:"火性:健决躁速。"这里指刚暴猛烈的作风、手段。"集事",成事,办事。

㉒ "六经",儒家以《易》《书》《诗》《礼》《乐》《春秋》为六经。六经大旨是儒家的"仁政"思想,反对暴戾;所以说若必须强暴手段才能办事为政,那么六经岂不都是虚话了?"可废",指不必再学习它了。

㉓ "如向",《易·系辞》:"其受命也如向。"疏云:"如响之应声也。"这说立时收到应有的效果。

㉔ "异时",他时——指过去的。"宽己而严物",对待自己宽纵,对待别人严刻。"物",是相对"己"而言,指人,不是指"物件"。此处实指人民。

㉕ "益深益热",《孟子·梁惠王》:"箪食壶浆,以迎王师,岂有他哉?——避水火也。如水益深,如火益热,亦运而已矣。"益深益热之术,指更加酷烈害民的办法。

㉖ "尤",怨尤,埋怨,责备。

㉗ "某",本是"万里"二字——作者自呼名;留稿编集时则讳去名子,以"某"字代替,因为古代士大夫只有对长上才自呼名,朋友也不能径呼姓名,否则便为大不恭敬。"岸狱",见《诗·小雅·小宛》:"宜岸宜狱";韩诗作"宜犴宜狱",岸、犴音同字通,乡地方的监禁为犴,朝廷的监禁为狱。

㉘ "府库",指地方官署中的钱粮库。按以上两句是说:人民交不齐赋税,虽然加以逮捕拘禁,府库依然是空乏的,全无用处。

㉙ "纵幽囚",释放被囚的罪犯。

㉚ "息鞭笞(chī)",停止用刑拷打。

㉛ "颂(róng)系",指桎梏、枷锁之类。《汉书·刑法志》:"年八十以上、八岁以下,及孕者未乳,师,朱儒:当鞠系者颂系之。"注:"颂读曰容;容,宽容之不桎梏。"按颂系本对鞠系而言,作者这里实际则包指鞠系。

㉜ "逋租",欠租。

㉝ "输",当缴的数额。此是名词。下文的输则是动词,缴纳。

㉞ "里诣而家给之",挨门挨户地都给到。"诣(yì)",至。"给",发给。

㉟ "里胥",即后世所谓保甲长之类,宋朝制度,管催税的里胥,前后有里正、户长、甲头、大保长等名目。这些人都是人民出钱雇为"职役"的,却专门替官府办事,往往欺压人民,其地位是介乎官民之间的一种"跑腿"。"邑吏",县衙内的下级官吏、办事员。"狱吏",管狱的小官。

㊱“缧(léi)绁(xiè)”，缧，亦作累，绁，亦作絏，拘系罪犯的绳索。

㊲“疠疫”，瘟疫。（当时罪人在牢狱中卫生条件极坏，日久即生病疫。）“染污”，犹现代说传染。

㊳“期(jī)月”，满一个月，周月。“粗给”，略备，大致收齐。

㊴“上官”，上司。“见容”，予以容许，听其如此作法。按封建时代一般庸吏，不但自己行虐政，遇到下属做点好事，他也不许可，反要加以禁制弹劾。

㊵“师友”，意指张浚、张栻父子。他们都讲究理学，主张由“正心诚意”的修身做起、而扩及于治理国家。

㊶所引前辈语未详确指，待考。其意谓仅仅作到官民富足，也还是小焉者；在儒家为政，有更高的理想。按此前辈之语系用《孟子·万章》：“孔子尝为委吏矣，曰：‘会计当而已矣。’尝为乘田矣，曰：‘牛羊茁壮而已矣。’”委吏，主积蓄仓廪；乘田，苑囿之吏，主刍牧六畜。

㊷“眼高四海者”，指张栻，说他的才具足以治天下，哪里把一州一邑放在眼下？“一莞(wǎn)”，一笑。《论语·阳货》：“夫子莞尔而笑。”莞尔，微笑貌。

㊸“辅郡”，接近京都的州府地方。

㊹“无似”，犹言“不肖”，见《礼·哀公问》注。是谦语。

㊺“推挽”，《左传》襄十四年：“或挽之，或推之。”前面拉引为挽，后面送力为推。比喻荐引称道。

㊻“三径”，《三辅决录》：“蒋诩……舍中竹下开三径，唯求仲、羊仲从之游。”陶潜《归去来辞》：“三径就荒，松菊犹存。”因此以三径为隐士所居之词。

㊼“尔”，略同“耳(而已)”“罢了”之语气词。

㊽“四六”，一种骈体文，通体对偶，讲究用典精恰。宋代士大夫必须擅长四六文字，凡正式的启奏文件，多用此体。

㊾“施少才”，名渊然，蜀人，作者的门生。“张安国”，名孝祥，作者同年、

状元,有《于湖居士集》。

(50)“虞相”,虞允文。“一通”,一本,一篇。

(51)“往”,送去。

(52)“商略”,商量,评议。“幸”,望。

(53)“戒仲”,其人未详,当是张浚家人。“何曹”,作何官职。“定叟”,张杓,字定叟,浚次子,栻之弟;居官有治声。“安讯不疏否”,常有平安家信来吗?

(54)“不赀”,言不可限量,无比贵重。

(55)“不宣”,不尽;书信末尾用词。

转对札子①

臣闻保国之大计,在结民心;结民心,在薄赋敛②;薄赋敛,在节财用。臣伏见陛下深诏执事,会计邦财出入、国用盈虚之数③,臣仰测圣意,将有以节财用,薄赋敛,以结斯民之心:此宗社生灵万世之盛福也④!然臣尝为陛下深思其说,以为陛下虽有薄赋敛之心,恐未得薄赋敛之道;虽有节财用之心,恐未得节财用之策也。何以言未得薄赋敛之道?且今之财赋有地基茗课之征⑤,有商贾关市之征⑥,有鼓铸榷酤之入⑦,有鬻爵度僧之入⑧:犹曰非取于农民也。而取于农民者,其目亦不少矣!民之输粟于官者,谓之“苗”:旧以一斛输一斛也;今则以二斛输一斛矣⑨。民之输帛于官者,谓之“税”:旧以正绢为税绢也;

今则正绢之外，又有和买矣⑩。民之鬻帛于官者，谓之和买：旧之所谓和买者，官给其直⑪，或以钱，或以盐，今则无钱与盐矣。——无钱尚可也，无盐尚可也，今又以绢估直，倍其直而折输其钱矣⑫。民之不役于官而输其傭直者，谓之"免役"⑬：旧以役为钱也，税亩一钱者，输"免役"一钱也；今则岁增其额而不知所止矣。民之以军兴而暂佐师旅征行之费者，因其除军帅谓之经制使也，于是有"经制"之钱⑭；既而经制使之军已罢，而"经制钱"之名遂为常赋矣⑮。因其除军帅谓之总制使也，于是有"总制"之钱⑯；既而总制之军已罢，而"总制钱"又为常赋矣。彼其初也，吾民之赋止于粟之若干斛、帛之若干匹而已；今既一倍其粟、数倍其帛矣；粟帛之外，又数倍其钱之名矣，——而又有"月桩"之钱⑰，又有"板帐"之钱⑱：不知几倍于祖宗之旧⑲？又几倍于汉、唐之制乎⑳？此犹东南之赋，臣所知者也；至于蜀民之赋，其额外无名者，臣不得而知也。陛下今欲薄赋敛，有司且曰㉑：无以供经常之费也。臣故曰：陛下虽有薄赋敛之心，恐未得薄赋敛之道也。何以言未得节财用之策？盖国家之用，有可得而节者，有不可得而节者：如宫室车服之用，如祠祀之用㉒，如交聘之用㉓，如犒师之用㉔，此不可得而节者也。然古者国贫则君服大布之衣㉕，年饥则路马不食谷㉖，君不祭肺㉗，八蜡不通㉘，——然则宫室衣服祠祀之用，亦有可节者矣。而况今之祠祀又非古之祠祀也，车服之饰，兵卫之众，锡赉之恩㉙，几倍于古耶？虽然，犹曰事天地也，事宗庙也，事百神也㉚，是不可节也。至百官之冗，百吏之冗，师旅之冗㉛，是独不可求所以节之乎？高宗南渡以来，如节度使，不畀真俸矣㉜，虽然，犹曰某有某战之功，不可减也；至于将相积官而除者㉝，王族戚里近习宦寺积恩而除者㉞，是独不可减乎？如国家之官帑有左帑矣㉟，——天子之私藏有内帑矣㊱，且天下之财，孰非天子之有？今也有私藏焉。——已非先王之制矣；而又有曰"封桩"者焉㊲，又有曰"南帑"者焉㊳。南帑今为"西上帑"矣㊴。左帑之用，西上帑之用，则朝廷之经费也；所谓"封桩"，何为者也？——不过浚所入之赢㊵，以入封桩；又浚封桩之赢，以入内帑而已。天下之财，入于内帑，则岂复可得而稽㊶，亦岂复（可）得而节哉！内帑所在，人有觊心㊷，至使人主不敢一颦一笑也㊸，——一颦一笑，则宫闱左右望赐矣；人主不敢一游一豫也，——一游一豫，则宫闱左右望赐矣；人主不敢一饮一食也，——一饮一食，则宫闱左右望赐矣：人主之奉几何？而浮费或相什伯，或相千万矣㊹！此独不可节耶？而臣见其费之增也，未见其费之节也。臣故曰：陛下虽有节财用之心，恐未得节财用之策也。今竭东南之财，而支天下之全费㊺；见内帑之富，而忘斯民之日贫，——而议者乃曰："有司不能为陛下节财也。"不知有司安能节财？节财在陛下而已！臣愿陛下明诏大臣，立为法制：凡内帑出入，皆令领于版曹㊻，而经于中书㊼；制之以印券㊽，而覆之以给舍㊾：其大过之恩幸，无功之锡予㊿，皆得执奏而缴驳之[51]。太祖皇帝尝令后苑造一薰笼⁵²，数日不至；帝责怒左右，——对以事下尚书省，尚书省下本部，本部下本寺，本寺下本局⁵³，覆奏，又得旨"依"⁵⁴，方下制造，乃进御⁵⁵。——以经历诸处故也。帝怒问宰相赵普曰⁵⁶："我在民间时，用数十钱可买一薰笼；今为天子，乃数日不得，何也？"普曰："此是自来条贯⁵⁷，不为陛下设，乃为陛下子孙设，使后代子孙若非理制造奢侈之物，破坏钱物，以经诸处行遣⁵⁸，须有台谏理会⁵⁹：此条贯深意也。"太祖大喜曰："此条贯极妙！"仁宗皇帝宝元、庆历四岁之间⁶⁰，两命群臣议行减省；韩琦言⁶¹："欲省浮费，莫如自宫掖始⁶²。"于是内庭不急之用，悉行裁减⁶³。惟陛下推广太祖、仁宗之德意，而立经久一定之法度，此亦节用之大端也。至于宫室车服祠祀之过制，百官百吏三军之冗食，中外官吏赐予之滥费，亦皆议所以裁节之者。陛下驭幸以示恩⁶⁴，有司执法以任怨⁶⁵，下之人亦曰："非上之不与也，有司之法也。"又何怨之有？浮费既节，帑藏自充。——则不惟不取外帑以入内帑而已，亦可如祖宗之时，间出内帑以佐外帑矣⁶⁶；不惟内帑可出以佐外帑而已，如封桩亦可并省而归于左帑矣；不惟封桩可并而已，如印造楮券之数⁶⁷，亦可少减，鬻爵度僧之政，亦可暂罢，以待军兴不时之须矣⁶⁸。盖用节而后财可积，财积而后国可足，国足而后赋可减，赋减而后民可富，民富而后邦可宁。不然日复一日，岁复一岁，臣未知其所终也！惟陛下夙夜忧思而速图之⁶⁹。臣不胜愚忠⁷⁰。

贴 黄 云⑪

臣近因接送虏使⑫，往来盱眙⑬，闻新酋用其宰臣之策⑭，蠲民间房园地基钱⑮，又罢乡村官酒坊，又减盐价，又除田租一年：窃仁义，假王政⑯，以诳诱中原之民，又使虚誉达于吾境⑰。此其用意不可不察。

① "转对"，宋制，臣僚轮流每五日一入内殿见皇帝，指陈时政得失，称为转对，也叫轮对。"札子"，宋时上下行公牍及同僚正式书启，都有札子之名；此指上于皇帝的奏札。

② "薄赋敛"，减轻赋税剥削掠夺。《孟子·尽心》："薄其税敛。"

③ "执事"，管事的——泛语，所指随事而异，这里略如"有司"，指该管的官僚而言。"会计"，核算，细分则零计叫"计"、总计叫"会"。

④ "宗社"，指宗庙、社稷二者，是封建统治者两大祭祀对象；后来便用为封建政权的代称词。此在当时犹言"国家"。

⑤ "地基"之征，《宋史·食货志》称为"城郭赋"，大约犹后世所谓"地皮钱"，指占用地面而须纳税，如房税、地税。"茗课"，茶税。宋代茶为官卖品，于产地设"山场"，官发本钱给种茶户（称为"园户"），生产的茶叶只可以用一部分折交租税，其馀的全数由官低价收买；"凡民茶折税外，匿不送官及私贩鬻（卖）者，没入之，计其直（值）论罪；园户辄（擅敢）毁败茶树者，计所出茶，论如法。……主吏私以官茶贸易及（达到）一贯五百（钱）者，死。"（《宋史·食货志》）官场收得茶后，自以高价出卖，为"禁榷"；由商人花钱领取执照运贩，称为"通商"。《建炎以来朝野杂记·甲集》："至绍兴末年，东南十路六十州二百四十二县，岁产茶一千五百九十馀万斤，收钞钱二百七十馀万。"

⑥ "商贾(gǔ)关市之征",行贩为商,坐卖为贾;关,行贩的税卡;市,坐卖的市场。《宋史·食货志》:"商税,凡州县皆置'务'(收税处),关镇亦或有之。……行者赍(携带)货,谓之'过税',每千钱算二十(取百分之二的税);居者市鬻,谓之'住税',每千钱算三十;大约如此,然无定制。……有官须者,十取其一,谓之'抽税'。……而贪吏并缘,苛取百出,私立税场,算及缗钱斗米束薪菜茹之属,擅用稽察、措置、添置、专栏、收检……闻者咨嗟,指为'大小法场'!"

⑦ "鼓铸榷酤之入",指铸造钱钞及官家专卖之利。榷酤字面指禁止民间酿酒,官造专利,但作者言"榷酤",实包括酒、茶、盐、香、矾等当时各卖专品而言之。参看《宋史·赵开传》:"又法成都府法,于秦州置钱引务,兴州鼓铸铜钱。官买银绢,听民以钱引(纸币)或铜钱买之。凡民钱当入官者,并听用引折纳。官支出亦如之。民私用引为市,于一千并五百上,许从便增高其值,惟不得减削,法既流通,民以为便,初钱、引两科通行才二百五十万有奇,至是添印至四千一百九十馀万,人亦不厌其多,价亦不削。"实即增造纸钞以搜括民财。又同书《食货志》:"榷酤之法,诸州城内皆置'务'酿酒,县镇乡闾,或许民酿而定其'岁课'。……渡江后,绌于养兵,随时增课,名目杂出。……建炎三年……赵开遂大变酒法……置'隔酿',设官主之,民以米入官自酿,斛输钱三十、'头子钱'二十二。明年,遍下其法于四路,岁递增至六百九十馀万缗。……于是东南之酒额亦日增矣。……行之既久,酝卖亏欠,则责入米之家认输,不复核其米,而第取其钱,民始病矣。"馀不繁引。

⑧ "鬻爵度僧之入",鬻爵指纳财捐官的制度。鬻,售卖之义。度僧,指出家者须向官府领取"度牒"(证明书),要缴纳费用,自唐代为始,也成为官府一项很大的收入。

⑨ "输粟",缴纳粮谷(下文"输帛"是缴纳丝织品)。《吹剑录》:"州县苛取之门非一,姑述纳米之弊:斗斛系文思院给下(文思院是宋代监造器

物的官署),乃于铁叶下增加板木,复以铁叶盖之;甚者辄自创置(自作斗斛量器,变乱规格,以图多敛),所增尤不赀。其弊一也。'斛面'所带已六七升,又有'加耗',又有'呈样''修仓'名色,又有'头脚钱''支俵'等费;而耗米则又有用斗量,'斗面'赢馀,又倍'斛面':故率三石方纳得一石。至于总数既足,则尽令折纳价钱。其弊二也。"可以合看。自宋以五斗为一斛(古十斗为一斛)。作者所说,是税外明文附加;《吹剑录》所说,是官吏私弊。

⑩ "和买",字面是两相情愿的交易:官需绢布丝绵等,民愿卖给官家;实际是强迫收买,——再变而为硬行勒索。《宋史·食货志》:"太宗太平兴国中……马元方为三司判官,建言:方春乏绝时,预给库钱贷民,至夏秋冬输绢于官。……初'预买'䌷绢,务优直(值)以利民,然犹未免烦民;后或令民折输钱,或物重而价轻,民力寖困;其终也,官不给直(值),而赋取益甚矣!"

⑪ "直",同今"值"字,价值,价钱。

⑫ 参看《宋史·林大中传》:"江浙四路,民苦'折帛''和买'重输。大中曰:有产则有税,于税绢而科'折帛'(钱),犹可言也;如'和买'折帛,则重为民害。自咸平马元方建言,于春预支本钱,济其乏绝,至夏秋使之输纳,则是先支钱而后输绢;其后则钱盐分给(一半付现钱、一半以盐折价);其后则直取(白取)于民!——今又令纳'折帛钱',以两缣折一缣之直,大失立法初意!"官方硬将绢价估高一倍、令人民按此高价交纳"折帛钱"。折帛钱到此竟成为一种"赋税"了!

⑬ "傭直",雇用钱。按宋代所谓"力役"法,最为扰民,即强迫百姓(包括一般小地主)给官府当差。《宋史·食货志》:"役法,役出于民,州县皆有常数……以'衙前'主官物,以'里正''户长''乡书手'课督赋税,以'耆长''弓手''壮丁'逐捕盗贼,以'承符''人力''手力''散从'给官使令;县:曹司至押录,州:曹司至孔目官,下至杂职、虞候、拣掐等人,各以乡户等第定差。"应役之户,往往破产,避役者为了不被派为上等

户,或嫁祖母、母亲,或弃田与人,甚至自杀。而官僚地主则不服役。王安石变法,使民出钱雇人充役,因有"免役钱""助役钱""免役宽剩钱"等名目。

⑭ "'经制'之钱",参看《宋史·食货志》:"宣和末,陈亨伯以发运使兼经制使,因以为名。建炎二年,高宗在扬州,四方贡赋不以期至,户部尚书吕颐浩、翰林学士叶梦得等言:亨伯以东南用兵,尝设经制司,取量添酒钱及增一分税钱、头子、卖契等钱……于是以添酒钱、添卖槽钱、典卖田宅增牙税钱、官员等请给头子钱、楼店务增三分房钱,令两浙、江东西、荆湖南北、福建、二广收充经制钱,以宪臣领之,通判敛之,季终输送。"

⑮ "遂为常赋",变为经常的正税了。

⑯ "'总制'之钱",参看《宋史·食货志》:"绍兴五年,参政孟庾提领措置财用,请以总制司为名,又因'经制'之额,增析而为'总制钱',而总制钱自此始矣。"孝宗时岁收一千七百万贯。

⑰ "'月桩'之钱",绍兴二年创始,即朝廷要向州县按月索钱。州县不得不横敛,以致名目百出,如面引钱、白纳醋钱、卖纸钱、户长甲帖钱、保正牌限钱、折纳牛皮筋角钱,两次诉讼不胜则罚钱、胜诉则有欢喜钱……

⑱ "'板帐'之钱",参看《宋史·食货志》:"所谓板帐者……如输米则增收'耗剩',交钱帛则多收'糜费',幸富人之犯法而重其罚,恣胥吏之受赇(赃)而课其入,索盗贼则不偿失主,检财产则不及卑幼,亡僧绝户,不俟核实而(将其财产)入官,逃产废田,不与消除而抑纳,他如此类,不可遍举。州县之吏,固知其非法,然以板帐钱额太重,虽欲不横取于民,不可得已。"

⑲、⑳ 可参看《建炎以来朝野杂记·甲集》:"国朝混一之初,天下岁入缗钱千六百馀万,太宗皇帝以为'极盛',两倍唐室矣!……渡江之初,东南岁入不满千万;逮淳熙末,遂增六千五百三十馀万焉。今东南岁入

317

之数：独上供钱二百万缗，此祖宗之正赋也；其六百六十馀万缗，号'经制'，盖吕元直在户部时复之；七百八十馀万缗，号'总制'，盖孟富文秉政时创之；四百馀万缗，号'月桩钱'，盖朱藏一当国时取之：自'经制'以下钱，皆增赋也。合茶、盐、酒、算、坑冶、榷货、籴本、和买之入，又四千四百九十馀万缗：宜民力之困矣！"仅依此而计，已为"祖宗之旧"的三十三倍，实际尚不止此。按据《通典》载，唐天宝时岁入当合四百七十馀万缗，据《资治通鉴》载，则大中七年岁入钱增至九百二十五万馀缗。即以九百馀万计，宋之六千五百三十万已为唐之七倍有馀。

㉑ "有司"，该管的官吏。泛词，所指随事而异。此指户部。

㉒ 宋代的祭祀费是一项极大支出；除每三年一次郊礼，还有明堂大祭；可参看《宋史·食货志》："及景德中，祀南郊(祭天)，内外赏赉金帛缗钱总六百一万；至是飨明堂(总祭一切神鬼)，增至一千二百馀万。"一次祭祀仅仅仗人等要多到一万几千名。可见当时一场祭祀典礼要耗费多少钱物。

㉓ "交聘之用"，指南宋既与敌人金国"和议"之后，每年向金国纳贡和两国互派使臣来往上的一切花费。按宋高宗初次"和议"时所奉表文中说："臣构言：……既蒙恩造，许备藩方，世世子孙，谨守臣节：每年(金)皇帝生辰并正旦(元旦)遣使称贺不绝，岁贡银、绢二十五万两、匹，自壬戌年(绍兴十二年·1142)为首，每春季搬送至泗州交纳。有渝此盟，明神是殛，坠命亡氏，踣其国家！"(据《宋史纪事本末》引)至孝宗隆兴二年(1164)"和议"，岁币银绢照前各减五万两、匹，即仍须各交二十万。而贡献实际情况是：每年先要送银一百铤、绢五百匹过淮河交金国官，叫做"呈样"。金人借口质量不良，十退八九；宋国要献贿银一千三百多两、金三十五两，布酒——折银六百二十两，馀外酒茶果杂物无数，又要贴"耗银"二千数百两。往返数月之久，金国大小官吏既饱于贿赂，才肯部分接受，馀者退换。兵三百人押民夫运送往返，耗用

可想。使臣则例带礼品：金器一千两、银器一万两，彩段一千匹，其他香、茶、药、果等无数；如派特使，则礼物加倍。两国互派正使每年往返八次，每一使官在路上赐筵四次，共费五十九万贯；其馀供应尚不计算。

㉔ "饷师"，指发付军饷。宋代军费一般占国家全部支出的三分之二。

㉕ "大布之衣"，粗布衣（见《左传》）。

㉖ "路马"，国君的马叫做路马；路，大也。参看下注。

㉗ "不祭肺"，《礼·曲礼》："岁凶，年谷不登（不收成），君膳不祭肺，马不食谷，驰道不除（不修治），祭事不县（不用钟磬等乐器）。"疏："夫盛食必祭，周人重肺，故食先祭肺；岁既凶饥，故不祭肺，则不杀牲也。"

㉘ "八蜡不通"，八蜡是岁终合聚有关农事诸物的总祭祀；《礼·郊特牲》："天子大蜡八……岁十二月，合聚万物而索飨之也。……八蜡以记四方，四方年不顺成，八蜡不通，以谨民财也。"八蜡祭祀对象包括神农、后稷、农官、田庐道路、堤防、沟渠、兽虫等。

㉙ "锡赉（lài）之恩"，指宋代祭祀要放赏，参看注㉑。锡赉，赏赐。

㉚ "事"字在此是侍奉义。

㉛ "冗（rǒng）"，散闲多馀的意思，人员多、事务少，挂名食禄而无事作，叫做冗员。宋代官吏极为冗滥，因其制度是一方面全部承袭了唐、五代所遗留下来的无数官位职名的称号，而又不实任职事，止作为品级受俸的依据，此外又有所谓"阶""勋""爵"，也都是受禄的名义；而一方面必须实际任事的则另设所谓"职"官和"差遣"官；又另一方面则大开仕路，贵族大官们的子弟亲近人等"恩荫"极滥，科举出身的又逐年增加，都要安插。因此官僚机构庞大重叠，冗员多得惊人。官僚的俸禄，又极尽优厚之能事。参看《建炎以来朝野杂记》："祖宗时，内外文武官通一万三千馀员；天圣中两制两省不及三十员，京朝官不及二千员，三班使臣不及四千员。……乾道中京朝官已三四千员，选人亦七八千员；绍熙二年，京朝官四千一百五十九员，合四选凡三万三千一十六员；庆

元二年,京朝官如绍兴之数,选人增至一万三千六百八十员,大使臣六千五百二十五员,小使臣一万八千七十员,通四选凡四万二千有奇:盖五年之间,所增仅(此仅字不作"止""才"讲,是"几乎"义,语气言其多,不言其少)九千馀员,可谓官冗矣!"兵制也是逐年增加数额,但腐败得很,以致有"将骄士惰,徒耗国用""数日增,而其不可战也亦愈甚"的现象。

㉜ "不畀真俸":畀,给;真俸,南宋时的一种减发薪俸的制度;《通考·职官考·禄秩》:"中兴俸禄之制……惟兵兴之始,宰执请受,权支三分之一或三分之二,或支赐一半;隆兴及开禧自陈半支给,皆权宜也。"此谓之真俸。不畀真俸,即特发全数实俸。按《通考》所载,节度使"俸钱、衣赐、傔人、俸马,权支三分之二"。

㉝ "积官",指积累实际功绩资历,屡经升级加衔的。"除",授受新官阶;《汉书·景帝纪》注:"凡言除者,除故官、就新官也。"此处指除授节度使而言。

㉞ "积恩",指并无实际功绩资历、只是积累屡次的"恩赏"而得官的;参看《文献通考》:"宋兴,节度、观察使事务悉归于本州知州、通判兼总之,节度使无定员,恩数与执政同,初除、锁院降麻,恩礼尤异。祖宗时,以待宗室近属外戚国婿年劳久次者。……中兴、诸州升改节镇凡十有二,是时诸将勋名鼎盛,有兼两镇三镇者……其后相承宰执、从官及后妃之族,拜者不一,然自建炎至嘉泰,宰相特拜者六人、执政一人、从官二人而已;惟绍兴中曹勋、韩公裔,乾道中曾觌,嘉泰中姜特立、谯令雍,皆以攀附恩泽,亦累官至焉,非常制也。"又注云:"国初外戚罕有建节者……中兴后外戚节度使二十有二人。哲庙以前节度使未有以恩泽除者……中兴后曹勋、曾觌辈以攀附恩建节。"这正是作者所指的"王族戚里"、"近习宦寺"等人居然高官到节度的例子。

㉟ "帑(nú 或 tǎng)",金币财货的贮藏所,即俗所谓库。"左帑",即左藏库;从晋以后,国库分左右藏,唐代左藏贮钱帛、天下赋调,右藏贮铜铁

杂物、珠宝器玩等。宋沿左藏之名。参看下注。

㊱ "内帑"，宋代有内藏库，是皇帝的私藏所。《宋史·食货志》："凡财货之不领（掌管）于有司者，则有内藏库，盖天子之别藏也。……宋初诸州贡赋皆输左藏库；及取荆湖、定巴蜀、平岭南、江南诸国，珍宝金帛，尽入内府，初，太祖以帑藏盈溢，又于讲武殿后别为内库……太宗嗣位，漳、泉、吴、越相次献地，又下太原，储积益厚，分左藏库为内藏库……改讲武殿后库为景福殿库，俾隶内藏。其后乃令拣纳诸州上供物，具月帐，于内东门进入，外庭不得预其事。……景德四年又以新衣库为内藏西库。"起初犹以有司不能节约、以备军旅饥馑不时之急需为词，其后直以为皇帝私享。

㊲ "封桩"，本钱法名称，是封桩不得擅动的意思。后演为库名。《宋史·食货志》："元丰以来，又诏诸路金帛缗钱输内库者，委提点刑狱司督趣（促），若三司发运司擅留者，坐之（以法论罪），起发坊场钱，勿寄市易务（税所），直赴内藏库寄帐封桩；当输内库金帛缗钱逾期或他用者，如擅用封桩钱法。……元祐三年，改封桩钱物库为元祐库。"彼时诸路地方所进贡赋内都有一项封桩钱。南宋孝宗时有封桩上下库。参看下注。

㊳、㊴ 按南宋时期的内藏诸库，《宋史》缺载，《通考》所记亦不详备，唯《梦粱录》"六院四辖"条云："左藏库，有东西二库，在清湖桥。……东库则掌币帛绝紬之属，西库则掌金银泉券彩矿之属。盖朝廷用度，多靡于赡兵：蜀、湖之饷，江、淮之赋，则归于四总领；饷诸屯军，则东西两库。岁入绢计者率百四十万，以缗计之率一千万：给遣大军，居什之七；宫禁百司禄赐，裁（才）三。有非泛浩繁之费，则请于朝，往往出内帑桩，以补其阙耳。封桩上库，在三省大门内；封桩下库，在左藏库中门。安边太平库，在下库南。盖封桩上库，肇于孝庙之时，以备缓急支拨，又徙户部钱物隶本所，则有上下库之别。上库窠名者：曰折帛、总制、增盐三分、盐袋增额，不排办人使。下库窠名者：曰煮酒酒息、营田、盐

场、芦柴、坍江、江沙田额、五鳌关子,为数五伙。"所谓"南帑",疑指安边太平库,因南宋时左藏南库已拨隶户部,太府寺所领只有交引库、祗候库、左藏东西库、寄桩库(见《通考》)。"西上帑"何指,未详。

㊵ "浚",本义是"煎";《国语·晋语》:"浚民之脂膏以实之。"引伸为压榨、剥削等意思。此是榨取义。"赢",盈馀。

㊶ "稽",考察。按可参看《宋史·食货志》:"盖内藏岁入金帛皇祐中二百六十五万七千一十一,治平一百九十三万三千五百五十四……至于储积盈缩,则有司莫得详焉。神宗……尝谓辅臣曰:'比阅内藏库籍,文具而已(不过官样文章罢了);财货出入,初无关防:旧以龙脑珍珠鬻于榷货务,数年不输直(缴入价款),亦不钩考。尝闻太宗时内藏财库每千计用一牙钱记之,凡名物不同,所用钱色亦异,他人莫能晓,匣而置之御阁,以参验帐簿中定数。……今守内藏臣皆不晓帐籍关防之法。'……元祐元年……明年诏内藏库物听以多寡相除。置库百馀年,至是始编阅云。"可见内库是根本无所谓规则条例可言的。

㊷ "人有觎(yú,或去声)心",人人都有想得之心。觊觎,兴心想望。按此系用《左传》襄十五年"则民无觎心"语。

㊸ 这句和下文是婉词,为皇帝开脱。滥赏本由皇帝,现在则反说众人望赏,使皇帝"不敢"一颦一笑,作者当时为了不触忤皇帝,希望他能听得进谏言而有所改过,不得不如此婉词曲语。

㊹ "相什伯、相千万",高至十百倍、千万倍之多。按此可参看《武林旧事》所记,孝宗每次过德寿宫陪高宗宴乐,都照例"支赐有差",承应人(太监等)有"目子钱",近侍进撰进词,也"各有宣赐",如"金杯盘、法锦等物",有一次二女童呈献伎艺,太后遂宣赐"宣和殿玉轴、沉香槽、'三峡流泉'正阮(弦乐器名)一面、白玉九芝道冠、北珠缘领道氅、银绢三百匹两、会子(钱钞)三万贯",可以推想这种用费之巨。

㊺ 两句说南宋时仅能剥削江南人民,以此收入而支应并不比北宋时代减少的全部费用,如官俸、兵饷、礼费、岁币、滥赏等都是。

㊻ "版曹"，指户部；户部掌管财赋版籍，所以称为版曹。版是册籍档案，曹是官府的分职分部的意思。

㊼ "中书"，此指当时中央政府。中书省本是古代三省（中书、门下、尚书）之一，南宋时期三省已并而为一，无所谓中书省；其长官亦即左右丞相、参知政事，也无复中书令、中书侍郎的名号。

㊽ "印券"，指支领内帑的正式执据。

㊾ "给舍"，指给事中、中书舍人两官（前者本属门下省，后者本属中书省），他们对不同意的命令措施，有封驳缴奏之权（舍人因本有撰拟诏令文词的职责，因此可以拒绝起草，缴回命令；给事中本亦有草制之例，后则专管封驳制敕，施行与否，须经他签署同意）。

㊿ "锡予"，赐赏。

51 参看注㊽。

52 "太祖皇帝"，宋代第一个皇帝赵匡胤。"薰笼"，竹类编织器，可以罩置炉盆之上，用以薰烤衣物。

53 "省、部、寺、局"，是当时上下级官署递相隶属的几个层次的泛名。以造薰笼而言，宋太祖时确实情况未详；后来则当由尚书省下达工部，工部下达少府监，少府监下达于文思院。但依上文"令后苑造一薰笼"而推，则又似指后苑造作所，但后苑造作所隶于内侍省，不同于尚书省部的系统。此系传闻之词，举例泛言，不必拘执。

54 "得旨'依'"，得皇帝批一"依"字，即批准。

55 "乃进御"，才送给皇帝用。

56 "赵普"，幽州蓟人，字则平，佐赵匡胤统一全国，建立宋王朝，拜枢密使，为宰相，极被倚重。

57 "条贯"，犹后来所说的"规矩""章程"。

58 "行遣"，指诸层官署依法办理手续，依令执行。

59 "台谏"，指御史台和谏院（有谏议大夫、司谏、正言等官名）二者：御史管纠劾百官失职，谏官则侍从皇帝、进言规谏。给事中专主封驳命令，也称为"给谏"。"理会",有"注意""照管""处理""干涉"等意思。

⑥ 指从宝元元年(1038)到庆历元年(1041)。

⑥ "韩琦",相州安阳人,字稚圭,相宋仁宗等三朝,为北宋名宰相,任事敢言,不避危疑。谥忠献。

⑥ "宫掖",犹言宫闱;宫中旁舍名为掖庭,后妃宫嫔等人所居,故合称宫掖。按可参看《宋史·食货志》:"至宝元中,陕西用兵,调度百出……侍读贾昌朝言:'……邑有禁兵三千,而留万户赋输,仅能取足。郊祀庆赏乃出自内府;计江淮岁运粮六百馀万石,以一岁之入,仅能充期月之用:三分二在军旅,(三分之)一在冗食。'……于是议省冗费。右司谏韩琦言:'省费当自掖庭始,请诏三司取先朝及近岁赐予日费之数,裁为中制,无名者一切罢之。'……其后西兵久不解,财用益屈,内出诏书减皇后至宗室妇郊祀半赐,著为式;皇后嫔御进奉、乾元节回赐物,皆减半,宗室外命妇回赐权罢。于是皇后嫔御各上奉钱五月以助军费。"又"熙宁初……帝因论措置之宜,言今财赋非不多,但用不节,何由给足?宫中一私身之奉,有及八十千者,嫁一公主,至费七十万缗,沈贵妃料钱月八百缗。闻……仁宗初定公主奉料,以闻献穆,再三始言,初仅得五贯尔,异时中宫月有止七百钱者。……"前后对照,可见宫中糜费,愈来愈奢。早已成为一大项支出。

⑥ "悉",皆。

⑥ "驭幸",犹言统掌恩赏、宠幸。

⑥ "执法以任怨",依法裁抑,不得赏赐者如有抱怨,由他担承。

⑥ 可参看《宋史·食货志》:"太宗……分左藏库为内藏库……帝因谓左右曰:'此盖虑司计之臣不能节约,异时用度有阙,复赋率于民,朕不以此自供嗜好也。'自乾德、开宝以来,用兵及水旱振给、庆泽赐赉、有司计度之所阙者,必籍其数以贷于内藏,候课赋有馀,即偿之;淳化后二十五年间,岁贷百万,有至三百万者;累岁不能偿,则除其籍(销帐)。"

⑥ "楮券",纸币。按宋代纸币法流行,北宋有"交子""钱引",南宋有"关

子""公据""会子"等名色。官府见有利可图,多滥行印造,其后不能兑
现,价值屡贬,成为害民之政。

⑱ "军兴不时之须",战争起时意外紧急用项。

⑲ "夙夜",早晚——时时。"速图",赶快想法。

⑳ "不胜(shēng)愚忠",不尽其愚忠之意——表示恳恻的话。

㉑ "贴黄",宋叶梦得《石林燕语》:"今奏状札子皆白纸,有意所未尽,揭其
　要处以黄纸别书于后,乃谓之贴黄……"

㉒ 事见第192页《衔命郊劳使客船过崇德县》注①。

㉓ "盱眙",今江苏盱眙,在洪泽湖以南,当时仍属南宋地。

㉔ "新酋",指金世宗卒后章宗(璟)新立。事在淳熙十六年(1189)。

㉕ "蠲(juān)",豁免。

㉖ "假王政",假借"王道"之政。王政即儒家所谓的"仁政"。

㉗ "虚誉",不实之浮名。这是作者故意轻贬敌国的话,实际金国的蠲免
　赋税并不比宋朝的蠲免更虚假。参看作者《旱暵应诏上疏》:"陛下之
　于民,田租之课,所蠲者不知其几;酒课之所蠲者,不知其几;茶盐之
　课,所蠲者不知其几:可谓上有薄赋敛之君矣。然民之不受其实惠者
　何也? 下之人有以隔之也。陛下蠲之,版曹(中央户部)督之,监司(地
　方各路监税官)督之,州县(下级地方官)督之:则是蠲之者,言也;督
　之者,意也;蠲之者,名也;督之者,实也。言不掩意,实不盖名:是罔
　民(欺骗人民)也!"

怀　种　堂　记

　　乾道四年,枢密刘公既登用①,善类复聚,国势大竞,
天下仰目,指期中兴。而公孤忠崇崛,不少研刓,疾视璧

邪,毕力击排②。既牢不可动,则叹曰:"道行则吾止,道止则吾行:是不可并③。"乃以大资政作藩隆兴④。至则旁搜民瘼,孰为疴根,弗狝弗薅,我则涤除,俾罔后灾⑤。首得奉新县三乡寓税之弊,欣然上闻⑥。其明年,符下转运⑦,悉蠲除之:为税三十五万钱有奇,为米若干,为帛若干。命下而公已迁荆州牧矣⑧。于是三乡昔无田而有税者,今无其所有;昔有乡而无民者,今有其所无⑨。又明年,五月,予来令奉新。三乡之民,相率作堂,画公像于间,以致瞻仡之敬⑩。十一月某日,堂成。予移官成均⑪,将行;邑之士王杲与三乡之民来请名且记。予不得辞,名堂以"怀种":种言德,怀言民也⑫。于是民皆叹曰:"微公之恩,吾其不首丘矣⑬!"予曰:"此非公之恩也。"于是民皆不悦。予重告曰:"尔不见前古之君乎:闻兴民之害,则勇于敢⑭;闻除民之害,则勇于不敢。今公之言朝奏,而上之命夕应:然则此非公之恩也,上之恩也⑮。"于是民始悦。予曰:"亦公之恩也。"于是民皆大惑。予又重告曰:"尔不见世之君子乎:一言而为民百世之害也。彼不曰害民也,曰'利国'也。国可利也,民可害不可害也?而况民有其害,而国不有其利欤?然其人犹矜曰⑯:'吾知忠于国也。'且夫国之所立,其恃者谁也⑰?日夜摇其所恃,以忠其所立⑱,——是果忠不忠也?一言而除民百世之害,如公者,有不有也?然则此又公之恩也。"于是民始大悦⑲。三乡:曰晋城,曰新安,曰法城云。门生奉议郎新除国子博士杨某记⑳。

① "刘公",指刘珙;珙字共(恭)父,武夷人,子羽之长子;忤秦桧,杜佞幸,
风节极峻;金人犯边,南宋抗敌,珙兼权中书舍人,诏檄多出其手,词气
激烈,闻者泣下。乾道四年(1168),拜中大夫、同知枢密院事;旋参知
政事(军、政两府的副宰相地位)。

② "不少斫刬",犹言略不妥协致伤正气。《宋史》本传:"龙大渊、曾觌(皆
孝宗宠幸的近侍宦官)既被逐,未几,大渊死,上怜觌,欲还之;珙言二
人之去,天下方仰威断;此曹(辈)奴隶耳,厚赐之可也,若引以自近,使
与闻机事,进退人才,非所以光德业,振纪纲。命遂止。"又力劾王琪矫
诏命、擅行事,"争之尤力,殿中皆惊!"作者这四句指此等情事而言。
"嬖(bì)",爱幸者。

③ 三句说,我之道若得行则我留在位,不得行则我必去官,二者不可并
立。作者在此故意变幻上下文的"行""止"二字的用法和实指。

④ 刘珙因劾奏佞幸,罢政,为端明殿学士,奉祠;宰相陈俊卿力留之,乃改
知隆兴府、江西安抚使。"大资政",指资政殿学士(与《宋史》异,见下
注⑧)。"作藩",作藩镇——地方大吏。"隆兴",今南昌。

⑤ "民瘼(mò)",人民疾苦所在;《诗·大雅·桑柔》:"瘼此下民。""狝
(xiǎn)",杀;"薙",即薙字,拔除。"俾冈后灾",使无遗害。这几句指
彻底为民除弊。

⑥ "寓税",寄税,指正额以外的附加税。"上闻",向上奏报。《宋史》本
传:"至镇(隆兴),首蠲税务新额,及罢仓苗大斛;属邑奉新有复出租
税,穷民不能输(纳),相率逃去,反失正税。并奏除之。"

⑦ "转运",转运使。宋于每路设转运使,掌钱粮刑狱等事,亦称"监司"。

⑧ 《宋史》本传:"除资政殿学士,知荆南府、湖北安抚使。"此荆南及文内
"荆州",指今湖北江陵。"牧",地方长官。

⑨ "无其所有",指原派加之税今得无。"有其所无",指原逃亡之民今得
还乡。

⑩ "瞻仁",犹瞻仰、思慕。

⑪ 作者从奉新县令调任国子博士。"成均",指国子监;周代大学名曰成均,宋代大学名曰国子监,故用以比称。

⑫ "种言德",意取自《书·大禹谟》:"皋陶(yáo)迈种德";种,犹言流布;宋人亦解为"种植"。"怀言民",取自同书同篇:"黎民怀之";旧注:怀,归也;这里亦即怀思的意思。

⑬ "微",假如没有。"首丘",比喻返归而得葬于故乡;《礼·檀弓》:"古之人有言曰:狐死正丘首。"疏云:"所以正首而向丘者,丘是狐窟穴根本之处。"故狐虽死犹首向其丘。《淮南子·说林》:"鸟飞反乡,兔走归窟,狐死首丘。"

⑭ "勇于敢",勇于敢为,不顾一切、竭力推行。

⑮ 此是周旋的话头,其用意在反跌下文。

⑯ "矜",自夸。

⑰ 暗指立国所恃在民,民为国本。

⑱ 害民而自谓"忠于国"。

⑲ 上言"上之恩"时,只云"民始悦";此言"公之恩"时,而云"民始大悦";民所真悦者在此不在彼,行文用意,在暗中含蓄而见。

⑳ "门生",按作者《江湖集》卷四,乾道二年所作《见潭帅刘恭父舍人》诗,中云:"道合宁嫌晚,心期不用多","门阑当欠士,许寄病身么?"是初会于此年,已有从学之意,当是后来奉为师门,或得其荐挽。刘珙一生骨鲠,临卒犹以"未能为国报雪仇耻"为恨,为官爱民,本传称"民爱之若父母,闻讣有罢市巷哭、相与祠之者"。作者早期交往、一生佩服的师友,张浚、胡铨之外,即属刘珙。

诚斋荆溪集序①

予之诗,始学江西诸君子②;既又学后山五字律③;既又学半山老人七字绝句④；晚乃学绝句于唐人⑤：学之愈力，作之愈寡。尝与林谦之屡叹之⑥，谦之云："择之之精⑦，得之之艰，又欲作之之不寡乎？"予喟曰："诗人盖异病而同源也，独予乎哉⑧！"故自淳熙丁酉之春，上距壬午⑨，止有诗五百八十二首⑩：其寡盖如此。其夏之官荆溪⑪；既抵官下，阅讼牒⑫，理邦赋⑬，惟朱墨之为亲⑭；诗意时往日来于予怀，——欲作未暇也。戊戌三朝⑮，时节赐告⑯，少公事，是日即作诗。忽若有寤⑰，于是辞谢唐人及王、陈、江西诸君子，皆不敢学，而后欣如也⑱！试令儿辈操笔，予口占数首⑲，则浏浏焉无复前日之轧轧矣⑳。自此，每过午，吏散庭空，即携一便面㉑，步后园，登古城，采撷杞菊㉒，攀翻花竹，万象毕来献予诗材㉓：盖麾之不去，前者未雠㉔，而后者已迫，涣然未觉作诗之难也㉕。盖诗人之病，去体将有日矣㉖。方是时，不惟未觉作诗之难，亦未觉作州之难也㉗。明年二月晦㉘，代者至㉙，予合符而去㉚；试汇其稿，凡十有四月㉛，而得诗四百九十二首。予亦未敢出以示人也。今年备官公府掾㉜，故人钟君将之自淮水移书于予，曰："荆溪比易守㉝，前日作州之无难者，今难十倍不啻㉞！子荆溪之诗，未可以出欤㉟？"予一笑抄以寄之云。淳熙丁未四月三日，庐陵杨万里廷秀序㊱。

① "《荆溪集》"，作者守常州时所作诗篇的结集；荆溪，水名，在宜兴境，故名。作者诗集是按其生活阶段、分别编集而各有集名的。《荆溪集》是他诗全集中的第二分集。

② "江西诸君子",指宋代江西诗派中诸名家。《云麓漫钞》:"吕居仁(本中)作《江西诗社宗派图》,其略云:古文衰于汉末……五言之妙,与三百篇、离骚争烈可也。自李、杜之出,后莫能及。……元和之末,无足论者,衰至唐末极矣!……至国朝文物大备……歌诗至于豫章(黄庭坚)始大出而力振之,后学者同作并和,尽发千古之秘,亡(无)馀蕴矣。录其名字,曰江西宗派,其原流皆出豫章也。宗派之祖曰山谷(黄庭坚号山谷道人)。其次陈师道无己、潘大临邠老、谢逸无逸、洪朋龟父……徐俯师川……韩驹子苍、李彭商老……凡二十五人,居仁其一也。"江西诗派由此正式得名、成立。其开派人黄庭坚,极力推崇杜甫,说:"老杜作诗……无一字无来处。盖后人读书少,故谓……杜自作此语耳。古之能为文章者,真能陶冶万物,虽取古人之陈言,入于翰墨,如灵丹一粒,点铁成金也。"(《答洪驹父书》)又讲究"换骨夺胎"(《冷斋夜话》记黄语);任渊《山谷诗集注》自序说:"本朝山谷老人之诗,尽极骚雅之变;后山(陈师道)从其游,将寒冰焉(意谓殆又过之):故二家之诗,一字一句,有历古人六七作者。"因此其风格特点是曲折而襞积,峭健而生硬,严刻而晦涩,冷隽而新奇。此派一开,誉毁纷纭。但因宋代士大夫一般都是书册极富的,江西派的表现方法,很对他们的口味,再加上政治、社会方面的复杂原因,这一宗派的诗风便对南北宋之间的诗坛发生了极大的影响,而末流所至,弊病亦深。比作者稍早的曾几、陈与义,同时的中兴几大家中的萧德藻、范成大、陆游,以及略晚的姜夔等诗人,都是在此影响之下,入手便学江西,而后来渐思摆脱这一缚束:如出一辙。

③ "后山五字律",后山即陈师道,字履常,一字无己,号后山居士,彭城人。被后人列为江西派中"一祖(杜甫)三宗"的一宗,地位仅次于黄庭坚,并称"黄陈"。《云麓漫钞》:"议者以谓陈无己为诗高古,使其不死,未必甘为宗派。"其诗思致比黄更加深密,成为一种苦调,读来令人感到闷气。诸体中以五言律诗尤为擅长,特点是笔意飞动变化而又凝

炼,能以最少的字句表现出丰富的意思、层次。因此作者学他的五字律。这是有见头的。但作者得其优点,而无其苦调闷气,张镃《南湖集》(卷二)说作者"后山格律——非穷苦,白傅风流造坦夷。"非常中肯。作者自己也说:"黄九陈三外,诸人总解诗;甘心休作许,苦语竟何为?"

④ "半山老人",见第 216 页《读诗》注①。"七字绝句",七言绝诗。

⑤ "唐人",此特指晚唐诗人,已见前注。并参看后文《颐庵诗藁序》。

⑥ "林谦之",名光朝,莆田人,绍兴进士,理学家,作者最推崇的同时诗人之一,著有《艾轩集》。刘克庄也最推崇他。

⑦ "择之之精",即指从诸流派中选取某家为学习对象,而又从某家各体中选取其特别擅长的一体为学习对象。

⑧ "喟(kuì)",叹息。"独予乎哉",岂独我一人如此! 这两句意谓凡诗人都是择精、得艰、作寡:受病不同,只是病象之异,而不是道理有所差别。

⑨ 说从淳熙四年(1177)上溯到绍兴三十二年(1162)十五年之间。"曁",通概,此为"包"义。

⑩ 此即全集中《江湖集》部分,是作者存诗最早的作品。绍兴三十二年以前的诗,已焚弃不存。

⑪ "其夏之官荆溪",淳熙四年夏日,赴常州守任。"之",动词,赴,往。

⑫ "讼牒",诉讼文件。

⑬ "邦赋",一州的赋税收入。按当时作地方官审讼案、理赋税是两项主要工作,上司考绩时,也是以这两项来作考察的标准。

⑭ "朱墨",书判公文的两色笔墨。"亲",接近。

⑮ "戊戌",淳熙五年。"三朝(zhāo)",元旦,正月初一日。因为它是"岁之朝、月之朝、日之朝",故名三朝,见《汉书·孔光传》注。

⑯ "时节",犹言节令、节日。"赐告",放假。

⑰ "忽若有寤",一下子似有所悟。寤、悟字通。

⑱ "欣如"，欣然。

⑲ "操笔"，指纪录。"口占(zhàn)"，口授文词，令他人纪录。后专用为作诗直接用口念出、以代替用笔起草的意思。

⑳ "浏浏焉"，形容顺利流畅。"轧轧"，形容思致艰苦。晋陆机《文赋》："思乙乙其若抽"，注云：乙，难出之貌，音"轧"；六臣本《文选》径作"轧轧"。作者盖用此本。

㉑ "便面"，古之团扇；本出门时用以遮面，故名"屏面"。便，音义同"屏"字。

㉒ "采撷(xié，入声)"，采，摘取。"杞菊"，枸杞和野菊花，唐陆龟蒙有《杞菊赋》，叙贫士采二物以为食的苦读情况(宋苏轼又作《后杞菊赋》)。

㉓ "万象"句，说各种各色事物都来向我供给作诗的题材——所谓"诗料"。

㉔ "雠"，通"酬"，酬答。"未雠"，还没有来得及吟咏描绘。合下句"后者已迫(又跟着来了)"，是写应接不暇的情形。

㉕ "涣然"，形容文章如水流之盛。又参看《后汉书·延笃传》："百家众氏，投间而作，洋洋乎其盈耳也，涣烂兮其溢目也。"注："涣烂，文章貌。"

㉖ "诗人之病"，指作之难而少。"去体"，离身。"有日"，为期不远。

㉗ "作州"，为州郡官，处理一州的政务。"未觉作州之难"，隐有所指，因为他作地方官，一反当时一般官僚的高压、刻酷的作风，和人民相处关系很好，收到了别人所不能达到的效果，《宋史》本传说他："戢(制止)追胥(追逼赋税的胥吏)不入乡，民逋赋者(欠钱粮的)揭其名市中，民欢趋之(自动争来交纳)，赋不扰而足，县以大治。"(其详可看本书所选《与张严州敬夫书》)这虽然是他作奉新县官时的事，但他作常州州官，作风当然是一贯的，不会又有两样。他在常州官署，有题为"卧治斋"的屋室，是用汉汲黯守东海、淮阳，静简不扰而州郡大治的故事，可以合看。

㉘　"晦",阴历月尽日(三十日或小月廿九日)。

㉙　"代者",指本任官任期已满,前来继任的州官。

㉚　"合符",符是古时授权的信物(执照),分为两半,授权者和受权者各执一半,必要时将两半对合勘验,即可见真伪。宋朝地方官并不执符信,而是以官印为凭,所以这里说"合符"即如同后世所谓"交印"——办清了交代的各种手续。

㉛　"十有四月",自淳熙五年正月至六年二月,为期十四个月。"有",音义同"又"。

㉜　"备官公府掾",《汉书·陈遵传》:"公府掾史。"按汉代三公大官,得开府置吏,掾即属吏。此指作者到杭任枢密院检详、守右司郎中的官职。"备官",谦语,犹言充数而已。

㉝　"比",读去声,近来。"易守",换了守官。

㉞　"不啻(chì)",不止。

㉟　钟将之的意思是:现在可以把《荆溪集》公布给人,以便作州官的可以从中学习些道理。

㊱　"淳熙丁未",十四年(1187)。"庐陵",今江西吉安,宋为吉州,作者是吉州吉水人,所以署庐陵。

唐李推官披沙集序①

　　予生百无所好②,而顾独尤好文词③,如好好色也④;至于好诗,又好文词中之尤者也;至于好晋、唐人之诗,又好诗之尤者也。予于天下士大夫家及入三馆⑤,传唐诗数百家⑥:多至百千篇,寡至一二篇;自谓三百年间⑦,奇瑰

诡宝⑧,略无遗矣。——晚识李兼孟达于金陵⑨,出唐人诗
一编:乃其八世祖推官公《披沙集》也。如"见后却无语,
别来长独愁"⑩;如"危城三面水,古树一边春"⑪;如"月明
千峤雪,滩急五更风"⑫;如"烟残偏有焰,雪甚却无声"⑬;
如"春雨有五色,洒来花旋成"⑭;如"雪藏山色晴还媚,风
约溪声静又回"⑮;如"未醉已知醒后忆,欲开先为落时
愁"⑯:盖征人凄苦之情,孤愁窈眇之声⑰,骚客婉约之
灵⑱,风物荣悴之英,所谓"周礼尽在鲁矣"⑲!读之使人
发融冶之欢、于荒寒无聊之中⑳,动惨戚之感、于笑谈方怪
之初㉑:国风之遗音,江左之异曲㉒,其果弦绝而不可煎胶
欤㉓?然则谓唐人自李、杜之后,有不能诗之士者,是曹丕
火浣之论也㉔;谓诗至晚唐有不工之作者,是桓灵宝哀梨
之论也㉕。或曰:推官之诗,子能辨之;子之言,将使谁辨
之?曰:嗟乎!后世有曹丕、无灵宝,推官公其已矣㉖,予
则有忧也;不然,推官公其已乎?予何忧哉!推官公讳咸
用,唐末人也。孟达请予序之。后二年,乃能书以寄之。
孟达亦能诗,殊有推官公句法云。绍熙四年十一月既
望㉗,诚斋野客庐陵杨万里序。

① "推官",指李咸用。唐代节度使、观察使,都自辟僚属,推官为其属吏
　之一。"《披沙集》",共六卷,皆诗作,今传本有《四部丛刊》影印南宋
　"临安府棚北大街陈宅书籍铺"本,卷首即冠以本篇序文。
② "好",去声;嗜好,爱好。
③ "而顾",转折复词,略如"但""特""却""可是"。"尤",甚。下文"尤"

字是特异义。

④ "如好好色",如爱美色(语出《礼记》);上一好字去声、动词,下一好字上声、形容词。

⑤ "三馆",《梁溪漫志》:"唐三馆者,昭文馆、史馆、集贤院是也。……(宋)天圣九年乃徙三馆于崇文院,前列三馆,后建秘阁,修史、藏书、校雠,皆其职也。中兴以来,复建秘书省,而三馆之职归之。"作者曾官秘书少监、秘书监,故云"入三馆"。

⑥ 按清代曹寅所编《全唐诗》,共二千二百馀家。

⑦ 唐代起公元 618 年,讫 907 年,将及二百九十年,举约数,故云"三百年间"。

⑧ "奇瑰(guī)诡宝",犹言奇珍异宝,指诗篇之可珍,如同美玉。

⑨ "李兼孟达",名兼,字孟达。"金陵",宋之建康府,今南京市。

⑩ 原集卷三《秋日访同人》五言律诗的腹联。

⑪ 同上《春日》五言律诗的颈联。

⑫ 同上《赠来进士鹏》五言律诗的腹联。

⑬ 同上卷四《冬夕喜友生至》五言律诗的腹联。

⑭ 同上《红薇》五言律诗的起联。

⑮ 同上卷五《题陈将军别墅》七言律诗的腹联。

⑯ 同上卷六《绯桃花》七言律诗的颈联。按此可参看第 7 页《普明寺见梅》注②。

⑰ "窈眇",形容声音美妙。宋本《推沙集》序作"幼眇"(《长杨赋》"憎闻郑卫幼眇之声"句,《文选》李善注引作"窈眇",是幼眇、窈眇同)。

⑱ "骚客",指诗人,含有抑郁忧伤的意味,宋范仲淹《岳阳楼记》:"迁客骚人";盖由屈原被放,曾作《离骚》而有此名词。"婉约",一般指文学作品含蓄委婉的风格;《国语·吴语》:"故婉约其辞";注:"婉,顺也;约,卑也。"所以后来以不峻激不刻露的文风为婉约。

⑲《左传》昭二年:"晋侯使韩宣子来聘……观书于大史氏,见易象与鲁春

秋,曰:'周礼尽在是矣。'"这里意思是好东西全在此了。

⑳ "融冶",形容和乐舒美。

㉑ "怿(yì)",喜悦。

㉒ "江左",指六朝时代。

㉓ "煎胶",指集弦胶,可接断弦;已见第 266 页《送子上弟赴郴州使君罗达甫寺正之招》注④ 。这里比喻遗响可继。

㉔《三国志·魏志·齐王芳纪》注:"魏初,文帝(曹丕)以火性酷烈,无含生之气,著之《典论》,明其不然,刊石太学,永示来世。至是西域使至,而献火浣布焉,于是刊灭此论。而天下笑之。"火浣布,古代织物,入火不燃,如后世石绵之类。此比喻见识不广。

㉕《世说·轻诋》:"桓南郡(玄)每见人不快,辄嗔云:'君得哀家梨,当复不烝(蒸)食不?'"注云:"旧语秣陵有哀仲家梨,甚美,大如升,入口消释(极嫩)。言愚人不别(辨识)味,得好梨烝食之也。"这里比喻当时人不懂得仔细寻味、品赏晚唐诗的优美处,而妄诋为不工,如同把哀家梨蒸着吃了是一样的杀风景。桓玄一名灵宝,晋龙亢人,字敬道。

㉖ "其已矣",指不被人知赏、不行于世。

㉗《绍熙四年》,公元 1193 年。"既望",夏历月之十六日,月圆的次日。

颐 庵 诗 藁 序

夫诗何为者也? 尚其词而已矣①;曰:善诗者去词。然则尚其意而已矣;曰:善诗者去意②。然则去词去意,则诗安在乎③? 曰:去词去意,而诗有在矣。然则诗果焉在? 曰:尝食夫饴与荼乎④? 人孰不饴之嗜也⑤;初而甘,卒而酸⑥。至于荼也，人病其苦也；然苦未既，而不胜其甘⑦。——诗亦如是而已矣⑧。昔者暴公谮苏公，苏公刺之；今求其诗，无刺之之词，亦不见刺之之意也，乃曰："二人从行，谁为此祸⑨？"使暴公闻之，未尝指我也，然非我其谁哉？外不敢怒，而其中愧死矣！三百篇之后⑩，此味绝矣；惟晚唐诸子差近之⑪。寄边衣曰："寄到玉关应万里，——戍人犹在玉关西⑫。"吊战场曰："可怜无定河边骨，犹是春闺梦里人⑬！"折杨柳曰："羌笛何须怨杨柳，春光不度玉门关⑭。"三百篇之遗味，黯然犹存也⑮。近世惟半山老人得之⑯。予不足以知之，予敢言之哉？今四明刘叔向寄其父颐庵居士诗藁⑰，命予为之序；放翁陆务观既摘其佳句序之矣⑱，予尚何言哉。偶披卷读之，至"寂寞黄昏愁吊影，雪窗怕上短檠灯。"又"烛与梅花共过冬，淡月故移疏影去。"又"睡魔正与诗魔战，窗外一声婆饼焦⑲。"又《早行》云："鸡犬未鸣潮半落，草虫声在豆花村。"使晚唐诸子与半山老人见之，当一笑曰："君处北海，吾处南海，不虞君之涉吾地也，何故⑳？"居士名应时，字良佐。嘉泰元年六月戊戌㉑，诚斋野客杨万里序。

① "尚"，动词，犹言以为重、以为上、以为至。
② "去意"，按作者此处本意不是真正主张作诗连思想内容都不要，而是说作诗不能像论文一样，径直地讲道理、宣意旨，——作诗要用一种完全不同的表现方式了。
③ "安在"，何所在。下文"焉在"意同。

④ "夫",动词后面的助词,无义。和首句的"夫"发语虚词用法不同。"饴(yí)",米麦制的糖浆,俗亦称"糖稀"。古代即以此为糖。"荼",即茶,古无"茶"字,自唐陆羽始减一笔为茶。

⑤ "孰",谁。"嗜",爱吃。

⑥ "卒",到末了,后来。

⑦ "未既",未尽。"不胜(shēng)其甘",味道好得不得了。

⑧ 说诗也应当如同茶味一样,不是就把词意径直地摆在表皮浮面,而要将词意酿成一种有深度的"味道",须使读者涵咏玩味才能感到,这样才有艺术力量。

⑨《诗·小雅·何人斯·序》:"《何人斯》,苏公刺暴公也:暴公为卿士,而谮苏公焉;故苏公作是诗以绝之。"苏、暴,都是周代畿内诸侯国名;暴公与苏公同为周之卿士,暴公在周王前逸谮苏公,使其获谴,所以苏公作此以示绝交。其诗有云:"彼何人斯? 其心孔艰(甚难知)! 胡逝我梁、不入我门(为何近过我国门外鱼梁处、而不来见我)? ……二人从行:谁为此祸? 胡逝我梁、不入唁我? ……"疏云:"今过我国,何故之(到)我梁而不入我门以见我乎? 得不由谮我、意惭而不得来也?"

⑩ "三百篇",指《诗经》,因其篇数共有三百零五首,《论语·为政》曾有"《诗》三百"的话,《文选·报任少卿书》也说"《诗》三百篇",后世因此相承用"三百篇"一词指《诗经》。

⑪ "诸子",指诸诗人。"差近之",比较近于上述《诗经》所特有的那含蓄微讽的回味。

⑫ 按此两句,今仅见于北宋词人贺铸词中。其为贺铸暗用唐人句,抑系诚斋误记,已不可知。意者两句风格思路皆类晚唐人诗句,故而误忆为唐人之作,或为可能。

⑬ 此是陈陶《陇西行》的末二句,其全篇云:"誓扫匈奴不顾身,五千貂锦丧胡尘。可怜无定河边骨,犹是春闺梦里人!"

⑭ 此是王之涣《凉州词》的末二句,其全篇云:"黄河(一作沙)远上白云

间，一片孤城万仞山。羌笛何须怨杨柳，春风不度玉门关。"作者引作"春光"，字异。按王之涣非晚唐诗人，乃是盛唐著名诗人之一；可见作者"晚唐诸子"的话，也是就其风格大概而言，不必十分严格看待。

⑮ "黯然"，用江淹《别赋》中"黯然销魂"的话，不是颜色昏黯义。

⑯ "半山老人"，见第 216 页《读诗》注①。

⑰ "四明"，指明州，其境有四明山，故名。今浙江宁波市。"刘叔向"，名未详。

⑱ 按今本陆游《渭南文集》中无此序文。

⑲ "婆饼焦"，一种鸟鸣声。

⑳ 此系借引《左传》僖公四年楚因被齐侵、向齐师诘问的话。原文云："君处（上声，动词，居住义）北海，寡人处南海，唯是风马牛不相及也；不虞（不料）君之涉吾地也，何故？"

㉑ "嘉泰元年"，公元 1201 年。

诗　　论①

论曰：天下之善不善，圣人视之甚徐而甚迫②。甚徐而甚迫者：道其善者以之于道③，矫其不善者以复于道也④。宜徐而迫，天下之善始惑；宜迫而徐，天下之不善始通⑤。盖通因于莫之矫，而惑起于莫之道。善而莫之道，是谓窒善⑥；不善而莫之矫，是谓开不善。圣人反是：徐其所不宜迫，而迫其所不宜徐。经之自《易》而《书》，非不备也，然皆所以徐天下者也⑦。启其扃⑧，听其入；坦其轨⑨，纵其驰。入也，驰也，——否也：圣人油然不之责也⑩。天下皆善乎？天下不能皆善，则不善亦可道乎⑪？
圣人之徐，于是变而为迫。非乐于迫也，欲不变而不得
也。迫之者：矫之也。是故有《诗》焉。诗也者：矫天下
之具也。而或者曰："圣人之道，《礼》严而《诗》宽。"嗟呼！
孰知《礼》之严为严之宽、《诗》之宽为宽之严也欤⑫？盖圣
人将有以矫天下，必先有以钩天下之至情⑬；得其至情，而
随以矫，夫安得不从？盖天下之至情：矫生于愧，愧生于
众⑭。愧，非议则安⑮，议，非众则私⑯。安，则不愧其愧，
私，则反议其议⑰。圣人不使天下不愧其愧、反议其议
也⑱，于是举众以议之，举议以愧之。则天下之不善者，不
得不愧。愧、斯矫，矫、斯复，复、斯善矣⑲。——此《诗》之
教也。《诗》果宽乎？耸乎其必讥，而断乎其必不恕也！
《诗》果不严乎？恶莫恶于盗，而懦莫懦于童子：今夫童
子诳其西邻之童，而夺之一金⑳，不怍也㉑；而东邻之童旁
观而适见之㉒，则怍焉；见其夺也，而又以告其不见者，怍
焉者病焉㉓。不惟见也，不惟告也，见者与不见者朋讥而
群哂焉㉔：则不惟怍也，不惟病也，则啼焉，则归之金焉㉕。
夫何其不怍于夺、而怍于见？故曰：矫生于愧。夫曷不
啼于未讥未哂之先、而归其夺于讥与哂之后㉖？故曰：愧
生于议，议生于众。夫夺人者，污也；夺而归之者，洁也。
其污也可摈，其洁也可进㉗。夺于先而归于后，污初而洁
终：君子将不恕其初乎？将撍其终乎㉘？则讥为誉根、哂
为德源矣。故曰：愧斯矫，矫斯复，复斯善矣。诗人之
言，至发其君宫闱不修之隐慝㉙，而亦不舍匹夫匹妇复关

溱洧之过^㉚；歌咏文武之遗风馀泽，而叹息东周列国之乱哀穷屈^㉛，而憎贪谗^㉜。深陈而悉数，作非一人，词非一口，则议之者寡耶？夫人之为不善，非不自知也，——而自赦也。自赦而后自肆，——自赦而天下不赦也，则其肆必收。圣人引天下之众，以议天下之善不善，此《诗》之所以作也。故《诗》也者：收天下之肆者也。今夫人之一身，暄则倦，凛则力^㉝；十日之暄，可无一日之凛耶？《易》《礼》《乐》与《书》，暄也；《诗》，凛也。人之情，不喜暄而悲凛者，谁也？不知夫天之作其倦、强其力而寿之也^㉞。天下之于《易》《礼》《乐》《书》《诗》，喜其四，愧其一：孰知圣人以至愧愧之者，乃所以以至喜喜之也欤^㉟？谨论。

① "诗论"，这是作者《心学论》中的《六经论》之一。"诗"，本专指《诗经》而言，但其中的道理，是当然可以通之于一切诗歌的。
② "圣人"，作者意思当是专指孔子。相传孔子删定古诗为三百零五篇，成为现传的《诗经》，说见《史记·孔子世家》。"徐"，缓。"迫"，急。
③ "之"，动词，是"行而至"的意思。
④ "矫"，纠正。"复"，改过迁善，归到正途上来。按以上二者，道善是指所谓"徐"的事，矫不善是指所谓"迫"的事。"道"，指儒家的所谓道，即"正理""正道"，包括仁、义等儒家道德标准而言。
⑤ "遹"，逃，脱逸，随便。
⑥ "窒(zhì)"，闭塞，扼制。下文"开不善"，是反面，开是放任、宽纵的意思。
⑦ "徐"，此处又作动词用。这说《易经》《书经》，都是旨在道人善的一面。
⑧ "扃(jiōng)"，门户，锁钥。

⑨ "坦其轨",把行车的道路修治平坦了。

⑩ 这说如门户道路,都摆好在那里,有愿入愿驰的,听之;如其不入不驰,也只由他,而不去责怪他。"油然",在此是听其自然而生长的意思。

⑪ 反问句:难道不善也是道得的吗?

⑫ "孰知",谁知道?"严之宽",表面似严而实际宽。"宽之严",表面似宽而实际严。

⑬ "钩",动词,探索。《易·系辞》:"钩深致远。"疏:"物在深处,能钩取之。"

⑭ "矫生于愧,愧生于众",意谓人所以有改过之心,是由内愧;而人所以有惭愧之情,是由于社会生活中的群众关系约制所致,换言之,没有社会群众在互相约制,也就没有羞愧"对不起人"的情感可言了。

⑮ 这句说,人虽有知愧之心,但若没有批评意见在约制它,也就自原自恕,久而不觉其非了。

⑯ 这句说,批评意见如果不来自群众,则其意见必偏私而不公正。

⑰ "反议其议",反要批评别人的意见为非是。

⑱ 这个"也"字是句中呼起下文的引语语气,和一般在句末作收束语气用的"也"字不同。

⑲ "斯",于是,乃,则。"复"就是上文"复于道"的意思——由不善而归于善。

⑳ "夺之一金",即骗取邻童一文钱。"金",古代是钱币数量名称,一金,为金属币类二十两或一斤;后来称银一两也沿用"一金"的成词;但作者此处是泛语,不一定即指一两银子,也可以指铜钱一枚。

㉑ "不怍(zuò)也",不以为愧。怍,惭。

㉒ "适见之",正巧看到眼里。

㉓ 以上"则怍焉"主词指夺金之童;"见其夺也……"主词则指东邻旁观之童。这种例子在古典散文中是常有的。"病焉",指心中忧惧怅恨,参考俗语"心里成了病"。

㉔ "朋讥""群哂(shěn)",大家一起讥讽嘲笑。

㉕ "啼焉",哭起来。"归之金焉",把钱送还给人家。

㉖ "曷不",同"何不"。"归其夺"的"夺"是名词,指所夺之物。

㉗ "摈(bìn)",弃。"进",指学好、向上,渐进于成就之地。

㉘ "揜",略同掩。"揜其终",指掩没其后来改过的善处。

㉙ "宫闱不修",指其国君的女眷有淫乱之行。参看《新书·阶级》:"古者大臣有坐污秽、男女无别者,不谓污秽,曰帷薄不修。"按《诗经》中讽刺宫闱淫秽的很多,例如《邶·匏有苦叶》,是"刺卫宣公也:公与夫人并为淫乱"。《鄘·君子偕老》,是"刺卫夫人也:夫人淫乱,失事君子之道也"。《鄘·墙有茨》,是"卫人刺其上也:公子顽通(奸通)乎君母,国人疾之,而不可道也"。(以上皆引诗序,下同。)"隐慝(tè)",犹言不可见人的丑事。

㉚ "复关",指《卫·氓》篇,中有"乘彼危垣,以望复关:不见复关,泣涕涟涟;既见复关,载笑载言"的话(这是女方追叙当初倾心于男方之诚);诗序说是"氓,刺时也:宣公之时,礼义消亡,淫风大行,男女无别,遂相奔诱。华落色衰,复相背弃。或乃困而自悔,丧其妃耦。故序其事以风焉。美反正,刺淫泆也"。《郑·溱洧》,诗序说:"刺乱也:兵革不息,男女相弃,淫风大行,莫之能救焉。"

㉛ "文武",指周文王、武王。"东周列国",即春秋、战国时期。《诗》中例多,不能备举。

㉜ 例如《魏·伐檀》,是"刺贪也:在位贪鄙,无功而受禄,君子不得进仕尔"。《魏·硕鼠》,是"刺重敛也:国人刺其君重敛蚕食于民,不修其政,贪而畏人,若大鼠也"。例如《唐·采苓》,是"刺晋献公也:献公好听谗焉"。

㉝ "暄则倦,凛则力",说暖了则觉倦怠,冷时反觉精神振作。

㉞ "夫",句中动词下面的虚字助词,和在句首的引词"夫"字用法有异。"作",振作。"寿",动词,使之寿。

㉟ 意谓以极可愧者讽之使觉醒,正是以极端爱护的用心来爱护他。大旨即是说,诗用意非常严正,毫不宽恕,但其最终目的,却不是绝人于善,而仍是与人为善的。

国　势　(中)①

臣闻圣人不幸而当天下分裂之际者,有所谓万世之业,有所谓数百年之业。国无两存、无两亡,非有北无南,则有南无北尔②。有能举天下之二而一之③,此万世之业也;尽地以相伺,据险以相拒,攻则不足,守则有馀,此数百年之业也。今圣天子既惩于一举而折④,则万世之业,其成未有形,而其发未有候也;而数百年之业,亦独扰扰而未求所定,岌岌而未见所立,则亦可谓不能也已?非不能也,能而不为也;非不为也,为而不果也。果则为,为则能矣。昔司马晋内有王敦、苏峻之乱⑤,外有刘、石之敌⑥,晋宜不能乎晋也⑦,而无病乎江左十叶之基⑧。刘宋之初⑨,谯纵梗蜀⑩,卢循逼都下⑪,而姚氏、慕容氏、拓跋氏沸中原⑫,宋宜不能乎宋也,而无害乎南朝数百年之祚⑬。晋、宋之君何人哉?使朝廷当此时⑭,将不为国乎?虽然⑮,此犹有天下之半也;至于七十里而兴商,百里而造周,汤、文何人哉⑯?朝廷当此时,将不为国乎?虽然,此犹有土也;至于汉高帝一剑之外无馀物⑰,光武一牛之外无馀资^⑱，而以创业，以中兴^⑲。二君何人哉？朝廷当此时，又将不为国乎？嗟乎！以高、光为之，能以无国为有国也；以汤、文为之，能以一国为天下也；以晋、宋为之，能以危国为安国也：然则天下岂有不可为之国哉？亦存乎其人如何尔。今也（内）无敦、峻、谯、卢之猖獗，外无刘、石之英雄，而独当一未亡之金虏，而又以全楚为家，吴越为宫^⑳，此楚庄、吴阖闾、子胥、种、蠡之所以强霸用武之国也^㉑；西控全蜀，南拥荆襄，北据长淮，此高帝、先主、孙仲谋、杨行密之所以兴起之根本也^㉒；巨海限其东，而三江五湖缭其南北，此古之六朝所恃以为不拔而不可兼得者也；引巴蜀之饶^㉓，漕江淮之粟^㉔，市西戎之马^㉕，而号召荆楚奇材剑客之精锐^㉖，此汉、唐之所仰以为资者也：奄是数者而有之^㉗，而日夕惴焉不能以自存，常若敌人之制其命，是挟千金而忧贫，有孟贲之力而忧弱者也^㉘。故曰：非不能也，能而不为也；非不为也，为而不果也。使天子一日断自一心，不惑群议，卓然挈吾国而大有所建立，则万世之业，为之有馀也，而况数百年之业哉！独患乎因循颓堕，忘其我之所可惜^㉙，而彻其敌之所可忌者而已矣^㉚。盖吾之所可惜、而吾不惜，则凡所可惜者，无所往而惜，无所往而惜者，亡之所从开也^㉛；彼之有所忌，而吾不示之以其所忌，则凡所可忌者，无所往而忌，无所往而忌者，寇之所从召也^㉜。昔者秦之灭六国，非秦能灭六国也，六国实自灭也。不思久长之计，而苟一日之安，争先割地以求和于秦，地朝割而兵夕至，盖六国之君臣，其初以为尺寸之地不足惜也;不知夫国之亡,乃自不惜尺寸始。非尺寸之地能亡国也,尺寸之不惜,则不至于亡国则不止!顷者虏人求唐、邓,则与唐、邓;求海、泗,则与海、泗③。此何为者耶?人有御寇,而不御之垣之外,乃毁垣以纳之,曰:吾将拒之户③。是得为善御寇者乎?夫室以户存,户以垣存也,垣毁,是无户也,室其得存乎?蜀失汉中而刘禅降③,唐献淮南而李景蹙③。朝廷独不见之耶?此臣所谓患乎忘其我之所可惜者也。汉高帝之西入关也,兵之所至,迎刃而解③,如此其锐也!以仁义之师,乘暴秦之亡,如此其易也!以高帝自将③,而子房为之谋③,如此其全也!——而不敢越宛而击秦④。非宛之能重秦也;能病汉也。盖宛者,汉之后顾之病也。宛一下则汉何病焉。使秦人先得汉之所忌,遣一将固守而不下,则秦未易以岁月入也。异时朝廷举长淮数千里而视之如隙地④,不葺一垒,不置一卒,使寇之去来,如入无人之境。此何为者耶?议者犹曰:“是时虏之创痍未尽瘳④,而势力未全盛也。”而今者狠然有窥吾淮甸、南下牧马之意④,朝廷傥复如前日,置淮于度外,则天下之大祸至矣!虎之所以不可捕者,穹崖深林,人者凛然,而又罴游乎其前,豹伏乎其左,此人之所以甚忌也;使罴与豹皆去,而虎立于途,人孰不操戈以制之哉?臧质壁盱眙而佛狸亟还④,刘仁瞻坚守寿春而周师未得志④。朝廷独不见之耶?此臣所谓患乎彻其敌之所可忌也。大抵敌人之求,可以无与;天下之地,可以无守。可以守、可以与者,货也;可以无与者,地也。可以无守者,已失之地也;可以守者,未失之地也。可以无与而与焉,可以守而不守焉。今之大患不在此耶? 盖逆亮尝求汉、淮之地矣,而光尧不与之地而与之战^⑯。臣愿朝廷以光尧之塞逆亮而塞虏之贪。如蜀、如荆襄、如武昌、如沿江,朝廷固尝严守备矣;臣愿今日以待沿江之工而待淮,凡淮之要害之地,虏之所必攻者,巨镇如庐、寿、广陵者^⑰,则各择一大将,委以一面,而付之重兵。至于其他州郡,则多其壁垒,而葺其城池。城池坚则可攻而不可下,壁垒多则寇有牵而不敢越;有大将重兵以居要,则沿淮之州有所恃而无所惧:兵法所谓常山之蛇者^⑱,此也。盖固国者,以江而不以淮,固江者以淮而不以江。而今之说者或曰:"淮不可守而江可恃。"嗟呼! 不恃江者,江可恃也;恃也,则江不可恃矣^⑲。昔者陈后主尽召江北之诸将以朝正^⑳,而韩擒虎、贺若弼掩其虚以至江上,陈之君臣犹曰:天堑必无可济之理^㉑,且引周、齐之兵五来皆败以待隋。言未既^㉒,隋师济矣! 甚矣夫江之误南国也! ——非江误人之国也,恃之者误之也。宫之奇曰:虢,虞之表也,唇亡则齿寒^㉓。江者,淮之虢也;淮者,江之虞也。朝廷其勿恃江而恃淮,勿恃淮而备淮:则数百年之业,可得而议矣。不然,臣恐未可以一朝居也。或者又曰:"守淮善矣,其如淮地之空旷何? 若夫江者,纪涉所谓备之不过数处,直差易尔^㉔。"是不然。有淮,而后江者吾之江也;无淮,则江者非独吾之江也,——亦敌之江也! 全而有之,犹恐失之;而况分之哉! 且吾之有淮,以为空旷也;使吾不有而虏有之，彼以为空旷耶？——彼将居而耕，耕而守，守而伺：则吾之一喘而彼闻，一动而彼见。人惟有所不可测，而后不可图。引寇以自逼，而日夕与之相目于一水之间⑤，则国尚（何）可为而敌尚何可备哉！故夫江者，误人之国，而纪涉之论，又误人之江者也。且吴人者，欲淮而不得也，非得淮而不欲也。吾则有吴人之所无，而又可弃吾之所有耶？臣是以流涕而极言至此！

① 这是作者《千虑策》中的一篇。此下的《论兵》《刑法》《民政》并同。题下的（中）字是原来每一题又分为上、中、下三篇的标目。
② "南""北"，实指金、宋两国。"尔"，见第 309 页《与张严州敬夫书》注㊼。
③ "一之"，统一了它。一，动词。
④ "惩于一举而折"，指宋孝宗即位后即任用张浚，发动北伐，为南宋数十年所未有之举；不幸遭致符离之溃。见第 18 页《读罪己诏》注①。
⑤ "司马晋"，司马氏作皇帝的晋朝（266—420）。称司马晋，以别于五代时石氏的晋朝（后晋）。"王敦"，临沂人，字处仲，尚晋武帝女襄城公主，为大将军；后镇武昌，率其所部犯京师，晋帝以之为丞相，始返镇所。其后谋篡，晋明帝讨之，病死。"苏峻"，掖人，字子高，怀帝永嘉乱后拥有重兵，以破王敦有功；成帝时渐有异志；及有命召为大司农，峻疑惧，遂起兵陷京师，肆行屠掠，迁皇帝于石头；温峤等讨之，败死。
⑥ "刘、石之敌"，晋怀帝永嘉二年（308），汉王刘渊称帝号，五年，其子刘聪陷洛阳，掳怀帝以去，七年，怀帝遭害，愍帝建兴四年（316）汉刘曜陷长安，愍帝出降，西晋由此遂亡。东晋元帝大兴元年（318）刘曜自立，次年迁都长安，改国号曰赵（前赵）。同年石勒称赵王，是为后赵之始；成帝咸和五年（330）石勒称帝；至穆帝永和七年（351）石祗被杀，后赵

始亡。

⑦　"晋宜不能乎晋也"，那么晋就该不成其为晋——不能立国了？

⑧　"无病乎"，不害乎，无碍于。"江左"，江南。"十叶之基"，指东晋自渡
　　江偏安，历元、明、成、康、穆、哀、废、简文、孝武、安等十帝，至恭帝，始
　　亡于刘裕（建南朝宋，又称刘宋）。

⑨　"刘宋"，刘裕，彭城人，仕晋封宋王，晋恭帝元熙二年（420），废帝自立，
　　号宋。称"刘宋"，以别于赵氏的宋。

⑩　"谯纵"，南充人，曾为安西府参军；后率兵屯白帝城，自称成都王。将
　　顺江东下声讨刘裕，为裕将所败，自缢死。

⑪　"卢循"，涿人，汉卢植之后，字于先，孙恩妹婿；恩奉五斗米道，聚众数
　　十万，反抗晋朝，及死，众推卢循为主，攻永嘉，占广州，晋朝无力征讨，
　　以之为广州刺史；安帝义熙中刘裕伐慕容超，循乘虚陷南康诸郡，进逼
　　建康（东晋国都）后为刘裕击败，奔交州，投水死。

⑫　"姚氏"，姚苌（自公元384年）称秦王，为后秦；至晋末（417）为刘裕所
　　灭。"慕容氏"，慕容德（自公元398年）称燕王，为南燕，至晋末（410）
　　为刘裕所灭。"拓跋氏"，拓跋珪（自公元386年）立为代王，旋改号为
　　魏，为北魏，历南朝晋、宋、齐、梁，至公元534年始灭。

⑬　如自东晋起计至陈亡（318—588），共二百七十年。

⑭　"使朝廷当此时"，假使南宋君臣当乎晋宋之世的环境条件。

⑮　"虽然"，虽说如此。注意"虽然"自成一句，不可和现代语里的"虽然"
　　相混，后者只是个转折词，相当于古典散文中的一个"虽"字。

⑯　参看《孟子·公孙丑》："以力假仁者，霸；霸必有大国。以德行仁者，
　　王；王不待大（国）：汤以七十里，文王以百里。"又《梁惠王》："臣闻七
　　十里为政于天下者，汤是也。未闻以千里畏人者也。"又《公孙丑》："然
　　而文王犹方百里起。"是商、周开始时地方极小。

⑰　《汉书·高祖纪》："（十二年）……疾甚，吕后迎良医……于是上嫚骂之
　　曰：'吾以布衣、提三尺、取天下，此非天命乎？'"师古注："三尺，剑

也。"按汉高祖名刘邦,沛丰邑人,为泗水亭长,后沛人立为沛公,与项羽同伐秦,灭之,又败项羽,自立为汉帝。

⑱ "一牛之外无馀资",语未详何本;《后汉书·光武纪》刘秀曾有"今兵谷既少,而外寇强大"的话。"光武",后汉光武帝,名刘秀,高祖九世孙,起兵舂陵,破王莽(莽篡汉,国号曰新);后自立,是为后汉之始。

⑲ "创业",指高祖;"中兴",犹言重兴,指光武。

⑳ "全楚为家,吴越为宫",春秋时代的楚国,为"七雄"之一,其领土约有今湖南、湖北、安徽、江苏、浙江诸省之地。吴越,本春秋时二国名,亦用为地名,吴约为江苏地,越约为浙江东北部地,后越王并吴,奄有江、浙地。这说南宋基本疆土尚有全楚之地,而以江、浙地方为首都、畿辅中心地区。

㉑ "楚庄",楚庄王,名侣,在位二十三年,励精图治,国土拓展,并有统一周朝天下之志。"阖闾",吴王,名光,用楚国亡臣伍子胥,伐楚,大败之,又东征卑庐,西伐巴、蜀,威震中国,在位十九年。"子胥",姓伍,名员,本楚人,父兄并为楚平王杀害,乃奔吴,佐阖闾。"种、蠡",文种和范蠡,二人皆楚人,又并仕越为大夫,种字会;蠡字少伯,与文种同事句践;越得二人,终灭吴国。句践将屈身入吴服事吴王夫差,临行,说:"蠡:为我守于国。"范对曰:"四封之内,百姓之事,蠡不如种;四封之外,敌国之制,立断之事,种亦不如蠡。"句践以为是,乃委政于文种,令其守国,自与范蠡等入官于吴(以为后来报仇之计)。(据《资治通鉴外纪》文简叙。)

㉒ "高帝",汉高祖刘邦。"先主",蜀先主刘备。"孙仲谋",吴大帝孙权,字仲谋。"杨行密",合肥人,字化源,仕唐,为五代吴之开国者。

㉓ "饶",财富。

㉔ 漕(cáo),水路转运粮米为漕。

㉕ "西戎",指当时西北、西南的少数民族。《宋史·食货志》:"南渡以来,文、黎、珍、叙……凡八场(易马场),其间卢、甘蕃马岁一至焉,洮州蕃

马或一月或两月一至焉，叠州蕃马或半年或三月一至焉，皆良马也。……"大抵皆今川、贵、黔等地，设场交易。

㉖ "奇材剑客"，详见第 360 页《论兵》注㊱。

㉗ "奄是数者而有之"，举以上条件皆包而有之。奄，本训"覆"，训"大有馀"，如《诗·鲁颂·閟宫》："奄有下国"；又《大雅·皇矣》："奄有四方。"

㉘ "孟贲"，战国时的勇士；《孟子·公孙丑》疏引《帝王世说》云：孟贲"能生拔牛角"；或以为"卫人"，或以为"齐之力士"；常被引以为大力士之典故。（《史记·秦本纪》作"力士……孟说"。）

㉙ "所可惜"，实指国土。

㉚ "彻"，同撤。"敌之所可忌者"，实指守卫边疆的一切措施。

㉛ "亡之所从开也"，国家灭亡的所以开端。

㉜ "召"，招致。

㉝ "顷者"，往者，——指不太久的过去时间。"唐、邓"，宋二州名，今河南南阳、邓州一带地；"海、泗"，宋二州名，今江苏东海、安徽泗县一带地。按孝宗北伐才一小挫，即全盘改变国策，与金议和，称"叔侄"，纳岁币，割四州之地。这四州之割，经多少人反对，皆无效，终于送与敌人。事在隆兴二年。

㉞ 人家抵御盗贼的，不将盗拦于墙外而自己拆了墙，反说："我将在室门口来抵御他！"

㉟ "汉中"，郡名，秦置，汉仍之，治所在南郑（今陕西南郑之东），有今陕西南部等地；三国时属蜀（辖境已缩小）；公元二六三年，魏伐蜀，汉中既先失于魏，魏兵得入蜀，蜀后主刘禅降，蜀亡。所以汉中乃是蜀之"垣墙"——外防。参看《资治通鉴·汉纪（五十九）》："黄权言于刘备曰：若失汉中，则三巴不振，此为割蜀之股臂也。"

㊱ 周世宗显德五年（958）南唐李璟以江以南、淮以北之地献于周，不久周灭于宋，至宋太祖开宝八年（975），曹彬克其首都（今南京），南唐亡。

"蹙（cù）"，穷困，促迫。是江淮地区乃南唐之"垣墙"。

㊲ "迎刃而解"，以劈竹为喻，刀刃未至处，竹已先顺纹理而开裂，极其容易；《晋书·杜预传》："今兵威已振，譬如破竹，数节之后，皆迎刃而解。"

㊳ "自将"，特指皇帝亲自领兵出征。

㊴ "子房"，张良字子房，是汉高祖最得力的助手。参看下注。

㊵ "宛"，今河南南阳；当时南阳郡的治所。《资治通鉴·秦纪》："二世三年……四月……张良引兵从沛公（刘邦）。沛公……与良俱南。六月……略南阳郡，南阳守走保城守宛。沛公引兵过宛西。张良谏曰：'沛公虽欲急入关，秦兵尚众距险；今不下宛，宛从后击，强秦在前：此危道也。'"于是刘邦复返攻宛。宛既降，以西皆不攻自下。

㊶ "异时"，往日，昔者。"隙地"，空地，闲地。

㊷ "创痍（yí）"，创伤。"瘳（chōu）"，痊愈。按此指金人前次南侵失败尚未恢复力量。

㊸ "淮甸"，淮边地区。"牧马"，侵略、蹂躏的代词。唐诗："汉家自失李将军，单于公然来牧马。"

㊹ "臧质"，南朝宋东莞莒人，字含文，元嘉二十七年北魏太武帝拓跋焘率兵数十万南侵，渡淮，次年正月，悉力攻盱眙，质与太守沈璞完共守，与敌书，词气极壮，大战三旬，敌人死者与城平，至二月二日乃遁走，围解；以功为冠军将军、宁蛮校尉、雍州刺史，封开国子。事见《宋书·臧质传》。"佛狸"，拓跋焘小名。质与焘书中引童谣有云："虏马饮江水，佛狸死卯年。""壁"，动词，以军垒固守。

㊺ "刘仁瞻"，南唐淮阴洪泽人，字守惠；周世宗帅大兵攻南唐，仁瞻以清淮军节度使守寿州（今安徽寿县），周以兵夫数十万众数道攻城，四阅月不能下；少子崇谏谋降，腰斩之；及诸将皆降周，愤叹成疾；后其营田副使孙羽代仁瞻递表请降，仁瞻已不知人事，是日即卒，州人皆哭，裨将士兵自到以殉者数十人。事详陆游《南唐书·刘仁瞻传》。

㊻ "光尧",当时人称宋高宗,因高宗的尊号是"光尧寿圣太上皇帝",这是他禅位于孝宗后所得的尊号。(高宗是他死后的称呼,所谓"庙号"。)绍兴三十一年五月,金使高景山、王全来见高宗,当面提出要割淮南江北、汉水以东之地。即将南侵。高宗不得已抗战,十月下诏,中有"辄因贺使,公肆嫚言,指求将相之臣,坐索汉淮之壤"等语。后金主亮即死于此役,金人竟未得逞。

㊼ "庐",庐州,今安徽合肥;"寿",寿州,已见注㊺;"广陵",今江苏扬州,在宋为扬州广陵郡:三处都是江以北、淮以南的重要防守点。

㊽ "常山之蛇",见第281页《十山歌呈太守胡平一》注⑫。

㊾ 这是说,大江虽是天险,但仅仅靠它,则必不可恃;须另有所以保护、守卫大江之道,而后江才可以不失为险阻,可以为我用。

㊿ "朝(cháo)正(平声)",《左传》文三年:"昔诸侯朝正于王",注:"谓朝而受其政教也。"古代有"朝庙"礼,岁首而朝庙,为朝正;作者用以指诸将尽来朝见陈后主——到长江以南去保护他。馀见下注。

○51 陈后主祯明二年(588),隋伐陈,以庐州总管韩擒虎出庐江,自横江渡攻姑孰,以吴州总管贺若弼出广陵,自瓜洲渡攻京口……共出总管九十员,兵五十一万八千。十二月,大兵临江。及议事,后主说:"王气在此,齐兵三来,周师再(两次)来,无不摧败,彼何为者耶?"都官尚书孔范说:"长江天堑,古以为限隔南北,今日虏军岂能飞渡耶?边将欲作功劳,妄言事急……"次年元旦,贺若弼即自广陵渡江,陈人全不知觉;同时韩擒虎自率五百人自横江夜渡采石,陈守者皆在醉中(据《资治通鉴》文简叙)。

○52 "言未既",话还没说完——极言其事之紧相接连。

○53 语见《左传》僖五年:"晋假道(借路)于虞以伐虢。宫之奇谏曰:'虢,虞之表也;虢亡,虞必从之(而亡):谚所谓"辅车相依,唇亡齿寒"者,其虞、虢之谓也。'"比喻休戚相关极切。

○54 "涉",当作"陟"。《三国志·吴书·孙皓传》甘露元年注:"(纪)陟,字子上，丹阳人。"干宝《晋纪》曰："陟……奉使如魏……魏帝见之，使傧问曰：……'吴之戍备几何？'对曰：'自西陵以至江都五千七百里。'又问曰：'道里甚远，难为坚固。'对曰：'疆界虽远，而其险要必争之地不过数四，犹人虽有八尺之躯，靡不受患，其护风亦数处耳。'"作者引语指此。"直差易尔"，意思说防江设备不过几处重点，明明是容易得多了。

㉟ "目"，动词；"相目"，相视，你看我、我看你。按以上一段可参较胡铨隆兴二年八月上书，中云："海、泗，今之藩篱咽喉也，彼得海、泗，且决吾藩篱以瞰吾室，扼吾咽喉以制吾命，则两淮决不可保，两淮不保，则大江决不可守，大江不守，则江浙决不可安：可吊三也。"与作者见地正同；但两人叙论手笔，风格各异。

论 兵 （下）

　　臣闻计天下者，不可以狃于利①，亦不可以惩于害。狃于利而必为者，害至而不思；惩于害而必不为者，利必有所遗。议者皆曰："乡兵之法，不可行也：民乐于为农，而不乐于为兵。夺其所乐，而强其所不乐，时则有扰民之害②；以农为兵，非其习也，守则溃，战则奔，时则有败事之害。"彼见石晋籍诸州乡兵谓之"武定军"，而民不聊生，是以曰"扰民"；见石晋置兵谓之"天威军"者，竟以不可用而罢，是以曰"败事"③。知此而已矣。不知夫有不扰民而安民、不败事而成事者也④。天下未有无害之利也。天下而有无害之利,则谁不能计之者? 利于一必害于一⑤。越人坐于舟而行之以手⑥,燕人见而悦之,舣而以手行于涂⑦,未有(不)匍匐颠仆而可笑者⑧。燕人而为越人,固害也;越人而不为越人,岂不害哉⑨? 议者见燕人颠仆之害矣,未见夫越人千里咫尺之利也。民不同地,地不同利,逆其不同而同之⑩,使燕人而为越者也;因其不同而不同之,使燕者为燕、越者为越者也⑪。今夫民之生,有安地,有危地;生于安地者,以危地为惧,而生于危地者,亦不以安地为慕。内地之民,仰父而俯子⑫,安居而暇食,至有老死而不至州县、不识官吏者,而况于兵革乎? 边地之民则不然:朝而春熙,暮而凛秋⑬,今日之安集,明日之离散;自内地之民视之,何可顷刻居也! 而边地之民,寇来则支,不支则移,寇去则舣。夫曷不遂徙以避,而何乐于舣也⑭? 非乐也,势也:鱼以渊为舣,鸟以林为舣,夫岂以燥湿而相易也哉? 故夫乡兵者,臣以为行于内地则不可,行于边地则何为而不可? 观其寇来则支,此已有乡兵之资⑮;不支则移,此已病于无乡兵之助⑯;寇去则舣,此已有乐为乡兵之意。上之人迎其意、乘其资而成其助⑰,则乡兵之法,有不难行者。得其人、讲其术而行以渐,荆襄、淮甸之民⑱,皆韩信背水之兵也⑲。故田单以掘冢墓激齐人而破强燕⑳,周德威以土兵据险而制契丹㉑,祖宗以河北乡兵而备北虏㉒。盖以国守边,不若以边守边。何则? 人自为守也㉓。夫人自为守者,守不以城㉔;人自为战者,战不以兵㉕;守不以城者,以人为城也;战不以兵者,以心为兵也㉖。彼石晋者，欲举乡兵而行之天下，则过矣。民不临危，必不肯违其安㉗；民不见死，必不肯捐其生㉘。以不危不死之民，而望之以不安不生之事：此石晋之乡兵所以扰民而无用欤！虽然，惩石晋之扰，并与其不扰者废之，惩石晋之不得其用，并与其有用者弃之，又过矣！臣尝爱班固"山西出将"之说㉙：以为陇西诸郡迫近羌胡，民习战备，故风声气俗，高尚武勇。此说得之㉚。故夫山西出将，非天也；地也。地迫于夷狄，而民习于战备，则何地不"山西"也哉？或曰："淮民之脆，非山西比也㉛。"是不然。宋武帝之取关中，非借兵于西也㉜；陈庆之之取河南，非募众于北也㉝。兵岂有常地哉，顾所用耳㉞。且黥布之兵，能使高帝亦避其锋，非淮人耶㉟？李陵与奇材剑客蹀血房庭，非楚人耶㊱？而可谓其脆也哉？昔周世宗之侵唐也，淮之民方苦于唐政，而小民相与聚山泽，立堡壁，以农器为兵，以楮为甲㊲，而周师屡为所败，唐地多为所复：当时谓之"白甲军"者是也。夫民苦于主㊳，而犹能拒敌，而况爱其主者耶？百人操兵而攻一虎者，虎胜；一夫荷锄而遇一虎者，人胜。——非百人之弱，而一夫之强也：斗而得地者胜，不得地者败。曷谓"地"，死是也㊴。地有所必死，则势有所必奋；势有所必奋，则斗有所必力㊵。一夫者，居必死之地，此其所以必生也。彼百人者，既以生地自居矣，焉得胜㊶？故古之善用兵者，以死求生，而不以生求生。边地之民，亦死而求生者耶？虽然，行乡兵之法于边地者，决不可自官行之。官行之则扰，私行之则乐㊷。

官行之则敌必疑，私行之则敌不知其所窥^㊸。使缘淮郡县，不禁土豪之聚众挟兵，而又阴察其才且强者，礼而厚之，时有以少蠲其征役，或因使之除盗而捐一官以报其功，庶几边民之乐于战^㊹。一旦有急，敌人未易南下也。

① "狃(niǔ)"，习也。"狃于利"，拘习于利，认定此利为一定不变之理、一定可行之政。

② "时"，是。

③ "石晋"，石敬瑭所立的后晋(五代之一)。《资治通鉴·后晋纪·齐王》："开运元年……敕天下籍乡兵，每七户共出兵械资一卒；……诏诸州所籍乡兵号'定武军'，凡得七万馀人。时兵荒之馀，复有此扰，民不聊生。"次年，改名为"天威军"。又次年晋即为契丹灭。

④ 下面有实例，可看注⑲、⑳、㉑。

⑤ "利于一必害于一"，利于一点、一面，必损于另一点、另一面。

⑥ "越人"，今浙江人——水乡之民。"行之以手"，谓以手操舟代步。

⑦ "燕(yān)人"，今河北北京一带人。"皈"，同归。"以手行于涂"，这指真的以手而行于道路。"涂"，同途。

⑧ "匍(pú)匐(fú)"，以手扶地而行。"颠仆"，跌倒。

⑨ "燕人而为越人"，平原人而非要学水乡人的行走法。"越人而不为越人"，水乡人而不要水乡人的行走法。

⑩ "逆其不同而同之"，定要违反其歧异差别而一律对待。

⑪ "因其不同而不同之"，分别具体情况而因宜对待，各得其所便所利。

⑫ "仰父而俯子"，"仰"，仰事——上而服事、奉养尊亲；"俯"，俯蓄——下而养活子女。

⑬ "朝而春煦，暮而凛秋"，早晨方安乐和暖如在春景，晚上忽尔又凄冷如居秋境——极言地方情形变化之大。

⑭ 那么为什么不干脆搬家躲开这种地方、又何所恋而必要再回来呢？

⑮ "资"，犹言本领、能力、资格。

⑯ 所患在无有人给以帮助支持。

⑰ "迎"，迎合，凑泊；"乘"，利用，掌握；"成"，足成，成全。

⑱ "荆襄、淮甸"，指长江中下游一带地区。

⑲ "韩信背水之兵"，汉时韩信带兵远路攻打赵地，形势居于不利之地，而韩信对将士说："今日破赵会食。"诸将皆心不信服，假意答应。信乃使万人先出，背水而为阵，赵兵望见，大笑。后此水上军皆殊死战，遂胜赵。诸将问韩信说："兵法有右背山陵、前左水泽。今者将军令臣等反背水阵，曰'破赵会食'，臣等不服，然竟以胜。此何术也？"他说："此在兵法，顾诸君弗察耳。兵法不曰'陷之死地而后生、投之亡地而后存'乎？……其势非置死地、人人自为战。今即予生地，皆走，宁尚得而用之乎？"诸将皆服。事见《汉书·韩信传》。

⑳ 《史记·田单传》："(燕侵齐，陷七十馀城，唯莒与即墨尚存，燕军围城)，单又纵反间曰：'吾惧燕人掘吾城外冢墓，僇(戮)先人，可为寒心！'燕军(中其计，果然)尽掘垄墓，烧死人。即墨人从城上望见，皆涕泣，共欲出战，怒自十倍。田单知士卒之可用，乃身操版插(修筑工具)，与士卒分功(共同力作)，妻妾编于行伍之间，尽散饮食飨士。……"卒获大胜。田单，战国时齐临淄人。破强燕，收复七十馀城，封平安君。

㉑ 《五代史·周德威传》："周德威，字镇远，小字阳五，朔州马邑人也。……骁勇，便(平声)骑射，胆气智数皆过人。……(天祐)十四年三月，契丹寇新州，德威不利，退保范阳，敌众，攻仅(几达)二百日，外援未至，德威抚循士众，昼夜乘城，竟获保守。"作者当即指此。

㉒ "祖宗"，此是宋朝人指其开国初期的皇帝。"乡兵"，宋代兵制之一，《宋史·兵志》："乡兵者，选自户籍，或土民应募，在所(当地)团结训练，以为防守之兵也。……其后议者论'义勇'为河北伏兵，以时讲习，

文　选

无待储廪,得古寓兵于农之意。"名目很多,有"忠烈""宣勇""广锐"
"神锐""忠顺"等。其用意即在备辽之侵扰。"北虏",指辽。

㉓ "人自为守",人人自为守卫。

㉔ "城",城池的防守形式。

㉕ "兵",兵器,武备工具。

㉖ "心",犹言民气、志愿。

㉗ "违其安",抛弃其和平安乐的生活。

㉘ "捐其生",牺牲其性命。

㉙ "山西出将",班固《汉书·赵充国辛庆忌传·赞》:"秦、汉已来,山东出
相,山西出将。……何则?山西天水、陇西、安定、北地,处势迫近羌
胡,民俗修习战备,高上勇力,鞍马骑射……其风声气俗,自古而然,今
之歌谣慷慨,风流犹存耳。"按"山",指华山。天水、陇西、安定、北地
等,秦、汉时郡名,皆在今甘肃省境。

㉚ "此说得之",这种说法为得其理,为是。

㉛ "非山西比",不是山西的伦类,没法比山西。

㉜ 《宋书·武帝本纪》:"(义熙十二年)初公平齐,仍有定关洛之意,值卢
循侵逼,故其事不偕;荆雍既平,方谋外略。会羌主姚兴死,子泓立,兄
弟相杀,关中扰乱,公乃戒严北讨。"至十三年,遂定关、洛。其兵皆发
自东南,非借于西北。

㉝ 《梁书·陈庆之传》:"陈庆之,字子云,义兴山国人也。……大通初,魏
北海王元颢以本朝大乱,自拔来降,求立为魏主,高祖纳之,以庆之为
假节飙勇将军,送元颢还北。颢于涣水即魏帝号,授庆之使持节镇北
将军护军前军大都督,发自铚县……奉迎颢入洛阳宫……自发铚县,
至于洛阳,十四旬,平三十二城,四十七战,所向无前。"按以上皆举六
朝时代偏处东南之国而其兵能以胜北的实例。

㉞ "顾所用耳",但在所用之道是否得当而已。

㉟ "黥布",即英布,因犯法被黥(以墨色刺面)刑,故名黥布。《史记·黥

359

布传》："黥布者,六人也,姓英氏。……(初属项梁,后属项籍)楚兵常胜,功冠诸侯,诸侯兵皆以服属楚者,以布数(屡)以少败众也。……汉三年,汉王(刘邦)击楚,大战彭城,不利,……汉王曰:'孰能为我使淮南(英布),令之发兵倍(背)楚,留项王于齐数月,我之取天下可以百全(《汉书》作"万全")。'"可见刘邦当时亦避其锋。《正义》云:"故六城在寿州安丰县西南百三十三里,按黥布封淮南王,都六,即此城。"故谓为"淮人"。

㊱《汉书·李陵传》:"陵字少卿。……善骑射。……天汉二年,贰师将三万骑出酒泉击(匈奴)左贤王于天山,召陵欲使为贰师将辎重。陵召见武台(殿),叩头自请曰:'臣所将屯边者,皆荆楚勇士、奇材剑客也,力扼虎,射命中,愿得自将一队,到兰于山前以分单于(匈奴王)兵,毋令专乡(向)贰师军。'(又言)'无所事骑(不用骑马),臣愿以少击众,步兵五千人涉单于庭。'上壮而许之。""蹀(dié)血",谓杀人多,至以足涉血而行。

㊲"兵",兵器。"楮",纸。《资治通鉴·后周纪·世宗》:"显德三年……初,唐人以茶盐强民而征其粟帛,谓之'博征';又兴营田于淮南,民甚苦之。及周师至,争奉牛酒迎劳。而将帅不之恤,专事俘掠,视民如土芥,民皆失望,相聚山泽,立堡壁自固,操农器为兵,积纸为甲,时人谓之'白甲军';周兵讨之,屡为所败,先所得唐诸州,多复为唐有。"

㊳"苦于主",为其统治者所苦,心怀怨恨。

㊴"死是也",犹言不斗则必死之势是也。

㊵"力",奋力、尽力。

㊶"焉得胜",怎么能得胜?哪能得胜?

㊷"私行之则乐",自己行之则乐于自卫,不像官行时定有许多扰民的弊政。

㊸"不知其所窥",不知从哪里去窥探,无法窥测。

㊹"庶几(平声)",期望之词,意谓只有如此才可能。

刑　法　（上）

　　臣闻圣人之仁，必有所止；仁而无止，则将以仁天下、适以残天下^①。仁而至于残，非仁之罪也，仁而无止之罪也。事固有所极，有所反^②；仁而无止，则其极不得不反而为残。残非出于仁之外也，而生于仁之中。然则与其无止以残吾仁，孰若有止以全吾仁也哉？是故圣人之心爱天下则无止，而其仁则与天下为有止^③。溥之以无止之心，而约之以有止之仁：故仁则有止矣，而所以仁则无止也^④。古者司寇当狱之成也，以告于王，王命三公参听之；至于将刑也，王曰宥之，司寇曰不可；王又曰宥之，司寇又曰不可；宥至于三，而司寇卒不从，于是焉而杀之，——王则为之彻膳，为之不举乐^⑤。且夫以天子之尊，而三拒于司寇，天子欲活一夫，而卒坐视其死。三宥不从，何不四宥之也？四宥不从，何不屡宥不一宥也^⑥？不一宥而犹不从，何不自宥之而必听于司寇也？且彼罪人者，吾君不能活其死，而徒彻膳以致无益之怜，则亦几于不仁矣^⑦。然三代行之^⑧，未之有改，何也？盖宥之者，圣人之仁也；宥止于三者，仁固有所止也。今夫天地之仁万物也，春而万物欣欣焉^⑨，夏而万物油油焉^⑩；夫欣欣油油，万物之至愿也，天地既仁夫万物矣，则何不与万物旦旦而春、旦旦而夏也^⑪？而必摧之以风霜、毒之以冰雪，使夫欣欣者悲、油油者瘁,何夺其所至愿而与其所不愿也?闻之曰:冬闭之不固,则春生之不茂⑫。使天地而与物旦旦春夏也,则无来岁可也,有来岁,则何以继也?仁而无止,天地不能不究也,而圣人能之欤?国朝之法⑬,狱成而罪人以冤告者,则改命他郡之有司而鞫焉⑭;鞫止于三而同焉,而罪人犹以冤告也,亦不听。此得古者三宥之意也。而议者以为,圣人之仁,当尽天下之情,而勿限以三鞫。其说听之可乐也。然自朝廷行之十有馀年,狱讼日滋,蠹弊日积,奸民得策,而无辜者代之死。则议者之说之为害也。臣请言其害:杀人者一夫也,而连逮者十之焉⑮;不惟十也,有再其十、有三其十者焉:捕同捕也,系同系也,讯同讯也,狱吏岂曰彼有罪汝无罪也哉?幸而狱成矣,连逮者得释矣,而杀人者临刑不伏,则又鞫也;则连逮者释未毕也,而捕又继之;又伏而又不伏,则又鞫也,而连逮者复与焉⑯:鞫至于三、至于五、至于十,而连逮者皆与焉。连逮者家破矣,瘐死矣⑰,而狱未竟也。大抵一狱有十年不决者焉;狱决矣,不杀人者俱死,而杀人者独生焉。其势:连逮者死不尽,则狱不决。何其仁于一罪人,而不仁于十百平民也⑱?其害一也。罪人之不伏也,其为扰也,至于百郡有浮费,而数路无宁居⑲:外路之官吏,被命而往鞫者,所居则有给⑳,所过则有给,所至则有给。不(给)则居者行者交病于饥寒,给则县官不胜其费。其鞫之一,其里之千,费钱万者,亡虑三数十焉㉑;其鞫之十,则为千里者十,费钱万者,亡虑三数百焉。此其费何名者耶?犹曰:

"推仁不计费也。"而官吏之行者，若江淮之间，道里之远，饥寒之恤，犹忍言也；至于二广，则风土之恶，瘴疠之祸，不忍言也。父母妻子哭其去，又哭其皈㉒：去则人也，其哭犹忍闻也；皈则丧也，其哭不忍闻也！大抵去而人者十焉，皈而鬼者七八焉，而人者二三焉；二三人者虽不死而死矣，——何也？病也。病而全者，又十而一二焉。外路之官吏何辜，而使之至于此也？其害二也。夫议者之初则曰："鞠不限于三者，仁也。"而仁之害一至于此！岂非仁而无止，则仁反而为残哉？然则古之圣人，仁止于三宥，其所虑详也。臣愿朝廷深诏有司：少增三鞠之旧法，而止于五；使天下之无罪而死者还其生，而有罪以生者还其死。此不亦三代之至仁也哉！

① "仁天下""残天下"，仁，残，皆动词：仁，仁爱；残，残害。
② "极"，尽，穷。《吕氏春秋·大乐》："物极复反。"说事物走到极端，必定向相反的方向转化。
③ "与"，给与。
④ "溥（pǔ）"，普遍，广被。"仁则有止"，实行"仁"的办法有约限；"所以仁则无止"，所以为仁的本心则并无限止，反能得到更符合原意的效果。
⑤ 《礼·文王世子》："公族无宫刑，狱成，有司谳（禀白，申告）于公……公曰：'宥之（宽减一些吧）。'有司又曰：'在辟（管刑狱的官又去平审，结果仍然报告说：当治"死"罪）。'公又曰：'宥之。'有司又曰：'在辟。'及三宥不对，走出，致刑于甸人（掌郊野之官，行刑于彼地）；公又使人追之，曰：'虽然，必赦之。'有司对曰：'无及也。'反命于公（报告已执行）。公素服不举（馔食）……"作者语本此。"司寇"，刑狱官。"三

公",太师、太傅、太保。"彻",同撤。

⑥"屡宥不一宥",加重言屡次的古代语法。例如常说"屡见不一见"。

⑦"几",平声;接近,和……差不多。

⑧"三代",夏、商、周。

⑨"欣欣",充满生机,自得其生理的样子。陶潜文:"木欣欣以向荣。"

⑩"油油",生长得十分茂盛而发出光泽的样子;《史记·宋微子世家》:"禾黍油油。"

⑪"与万物旦旦而春、旦旦而夏",使万物一年到头经常是在欣欣油油的盛境中。

⑫"闭",古时人以为冬季天地之气不相交通,为闭塞,万物收敛,为闭藏。《礼·月令》:"孟冬之月……天气上腾,地气下降,天地不通,闭塞而成冬。命百官谨盖藏。"《韩非·解老》:"周公曰:冬日之闭冻也不固,则春夏之长草木也不茂。天地不能常侈常费,而况于人乎!"

⑬"国朝",本朝。

⑭"鞫(jū)",勘验狱辞,复审。

⑮"十之焉",增加到十倍了。

⑯"与",在数,在内。按"又伏而又不伏"句,上伏字疑当作鞫。

⑰"瘐(yǔ)",狱囚被刑及饥寒虐待病死为瘐。

⑱"平民",无罪良民,亦说作"平人"。和后来用为"普通老百姓"义无涉。

⑲"路",宋代的行政区划,分全国为若干"路",略当于后来的"省"。"宁居",安居。

⑳"给",供给,费用。

㉑"亡虑",无虑——不待细琐计虑即可知。"亡",同无。

㉒"皈",同归。

民　政　（上）

　　臣闻民者，国之命而吏之仇也；吏者，君之喜而国之忧也：天下之所以存亡，国祚之所以长短①，出于此而已矣。且吏何恶于民而仇之也？非仇民也，不仇民则大者无功，而其次有罪：罪驱之于后，功唉之于前②，虽欲不与民为仇，不可得也。是故一政之出，上有意而未决，则吏赞之；上有命而未行，则吏先之③。吏所以赞上之决而先上之行者，非赞其便民者也，赞其不便于民者尔。曷为不赞其便民而赞其不便于民者耶④？赞其便民者无功，而赞其不便于民者则有功也！是故政之不便于民者，未必皆上之过也。朝廷将额外而取一金⑤，以问于其土之守臣，必曰："可也。"民曰："不可"，不以闻矣⑥。——不惟不以闻也，从而欺其上曰："民皆乐输⑦。"又从而矜其功曰⑧："不扰而集。"上赋其民以一，则吏因以赋其十⑨；上赋其民以十，则吏因以赋其百。朝廷喜其办⑩，而不知有破家鬻子之民⑪；赏其功，而不知有愿食吏肉之民！吏之肉，不足食也；功皈于臣，怨皈于君⑫，利于国者小，害于国者大：此可悼尔⑬。古之人君，所以至于民散国亡而不悟者，皆吏误之：盖夫赋重而民怨，此奸雄敌国之资也⑭，可不惧哉！唐赵赞为一切聚敛之策，德宗尽用之⑮；及泾卒之变⑯，都民散走，而贼大呼曰："汝曹勿恐：不夺汝商货僦质矣！不税汝'间架''陌钱'矣^⑰！"德宗亦闻此也乎?！奉天之围,危于一发^⑱,而犹庇赵赞若爱子然。夫爱一赵赞,而不爱社稷之重;忍于围逼之辱,而不忍于诛一聚敛之臣:其入人之深如此,至于反国^⑲,可以戒矣！然赵光奇诉之以和籴害民^⑳,则不信;苏弁欺之以宫市利民^㉑,则信焉。且夫朝廷之政,虽圣人岂能尽善,惟其思以出之,询以审之,见不可而更之:斯圣人而已矣^㉒。何德宗之难悟也? 国家军旅再动^㉓,盖有不得已而取之于民者;然譬之张琴^㉔:动则急之,静则缓之;盖动必有静,静之则其动必调;急必有缓,缓之则其急不绝;以动继动,以急增急,则虽以黄帝五十弦之瑟,亦无全弦矣^㉕！闻之道路:往岁郴"寇"之作^㉖,亦守臣和籴行之不善之所致也,尝有以告陛下者乎? 天下皆知朝廷有意罢此等之役矣;虽然,臣犹有闻焉:江西之郡,盖有甲郡以绢非土产而言于朝、乞市之于乙郡者^㉗。此何谓也? 民所最病者,与官为市也:始乎为市,终乎抑配^㉘。是以圣人谨其始也。今乙郡之诸邑,已有论税之高下而科之者矣^㉙,无一钱偿民也;民之不愿者,官且治之。名为督责于正租,实为邻郡之横敛。且有所谓"和买"者,已例为正租矣;又有所谓"淮衣"者^㉚,亦例为正租矣;今又求邻郡之绢,是三者之绢,与正租之绢,为四倍而取之矣！民何以堪? 而吏不以闻。惟朝廷亟罢之^㉛,庶不为斯民不拔之痼根也^㉜。且无使民言曰:此绢自陛下始。若曰:其如甲郡军士之寒何? 然则前乎此者,士皆冬而不裘耶? 且甲郡欲市乙郡之绢,何不遣吏私市之？何必假朝命而官市之哉?！此必有奸焉。甲郡则出大农之钱^㉝，且书之曰："某日出某钱以市某郡之绢也。"——然某钱不及乙郡之民也。此必有私之者矣！民何从而诉哉？盖民诉于朝廷，朝廷下之于州县；州县执诉者笞之，以诬其服^㉞；又呼其民，强使之书于纸曰："官有钱偿我矣。"州县以诉者之所服，与民之所书，而复于朝廷，无以诘也^㉟。罚一惩百，谁敢复言者？民有饮恨而已矣^㊱！晋女叔齐曰："何必瘠鲁以肥杞^㊲?"圣天子在上，而有司不平如此^㊳！

① "天下"，犹言国家，全国。"国祚"，国家的命运，立国年代的久暂。

② "啖(dàn)"，以利诱人，如以食饵诱人来吃。《史记·高祖纪》："啖以利。"

③ "先"，去声，动词。

④ "曷为"，为什么。

⑤ "额外而取一金"，在正式租赋定额之外而加收一钱。

⑥ "不以闻矣"，就不使之得知了，不报告了。

⑦ "乐输"，愿意缴纳。

⑧ "矜"，自夸，自以为"贤能"。

⑨ "赋"，动词，征税。"因以"，循其事例，借其事端。

⑩ "办"，干办，有办事能力。

⑪ "鬻(yù)子"，卖孩子。

⑫ "皈"，同归。已见前。

⑬ "尔"，见第 309 页《与张严州敬夫书》注㊼。

⑭ "奸雄敌国之资"，有利于奸臣（例如擅权思篡的）或敌国的条件。

⑮ "赵赞"，唐德宗时官户部侍郎，奸相卢杞用之为判度支，想尽方法搜括

钱财。《旧唐书·卢杞传》："……河北、河南连兵不息……杞乃以户部侍郎赵赞判度支。赞亦计无所施,乃与其党太常博士韦都宾等谋行括率,以为泉货所聚,在于富商,钱出万贯者,留万贯为业,有馀,官借以给军,冀得五百万贯,上许之。明年六月,赵赞又请税'间架'、算'除陌'。"参看注⑰。

⑯ "泾卒之变",德宗建中四年(783)九月,遣发泾原诸道兵往救襄城。十月,泾原节度使姚令言率兵五千至京师,军士冒雨寒甚;多携子弟,想得厚赐;既至,一无所赏;发至浐水,犒师,只有粗米淡菜,众怒,以足踢覆于地,遂鼓躁而变,复返京师,皇帝急发赏赐,已不可收拾(据《资治通鉴》简叙)。

⑰《旧唐书·卢杞传》:"(赵赞既行苛敛之法)怨黩之声,嚣然满于天下;及十月泾师犯阙,乱兵呼于市曰:'不夺汝商户僦质矣!不税汝"间架""除陌"矣!'是时人心愁怨,泾师乘间谋乱。……"参看《资治通鉴·唐纪(四十四)》:"建中四年……冬十月……贼已入城,喧声浩浩,不复可遏;百姓狼狈骇走,贼大呼告之曰:'汝曹勿恐:不夺汝商货僦质矣!不税汝"间架""陌钱"矣!'"作者盖本此文。按同书《唐纪(四十三)》:"时两河用兵,月费百馀万缗……太常博士韦都宾……建议……大索长安中商贾所有货,意其不实,辄加搒捶,人不胜苦,有缢死者,长安嚣然如被寇盗!……又括僦柜质钱,凡蓄积钱帛粟麦者,皆借四分之一,封其柜、窖,百姓为之罢市。"胡注云:"民间以物质钱,异时赎出,于母钱之外,复还子钱(利息),谓之僦柜。"此即后来的典当库;"质",以物作押而借钱。又同书《唐纪(四十四)》:"所谓'税间架'者,每屋两架为间,上屋、税钱二千,中、税千,下、税五百;吏执笔握算,入人室庐,计其数。或有宅屋多而无它资者,出钱动数百缗,敢匿一间,杖六十,赏告者钱五十缗。所谓'除陌钱'者,公私给与及买卖,每缗(缗即贯,千钱)官留五十钱。给它物及相贸易者,约钱为率(折成钱价而计)。敢隐钱百,杖六十,罚钱二千,赏告者钱十缗;其赏钱皆出坐事(犯罪)之家。

于是愁怨之声,盈于远近。"这都是赵赞出的主意。

⑱ "奉天之围",泾卒变后,时朱泚(曾为泾原节度使讨泾州刘文喜)失权废居,叛兵与之勾结,朱泚以为众望所归,遂决意自立;德宗奔奉天(今陕西干县),朱泚兵围奉天,几于被陷。时赵赞相随在奉天围内。

⑲ "反国",倾覆国家。

⑳《资治通鉴·唐纪(四十九)》:"贞元三年……十二月……自兴元以来,是岁最为丰稔,米斗直钱百五十,粟八十,诏所在'和籴'(官向民买米,"和",指双方同意)。庚辰,上畋(猎)于新店,入民赵光奇家,问:'百姓乐乎?'对曰:'不乐。'上曰:'今岁颇稔,何为不乐?'对曰:'诏令不信(毫无信用)。前云两税之外,悉无它徭,今非税而诛求者殆过于税。后又云"和籴",而实强取(夺)之,曾不识一钱(未见付一文的价钱)。始云所籴粟麦纳于道次(当地路上道边),今则遣致(送)京西行营,动数百里,车摧马毙,破产不能支! 愁苦如此,何乐之有? 每有诏书优恤,徒空文耳。恐圣主深居九重,皆未之知也!'上命复其家(除其赋役)。"司马光评曰:"……民愁怨于下而君不知,以至于离叛危亡,凡以此也。德宗幸以游猎得至民家,得光奇敢言而知民疾苦,此乃千载之遇也,固当按有司之废格诏书、残虐下民、横增赋敛、盗匿公财,及左右谄谀日称民间'丰乐'者而诛之,然后洗心易虑,一新其政……则太平之业可致矣;——释此不为,乃复光奇之家! 夫以四海之广,兆民之众,又安得人人自言于天子、而户户复其徭赋乎?"讽论甚当,作者所谓"不信",亦即此意。

㉑《资治通鉴·唐纪(五十一)》:"贞元十三年……十二月……先是宫中市(买)外间物,令官吏主之,……比岁(近来)以宦者为使,谓之'宫市',抑买人(之)物,稍不如本估(原价),其后不复行文书(也没有公文凭证),置'白望'数百人于两市及要闹坊曲(热闹街巷),阅人所卖物,但称'宫市',则敛手付与,真伪不复可辩,无敢问所从来及论价之高下者;率用直(值)百钱物、买人直数千物;多以红紫染故衣败缯(绸绢),

尺寸裂而给之（当作抵价），仍索'进奉''门户'及'脚价'钱；人将物诣（至）市，至有空手而归者：名为'宫市'，其实夺之。商贾有良货，皆深匿之，每敕使出，虽沽浆卖饼者，皆撤业闭门。……以问户部侍郎苏弁，弁希宦者意，对曰：'京师游手万家，无土著生业，仰宫市取给（赖有宫市来卖钱生活）。'上信之。故凡言宫市者皆不听。"

㉒ "斯圣人而已矣"，这也就算得起是圣人了。

㉓ "军旅再动"，指受金国侵略，重新兴起战事。

㉔ "张琴"，张弦于琴上，调奏时则须拧弦使紧才能发音；不弹时须将弦松下来。

㉕ 传说庖牺始制瑟，原有五十根弦；黄帝破为二十五弦。见《世本》。这譬喻不管有多少条弦，都得断了完事。按以上两条注可参看《淮南子·缪称》："治国譬若张瑟，大弦祖（急），则小弦绝矣。"

㉖ "郴'寇'"，见第 41 页《旱后郴"寇"又作》注⑤。

㉗ "乞市之"，请买之。

㉘ "抑配"，强行科派，白取。

㉙ "论税之高下而科之"，按照民户原来出税额的多少而摊派这项绢匹。

㉚ "和买"，官家"买"绢，实亦白取；正如"买"粮谓之"和籴"。"淮衣"，借口为淮边守军制衣服而额外索绢匹，也是一种苛敛的名目。

㉛ "亟"，赶紧。

㉜ "不拔之疽根"，无法救治的毒疮病根。

㉝ "大农"，大司农，古代官名，掌钱谷，即后世的户部。"大农之钱"，指地方应缴归中央户部的钱。

㉞ "笞（chī）之，以诬其服"，拷打之，逼使承认——"屈打成招"。

㉟ "无以诘也"，无从去质问他。

㊱ "饮恨"，犹言满腹含冤、满心怨恨。

㊲ 《左传》襄二十九年："晋使司马女叔侯（女齐）来治杞田。……叔侯曰：'何必瘠鲁以肥杞？'"瘠，薄；作动词用。作者借来比喻：何必薄于民

而厚于吏？

㊳ "有司"，指该管官吏。按此与上文"未必皆上之过也"都是婉语，为皇帝留"面子"；但文章内容本身已然否定了这一提法，作者实际并未真留情面。

文帝曷不用颇牧论①

论曰：贤者不能使人知②，而能使人思③。知与不知，贤者初莫之计；思与不思，有国者竟莫之悟④：二者常巧于相违，而不喜于相遭⑤。是可叹也！汉文帝闻说者之论，而思颇、牧之贤⑥。谓文帝之思为未善，不可也；然当颇、牧之时，或以间而摈⑦，或以谗而殒⑧，孰知其诬，孰知其贤哉⑨？其生也莫知，其往也始思，——思颇、牧而天下无颇、牧矣！使其复有颇、牧，其能知颇、牧乎？浅于知而深于思，薄今而厚古，岂特一颇、牧而已哉！扬雄曰："文帝曷不用颇、牧⑩？"贤者不求不用，亦不求必用；吾之所挟⑪，不用则泽其身，用则泽其国⑫。谓贤者求不用，贤者有是心乎？然其挟在我，其用不在我；不在我而我求之，又从而必之⑬：自古圣贤君子，未有或是之能也⑭！颇、牧之在赵也，颇、牧不负赵，而赵实负颇、牧。负与不负，颇、牧何心焉？可悼者：赵之社稷而已矣！生灵而已矣！使颇不以赵括代，牧不以郭开死，韩、魏不侵，匈奴不侵，非颇、牧之功也，——二子迟一日而去赵⑮，则赵之国迟一日而为秦⑯：此谁之功乎？虽然，二子之功，不求其君之不负也，求其略知焉而不得也！知且不知也，而况于思乎？汉文帝之思二子，亦可为二子贺矣；使二子而有知，亦少慰矣。然天下之事至于思其人而不获其用，君子谓之无益。汉文之不思二子，二子之病不加多；汉文之思二子，汉文之病不加少。且匈奴之寇日迫，而帝也乃欲起颇、牧于九原⑰，——不徒匈奴闻之为之一笑而已⑱，使颇、牧闻之，有不笑者耶？汉文之于魏尚，犹赵之于颇、牧也；舍今颇、牧而思古颇、牧，善谋国者然乎哉？帝能思颇、牧，吾亦能思魏尚也⑲。愿以帝思颇、牧之心，为帝知魏尚之心，帝其许之乎？冯唐谓：帝有颇、牧，亦不能用。其意则然矣；其气无乃犹未平、其辞无乃犹未婉乎？气平则辞自婉，辞婉则君自悟⑳。吾于冯唐之论，犹有憾焉。且帝尝谓李广曰："使广在高帝时，万户侯岂足道哉㉑！"士患不遇主，广之受知于帝，尚可诿曰不遇主耶㉒？遇主而又云云若尔㉓，是高帝不生，广终不用也！有李广则舍之于今焉，无颇、牧则思之于古焉。冯唐谓帝虽有颇、牧不能用，帝则怒唐也；怒冯唐之言，而不悔李广之论，——帝其忘之乎？帝不忘之，帝当悔之矣；悔于广则不怒于唐矣。不怒于唐而悔于广，则颇、牧二子者，思之可也，——不思亦可也。谨论。

① "文帝曷不用颇、牧"，是"（汉）文帝曷为不能用颇、牧"的省语。"曷为"，何为，诘问词。"颇"，廉颇；"牧"，李牧：二人都是战国时赵国的

名将。廉颇,在赵惠文王时,破齐兵立功,为上卿;与蔺相如交好,二人同时,一为良将,一为良相,秦国因此不敢加兵于赵国。赵孝成王时,受了秦国的离间计,使赵括代廉颇;赵括为秦将白起所破,被杀,赵兵大败,几乎被秦国倾覆。燕国乘机来攻,复用廉颇,果大败燕军,燕至割五城以求和。赵悼襄王立,又以乐乘代廉颇,廉颇得罪亡走入魏。后来赵国屡困于秦兵,欲再用廉颇,而其仇人郭开用计进谗,终不得召用。卒于楚之寿春。李牧,守北边代、雁门等地,大破匈奴,匈奴十馀年不敢来犯。又曾大破秦军,秦贿郭开,使进谗言,妄谓李牧欲反,赵王遂斩之。牧死不久,赵即为秦灭。馀参注⑥及⑩。

② "知",指才干的充分被认识。

③ "思",指事后的追念。

④ "有国者",指封建时代最高统治者皇帝而言。

⑤ "相违",相左,相错。"相遭",相遇,相合。两句是说:应当被人知的人材和能够思人材的君主,总是碰不到一起,——碰到一起了,又往往不会有什么好结果。

⑥《汉书·冯唐传》:"(冯)唐以孝著,为郎中署长。……帝辇过问唐曰:'……吾居代(地名)时,吾尚食监高祛,数为我言赵将李齐之贤,战于钜鹿下。吾每饮食,意未尝不在钜鹿也。父老(指冯唐)知之乎?'唐对曰:'齐,尚不如廉颇、李牧之为将也。'上曰:'何已?'唐曰:'臣大父(祖父)在赵时,为官帅将,善李牧(和李牧交好);臣父故为代相,善李齐:知其为人也。'上既闻廉颇、李牧为人,良说(大悦),乃拊髀曰:'嗟乎! 吾独不得廉颇、李牧为将! ——岂忧匈奴哉!'"

⑦ "间"去声,离间,挑唆谗毁的阴谋诡计。"摈(bìn)",弃。此指廉颇屡次为人谗沮。

⑧ "殒",死。此指李牧受诬被害。

⑨ "孰",谁。

⑩《汉书·冯唐传》,冯唐既告文帝以廉颇、李牧之为人,文帝恨不得颇、

牧。冯唐乃说:"陛下虽有廉颇、李牧,不能用也!"文帝怒,入禁中,良
久,召冯唐而责问道:为何当众辱我,岂不可以在方便的场合来和我
谈吗?当时文帝以匈奴为患,因此后来又问冯唐:"公何以言吾不能用
颇、牧也?"冯唐于是对言:"古代王者遣将,跪而推毂,申以专任,军功
爵赏,皆决于外(将军),归而奏之,此非空言也:臣大父言李牧之为赵
将,居边军市之租,皆自用飨士,赏赐决于外,不从中覆也(不向皇帝报
告)。委任而责成功,故李牧乃得尽其知(智)能,选车千三百乘,彀骑
万三千匹,百金之士十万,是以北逐单于,破东胡,灭澹(dān)林(民族
名),西抑强秦,南支韩、魏:当是时,赵几伯(赵国几乎成为诸侯中的
霸主)。后会(值、逢)赵王迁立,其母,倡也,用郭开谗而诛李牧,令颜
聚代之:是以为秦所灭。今臣窃闻魏尚为云中守,军市租尽以给士
卒,出私养钱,五日一杀牛以飨宾客、军吏、舍人:是以匈奴远避,不近
云中之塞;虏尝一人,(魏)尚帅车骑击之,所杀甚众。夫士卒,尽家人
子,起田中,从军,安知尺籍伍符(军令等事)?终日力战,斩首捕虏,上
功幕府,一言不相应,文吏以法绳之:其赏不行,吏奉法必用(有罚无
赏)。愚以为陛下法太明、赏太轻、罚太重。且云中守尚坐上功首虏差
六级,陛下下之吏,削其爵,罚作之。由此言之,陛下虽得李牧不能用
也。"文帝遂令冯唐持节赦魏尚,复以为云中守。班固《赞》云:"扬子以
为:孝文(汉文帝)亲诎帝尊,以信(申)亚夫之军(指周亚夫细柳营无
军令不许皇帝进入之事),曷为不能用颇、牧?彼(冯唐)将有激(以言
激文帝)云尔!"

⑪ "所挟",指才干、智能。

⑫ "泽",动词,犹言有益于、惠及。

⑬ "必",动词,硬欲断定其必成。

⑭ "未有或是之能",未有或能作到这一点的。

⑮ "去赵",离开赵国。

⑯ "而为秦",指为秦灭、变为秦地。

⑰ "九原"，犹言地下。九原本地名，春秋晋国卿大夫的墓地所在，后用与"九泉"同义。

⑱ "不徒"，不但，不只。

⑲ "吾"，泛指后人；意谓汉文帝在廉颇、李牧之后，徒思其人，而不能用当时的魏尚，则后来者又当如汉文帝之思颇、牧而又思魏尚了——赵不能用廉颇、李牧，汉不能用魏尚，岂不正是一丘之貉？

⑳ 意思说，和皇帝争论，目的不过是要说服他，使国事得益；不在于以激烈之言相向，那样惹恼了他，于身有危，于事无益；言辞委婉，听者自然易入。

㉑《汉书·李广传》："广世世受射（世传射法），孝文十四年，匈奴大入萧关，而广以良家子从军击胡，用（因）善射杀首虏多，为郎骑常侍。数从射猎，格杀猛兽。文帝曰：'惜广不逢时令：当高祖世，万户侯岂足道哉！'"

㉒ "诿"，借口云云，归过于。

㉓ "云云若尔"，指上引汉文帝所说的使广"当高祖世，万户侯岂足道哉"那样的话。

庸　言①

　　杨子曰②：君子恩及禽兽，而周公必驱犀象③。圣人仁及草木，而后稷必薅荼蓼④。

① "庸言"，常言；取《易·乾》"庸言之信"及《礼·中庸》"庸言之谨"语。是作者的语录式的文字，其体盖仿扬雄《法言》。这里是选录。

② "杨子",作者自指。

③《孟子·滕文公》:"及纣之身,天下又大乱。周公相武王,诛纣伐奄……驱虎豹犀象而远之,天下大悦。"

④ "后稷",周之始祖(当尧时生,十五传至武王),相传是开始教民稼穑的人。《诗·周颂·良耜》:"其镈(锄类)斯赵(刺),以薅荼蓼。""荼蓼朽止,黍稷茂止。""薅(hāo)",拔草。"荼",旱田秽草。"蓼",水草。

杨子曰:仁者安其固然,故不忧。知者明其当然,故不惑。勇者信其不然,故不惧。①

①《论语·子罕》:"子曰:知者不惑,仁者不忧,勇者不惧。"知、智通。又《宪问》:"子曰:君子道者三,我无能焉:仁者不忧,知者不惑,勇者不惧。子贡曰:夫子自道也。"

或问:田不井,旷百世,王泽其不下究欤①!欲王泽之下究,其必自井田始矣。百世之主,非其智不足以及之,惟其勇不足以行之:盖仁于夺一夫之有,而不仁于均万夫之无②。是以王泽不下究也。杨子曰:夺一夫之有,以均万夫之无,可也。万夫未得其所无,而一夫先讼其所有,可乎?或曰:上均之,下焉得而讼之?曰:下患无所讼乎?秦之惨刻,民不讼于秦而讼于汉;新室之纷更,民不讼于新室而讼于光武③。下患无所讼乎?

① "田不井"，土地不行井田法。相传黄帝时代，始立井田，商时以地六百三十亩（周以九百亩）画为九个方块，每一区七十亩，当中一区是公田，外围八区分给八户，各自耕种，为私田；八家共代耕公田，私田不复出税。"旷百世"，已经隔百世而不再行此法了。"下究"，用《汉书·晁错传》"盛德不及究于天下"语意；"究"，竟，尽。

② 夺一夫之产而不忍，而忍于使万夫无产。

③ "新室"，王莽篡汉自立，国号新。"光武"，见第350页《国势》注⑱。按此则表示反对行井田法。宋以前到唐代中叶"均田制"（每丁授田百亩）早已行不通，改行"两税制"；到南宋，历史条件更不可能了，连所谓"方田"法、"经界"法试行，也弊窦丛生，屡行屡废。所以作者认为井田法不可行，行时只有官吏得以作弊，人民反无实惠。他的态度似偏于保守，但在当时想行井田是不现实的。他把均田和"惨刻"混而为一，并不正确。但他提出，如果统治者惨刻虐民如秦皇、新莽，则人民是会革命推翻他的，这一点对南宋王朝说来，仍有其现实意义。

　　杨子曰："君子不器①"：不以一能而盈诸身②。"及其使人也，器之③"：不以众能而责诸人。

① 语出《论语·为政》。器，一件器物，只有一种特定的局限的用途；不器，其材用可以无所不施。参看《礼·学记》："大道不器"，郑注："圣人之道，不如器，施于一物。"

② "盈诸身"，满足于自己。"诸"，"之于"二字的合音。

③《论语·子路》："君子易事而难说（悦）也，说之不以道，不说也；及其使人也，器之。"度材而用之，不能责其备。

杨子曰：直于己之谓忠，孚于物之谓信①。

① "孚"，信。"孚于物"，信于众人，为人所信。"物"是指对待于"己"的
人，不单指事物、器物。

杨子曰："学以聚之"，无不受也；"问以辨之"，有不
受也①。

①《易·乾·文言》："君子学以聚之，问以辨之。"学和问本是两重学习的
层次（后转为名词"学问"）。作者指出，聚学则当博采，以淹贯的精神
而汇通之；辨问则当简择，以批判的态度而取舍之。

杨子曰："割不正不食"，"席不正不坐"①。——身而
不正，可乎？"食不厌精，脍不厌细②。"——学而不精，
可乎？

① 语并见《论语·乡党》。
② 亦见《论语·乡党》。"脍(kuài)"，细切肉。

杨子曰：建官以利民，——有害民而得官。用人以立
国，——有误国而得用。
杨子曰：天下之才，动则生，静则息。

杨子曰：子路问死，子曰："未知生，焉知死①？"以其所不必知，害其所必知，仲尼不为也②。子路问事鬼神，曰："未能事人，焉能事鬼③？"以其所无用，害其所有用，仲尼不为也。

① 语见《论语·先进》。"焉知"，哪知？
② "仲尼"，孔子的字。
③ 亦见《论语·先进》，也是孔子答子路的问语。"事"，动词，略如事养、事奉的事。

杨子曰：人之为善，百善而不足；人之为不善，一不善而足。

孔子曰："如有周公之才之美，使骄且吝，其馀不足观也已①！"杨子曰：学者无周公之所有，而有周公之所无②，吾何以观之哉！

① 语见《论语·泰伯》。
② "所有"，指"之才之美"；"所无"，指"骄且吝"。

杨子曰：置虚器于水，中未充则鸣，既充则默①。嘃嘃以为知道②，嚣嚣以为知德③，充乎哉④！

① 把中空的用器放在水中，水未满时则出声响，及满则无声。

② "嚄嚄(huò)",叫嚷。

③ "嚣嚣(xiāo)",喧声。

④ "充乎哉",讽语,犹言"这难道就是'充'吗",说其中实无一物也。

　　或问:"非知之艰,行之惟艰",傅说之言也①;不致其知,不力其行,小程子之言也②。由前之说,珍乎行;由后之说,珍乎知③。学者将畴从④?杨子曰:知,譬则目也;行,譬则趾也。目焉而已矣,离娄而躄也,可乎⑤?趾焉而已矣,师冕而驰也,可乎⑥?人乎人,目趾具而已矣⑦。

① 《书·说命》:"王曰:'……乃不良于言,予罔(无)闻于行。'(傅)说拜稽首曰:'非知之艰,行之惟艰。'"孔传:"言知之易、行之难。"

② "小程子",指程颐,颐与其兄颢并为宋理学家,称"二程",人又以颢为"大程",颐为"小程"。颐字正叔,人称伊川先生。著有易传、语录等。"致知",本《礼·大学》语;"致",郑注孔疏以为"至""招致"义,朱注以为乃"推极"之意。"不致其知,不力其行",意思说,不明白道理,则不能很好地实行;言外重知。参看程颐《颜子所好何学论》:"然学之道,必先明诸心,知所养,然后力行以求至,所谓自明而诚也。……信道笃则行之果,行之果则守之固。"又《语录》:"未致知,怎生行得?勉强行者,安能持久?除非烛理明,自然乐循理。"

③ "珍",贵,重。

④ "畴从",谁从——从谁?

⑤ "目焉而已矣"三句,假如只有眼睛就算了(而没有脚),那么,离娄虽能目察秋毫而不能走路,那行吗?"离娄",《孟子》赵注:"古之明目者,黄帝时人也……能视百步之外,见秋毫之末。""躄(bì)",足不能行。

⑥"趾焉而已矣"三句,假如只有脚就算了(而没有眼睛),那么师冕要跑起来,那行吗?"师冕",《论语·卫灵公》:"师冕见。"孔注:"师,乐人,盲者,名冕。"

⑦ 这两句说,人之所以成其为人,就得要眼睛和脚都具备了才是啊。作者反对片面地看待问题,知和行是不能侧重、偏废的。按朱熹亦尝言:"知、行常相须:如目无足不行,足无目不见。"二人同时,而意思全同,不知是暗合抑彼此有所影响?

　　杨子曰:仁与义,吾之左右手也,不可以独有,亦不可以独无。仁言觉,义言宜也。觉其宜则行,觉其不宜则止。故仁者右,义者左。

　　杨子曰:利不归于上,则不国①;故《诗》曰:"雨我公田,遂及我私②。"利归于上,则无民③;故《诗》曰:"彼有遗秉,此有滞穗,伊寡妇之利④。"

① "不国",不能立国,不能成为国家。
② 见《诗·小雅·大田》;笺云:"其民之心,先公后私。""私",私田。
③ "无民",失民心。
④ 见《诗》同篇。"遗秉""滞穗",遗漏下来的禾把、谷穗。"伊寡妇之利",为孤寡无赡养者所利赖。

　　杨子曰:水托于器而有象,器毁则象亦毁。火托于薪而有质,薪化而质不化。象者形之虚,质者象之实。

　　杨子曰:三年耕,必有一年之蓄。而学者朝学之,夕丧之。

或曰：后世为将者，多养寇以封己①，非罪欤？杨子曰：非其罪也，有诲之者也②。自高帝杀韩信始也③。

① "封己"，厚己；《国语·晋语》："引赏以封己。"
② "诲"，教。
③ "韩信"，汉名将，淮阴人；助汉高祖，虏魏王，定赵、齐，灭项羽，功劳最大；而被诬谋反；韩信相信汉高祖不会杀他，竟被骗至长乐宫斩首，并夷三族。

按此则当是有感于当时诬害爱国将领而发。

杨子曰：天下之至神者，其惟人心乎：己有过焉，何必人告也？见人之过，得己之过；闻人之过，得己之过。——何必今人也？见古人之过，得己之过；闻古人之过，得己之过。——何必古人也？见日月之过，得己之过；见寒暑之过，得己之过。——何必天地也？见韦弦之过①，得己之过；见轮几之过②，得己之过。——何必万物也？因前日之过，得今日之过；因今日之过，得前日之过。——何必有过也？一言之过，未言而得其过；一行之过，未行而得其过。是数者之得，非人告也，心告也。故有不善，未尝不知，不惟颜氏子而已矣，——知之未尝复行，惟颜氏子而已矣③！

① "韦弦"，《韩非子·观行》："西门豹之性急，故佩韦以缓之。董安于之性缓，故佩弦以急之。"韦，柔皮绳，性缓；弦，弓弦，性紧。

② "轮几"，未详。后汉李尤《几铭·序》："黄帝轩辕恐事之有阙（缺失），作舆几之法。"疑或指此。

③ "颜氏子"，孔子弟子颜回。《易·系辞》："子曰：颜氏之子，其殆庶几乎！有不善未尝不知，知之未尝复行也。"

　　或问：近世士风大不美，何以易之？杨子曰：奚而不美也①？曰：病在奔竞②。曰：病不奔竞耳；奔竞，非病也。未谕③。曰：颜子曰："仰之弥高，钻之弥坚，瞻之在前，忽焉在后④。"使天下之士，皆奔竞于此，奚病哉？病不奔竞于此而已矣⑤！

① "奚而不美"，何为不美？

② "奔竞"，钻营门路，争逐利禄。这是问者的本意，而作者下文答语故意将"奔竞"一词作为泛语，意即"奔竞"本身并不一定坏，要看所奔竞者为何事。

③ "未谕"，问者不懂答语的意思何在。

④ 语见《论语·子罕》，谓孔子之不可企及。

⑤ 作者以为，把孔子作为目标，竭力学他的道德，这也是一种"奔竞"啊，为何不奔竞于此呢？——正因不奔竞于正道，才奔竞于利禄。

　　按可参看《续资治通鉴·宋纪》（百三十八）："隆兴二年春正月……帝谓侍臣曰：'近日士大夫奔竞之风少息否？'宰相汤思退等曰：'方欲措置。'"又同书（百三十九）："乾道元年……十一月……

洪适等言:'近来士风奔竞,争图换易旧制。已有差遣人,不许入国门(京师);新授差遣人,限半月出门。今请令宰执不许接见已有差遣之人。'"奔竞固非美事,但实际投降派排挤正人,也借口于正人"奔竞"。

　　或问:"大德不逾闲,小德出入可也①。"何如? 杨子曰:召公不云乎:"不矜细行,终累大德②。"子夏之言是,召公之言非矣③!

① 语见《论语·子张》;这是子夏(孔子弟子)所说的话。"大德",朱注以为"犹大节"。"逾闲",越出法度。"出入可也",出入于法度,不求全责备的意思。
② 语见《书·旅獒》;《旅獒》云:"太保作旅獒。"孔传:"召公陈戒。""召(shào)公",名奭,周文王的庶子,成王时为三公,和周公分陕而治,有德政。"不矜",不重,轻忽。"细行",小节。
③ 这说如果子夏的话对,那么召公说错了? 言外不赞成子夏此言。作者反对以"不拘细节"为借口而胡作非为的伪君子。

　　杨子曰:人莫不爱其生,故莫不厚其生;莫不厚其生,故莫不伤其生。
　　杨子曰:有善而盈,曰骄。有不善而执,曰吝①。

① 孔子曾说:"如有周公之才之美,使骄且吝,其馀不足观也已!"已见前条。可见孔子以骄、吝二者为最能害德之事。作者为骄、吝作出自己

的体会与解释。"执",谓固执不改。

　　杨子曰：学而不化,非学也。故曰："虽愚必明,虽柔必强。"岂惟愚明柔强哉？虽明必愚,虽强必柔。

　　杨子曰：头垢则思沐,足垢则思濯。——心垢则不思沐濯焉。何哉？

　　杨子曰：意者,逆其所未然;必者,期其所愿然;固者,安其所不然。其病三,其源一,曰：有我[①]。

①《论语・子罕》："子绝四：毋意,毋必,毋固,毋我。"作者作出解释并分析,以为四者虽并列,而病根在"我",——只从个人的私意出发。

　　杨子曰：见乎表者作乎里[①],形于事者发于心。是心作焉,其外寂然,其中森然[②]。勿谓无形,峙于丘陵[③];勿谓无见,烨于震电[④]！

① 凡是外面有可见者,其内中一定先有所动了。"作",起,动,生。
② 三句说,一种心意既起,尽管外表寂然——还未行动,可是其中之意已森森然摆列在那里非常分明了。
③ "峙于丘陵",比山丘之耸立还要显著。
④ "烨于震电",比闪电之光亮还要耀目。

杨子曰：精于理者，其言易而明。粗于事者，其言费而昏。

或曰：学者莫上于敏，莫下于钝①；然敏或以窒②，钝或以通。何也？杨子曰：不可怙者天③，不可画者人④。

① 没有比聪敏更好、比愚钝更坏的了。
② "窒（zhì）"，塞。
③ "怙（hù）"，恃赖。"不可怙者天"，天然的资质，是不可以仗恃的。
④ "画"，拘限。"不可画者人"，人为的努力，是不可以限量的。

或问：子曰："回也非助我者也，于吾言无所不说①。"无所不说于圣人之言而曰非助，何也？杨子曰：钟不自鸣，撞而后鸣。夫子，万石之钟也；回也，不撞而听其自鸣，则钟之鸣也不数矣②。使七十子皆如回，则《论语》《孝经》或几乎息矣③！《论语》《孝经》而息，岂惟无助于夫子，亦无助于天下后世；岂惟无助于天下后世，亦无助于天地万物。

① 语见《论语·先进》。回，指颜回，孔子弟子。说、悦通。
② "数"，入声，频、屡。
③ "七十子"，指孔子的众门人；传说孔子门徒三千，身通六艺者七十二人。《论语》《孝经》都是记载孔子的言行的书。"或几乎息"，就要没有了。"几（平声）乎"，近乎。按此用《易·系辞》"易不可见，则乾坤或几

乎息矣"语式。

　　或问：君子不言而信①，此何理也？杨子曰：见桑者有燠意②，见米者有饱心。桑与米言乎哉③？

① 《礼·中庸》："故君子不动而敬，不言而信。"信，见信于人。
② "有燠意"，有暖的感觉。这说桑能养蚕，蚕丝织帛作衣，故见桑而有暖意。
③ "桑与米"，有其实际功用，就能见信于人；人有实在德行，所以大家就都能相信他，何待用言语表示。按此则可参看《易·系辞》："默而成之，不言而信，存乎德行。"

　　杨子曰：有心而弗治，"子有庭内，弗洒弗扫"者也。有师友而弗问，"子有钟鼓，弗鼓弗考"者也①。

① "弗鼓弗考"，不敲不击。所引两处，皆《诗·唐风·山有枢》中语。

　　杨子曰：学有思而获，亦有触而获。思而获，其觌亲①；触而获，其诣速②。

① "其觌（dí）亲"，其所见者亲切。——这说通过日久逐渐思考而有得。
② "其诣速"，其所到达者快。——这说因机缘触磕一下子有所领悟。

387

或问：汉儒句读之学何如①？杨子曰：非不善也，——说字无字外之句，说句无句外之意，说意无意外之味。故说经弥亲，去经弥疏②。

① "句读（dòu）"，读书时点断句、逗。——实指汉儒讲经书偏重文字训诂之学，忽略精神义理。

② "弥亲"，"弥疏"句，说汉儒把经书的文字讲得越详切，距离其真正精神义理越远。"去"，离开。

杨子曰：古人之言，意愈切者辞愈缓。孟子告齐宣王，当其责王臣之友，不知其责士师；当其责士师，不知其责王①。

① 《孟子·梁惠王》："孟子谓齐宣王曰：王之臣，有托妻子于其友而之（往）楚游者；比（及）其反（归）也，则（发现其友）冻馁其妻子。则如之何？王曰：弃之。（孟子）曰：士师（狱官）不能治士（治狱）。则如之何？王曰：已之（去之）。（孟子）曰：（国王）四境之内不治。则如之何？王（惭，无词可对）顾左右而言他。"

或问：孔子曰："温故而知新，可以为师①。"何也？杨子曰：温故而知新，岂特可谓一时之师哉②，为百世之师可也。然则其谁能之？曰：其惟孔子乎。然则温故为难乎？温故而知新为难乎？曰：温故非难也，温故而知新，则难也。然则其孰为故、孰为新③？曰：古人已往之迹之谓故，出古人故迹之外神而明之之谓新也④。

① 语见《论语·为政》。
② "岂特"，岂止。
③ "孰为故、孰为新"，什么是故，什么是新？
④ "××之谓×"，古汉语句法，犹言"××××，这叫作××"。"之谓"上面的"之"，属上文，"神而明之"为一单位。"神而明之"，语出《易·系辞》，不拘其迹而通其精神，不搬教条，因宜制用。

　　杨子曰：一思而是非之心明，再思而利害之心生。利害之心生，而是非之心昏矣。学者警之。
　　或问：《诗》有"六义①"，何如？杨子曰：此说诗者失之也。诗之体有三，诗之作有三。一曰风，二曰雅，三曰颂，此诗之体也。一曰兴，二曰赋，三曰比，此诗之作也。何"义"之有？

① 《诗·大序》："诗有六义：一曰风，二曰赋，三曰比，四曰兴，五曰雅，六曰颂。"古时说解者都不够明白，如唐孔颖达疏："风、雅、颂者，诗篇之异体，赋、比、兴者，诗文之异辞；大小不同，而并为六义者，赋、比、兴是诗之所用，风、雅、颂是诗之成形，用彼三事，成此三事，故得并称为义。"读后仍感模糊不清。作者指明：风、雅、颂，是三种体裁名称；兴、赋、比，是三种作法——不同的表现手法。于"义"何关？这是作者不泥于旧说而又善于思辨分析的例子。

跋忠简胡公先生谏草^①

澹庵先生之孙槻^②寄示先生谏草，凡十一行^③，卒章云^④，"臣不忍见虏寇入门"等语，其痛次骨^⑤，万里读至此，不觉涕泗之沱若也^⑥！盖当是时，和战之杂之时也^⑦：国是数定而娄摇^⑧，国势将怯而复壮^⑨。仲尼曰^⑩："民到于今受其赐^⑪。"

① "忠简胡公先生"，胡铨，字邦衡，号澹庵，庐陵人；谥忠简。作者尝从其学，所以称之为先生。"谏草"，谏奏的稿本。《宋史·胡铨传》："（绍兴）八年宰臣秦桧决策主和，金使以'诏谕''江南'为名（金为帝，去宋国号，为臣），中外汹汹，铨（时为枢密院编修）抗疏曰：'臣谨案王伦本一狎邪小人，市井无赖，顷缘宰相无识，遂举以使虏……天下之人切齿唾骂，今者无故诱致虏使以"诏谕""江南"为名，是欲臣妾我也！……伦之议乃曰：我一屈膝，则梓宫（徽宗尸柩）可还、（韦）太后可复、渊圣（钦宗）可归、中原可得。呜呼！自变故以来，主和者谁不以此说啖陛下哉！然而卒无一验，则虏之情伪已可知矣，而陛下尚不觉悟，竭民膏血而不恤，忘国大仇而不报，含垢忍耻，举天下而臣之（投降于它）甘心焉！……今内而百官，外而军民，万口一谈，皆欲食伦之肉！谤议汹汹，陛下不闻，正恐一旦变作，祸且不测！臣窃谓不斩王伦，国之存亡未可知也。虽然，伦不足道也，秦桧以腹心大臣，而亦为之！……桧不能致君如唐、虞，而欲道陛下为石晋！（五代时契丹立石敬瑭为帝，史称后晋，后晋向契丹称臣。）……不唯陛下之罪人，实管仲之罪人矣！孙近傅会桧议，遂得参知政事……伴食中书，漫不敢可否事。……臣

窃谓秦桧、孙近亦可斩也！臣备员枢属，义不与桧等共戴天！区区之心，愿断三人头，竿之藁街，然后羁留虏使，责以无礼，徐兴问罪之师，则三军之士，不战而气自倍。不然，臣有赴东海而死尔，宁能处小朝廷求活耶？'"此书一上，中外振动，金使至以千金求其疏文；当时对爱国抗敌方面所起的影响很大。又如隆兴二年曾上书有云："自靖康迄今，凡四十年，三遭大变，皆在和议：则丑虏之不可与和，彰彰然矣！肉食鄙夫，万口一谈，牢不可破，非不知和议之害，而争言为和者，是有三说焉：曰偷懦，曰苟安，曰附会。……今日之议若成，则有可吊者十，若不成则有可贺者亦十，请为陛下极言之：……臣恐'再拜'不已，必至称臣；称臣不已，必至请降；请降不已，必至纳土；纳土不已，必至衔璧；衔璧不已，必至舆榇（皇帝带着棺材投降，以示当死）；舆榇不已，必至如晋帝青衣行酒，然后为快！此其可吊者九也。事至于此，求为匹夫，尚可得乎？此其可吊者十也。……去十吊而就十贺，利害较然，虽三尺童稚亦知之，而陛下不悟！《春秋左氏》谓无勇者为妇人，今日举朝之士皆妇人也！如以臣言为不然，乞赐流放窜殛，以为臣子出位犯分之戒！"其激昂峻厉，大都如此，当时胆敢直言攻击主和投降派的，要以胡铨为第一。

② "槻"，胡铨之孙，《宋史》云官至尚书。

③ "凡"，共。"十一行"，当是残稿。

④ "卒章"，此指文稿的末尾。

⑤ "次骨"，犹言至骨，喻极深刻。

⑥ "沱若"，形容涕泪之垂流。《易·离》："出涕沱若。"

⑦ 疑此句"之杂""之"字有误（今所据为《四部丛刊》本）。

⑧ "国是"，国策，国家大计。"数"，入声，屡屡。"娄"，同屡。

⑨ 可参看作者《澹庵先生文集序》："绍兴戊午，高宗皇帝以显仁皇太后驾未返，不得已将以大事小、屈尊和戎，先生上书力争，至乞斩宰相。在廷大惊，金房闻之募其书千金，三日得之，君臣夺气，知中国有人，奉皇

太后以归；自是胡马不南者二十年。昔鲁仲连不肯帝秦，秦军闻之，为却五十里，后人疑之以为说士之夸辞。……吾宋之安强，不以百万之师，而以先生之一书，后之人闻之者，乌知其不若今之人闻仲连之事者乎？亦以为夸，未可知也。……呜呼！先生之功其远矣哉！”

⑩ "仲尼"，孔子之字。

⑪《论语·宪问》："子曰：管仲相桓公，霸诸侯，一匡天下，民到于今受其赐。微（没有）管仲，吾其被发左衽矣！"管仲佐齐桓公，执行"尊周室""攘夷狄"的政策，领率诸侯，保全周朝的统一，不为夷狄所灭，所以孔子称赞他，说，"若没有管仲，我不也早成了夷狄了吗！"作者以此相比，意谓胡铨的功劳，仿佛管仲的"尊王攘夷""一匡天下"。

跋张魏公答忠简胡公书十二纸

　　此帖十二纸，皆紫岩先生魏国忠献张公答澹庵先生忠简胡公手书也①。绍兴季年②，紫岩谪居于永③，澹庵谪居于衡④，二先生皆年六十矣。此书还往，无一语不相勉以天人之学⑤，无一念不相忧以国家之虑也。万里时丞零陵⑥，一日而并得二师⑦。今犬马之齿⑧，七十有六，夙夜大惧此身将为小人之皈⑨。复见此帖，再拜三读，二先生忽焉洋洋乎如在其上，如在其左右⑩！

① "紫岩先生魏国忠献张公"，指张浚；已屡见前注；参看第18页《读罪己诏》注① 及第285页第一首词注② 。浚号紫岩，封魏国公，谥忠献。"澹庵先生忠简胡公"，指胡铨，见前篇注①、注② 。这是作者平生所

最敬佩的两位爱国人士,感情极深厚。

② "季年",末年。

③ "永",永州,治今湖南永州。按张浚自秦桧当国时谪居连州,绍兴二十年徙永州;二十五年,桧卒,以浚判洪州,浚以丁母忧不赴,仍居永守丧;二十六年,又上书忤秦党万俟卨、汤思退,复永州居住(谪居编管)。至三十一年,殿中侍御史陈俊卿为言浚忠义,诏湖南任便居住(不再编管监视)。金人进侵事急,始复起用,判潭州,改建康府、行宫留守。

④ "衡",衡州,治今湖南衡阳。按胡铨自上书触怒秦桧,屡经流放荒远之地,绍兴二十五年桧卒,始自吉阳军量移(减轻、移谪较近之地)衡州。三十二年,孝宗即位,始得复原官、知饶州,后召赴行在,隆兴改元为秘书少监。

⑤ "天人之学",《法言》:"圣人存神索至,成天下之大顺,致天下之大利,和同天人之际,使之无间者也。"宋代士大夫往往想贯通一切天时人事,或唯心地研究所谓"天理人欲"之学,以为修身、治学、为政的标的;所谓"理学""心学""道学",大致也都包括着这层用意。张浚虽然以开府用兵、抗金卫国闻名,而"学邃于《易》,有《易解》及《杂说》十卷,《书》《诗》《礼》《春秋》《中庸》亦各有解"(《宋史》本传);其子张栻更是南宋有名的理学家。

⑥ 作者曾为零陵丞,事已屡见前注。

⑦ 可参看《鹤林玉露》:"杨诚斋为零陵丞,以弟子礼谒张魏公;时公以迁谪故,杜门谢客;南轩(浚子张栻)为之介绍,数月,乃得见。因跪请教。公曰:'元符贵人,腰金纡紫者何限!惟邹至完、陈莹中,姓名与日月争光。'诚斋得此语,终身厉清直之操。"

⑧ "犬马之齿",指自己的年龄,卑谦之词。《汉书·孔光传》:"臣智谋短浅,犬马齿载(老耄)。"

⑨ "小人之皈",皈同归;言终归为小人。小人,相对"君子"而言,本是封建社会的阶级区分:统治阶级的人物自以为君子,呼被统治者为小

人;后来则统治阶级内部复分君子、小人,往往分朋树党,彼此交诋。在南宋多以君子指正义、爱国人士,以小人指奸佞、卖国误国、唯私身利益是图而不顾国家人民、专门排挤正人的坏人一流。但这里是作者自励的话,所谓"小人",是自愧不能达到师友所教诲、所期望的高度成就,不能树立大节的意思。可参看《鹤林玉露》:"(诚斋)晚年退休,怅然曰:'吾平生志在批鳞请剑(犯皇帝怒,请斩佞臣)、以忠鲠南迁(被谪放)。幸遇时平主圣(婉词),老矣,不获遂所愿矣!'"可见作者终身以张、胡等人为榜样,要想作到他们那样,才够一个"君子"。

⑩《论语·子罕》:"颜渊喟然叹曰:仰之弥高,钻之弥坚,瞻之在前,忽焉在后:夫子(指孔子)循循然善诱人;博我以文,约我以礼……"《礼·中庸》:"子曰:鬼神之为德,其盛矣乎!视之而弗见,听之而弗闻,体物而不可遗,使天下之人齐明盛服、以承祭祀,洋洋乎如在其上,如在其左右。"疏云:"洋洋乎……言鬼神之形状,人想像之,如在人之上,如在人之左右:想见其形也。"作者用此等话来比方,是说,因重读先师的手札,觉其精神如在我之上、之左右一样,好像仍在勉励、督促我。

重 版 附 记

　　本书初版后,得到西南师范学院江家骏、南开大学许政扬、人民文学出版社杨霁云、科学院语言研究所舒宝璋诸位先生的热情指教,得以改正了六处失误和许多处注音上的疵病。舒先生除指正注音之外,并指出第 350 页注⑱"一牛之外无馀资"句当是本于《后汉书·光武纪上》"……光武初骑牛,杀新野尉,乃得马"诸语,尤所感荷。谨志于此。

　　人民文学出版社黄肃秋先生见告:第 338 页注⑫所涉旧诗二句,实仍是唐人作品,唯确切出处尚待查明。亦在此深志谢忱。

　　此外,我自己在版面许可的范围内作了若干校改。唯第 385 页"虽愚必明,虽柔必强"二语见于《中庸》,原亦失注,因无法补入,今附记于此。

　　关于注音,因为诗句时时牵及格律和谐韵的问题,很难完全依照现行普通话标准读音来处理,有时不得不稍加变通。这一点也希望读者注意加以区别。

　　切盼读者和专家续予指正,俾得尽量减少疵谬。

汝昌谨记

一九六三年八月

书　目